Couverture : Illustration originale de Pascal SIINO (2020), graphisme d'Estève GILI.

Novembre 2020

Editions Le Temps des Pierres
202 avenue Félix FAURE 69003 LYON
ISBN : 978-2-9569102-1-3

Lionel BRABANT

Naissance

Le Temps des Pierres

Lyon, 2020

Plus tard, bien plus tard, il gardera de ces journées une impression de fragments confus, qu'il attribuera alors à la sensation dont il se souvient le mieux, la fatigue, épaisse, enveloppante, et la lassitude, absolue.

Et c'est assez désespérant, n'est-ce pas, de constater que les premiers jours de son existence se fondent sur de la fatigue tellement dense qu'elle absorbe comme définitivement toute énergie, et de la lassitude, qui vous impose, sans alternative possible, de vous éteindre au plus vite… Pourtant, il ne tiendra pas compte de ces injonctions si puissantes qu'elles marquaient profondément et son corps et sa conscience, cela restera en lui comme l'atmosphère d'un cauchemar à la fois glauque et dépassé, une fois éveillé, un cauchemar, pas la réalité.

Et les fragments… D'abord, les éclairs de lumière, blanche, éblouissante, qu'il aurait voulu refuser, mais il n'en avait ni la force, ni les moyens, des éclairs de lumière blanche, intrusive, taraudante. Même les paupières fermées, étaient-elles fermées ?, ne pouvaient lutter contre cette lumière qui semblait parfaitement conçue pour percer tout repos…

Des présences, devinées par des voix confuses, incompréhensibles, une sorte de chant disgracieux… Et les gestes, qui le mettent sur le côté droit, sur le côté gauche, lèvent son bras, sa jambe, sa tête… Lui, dans une inertie totale, un refus de bouger de chaque atome de son corps, hurlait silencieusement : foutez-moi la paix ! C'est étonnant, pensera-t-il plus tard, bien plus tard, comme j'ai pu commencer ma vie en ayant envie plus que tout de sombrer dans une solitude absolue, dans une extinction mortelle...

Des souvenirs incomplets, morcelés, pensera-t-il plus tard... Et pourtant non, sans le savoir il se souvient de tout, simplement ces premières heures étaient si incomplètes, si chaotiques, il fallut à son âme de longues journées pour se rassembler de nouveau... De nouveau, pour la première fois...

Chaque éclair blanc fut, à sa manière, un fragment d'envie de vivre qui transperça ses paupières, et, bien plus que cela, cette gangue épaisse et lourde où il reposait sans vouloir en sortir, caveau hérité de sa naissance même...

Et chaque geste, parfois teinté d'eau, sur son visage, sur son corps, parfois déclenchant une douleur de piqûre, le frottement rêche d'un tissu sur la peau, chaque geste venant un peu plus, au fil des jours, tisser une attention, un soin, une forme primitive de reconnaissance qui exige que l'on vive, que l'on y réponde, et, déjà, dès le tout début, qui enjoint qu'on se prépare à la restituer, à la transmettre, une reconnaissance vitale qui est notre nature même...

Quant aux voix, leur effet fut plus tardif, tant il était dans l'impossibilité de les comprendre, tant il n'en percevait ni le rythme, ni la chaleur. Et dans ces journées confuses, aux inconstances de rêves, impossible d'imaginer, même faiblement, qu'il saurait un jour, bientôt, lui aussi parler et répondre, et faire de ces bruits disharmonieux et pourtant proches une des joies de sa vie.

Bien plus tard, il s'efforcera de faire de sa naissance une construction, par souci de cohérence, alors qu'elle ne fut qu'un amoncellement de débris, qui lentement pris forme, ou, mieux encore, qu'une profusion de végétaux, déchiquetés, hachés, mélangés par l'explosion initiale, qui, sans ordre ni plan, recommencèrent à s'enraciner et à croître, enchevêtrés, au hasard de l'eau reçue, pour s'efforcer d'être à nouveau la vie persistante d'un territoire.

Plus tard…

Plus tard, lorsqu'il évoquerait pour lui-même sa naissance, il aura des idées claires, des souvenirs très précis, structurés, des impressions déjà presque définitives.

Mais impossible de situer le moment de cette évolution entre un vécu très corporel, disloqué, replié, incompréhensible, et des souvenirs beaucoup plus organisés, où clairement sa voix se fait entendre, où il revoit, à volonté, des images, des visages, des moments d'échanges… Comme si, un matin, il était sorti d'une confusion originelle, pour entrer dans une existence précise. Précise, mais encore mal attribuée, sans lien avec une identité affirmée. Une existence avant tout façonnée par sa soumission à une durée, une étendue temporelle, en fait, un agenda. Une durée balisée, contraignante, mais lui permettant enfin d'organiser un sens à sa vie.

Maintenant, le lieu lui apparait, un lieu qu'il n'a pas choisi, qui n'est pas le sien, insupportablement arbitraire… La chambre est totalement blanche, et c'est une des choses qui l'irritent. Cela l'irrite d'ailleurs suffisamment pour qu'il ne remarque pas qu'elle n'est pas vraiment blanche. Plutôt crème, de nuances différentes selon le mur et le plafond. Des barres chromées font ressortir leur éclat facilement sur ce fond propice à tout révéler. La porte est d'un vert d'eau, il faudrait plutôt parler d'un vert laiteux, tant le blanc y est présent. Et le lino du sol est lui d'un jaune soutenu. Mais il ne voit que le blanc.

Sur la table de nuit à roulette, près de son lit, la télécommande de la télévision, qui ne marche pas, car il faut qu'il se repose. Et un cadre photo numérique, laissant défiler toutes les 5 secondes selon un ordre aléatoire des photos de ses proches et de lui. Et cela fait comme un décompte de visages mystérieux, sur des photos plus ou moins anciennes, cela se devine par la qualité des couleurs, un rythme régulier pour des visages randomisés, quel drôle de mot…

Cela ressemble à un tic-tac d'horloge, une photo puis une autre, puis une autre… Sans jamais s'arrêter. D'abord muettes, elles deviennent porteuses d'une injonction silencieuse, mais impérative : souviens-toi de nous ! Souviens-toi de nous !

Par la fenêtre, il voit le mur du pavillon d'en face, et entend les bruits des voitures… Une fois, il l'a entr'ouverte, juste pour entendre le bruit du monde sans protection. Entr'ouverte, car un petit câble fixé sur les chambranles interdit de l'ouvrir entièrement, sans doute pour éviter les accidents, les envolées, ou plus prosaïquement les tentatives de suicide. Il vit au 3ème étage.

Plus tard, il se rappellera son irritation à être enfermé dans cette chambre, plus de dix jours après la sortie de son coma. Il pensera à cette énergie intense qui maintenant l'emplissait, qui le faisait s'imaginer marcher, courir, sauter, avec l'envie de s'épuiser, pour être ensuite dans la plénitude d'une fatigue venue d'un effort indispensable à sa survie… Mais dans ces journées, il est plutôt passif, assis dans son lit, il patiente, il attend, il se remet en ordre de marche, il éclot.

Il n'est plus seul. La psychologue, Nadine RONSOD, vient chaque matin. Plus tard, il s'en rappellera un peu caricaturalement : la séance dure une heure, et finit par ressembler à un interrogatoire de film d'espionnage : c'est un peu toujours les mêmes questions, auxquelles il donne toujours les mêmes réponses, qu'elle note soigneusement sur un petit cahier scolaire, presque puéril. Nadine Ronsod est d'une patience infatigable. Parfois, il se souvient qu'il l'envoie bouler, dans des moments d'exaspération face à la répétition de ces séances, à son incapacité de retrouver les réponses, malgré sa volonté de le faire… Mais réellement, alors, il ne se rebellait pas, il s'efforçait, passif, de faire émerger des éléments de réponse du magma tiède qui lui servait de mémoire, sans résultat, puis il s'absentait en lui-même, replongeant dans cette lassitude inerte, stérile, mais reposante.

Vers la fin de l'entretien, elle prend le cadre numérique, arrête le défilement automatique, et l'interroge sur chacune des photos. Des photos familiales, ou amicales, d'époques différentes, puisque sur certaines il a à peine 18 ans, semble-il, alors que sur d'autres, il est comme maintenant, trentenaire, les cheveux mieux coupés, des lunettes plus professionnelles, et une expression plus affirmée, et plus dure… Sur certaines photos, il est en compagnie d'une ou plusieurs personnes, des hommes, des femmes, d'âges différents. Il n'a pas de difficultés à deviner que sur cette photo, il est entouré de ses parents. Et que sur celle-là, il est entre sa sœur et son père. Mais il ne reconnaît personne. Même pas lui.

Oui, c'est lui, bien sûr. Il se souvient bien du visage que le miroir de la salle d'eau lui montre, et qui est nécessairement le sien. Et il reconnaît ce visage dans des photos anciennes, où celui-ci n'est qu'ébauché, esquissé, ou intact, comme on veut. Mais ce qui est difficile à partager, c'est que ce visage ne le concerne pas vraiment, pas plus que tout le reste d'ailleurs. D'ailleurs, qu'a-t-il choisi ?

Nadine Ronsod tient le cadre devant elle, à deux mains, face à lui, puis le tourne vers elle, comme si elle pouvait, elle, identifier quelqu'un. Elle a l'air désolé, et il ne sait pas vraiment pourquoi. Désolée qu'aucun souvenir ne lui revienne ? Désolée de sa propre impuissance à l'aider ? Désolée que le sort lui soit tombé dessus ? Non, pas le sort : la foudre. Il ne le saisit pas exactement. Il sent bien qu'elle est affectée par ses oublis, mais il n'arrive pas à percevoir réellement pourquoi. Il a même oublié qu'il faut impérativement se souvenir du plus de choses possibles…

Malgré le côté répétitif de ces entretiens, le sixième depuis qu'il est sorti du coma, il les attend chaque matin. Le déroulement est toujours un peu le même, les questions suivent toujours un peu le même ordre. Il trouve là un plaisir enfantin, celui d'entendre chaque jour la même histoire, dont la répétition est comme la saveur d'un bonbon bien connu, que l'on a plaisir à redécouvrir à chaque fois qu'on en suce un de nouveau. Est-ce qu'il aime les bonbons ? Il faudra qu'il essaie. Il lui semble, à bien y réfléchir, qu'il a une tête à manger des bonbons… Plus exactement, il salive quand il y pense, et, sans qu'il le veuille, sa langue frotte son palais en une danse complexe, long apprentissage sans doute d'une manière de faire ressortir les arômes et le sucre, il salive… C'est une réaction dont il devine la part obscène, et il n'en dit mot… Les bonbons…

L'après-midi se divise en deux parties. Plus tard, il les trouvera toutes deux désagréables, alors qu'il les subit sur le moment avec indifférence.

La première est constituée de la visite du neurologue, le Professeur Frédéric Champoye. Lui ne venant jamais seul. Toujours avec un ou deux internes, ou avec un psychiatre, le docteur Rochart. Il se sent obligé, chaque jour, de feuilleter une fois encore son dossier, comme s'il l'avait oublié, ou comme si la solution se trouvait cachée parmi les détails qu'il contient ; ou pour montrer son sérieux. Puis, après un moment de discussion libre, presqu'enjouée, sur tout et n'importe quoi, où il fait les demandes et une bonne part des réponses, pour détendre l'atmosphère, il sort de sa serviette un test destiné à l'aider, lui, Ethan Mantret, puisque c'est son nom, tout le monde s'accorde à le croire, à le lui attribuer… Quand a-t-il entendu son nom pour la première fois ? Il ne s'en rappellera pas, plus tard, il aura oublié qu'il l'a lu sur le dossier accroché au pied de son lit, un moment où il s'est levé, seul, dans cette chambre qui ne lui appartient pas. Sur le moment, il a été content d'avoir un nom, comme si d'en avoir un écrit sur un dossier était un premier pas vers une complétude qu'il n'arrive pas à cerner, mais à laquelle il aspire…

Le professeur Champoye, il s'en souviendra comme d'un visiteur souriant, ayant à chaque fois une espèce de surprise dans sa serviette, sous la forme de photos à partir desquelles il doit faire des associations, des planches où trouver des figures géométriques noyées dans des couleurs fondues, compléter des suites logiques, imaginer la fin d'histoires, c'est selon. Des activités à l'allure parfois enfantines, parfois absurdes, qu'il fait avec application, non qu'il se souvienne en avoir attendu grand-chose, mais par simple souci de bien faire. Et que dit le professeur Champoye ? Il n'en gardera pas de souvenirs. Il ne lui restera, plus tard, que les images colorées, les énigmes à résoudre, le sentiment étrange d'avoir joué comme un enfant à des jeux incohérents, sans envie d'y briller, sans en comprendre la finalité... Avec une étrange docilité, qui est comme la trace de l'immense dénuement où il se trouvait, et qu'il n'évoquera jamais, plus tard, intérieurement, sans un certain malaise.

Dans ses souvenirs, le psychiatre, Rochart, quand il est là, reste silencieux, prend quelques notes, semble préoccupé... Une fois ou deux, il pose une question, dont la particularité est qu'on ne sait à qui elle s'adresse... Il n'y répond donc pas, sans que cela ait semblé poser problème... Quelles questions, Il ne sait plus...

Les externes, il les revoie, tous, quels qu'ils soient, en blouses blanches, visages anonymes, plus ou moins nerveux, subjugués. Subjugués. Mais par quoi ? Par la prestation du professeur Champoye ? Par ses réponses à lui ? Par sa situation ? Par la leur, d'être là en blouse blanche devant un cas exceptionnel d'amnésie, un cas comme on n'en voit qu'une fois dans sa carrière, et que l'on n'oublie pas !

Mais alors, il n'avait pas d'humour, un sens encore engourdi, il ne les voyait pas, ces fantômes un peu fébriles, aux regards d'oiseaux, parfois fixés sur lui, parfois sautant d'un visage à l'autre, guettant d'où viendra le chat. Il ne les a jamais vus, inutiles.

Une fois les tests terminés, Champoye n'arrive pas à cacher une double expression : d'abord, la déception que rien ne se soit débloqué dans la psyché de ce patient, qu'aucun souvenir ne soit réapparu suite à son intervention. Et en même temps, la joie d'être en face d'un cas extraordinaire, susceptible de parution dans des revues neurologiques prestigieuses... Les externes, eux, en partant, paraissent surtout soulagés que ce ne soit pas contagieux... Cela, il s'en souvient, même si son souvenir donne des couleurs épiques à des réactions plus banales, et s'il a oublié cette espèce de distance qui ne le quittait pas, lui faisant faire tout ce qu'on lui demandait sans se poser de questions, ni être réellement concerné. Une distance qui pourrait se mesurer avec la longueur des ficelles d'une marionnette. Même les hommes les plus libres naissent dépendants... Et qui tirait les ficelles ? La foudre ?

Puis vient une demi-heure de repos, durant laquelle il somnole, car ces tests s'avèrent fatigants à faire, quels que soient leur thème ou leur support, par l'attention qu'ils requièrent. Puis arrivent, vers 16 heures, la famille et les amis.

Plus tard, bien plus tard, Il gardera de ces visites un sentiment amer, profondément déplaisant, tant il ressentira le déséquilibre entre le vide de sa mémoire et les exigences de ses proches comme insupportable. Une impuissance totale, devant laquelle il ne disposait d'aucun recours, d'aucune ressource, et pas la moindre échappatoire. Il aura oublié la pesanteur de son existence, alors, qui le faisait écouter passivement et les uns, et les autres. Une pesanteur à la source d'une hébétude à peine dissimulée, d'un ahurissement profond, total, devant autant de demandes à peine compréhensibles, et impossibles à satisfaire...

De ces visites, il se rappellera qu'il lui avait fallu, les premiers jours, supporter leur déception. Leur inquiétude, mais surtout leur déception. Tous avaient beau connaître la profondeur de son amnésie, chacun avait la vanité de croire qu'il en était l'exception. Comme si la force des souvenirs que chacun gardait de lui empêchait son oubli. « Que tous les autres aient disparu de ta mémoire, c'est un drame, mais un drame acceptable. Mais comment est-il possible que tu m'aies oublié, moi ? Moi ! »

Et aussi, leur incompréhension. Mais là, il est plus tolérant, car sa situation est si particulière. Il ne porte aucune blessure apparente, il affiche une bonne santé éclatante, à peine ternie par sa fatigabilité, sa rapide torpeur, dues à son séjour prolongé dans cette chambre trop blanche et cette fenêtre fermée… Il doit, suppose-t-il, ressembler parfaitement à ce qu'il était avant de recevoir la foudre, mais voilà, il a tout oublié d'eux et de sa vie antérieure.

Chaque jour complique leurs relations, car s'il a perdu tout souvenir avant le réveil de son coma, il se rappelle sans difficulté de leurs visites précédentes. Alors, il leur fait peu à peu l'effet d'un simulateur, d'un pervers cherchant à les déstabiliser. Comment peut-il se rappeler d'une anecdote insignifiante arrivée il y a 4 jours, et ne pas se souvenir d'un évènement bien plus important, mais situé avant la foudre, avant le 11 Février ?

Plus tard, il imaginera des dialogues, des interactions fortes, complexes, il se verra sachant lire sur les visages, deviner les enjeux de chacun, il s'attribuera un pouvoir d'action et de recul qu'il était alors incapable d'avoir, encore embarrassé des lourdes bandelettes de sa naissance, lentes à tomber...

Il pensera par exemple, qu'évidemment, la foudre, cela ne fait pas sérieux, il s'en rend très vite compte. Personne ne le lui a dit, bien sûr, mais le côté absurde de cet accident jette aussi un discrédit à sa situation. La foudre, cela fait moyenâgeux, un peu ésotérique, plus irréel que matériel. Cela fait surtout démodé. Une tumeur au cerveau, une sensibilité exacerbée aux ondes électromagnétiques, une chute de trottinette électrique, un excès de cocaïne, voilà du tangible, du sérieux. Mais être foudroyé ! Sans même s'être stupidement caché sous un arbre durant l'orage, avec une imprudence coupable, non, juste comme cela, en courant vers une voiture pour échapper à la pluie...

Et l'absurdité de la chose ne lui échappera pas à lui non plus, plus tard, quand il essaiera de reconstituer ses dernières heures. Avec son ami Pierre, ils avaient été faire un tour au Parc de la Tête d'Or, comme cela ne leur arrivait jamais, lui a-t-on dit. Un orage s'est abattu sur eux alors qu'ils étaient éloignés de toute porte, et ils avaient couru ensemble vers les serres, près desquelles la voiture de Pierre était garée. Une pluie serrée et lourde tombait, ils furent vite trempés. À un moment, Pierre, essoufflé, s'était arrêté, au milieu d'une allée, le torse penché, les mains sur les genoux, pour reprendre son souffle, malgré le déluge. Il lui avait alors mis la main droite sur l'épaule gauche, en guise de soutien affectueux, c'est ce qu'on peut penser. C'est alors que la foudre était tombée sur lui. Mais sans qu'on puisse l'expliquer, elle avait comme glissé de sa tête à son bras droit, avant de perforer Pierre. Lui n'avait rien eu, aucune brûlure, même sur ses vêtements. Pierre avait été brulé au 3ème degré. Il se débat maintenant contre la mort dans un service de grands brulés, mis en coma artificiel pour supporter la douleur de ses blessures. Il a été amputé du bras et de l'épaule gauche, un trou perfore sa hanche droite, la foudre a brulé tout ce qu'elle a rencontré sur son parcours, entre épaule gauche et hanche droite... Ethan, elle l'a effleuré avec élégance, en emportant sa mémoire par distraction, sans intention aucune... Il ne se souvient même pas du bruit qu'elle a fait sur lui, et c'est sans doute une bénédiction, tant ce bruit aurait pu, mémorisé, le hanter, né qu'il est dans un grésillement strident... Quel bruit faut-il souhaiter pour accompagner sa naissance ?

Sa mère est venue presque tous les jours. Elle a, durant les visites, un air à la fois désespéré et acéré, organisant les choses avec une autorité qui n'a apparemment jamais été contestée. Il lui avait fait de la peine en lui demandant son prénom (heureusement, la photo lui avait évité de lui demander qui elle était). Anne, elle s'appelle Anne. Visiblement, elle n'arrive pas à réellement comprendre ce qui est arrivé à son fils. D'un côté, elle a de lui cent souvenirs, mille impressions, une complicité, des rancœurs, des espérances, des désillusions, le tout dans un mortier compact, assez cohérent, avec lequel elle peut bâtir. De l'autre, elle est face à une personne qui ressemble parfaitement à son fils Ethan, mais qui est vide. Sans réaction. Et donc, hors d'atteinte. Dans ses visites, elle oscille entre les deux positions, parfois lui parlant comme pour organiser sa semaine, avec le souci de l'aider, en s'appuyant sur leur lien antérieur. Elle parle vite, considère ses choix comme acquis, forte de sa si grande connaissance de son fils, sûre de savoir ce qui lui convient, aidante, tonique, pressée que l'on oublie tous cet épisode surréaliste, cet hôpital si moche, et que la vie normale reprenne dès le lendemain. Dans ces moments, il reste un peu passif, sans savoir quoi faire ou dire, face à un monde inconnu, empli d'allusions trop nombreuses pour permettre qu'il en devine le sens. Alors, elle se rappelle cette malédiction étrange qui vient de tomber du ciel sur son fils, cette gomme abrasive qui a effacé toute une éducation, toute une relation, toute une histoire qu'elle s'est toujours préoccupée de construire selon ses propres convictions, et elle se décourage, sans parvenir à le cacher, comme s'il lui fallait tout recommencer, depuis les premiers pas, les premiers mots… Alors elle lui parle plus lentement, avec des mots plus simples, elle semble soudain démunie face à une tâche colossale, épuisante, injuste, d'avoir à élever une seconde fois un fils de 32 ans. Ethan a un peu de culpabilité à représenter pour Anne tant de choses à refaire, dont il ne ressent d'ailleurs pas le besoin, surtout pas maintenant. Etre vivant lui semble déjà bien suffisant à emplir son temps.

Et puis, il s'en souviendra, plus tard, il a eu, immédiatement, un réflexe de protection. Devant cette femme habituée à régenter son entourage, il se devait, pour rester libre, d'être prudent, ou bien réticent à certaines sollicitations, évasif devant certaines perches tendues pour son bien, certes, mais au détriment de ses choix…

Avait-il des choix ? Un seul désir, puissant et puéril : quitter cet hôpital au plus vite… Pourquoi ? Pour faire quoi ? Où ? Avec qui ? Il ne se posera pas ces questions ni dans cette période, ni lorsqu'il l'évoquera, plus tard. Il gardera, intacte, cette certitude qui l'obsédait : je dois quitter l'hôpital au plus vite…

D'autres lui ont rendu visite. Il se rappelle de sa sœur, Sophie, et des amis et collègues de travail. Le plus souvent Claude, son ami d'enfance, avocat, Karim, son N+1 dans sa boîte, et Adrien, une fois, avec qui il travaille depuis deux ans, d'après ce qu'on lui a dit.

Des personnes inquiètes, mal à l'aise devant lui, parlant de choses anodines, toujours positives, auxquelles il répond par quelques mots, une expression parfois tendue, parfois amorphe sur le visage… Mais plus tard, lorsqu'il refera l'histoire de ses premiers jours, il reconstruira ces piètres moments pour en faire les prémisses de sa nouvelle vie. Il verra ces visites comme simples, tranquilles, maîtrisées. Il s'amusera à imaginer qu'il en devinait facilement le rythme, toujours recommencé.

D'abord, une conversation où son amnésie est oubliée, et alors, on lui raconte des anecdotes récentes qui n'ont strictement aucun sens pour lui, car il ne se souvient ni des personnes, ni des lieux, ni des circonstances qui font le sens comme le sel d'un récit. Puis le visiteur se rappelle soudain, face à son absence de réaction, si ce n'est son front plissé par un questionnement plus que par un effort, qu'il ne se souvient de rien, et alors, se met à lui expliquer qui est quoi, où et comment, le noyant sous une profusion d'informations qui le sature, tout en engloutissant l'intérêt de l'histoire. Histoire dont il ne sait que faire… Puis, bien souvent, un silence gêné. Car ils s'aperçoivent soudain qu'ils parlent à un parfait inconnu, aussi distant d'eux qu'une personne croisée par hasard dans une gare, et qu'ainsi toute familiarité est absurde, inadaptée… Une incongruité embarrassante, dont il s'agit de sortir au plus vite… Alors, ils le regardent, ils le reconnaissent physiquement, oui, c'est bien lui, Ethan, et alors, par une routine ancienne, la confiance revient, l'intimité, malmenée, réémerge, et ils parlent de nouveau de choses qu'il ne comprend pas vraiment. Puis, au bout d'un nouveau moment de demi malentendus, ils fuient.

Ce dont il se rappelle, plus tard, c'est qu'il est plus à l'aise avec le personnel de l'hôpital, avec les gens qui ne le connaissaient pas avant. Malgré son statut de malade exceptionnel, les infirmières, les aides-soignants sont principalement focalisés sur le présent, son repas à apporter, ses médicaments à lui donner, sur le sol à faire briller, sur ces petites choses qui donnent de la densité à sa chambre trop blanche… Il se sent particulièrement à l'aise avec Djamila, l'aide-soignante qui lui apporte ses repas du matin et du midi. Avec elle, il peut tenter de plaisanter, sans craindre de faire une gaffe, sans surveiller ce qu'il dit en fonction de ce qu'on lui a livré de sa vie d'avant… Il reste sans attache…

Je suis né il y a bientôt 33 ans. Ou plutôt, je suis né il y a 17 jours.

Qui suis-je ? Un homme d'un peu plus de 32 ans, donc, consultant SALESFORCE en entreprise, salarié de Gunther and Ravel Group, une entreprise de conseil pour entreprises, française, comme son nom ne le dit pas.

Je sais tout sur le CRM, ce logiciel de gestion polyvalent pour entreprise. J'ai dans la tête des milliers de notions de comptabilité, de gestion de données, de manière de coder, de modules complémentaires à ce logiciel, que je ne me souviens pourtant pas avoir utilisé une seule fois. Des plans de réunion, de rapports, de préconisations, tout un attirail de manières de faire, un immense réservoir de savoirs qui me semble briller dans mon crâne, tellement le moindre détail y est net, complet. Non, jamais utilisé, dans quelque circonstance que ce soit. Pas plus que je ne me rappelle du moindre collègue, du moindre client. C'est comme un savoir tombé du ciel, comme si la foudre me l'avait apporté, venu de nulle part, alors qu'elle en a effacé toutes les circonstances, toute l'expérience, toute l'histoire. Par moment, des procédures, des termes, des procédures d'accompagnement au changement en entreprise surgissent, avec une affirmation d'une solidité surprenante. Ce savoir n'admet pas le doute, il s'impose péremptoirement à moi sans même que je le sollicite. C'est un rocher auquel accrocher mes dérives, solide, luisant, à la fois complexe et escarpé, peut-être plus un récif éventreur qu'un amarrage salvateur, je n'en sais rien, mais c'est là. Une réalité incontestable.

Je sais toujours écrire, heureusement. Lire. Parler anglais. Conduire, vraisemblablement. Et quand on m'aura rendu mon smartphone, téléphoner et surfer sur Internet.

D'après le professeur Champoye, je n'ai rien oublié de mes apprentissages. Des choses que j'ai apprises. J'ai perdu tout le reste, les souvenirs personnels, les proches, toute mon histoire. Apparemment, au moins dans mon cas, ce que j'ai pu « apprendre » dans les relations à mes proches, à mes parents, ne rentrent pas dans la catégorie « apprentissages ». Je sais lire, mais j'ai oublié jusqu'à mon nom. D'ailleurs, je trouve qu'il ne me va pas. Si j'étais suspicieux, je dirai que ce n'est pas le mien, il n'a pas mon odeur, je ne peux l'enfiler comme un vieux pull confortable, formé/déformé par les innombrables fois où il a été porté. Ethan. Pour Djamila, l'aide-soignante, cela doit venir de Mission : Impossible, les films avec Tom Cruise. Dont le personnage s'appelle Ethan Hunt. Mais c'est impossible, justement, car je suis né biologiquement avant que les films ne soient tournés. Et Mantret, là, c'est pire. Non seulement ce nom ne m'évoque rien de rien, mais en plus il me déplaît, sa sonorité est inélégante, cassante. J'ai du mal à accepter d'avoir vécu plus de 32 ans avec ce nom...

Qui est pourtant bien sur mes papiers d'identité, sur la plaque de ma porte d'appartement, sur la porte de mon bureau, dont on m'a montré des photos, ... Je vais devoir m'y faire, je m'appelle Ethan Mantret, je _suis_ Ethan Mantret.

Mais qu'est-ce que cela veut dire ? J'ai le corps d'Ethan Mantrat, son statut juridique, son appartement, son job, et même les gens qui se disent ses proches l'attestent. Pour tout le monde, je suis Ethan Mantret. Sauf pour moi. D'ailleurs, qui est Ethan Mantret ?

Ceci dit, cela ne me préoccupe que brièvement. J'ai trop à faire pour découvrir tout ce qui m'entoure, que ce soit l'hôpital, les gens qui y travaillent, et tous ceux qui viennent me voir, parce qu'ils me connaissent. Ce sont ceux-là qui me fatiguent. Car je suis aux aguets, par peur de …. Peur de gaffer. De faire une bourde. D'être trop en décalage avec ce qu'ils attendent du Ethan Mantret qu'ils connaissent mieux que moi. Ne pas les choquer, ne pas les faire fuir. Être au plus près d'un rôle que je ne connais pas.

Cela me semble, au fond, une inquiétude un peu vaine. Mais impossible de faire autrement, tellement j'ai l'impression que c'est ce que tout le monde attend de moi : faire le Ethan Mantret du mieux possible…
Car finalement, tout le monde sait qui je suis. Sauf moi.

J'ai fini par me rendre compte que, malgré mes efforts, je ne remplis pas non plus mon rôle d'amnésique comme chacun s'y attend. Visiblement, je devrais paniquer, être à l'affût de toute résurgence, de toute bribe de souvenir, je devrais être stressé de ne pas me connaître. Je devrais courir après celui que j'ai été et que je suis encore, mais enfoui. Ou disparu. Il faudrait que je sois comme un poisson hors de l'eau, claquant de la gueule pour retrouver son environnement vital… Pour moi, ma vie d'avant, emplie, débordante, … La foudre m'a-t-elle enlevé d'autres capacités que la mémoire, par exemple ce besoin d'avoir un passé ?

Vais-je retrouver ma mémoire ? J'ai posé la question, et aucun des médecins ne s'est avisé d'y répondre. Tout peut revenir, ou rien, ou des morceaux de souvenirs... Demain, ou dans dix ans...

Mais si personne ne sait rien sur le devenir de mon amnésie, chacun attend de moi que, devant ce retour imprévisible, ou inexistant, je manifeste une angoisse profonde, un sentiment de dépersonnalisation, et demande avec force et désespoir de l'aide à tous ceux qui m'entourent.

Mais, si je suis démuni, je ne suis pas angoissé. Je suis dépossédé de biens inconnus, et ceux qui me les rappellent ne me donnent pas vraiment l'envie de les retrouver, tant il y a profusion de choses, de liens, et je devine d'obligations diverses, envahissantes... Un monde d'une complexité infernale, qui s'impose à moi...

Dans mon présent, il y a déjà tellement de choses nouvelles que j'explore, que j'essaie d'assimiler, comme tous ces gens qui m'espèrent, et qui, pour moi, viennent à peine d'entrer dans ma vie ! Avant de réinvestir ce passé que j'ignore, je dois m'assurer de mon présent... Qui le comprend ?

Bilan : ce que j'ai appris de moi, aujourd'hui :

J'aime bien manger salé.

J'ai le sens de l'observation.

Je trouve que Djamila a un joli cul. C'est sans doute l'indice que je suis hétérosexuel.

J'ai envie de sortir et de courir. Je suis peut-être sportif. Ou un peu claustrophobe !

Et je crois que je suis prudent.

C'est déjà un début !

Avec Sophie, ma sœur, lorsqu'elle vient et que sa mère, ma mère, notre mère n'est pas là, les échanges sont différents. Elle me raconte des dizaines d'anecdotes, de souvenirs, elle relate des évènements de notre enfance, elle me décrit des lieux, des personnes… Comme si elle voulait me remplir, faire disparaître mon incomplétude… L'angoisse de la mémoire blanche…

J'écoute, souvent sans rien dire. Parfois elle s'évade dans ce qu'elle évoque, prise par les émotions qui ressurgissent, presque fraîches, ou reconstituées, parfois elle me regarde avec une vague attente, espérant sans doute voir dans mon regard l'indice que cela me rappelle quelque chose, que je me souviens de ce chat, Loupion, de cette chute de vélo, du gâteau raté de son 12ème anniversaire, de ce professeur de français qui accumulait les « n'est-ce pas », de cette petite amie que sur un moment de rage j'ai poussée toute habillée dans la piscine… Une vague attente, ou une légère déception, ou bien un fond d'inquiétude, celle de me perdre…

Peut-être faudrait-il que je prenne des notes, car, sous des aspects insignifiants, je devine que ce sont des choses précieuses, qu'elle m'offre généreusement, pour me redonner une enfance et une adolescence pour l'heure disparues. Mais si je prenais des notes, parlerait-elle autant ? Est-ce que cela ne voudrait pas dire que je me sens capable de tout oublier de nouveau ?

Et oublier, c'est presque révéler qu'on ne veut pas garder, que l'on oublie parce qu'on n'y attache pas de valeur, comme lorsqu'on jette à la benne un vieil album de photos dont, certes, on peine à identifier une personne sur trois, mais c'est quand même renoncer à une histoire, s'émanciper d'une lignée, abandonner une aventure collective. Oublier, c'est rompre des liens, c'est déprécier des sentiments, les siens, et ceux des autres, c'est une forme de divorce d'avec tous ceux que l'on a connus. Oublier, c'est honteux, cela se manifeste lorsqu'on ne se souvient plus du nom d'une personne croisée il y a dix ans, du prénom du petit-fils de sa concierge, de la maladie qui a emporté le beau-père d'un ami, du surnom attribué au cousin Paul...

La valeur que l'on attribue aux gens et aux évènements se manifeste par la mémoire que l'on en garde, la précision des souvenirs que l'on peut convoquer sans effort... Celui qui oublie est un ingrat, un renégat, un isolé volontaire, qui mérite le rejet qu'il inspire, la solitude qu'il subit...

Et moi, j'ai tout oublié... Pire : j'ai tout oublié, sauf les choses utiles, mais sans valeur affective, je sais toujours parler anglais, et je ne reconnais pas ma sœur ! Bien sûr je n'ai pas choisi les caractéristiques de mon amnésie, mais cela reste un peu suspect, comme si, inconsciemment, je n'avais gardé en mémoire que ce qui compte vraiment pour moi, et qu'aujourd'hui c'était mis au jour, chacun pouvait le constater...

Comment éviter la honte, sauf à se souvenir de ce qu'on m'a dit : c'est la foudre qui est à l'origine de mon amnésie... Mais, au fond, même si je suis malade, ma maladie de mémoire est comme une MST, un peu honteuse à évoquer, un peu douteuse...

Je devrais consacrer mon énergie à essayer de me souvenir, et à la place je me mets à conceptualiser ma situation, à chercher à l'organiser, malgré l'absence de tout point de repère… Cela doit provenir de ces savoir-faire professionnels miraculeusement préservés… Ou bien d'un trait de caractère, qui a survécu au coup d'éponge électrique… Ou d'une nécessité qui m'échappe pour l'heure.

....

Avec Sophie, je me sens comme un enfant à qui l'on raconte des histoires…

Sophie semble attachée à Ethan, tous les souvenirs qu'elle me raconte sont plutôt positifs. Son frère y tient souvent sinon le beau rôle, du moins celui d'un spectateur actif et joyeux. Elle me livre, presque sans interruption, des dizaines de souvenirs, elle s'efforce de faire revivre notre passé, comme si mon amnésie menaçait sa mémoire à elle. Ou bien la stimulait… Malgré son inquiétude, toujours sous-jacente, de me voir rester dans mon oubli, dans le silence qu'il provoque, sidérant, elle semble s'épanouir au récit de notre enfance, ou du moins de la part rendue lumineuse de celle-ci.

Je sens sa bienveillance. Elle ne m'en veut pas de mon amnésie, qu'elle considère un peu comme une forme aggravée de distraction, et, en grande sœur, elle s'efforce de pallier mon inconséquence, un peu irresponsable mais sans méchanceté. Inconsciemment, elle m'infantilise, me ramenant continuellement à mon enfance, sans abandonner elle-même sa situation d'adulte…

Et c'est ainsi que je fais connaissance avec Ethan, avec moi-même. Ou plutôt, avec la partie d'Ethan que détient ma sœur Sophie. Ou plutôt, avec la partie d'une autre personne, portant le même nom que moi, qui a été effacée par la foudre il y a trois semaines.

C'est fascinant, car cela ne doit pas être fréquent qu'une personne inconnue vous livre autant d'évènements familiaux, de souvenirs d'enfance, avec une confiance toute naturelle. Mais perçoit-elle qu'elle parle à un inconnu ?

Par moments, je relève ce qui peut être des traits de caractère qui appartiennent à Ethan, j'essaie d'analyser les anecdotes pour en tirer des indices, pour mieux comprendre ce personnage, à qui visiblement Sophie, et les autres, me demande de m'identifier. Mais, sitôt qu'elle est partie, et sans que ma mémoire, qui semble avoir, maintenant, un fonctionnement parfaitement normal, n'y soit pour rien, j'oublie… En moi, toutes ces informations intimes accumulées que Sophie me restitue déclenchent une profonde lassitude. Je ne sais qu'en faire. Elles viennent pour me nourrir, pour me redonner de la consistance, mais je les reçois bouche close, prudemment, et elles glissent à terre, peaux mortes, feuilles desséchées, et bien vite elles s'estompent. Je dois juste faire attention de ne pas glisser en marchant dessus, comme en automne… Pourquoi est-ce que je me souviens de cela, des feuilles humides et glissantes en automne ?

À d'autres moments, j'essaie de déduire ce que Sophie cherche à me masquer dans ce qu'elle me dit, les aspects moins positifs d'Ethan… Pourquoi enjolive-t-elle ce qu'elle me raconte ? Pour me donner une plus forte envie de réintégrer ce passé, d'y reprendre place, aussi vite que je ne l'ai quitté ? Pour reconstruire une histoire familiale idéale, débarrassée de ses laideurs ? Pour que, lesté de ce passé sans tache, je puisse être bien meilleur que je ne l'ai été ? Ou bien est-elle, par caractère, incapable d'affronter les mauvais aspects des gens ?

Mais d'Ethan je ne déduis rien… J'ai juste l'impression qu'il a des composantes moins sympathiques, que les choses ne se sont pas vraiment passées comme Sophie me le raconte… Je suis un peu comme devant un film serbo-croate sous-titré. Je devine que les sous-titres ne sont pas tout à fait fidèles, mais je n'ai pas accès au texte premier…

Ce sont des monologues. Je l'écoute silencieusement. Parfois, rarement, les anecdotes se répètent, peut-être le signe que ce sont celles qu'elle préfère, et alors, mon attention vacille et vient se fixer sur des choses anodines, des détails secondaires, soit dans les histoires elles-mêmes, soit sur le visage ou la gestuelle de Sophie. Ou, encore, sur les infimes différences entre les versions, là encore indice qu'elle me cache quelque chose… Et de nouveau je la suspecte d'occulter certains aspects moins reluisants, des éléments susceptibles d'être indélicats, porteurs de cette honte enfantine à la fois lourde et tenace, difficile à effacer, même si provoquée de toutes petites choses, de maladresses ou de mesquineries insignifiantes, ou peut-être au contraire révélatrices… Alors, je vois bien, sa lèvre supérieure tremble très légèrement, et son regard fuit un peu.

Elle me protège. C'est touchant d'entendre ainsi une personne soucieuse à ce point de me donner une histoire à la fois complète et nettoyée de tout ce qui peut être désagréable, de ce qui pourrait être source de honte ou de remords. Faut-il qu'elle en ait le regret, Sophie, de cette enfance, pour la relater d'une façon si détaillée… À moins qu'elle ne l'invente, et cherche à m'en convaincre, pour que ses rêves acquièrent une part de réalité, dans ma mémoire reconstituée… Elle reconstruit son frère, notre enfance, à sa convenance…

Lorsqu'elle vient, je me mets sur mon lit, à demi-allongé, comme si je devais lui signifier nettement que je suis convalescent. Mais est-ce que je le fais pour moi, pour me donner la possibilité de fermer parfois les yeux, de rester sans répondre, de garder sur le visage une expression un peu vague. Ou pour elle, afin qu'elle trouve dans ce frère allongé une écoute patiente, inlassable. Parfois j'acquiesce. Pour dire que j'ai compris, pas que je me souviens, encore moins que j'accepte d'intégrer à ma vie ce fragment d'histoire…

Aujourd'hui, je suis pourtant sorti de ce rôle d'éponge affective, de réservoir à souvenirs vide, qu'il faut patiemment emplir. Je lui pose des questions sur sa vie à elle. Sur son boulot, elle est archiviste, sur sa vie de couple, elle vit avec Jean-Luc, un technicien en informatique, sur son appartement, sur ses projets de vacances. Alors, sur le visage de Sophie il y a comme une lueur supplémentaire, elle est visiblement heureuse et surprise de mon intérêt. Elle est la sœur aînée d'Ethan l'ancien, qui n'a vraisemblablement jamais manifesté beaucoup d'intérêt pour cette grande sœur un peu timide, protectrice mais effacée… Ou alors, il y a longtemps… C'est du moins ce que l'Ethan le jeune, moi, je me dis. Mais je les connais encore si peu, tous les deux…

Impossible de rester passivement à attendre que les jours passent, à engranger des souvenirs en vrac dans le grand silo presque vide de ma mémoire. Comme avec les data, les données d'entreprise, il faut mettre de l'ordre. Sinon, les sources d'erreur vont se multiplier. Et rendre confus toute la configuration. Discernons…

Il y a Ethan 1, celui d'avant la foudre. Il a une vie complète : un emploi, des compétences, des amis, une famille, un appartement, une histoire, un caractère, une amante, une voiture, des goûts, des manières de faire, un kit complet !

Et il y a Ethan 2, moi, qui a une vie pour partie … disponible. Une vie partielle. Je me sens capable de réinvestir mon emploi, j'ai gardé mes compétences, je peux récupérer mon appartement et ma voiture. Mais pour le reste, mon histoire a dix-neuf jours.

Parfois, dans les systèmes d'information, il y a des doublons, des fichiers en double, ou un fichier et sa version altérée, qui cohabitent mal, générant des confusions… Suis-je un double altéré, empêchant Ethan de fonctionner d'une manière normale, adéquate ? Un fichier en trop, inutile, perturbateur ?

Si je retrouve la mémoire, j'imagine que Ethan 2 va disparaître, et que je réintègrerai Ethan 1 instantanément. D'après le neurologue, ce n'est pas si simple, ni aussi systématique, mais simplifions pour y voir clair. Dans ce cas, la vie d'Ethan 2 ne compte pas vraiment. C'est une vie transitoire, destinée à s'effacer sans laisser de traces, et donc… je peux en faire ce que je veux, de cette vie-là ! Je n'ai pas d'enjeux, et, d'une certaine manière, pas de responsabilités ! Même, je n'ai pas vraiment d'attaches, et en conséquence, pas de limites !

Si, quand même ! Si Ethan 1 revient à la surface, il devra assumer, en partie, la vie d'Ethan 2. Car ses proches ne vont pas faire une séparation radicale entre les deux. Si Ethan 2 envoie balader Karim Moussef, son N+1, celui-ci ne l'oubliera pas une fois Ethan 1 revenu… Et si je dis à Anne, la mère d'Ethan 1, ce qu'Ethan 2 pense de sa façon de tout diriger (appelons cela comme ça), je doute qu'elle l'oublie une fois Ethan 1 réapparu. Ses relations avec son fils Ethan 1 vont alors être modifiées…

Donc, en résumé, j'ai une responsabilité envers Ethan 1. Du moins pour autant que celui-ci existe toujours. Mais cela, personne ne le sait.

Car s'il ne se réveille pas… Si seul subsiste Ethan 2, moi, en fait. Alors, à quoi bon me soucier d'Ethan 1 ? Il m'est quasiment impossible de digérer sa vie, tous ses souvenirs, ses manières de vivre. Au mieux, je peux faire semblant de façon crédible, devenir un Ethan 1 ravivé, que tous ses proches prendront pour un rescapé plein de séquelles, dont ils diront qu'il n'est plus comme avant, plus tout à fait comme avant. Et moi, Ethan 2, New Ethan, je vais devoir dépenser dans ce jeu de rôle une énergie extraordinaire, démesurée. Je vais consacrer une bonne part de ma vie à mimer quelqu'un d'autre… Et pourquoi ? Je veux dire : dans quel but ?

Non, plutôt : pour qui ? Si je dois sacrifier qui je suis, New Ethan, disons N-Ethan, Nethan, c'est pour les proches d'Ethan. Ce sont eux qui me demandent, qui m'exhortent à chaque instant de redevenir Ethan 1, celui qu'ils connaissent, dont ils se souviennent… Mais pourquoi ? Même si c'est embryonnaire, je sens bien, dans ce qu'ils disent de lui, qu'il n'était pas sans défauts, sans inconvénients, Ethan 1er ! Alors, pourquoi sont-ils si soucieux de le faire revenir ? Par habitude ? Pour se rassurer ? Se rassurer sur leur propre pérennité, leur propre persistance, sur la solidité de leur être…

Evidemment aussi pour qu'il ne soit pas mort. Je suis une espèce de mort-vivant… Je suis là, je bouge, je parle, mais eux n'y voient qu'une absence, je ne suis qu'un fantôme. D'où leurs efforts pour que l'esprit d'Ethan 1 me revienne, que cesse cette disjonction entre mon corps et celui qui l'habitait juste avant la foudre…

Mais je ne ressens pas cette disjonction, cet écart. Je vis bien dans mon corps, j'existe, simplement je suis quelqu'un d'autre, une autre personne, dont la principale caractéristique est de n'avoir que dix-neuf jours d'existence… Ils voient un zombie, une absence, je suis un nouveau-né, une présence nouvelle… Du moins, il me semble…

Plus on m'en apprend sur Ethan, et plus je me sens exister à côté de lui, en dehors de lui. Je ne sais pas pourquoi…

Alors, que puis-je faire ? Rentrer dans ma boîte toute étiquetée ?

Ou faut-il que je fuis, pour vivre calmement ma vie, loin de ces griffes qui essaient de me ramener à un mort ? Enfin, un mort… Un disparu ! C'est le mot ! Ethan Mantret est un disparu. Fuir… Ou bien me plier aux sollicitations à reprendre sa place, m'insérer dans son univers, refermer cette parenthèse que tous veulent voir dans mon amnésie…

Fuir… Changer d'apparence, de lieu, d'emploi, de vie, et vivre ma vie, ma vie à moi, encore balbutiante, ma propre vie…

Mais alors, si la mémoire d'Ethan se ranime, si dans ce jeu de bascule je disparais et qu'il revient, dans quelle situation vais-je le laisser ? Autant il me semble que je n'ai pas à me soucier d'avoir de dettes envers ses proches, ni de ce qu'ils peuvent penser, sous peine de me laisser envahir par de multiples contraintes, toutes liées à être Ethan, autant je me sens, décidément, une responsabilité envers lui. S'il reprend sa place, il ne faut pas qu'il retrouve sa vie démantibulée par un barbare, moi, un ignorant de ses œuvres, de ses projets, comme de ses équilibres.

Oui, une responsabilité…

Bon, de toute façon, pour le moment, je ne suis pas obligé de trancher. Je peux assumer mon rôle de fantôme, et m'insérer dans la place que l'on m'attribue, à la satisfaction de tous. Traumatisé, convalescent, la médiocrité avec laquelle je peux jouer à être Ethan est toute excusée. Un peu comme on n'en veut pas à un enfant apprenant à se servir d'une fourchette de se couvrir de taches…

Si cela devient trop contraignant, moi, Nethan, je prendrai la tangente. Il sera toujours temps, si je me sens trop étouffé par la vie de l'autre, de me lever et de me casser, comme on dit !

Et puis, qui dit cela ?

Mais pour l'heure, je flotte entre une vie pleine que l'on m'offre, mais qui n'est pas vraiment la mienne, et une vie vide que j'habite ignorant. Drôle d'alternative !

D'ailleurs, même si c'est dit à demi-mots, je sens bien que je ne suis pas libre de faire ce que je veux. Si je sors de l'hôpital aujourd'hui, et que je dis que je veux aller vivre en Australie et devenir boulanger, la réaction de toute la famille et du corps médical sera unanime : il est malade, il est irresponsable, il est légitime que l'on décide à sa place... Et me voilà devenu incapable majeur ! Et hospitalisé de force.

Car pour eux, je n'existe pas. Nethan n'existe pas. Et si je m'affirme trop, ils vont y voir une forme de folie, de pathologie psychiatrique, un dédoublement de personnalité, et non pas le simple fait que j'existe, et que je ne suis pas Ethan, celui qu'ils connaissent.

Les visites et ce qu'elles amènent, inévitablement, comme éléments d'une histoire à réintégrer, me fatiguent. Mais, lorsque je suis seul, je me retrouve à réfléchir sur ma situation d'une manière forcenée, éprouvante... Rien n'est apaisement, l'amnésie n'est pas un havre de paix.

Finalement, la réponse est bien plus simple que tout cela : le hasard a voulu que je naisse dans la peau d'un gars nommé Ethan Mantret. Cela peut être intéressant d'explorer et de comprendre sa vie, même si elle n'est pas destinée à être la mienne. Ensuite, je verrai bien !

D'ailleurs, c'est un peu ce que l'on fait tous, non ? Quand on naît dans une famille, au milieu d'une situation donnée, on passe une bonne part de son existence, l'enfance, l'adolescence, à essayer de découvrir et de comprendre comment ça marche. Et ensuite, ensuite, on décide, on tente de décider de la place qu'on veut y prendre, rupture ou continuité, intégration ou indépendance. Simplement, cela prend un temps très long parce qu'on naît sans capacités à comprendre. Et tout ce qui nous permet d'apprendre à comprendre nous vient au début de la famille, de la situation sociale, historique où l'on est né. Ce qui ne facilite pas la prise de recul. En plus, on est en situation de faiblesse, de faiblesse absolue, affective, sociale. Cela nous oblige à être attentifs à ne pas contrarier ceux qui nous élèvent, dans la crainte de se voir priver de leur amour protecteur. Là encore, aucune analyse critique n'est sollicitée, ni, bien sûr, favorisée !

Mais moi, Nethan, par un extraordinaire hasard, je suis né avec toutes les capacités de compréhension nécessaires, je me retrouve même avec le minimum de sécurité matérielle pour affronter le monde sans péril immédiat. Coucou involontaire tombé dans le nid d'Ethan Mantret, j'ai donc tout ce qu'il faut pour étudier ce nid, avant de choisir d'y rester, ou de prendre mon envol !

Et nous sommes samedi ! Pas de visite de la psychologue, pas de visite du neurologue et du psychiatre, du temps pour soi…

Sauf que le samedi, c'est le jour parfait pour les visites de la famille… Impossible d'y couper, sauf à invoquer de la fatigue, un mal de tête, malheureusement choses susceptibles de retarder mon départ de l'hôpital, d'augmenter les médicaments prescrits, d'ajouter un poids de maladie sur mes épaules, dans mon dossier… Donc, autant éviter !

Le matin passe Antoine, un collègue de travail. 45 ans, l'air un peu distrait, la cravate de travers, avec une veste qui ne la nécessite pas, un jean, quelques rides… Il a amené des croissants, alors qu'il est 10h 45, et que les repas sont servis à 11h 30… Nos échanges ne durent pas longtemps. Antoine me donne des nouvelles du boulot, et me parle de plusieurs personnes dont je n'ai pas la moindre idée de qui elles sont. Après un moment où la conversation s'embourbe, il se rappelle mon handicap, et se met à me situer chacune des personnes dont il me donne des nouvelles, d'abord dans l'organigramme de la boîte, puis physiquement, puis au niveau des principaux traits de caractère. Je stocke tout cela dans ma nouvelle mémoire, cela me servira peut-être un jour.

Puis il me demande de mes nouvelles. Mais que puis-je lui raconter ? Mes souvenirs sont d'une pauvreté totale ! Après quelques banalités, je lui demande de ses nouvelles à lui. Encore que l'exercice se révèle difficile, car je ne le connais pas… Antoine répond avec lenteur, parcimonieusement. Je devine que nos relations, amicales, devaient être centrées sur le travail, sur des commentaires des décisions supposées de la direction, sur les travers des clients, et les emmerdements qu'ils génèrent, sur les petits potins concernant les collègues. Il finit par me dire que nous ne nous sommes jamais vus en dehors de GRG (j'ai compris que c'était la façon dont les employés désignaient Gunther and Ravel Group).

Antoine a l'air malheureux d'être malhabile. Moi, sans le connaître, je lui suis reconnaissant d'être venu à l'hôpital pour me voir. Pour le lui montrer, sans vrai appétit, je mange un de ses croissants. Par petits morceaux détachés, faisant ainsi le maximum de miettes dans mon lit et aussi par terre. Il finit par en accepter un, qu'il croque à belles dents. Puis, l'heure du repas s'approchant, il s'esquive.

Je me rends compte que cette visite est le prototype d'une longue série… Tous ceux qu'Ethan côtoyait dans sa vie, copains, vagues relations, relations de travail, vont être dans le même désarroi, dans la même gêne : être face à quelqu'un que l'on connaît, mais avec qui il est impossible de parler, tous les savoirs implicites permettant d'échanger familièrement ayant disparus.

Contrairement à ma famille, ceux-là se fichent de ce qui m'arrive, en gros. Ils n'ont pas la nécessité psychologique d'être reconnus, de voir leur place dans ma vie rétablie. Simplement, brutalement, ils ne savent plus comment me parler…

Je m'aperçois alors de l'exténuant travail que cela va être de reprendre la place d'Ethan dans GRG. Même avec le statut d'amnésique, le poids des relations avortées va être terrible.

Je vais être entouré de gens qui ne savent plus qui je suis, tout en ayant une place acquise parmi eux. Situation inédite pour eux, et je crains bien qu'ils me le fassent payer cher, en termes relationnels, et j'imagine aussi en peaux de bananes professionnelles. Situation terrifiante pour moi…

Mais pourquoi est-ce que je pense cela ? Je n'ai aucune idée de comment cela se passe au sein de GRG, aucun souvenir de qui que ce soit, de quoi que ce soit. Je me souviens à la perfection du CRM, des lignes de codes, des process d'intégration des données, mais rien de l'entreprise. Sauf quelques règles apparemment bien claires dans mon esprit, comme : tout intrus dans une équipe est nécessairement suspect, et facilement brimé. Encore un apprentissage qui est resté inscrit, comme dit le Professeur Champoye ?

Décidément, le samedi est un jour délicat. En début d'après-midi, arrive Gaëlle.

Gaëlle, je sais qui c'est. C'est Sophie, ma grande sœur, qui me l'a dit. Gaëlle, c'est ma copine. Ethan a une copine. Une jeune femme avec qui il sort depuis plus de deux ans. Mais ils ne vivent pas ensemble, chacun son appart, manière de garder son indépendance… En me racontant cela, Sophie semblait presque envieuse. Mais je perçois déjà que ce genre d'équilibre ne lui conviendrait pas à elle…

Gaëlle est venue plusieurs fois durant mon coma. Mais c'est la première fois qu'elle revient à l'hôpital depuis que je me suis réveillé…

À vrai dire, j'attendais sa venue avec appréhension. Hormis une des photos du cadre numérique, qui défile toutes les 68 secondes si l'on désactive le mode aléatoire, je ne sais rien d'elle. C'est une personne avec qui j'ai eu un lien physique intime, sans doute des échanges très personnels, une proximité moins longue mais plus contemporaine qu'avec les membres de ma famille. Une femme dont je suis amoureux. Et je n'en sais plus rien. Même les sentiments les plus forts sont effaçables, visiblement. Je trouve cette situation particulièrement embarrassante...

Mais, à peine assise sur la chaise placée devant la table de nuit, elle se met à pleurer, le nez dans un mouchoir, le visage penché. Des pleurs pas très puissants, mais réguliers, comme ces pluies modérées qui peuvent durer la journée sans jamais s'arrêter, et dont la régularité est la clef de la tristesse qu'elles infusent.

Après un long moment d'hésitation, je finis par lui prendre la main. Mais la situation est incongrue. Je prends la main d'une belle jeune femme inconnue, alors que nous n'avons quasiment échangé aucun mot... Et elle l'accepte d'autant plus facilement qu'il y a un mois, nous faisions l'amour ensemble... Du moins je l'imagine ! ... Elle s'apaise un peu, et je finis par comprendre pourquoi elle pleure comme cela : elle est morte de honte. Honte de n'être pas venue me voir plus tôt. Par peur de la rencontre avec quelqu'un qui est tout à la fois moi (elle veut dire Ethan) et personne, comme le lui ont dit des médecins (mais quels médecins ?)... J'ai la mémoire vide, mais je suis une personne. Peut-être a-t-elle mal compris ? Ils auraient mieux faits de lui dire qu'elle allait rencontrer le frère jumeau d'Ethan, venant juste d'arriver d'un pays lointain, pas encore accoutumé à nos usages, à nos manières, un étranger. Un sosie d'Ethan, mais une personne étrangère. Avec qui il faut être patient.

Je lui prends la main et… j'ai un début d'érection ! Évidemment, c'est un geste de soutien, de compassion, mais c'est aussi mon premier contact physique avec cette jeune femme, et alors… C'est même la première fois que je touche une femme, si l'on excepte quand j'ai accroché le bras de l'infirmière lorsqu'elle m'aidait à me tourner dans mon lit, au début… Je me sens décalé, et gêné. Pourvu qu'elle ne se rend compte de rien…

Elle me dit ses regrets, la difficulté qu'elle a eu pour venir, la pression qu'elle s'est mise pour finir par se décider aujourd'hui, les encouragements de ses amies (je les connais ?), et moi j'essaie de la rassurer. Encore une manifestation de notre décalage. Elle s'en veut de n'être pas passée me voir plus tôt, imaginant qu'elle m'a manqué… Et moi, cette femme, je ne l'ai jamais vue avant aujourd'hui. Seule sa photo numérique, toutes les 68 secondes, m'est familière, mais plutôt source d'inquiétude, car avant qu'elle ne vienne, et manifeste sa culpabilité, me sortant ainsi de l'embarras, je me demandais vraiment comment réagir lorsque je la verrai…

Cela ressemble à un mariage arrangé ! Du moins pour moi. Je me retrouve sans l'avoir décidé l'amant de cette jeune femme, que je ne connais pas, sauf un portrait, 68 secondes, qui ne lui ressemble pas vraiment, d'ailleurs.

Mais pour elle, la réalité est toute autre ! Elle me connaît très bien. Elle me retrouve, enfin, un peu…

Au bout d'un moment, elle semble soulagée, rassérénée par mon accueil. Et je suis content qu'elle se sente mieux… Nous échangeons des banalités. L'absence de toute intimité possible dans cette chambre trop blanche empêche peut-être qu'elle n'ait envers moi les gestes tendres qu'elle avait sûrement il y a encore à peine un mois avec Ethan. Et moi, je ne sais toujours pas comment me situer… En restant distant je la blesse… Si j'esquisse un geste de tendresse, de désir, n'est-ce pas me faire passer pour un autre, Ethan, actuellement absent, mais dont j'ai l'apparence ? Un jumeau peut-il abuser la fiancée de son frère dans une situation où on les confond ?

Un jumeau ! N'importe quoi ! L'érection est mauvaise conseillère, j'ai envie d'elle sans en avoir le moindre droit, si j'ose dire. Le nid est ici terriblement tentant pour le coucou, mais malgré la force de la tentation qu'elle suscite en moi, je m'y refuse… Je ne suis pas vraiment celui qu'elle croit. D'ailleurs, je ne suis pas vraiment.

Un fantasme de frère jumeau, d'imposture, de jeu érotique s'amusant des apparences, me passe par la tête, avant que la réalité de mon amnésie ne revienne alourdir ce moment bizarre…

Je dois avoir l'air un peu perdu, elle l'interprète comme de la fatigue, et en profite pour se retirer… En partant, elle me fait un petit baiser sur la bouche, qui relance mon érection, et je deviens tout rouge, mais elle ne le voit pas, toute à son départ… Elle me dit à bientôt…

Je reste un long moment encombré de cette rencontre. Pris entre un fantasme érotique et une culpabilité poisseuse. Une tentation et un futur remord.

Dimanche matin. Le service est encore plus calme que d'habitude. J'ai pu aller prendre mon petit déjeuner dans la salle à manger. Est-ce parce que j'ai l'air en meilleure forme ? Ou bien parce qu'il y a moins de personnel le dimanche ? Quatre personnes, chacune dans son coin, achèvent leur bol de café et leurs croissants. J'absorbe les miens, après m'être servi sur le meuble qui fait office de buffet. Nous sommes tous dans nos bulles, chacun avec un problème neurologique inconnu qui inquiète tous les autres, chacun sans envie de contact ou de partage...

Une tranquillité parfaite, une fois rentré dans ma chambre (la 329, deuxième à gauche dans le couloir de droite). Et du temps pour méditer.

La rencontre avec Gaëlle m'a fait comprendre une chose : si je n'y mets pas du mien (la formule est plutôt amusante !), je n'existe pas. Nethan n'existe pas, pour personne. Ce qui existe pour tout un chacun, c'est un Ethan diminué, aux abonnés absents, qu'il faut rééduquer, soutenir, stimuler, farcir de souvenirs bien authentifiés. Une personne incomplète, une personne potentiellement capable d'en être une, mais pas tout de suite. Une personne en attente. Un handicapé. Sous tutelle...

Mais ce n'est pas ce que je suis. Je suis pleinement une personne, je le sens bien, parfaitement capable de prendre sa place dans la société. J'en suis certain, sans en avoir de preuve. Simplement, même si c'est difficile à accepter, je suis un nouveau-né !

Encore que l'image ne soit pas adéquate, un nourrisson, cela se met sous tutelle, incapable qu'il est de vivre sans aides. J'ai clairement l'impression que je peux me débrouiller seul. Maladroitement, sans doute, mais parfaitement apte à assumer une place sociale. Si j'arrive à en définir une, évidemment. Je ne me sens pas incomplet. Plutôt réfréné dans mes envies. Et surtout coincé par la situation.

Au risque de radoter, reprenons les options d'une manière logique :

1. Ce qui serait le plus logique, et qui est tout autant le moins évident : Je leur dis que je suis Nethan (ou bien un autre prénom, qui m'irait encore mieux, comme Baudoin, Célestin, ou Léandre, j'ai l'air calé dans les prénoms possibles).

Pourquoi est-ce que je connais autant de prénoms peu usités ? Ai-je eu envie de faire un enfant ???
Il faudra que je le demande à Gaëlle.
Non, surtout pas !

Donc, je leur dis : bonjour Messieurs-dames, je suis Nethan. Le hasard nous fait nous rencontrer. J'espère que nous nous entendrons bien, et je suis par avance très heureux de faire bientôt votre connaissance.

L'avantage de cette option : je suis parfaitement en adéquation entre ce que je pense et ce que j'affirme dans la réalité. Et cela, ce n'est pas rien. C'est une unification...
Les obstacles de cette option : d'abord, il y a les risques liés à l'hôpital. Revendiquer une identité totalement disjointe de la vie d'Ethan Mantret a de fortes chances de passer pour une manifestation claire d'un problème psychologique ou

neurologique grave, qui nécessite de me garder hospitalisé encore un bon moment, y compris contre mon gré.

Ensuite, même si les personnes de l'entourage d'Ethan jouent le jeu, la rencontre va être terriblement difficile. Pour eux, j'entends. Car ils ne sauront pas trop quel degré d'intimité partager avec ce nouveau venu. Ni quelle place lui donner dans leurs vies. Quant à la légitimité que j'ai de prendre la place d'un disparu, dans ses relations comme dans ses biens…

Et moi, et moi, … je n'ai quasi rien à leur dire ! Toute ma vie peut tenir sur deux ou trois pages de papier, et encore, en y mettant des détails. Sinon, cinq lignes suffisent… Et que puis-je envisager comme avenir en étant émigré dans une famille bien constituée ?

2. Option 2. J'accepte la situation que tout le monde me propose. Je dis que je suis Ethan, et que, simplement, je me suis oublié. Je m'efforce de retrouver cette foutue mémoire, en particulier en la reconstituant à partir des échanges avec les uns et les autres. Et, logiquement, je m'efforce de rentrer dans le rôle d'Ethan du mieux possible, au fur et à mesure.

Les avantages sont nombreux : le corps médical va me trouver aussi courageux qu'exemplaire, j'y gagnerai sans nul doute le droit de sortir d'ici. Tous les membres de l'entourage d'Ethan seront emplis de compassion pour moi, m'aideront à retrouver ma place dans le monde, tolèreront mes manques et mes maladresses, attendront que se produise, un jour, le retour de cette mémoire subtilisée par la foudre. Nul ne contestera que je reprenne ma place, dans la famille, le boulot, mon appartement, et les bras de Gaëlle.

Le seul obstacle, c'est moi. Je veux dire Nethan. Je suis, dans cette option, obligé de cacher celui que ma conscience me dit que je suis. Celui que je me sens être. Même si je n'en connais pas grand-chose.

Sans doute, au long cours, je pourrai petit à petit infléchir ce que je montrerai de ma personnalité, et laisser progressivement à Nethan plus de place. Cela me semble un travail titanesque, une frustration interminable, démesurée…

Encore qu'il existe une issue plus confortable. Imaginons que, découvrant au fur et à mesure les différents aspects de la vie d'Ethan, ils me correspondent suffisamment. Ce serait l'hypothèse qu'Ethan et Nethan se ressemblent beaucoup, et que Nethan, en conséquence, n'a pas à se faire violence à intégrer cette empreinte de vie toute prête, que tout le monde pense qu'il cherche avant tout à retrouver…

Ou alors, par le poids du cadre qui m'est imposé, par l'usure de cette contrainte continue, Nethan finisse par disparaître, remplacé par un Ethan de pacotille, une personnalité artificielle élaborée à partir de toutes les sollicitations de ses proches, et que je me retrouve, finalement, perdu dans un Ethan reconstitué artificiellement…

3. Troisième option : je fuis. En y mettant les formes, pour éviter les risques d'une prise en charge coercitive médicale, je quitte la vie d'Ethan pour vivre ma vie propre. Le grand avantage, c'est qu'alors, je suis totalement et librement moi.

C'est l'option 1 poussée au maximum. Avec le même gain, être moi, mais avec le maximum d'inconvénients. D'abord, là encore, les réactions du corps médical. Ensuite, Il y aura sûrement des réactions assez fortes de la part de la famille d'Ethan, pour le moins. D'autre part, je perds une bonne part des facilités matérielles qu'Ethan m'a, involontairement, léguées : un emploi confortable, un appartement, … Affirmer que j'existe avec force, et dans une logique de rupture, me coûte alors très cher… Et cela rend ma réinsertion particulièrement difficile. Il ne faut pas oublier (c'est drôle !) que je ne mesure pas très bien tout ce que je ne sais pas faire dans le monde extérieur. Car, même si j'ai bien des apprentissages qui me restent, de fait, d'un autre côté, je ne suis jamais sorti de ma vie de cet hôpital…

4. Quatrième option : j'assume ce que tout le monde me dit : je suis malade. En convalescence… Et j'adopte la fameuse et peu glorieuse position du coucou, pour reprendre l'expression. Je me mets dans la place d'Ethan, sans faire semblant de quoi que ce soit, pour voir ce qui se met en place. Je reste Nethan, mais je ne l'affirme pas, j'accepte qu'on me confonde avec un Ethan diminué, imparfait, en partie effacé. J'avance dans le monde sans souci des incohérences que je vais créer, des maladresses que je vais commettre, et je ne triche pas. Il faut simplement taire mon désir d'être reconnu comme étant Nethan.

Ce n'est pas l'option 2, car je ne cherche pas à redevenir Ethan. Je ne me cache pas, simplement je n'ai pas de revendication à être quelqu'un d'autre que celui dont tout le monde attend le réveil. C'est une moindre dissimulation, qui me laisse plus de possibilités de vivre, progressivement, ma vraie vie…

Les avantages sont nombreux, matériels, relationnels. Et je n'y perds pas ma sincérité (pourquoi est-ce que cela me semble une chose importante à maintenir ???).

J'ajoute même un avantage secondaire : je peux avoir du recul sur toutes les mésaventures qui vont nécessairement naître de cette situation. Du recul parce que cela ne me concerne pas vraiment, je veux dire que ce n'est pas vraiment moi qui serai en cause. Et puis, dans cette hypothèse, j'aurai un soutien de tous et de chacun, au moins au début.

Inconvénient : je n'en vois pas, sauf la lenteur de ce processus. Mais au fond, les autres options sont nécessairement longues elles aussi. (Pourquoi suis-je impatient ?).

D'ailleurs, cette lenteur va me permettre une chose essentielle : l'accumulation d'expériences humaines, dont je suis pour l'heure presque entièrement dépourvu.

Que garder de cette analyse ? D'abord, une indication sur mon caractère, j'aime penser, comprendre, m'interroger, discerner, comparer…

Et un indice important : qui que je sois aujourd'hui, je ne veux pas disparaître, je ne veux pas mourir noyé dans la vie d'un autre. Ce n'est pas vraiment justifiable, tellement celui que je suis est succinct, pas même ébauché, sans passé et sans avenir, mais je ressens intensément qu'il faut que je m'agrippe à cette toute jeune conscience d'où s'élève ma voix.

Dimanche après-midi.

Anne Mantret est revenue me voir. Elle est anxieuse, je le sens bien. Mais impatiente aussi. Ces quelques jours où rien ne se passe, où, sorti quasi indemne de mon coma, je semble en pleine forme, et où je ne fais aucun progrès dans la sortie de mon amnésie, cela l'agace. Je ressens comme un reproche sous-jacent, comme si je n'y mettais pas assez du mien (de l'autre ?). Pour elle, au fond, je me laisse vivre, dans cette chambre d'hôpital. Pour le moins il faudrait que je manifeste une volonté active de retrouver ma mémoire, et tout ce qui constituait ma vie d'avant. Ou alors que j'ai l'air de dépérir physiquement, ce qui serait une raison d'être encore couché après tout ce temps à ne rien faire !

Alors, je lui glisse que dans cette chambre, je me morfonds un peu. Que tout le monde est gentil, attentionné, mais que je n'arrive pas à me mobiliser dans ce défi nouveau qui consiste à redevenir moi, tout comme avant.

- Je te comprends bien ! Je pense la même chose. Cette chambre a quelque chose d'émollient. Tu devrais sortir, et commencer à reprendre contact avec tes patrons.

- Oui, tu as raison, je pense que cela m'aiderait vraiment. Car honnêtement, à rester ici, dans cette chambre… blanche, je ne vois pas ce qui peut provoquer le moindre sursaut de ma mémoire.

- Et bien, sors ! Je suis certaine que tu as raison ! Retrouver ton appartement, ta vie professionnelle, tes amis, cela devrait

favoriser le retour de tes souvenirs. Et puis, tu as toujours été un homme ambitieux, ce sont les défis qui t'ont mené toute ta vie, et voilà, c'en est un autre, que tu n'as pas choisi, mais pour lequel tu es à la hauteur ! Parfait !

- Oh, ce n'est pas si simple. Le Professeur Champoye ne semble pas décidé à me lâcher si vite. Je n'ai pas encore eu le droit de me promener dans le parc derrière l'hôpital, et même les connexions à Internet et à mes mails ne me sont pas encore autorisées...

- Écoute, tu n'as qu'à demander ! Et puis, j'en toucherai un mot à Champoye, il connaît un peu notre famille, cela devrait pouvoir se débloquer rapidement. ... Voilà une disposition d'esprit qui me semble prometteuse, source d'efficacité ! Honnêtement, Ethan, cela me fait plaisir !

Au moins, ce qu'elle attend de moi est assez clair. De la volonté, de l'ambition, de l'action dirigée vers un but. Et, je le devine, relever le nom de la famille Mantret. Cette famille a donc un nom qui compte, ou qui a compté. Il faudra que je m'informe... Auprès d'elle, mais plus tard...

Anne a parlé de l'appartement, de mon boulot, et de mes amis. Pas de Gaëlle. Indice de quelque chose ???

À la fin de l'entretien, Anne est plus mobile, plus souriante. Quelque part, tout revient sur les rails. Les siens. Certes, nous ne sommes pas arrivés, mon ami, loin s'en faut, mais voilà, nous sommes sur les bons rails !

Puis est passé Claude. Il est déjà venu, c'est, d'après ce que l'on m'a dit, mon ami le plus proche. Celui qui est mon confident, mon conseil, parfois techniquement (il est avocat), surtout humainement. Il est assez grand, plus âgé que moi d'une dizaine d'années, un peu vouté. Et très peu bavard.

En même temps, c'est sans doute lui qui a une des parts les plus difficiles à assumer, avec Gaëlle ! Se retrouver face à un ami en qui plus rien ne subsiste de l'amitié encore si vivante il y a si peu de temps.

- Je suis désolé, vous savez.

- De quoi ?

- De vous avoir oublié.

- Vous ne l'avez pas fait exprès, n'est-ce pas. Et ce n'est pas définitif, si j'ai bien compris. L'essentiel est que tu sois en vie, tu ne crois pas ?

- Vous avez raison...

- Est-ce qu'on se vouvoie, Ethan ? J'imagine que le tutoiement doit être difficile pour toi, mais le vouvoiement est quasi surhumain pour moi.

- Non, non, on se tutoie, si vous voulez.

Là, il éclate de rire !

Et je me rends compte que c'est la première personne qui rit aux éclats devant moi. De toute ma vie !

Alors, j'éclate de rire aussi. Ce qui scelle notre relation...

- Dis-moi, Claude, que faisions-nous ensemble ?

- Principalement parler. Parfois manger. Et surtout marcher en parlant.

- Et on parlait… on parle de quoi ?

- Tu me partages tes états d'âme, tes interrogations, tes difficultés, tes projets.

- Et toi ?

- Je t'écoute.

- Rien d'autre ?

- Je te dis mon avis, parfois. Mais tu n'en tiens pas vraiment compte. Tu es quelqu'un d'assez indépendant, Ethan.

- Et moi, je t'écoute ?

- Oui, bien sûr.

- Mais ????

- C'est moi qui parle moins.

- Et c'est bien comme cela, Claude ?

- Oui, bien sûr.

- Cela me semble déséquilibré, vu de là où je suis.

- Non, pas du tout.

- ???…

- Au fond, je m'enrichis de tes confidences, de tes doutes, de tes frustrations, de tes désirs…

- Et moi, de quoi est-ce que je m'enrichis ?

- Dans notre relation ? Je dirai de la confiance que tu me fais, qui te permet de montrer tes faiblesses…

- OK, je comprends… Rien à changer, donc.

Idiot que je suis ! Comme si l'on pouvait décider arbitrairement de changer notre relation… Sauf à l'interrompre, bien sûr… C'est bizarre de parler de notre relation, alors qu'elle vient à peine de commencer, du moins pour moi. J'ai besoin de me trouver des repères…

- Non, je ne crois pas. … Il faut essayer de nous reparler comme d'habitude… Cela sera sûrement un peu bizarre au début, mais si tu veux avoir une chance de retrouver ta mémoire, il me semble que c'est la meilleure chose à faire.

De toute façon, je n'ai guère le choix : comme je ne sais pas parler comme l'autre, comme Ethan, mieux vaut que je parle librement, comme cela me vient. C'est finalement pour Claude que ce sera le plus difficile.

J'ai envie de faire confiance à ce type, à cet ami de toujours que je ne connais pas, et lui dire que je n'ai pas envie de retrouver ma mémoire, la mémoire d'Ethan, parce que j'imagine que cela annihilera celui que je suis à présent… Et que je ne veux pas mourir ! …Bon, laissons du temps au temps, on verra !

- Dis-moi, Claude, dans nos discussions, est-ce que je parle souvent du passé ?

- De ton passé ? Parfois. Rarement, en fait. Tu aimes plutôt parler de ton présent, et du futur proche.

Bon, alors, sur ce point, je lui ressemble, à Ethan ! Mais pour moi c'est une obligation, je n'en ai quasiment pas, de passé !

- *J'ai hâte de sortir d'ici… Malgré tous les soins dont je suis l'objet, j'étouffe. Je ne reproche rien à personne, les gens ici font tout ce qu'ils peuvent pour m'aider. Mais j'étouffe. J'ai envie de mettre le nez dehors…*

- *Parles-en aux médecins. Quels risques y aurait-il à ce que tu sortes ? Peut-être faut-il que tu te protèges d'éventuels vertiges, ou évanouissements, conséquences de ton traumatisme neurologique. Ne pas conduire, par exemple… Mais sinon…*

- *Oui, tu as raison, je vais demander à le faire, en respectant les précautions que l'on me précisera.*

- *Si cela te tente, on peut marcher un moment ensemble, comme il y a peu.*

- *Oui, peut-être.*

- *Si cela ne te tente pas, tu peux le dire sans précaution, cela ne me choquera pas…*

- *Non, c'est juste que je ne sais pas encore vraiment ce que je veux ou ne veux pas. Même mon désir de sortir est un peu théorique, si tu vois ce que je veux dire. Et instinctivement, j'ai peur de m'engager dans quelque chose qui me poserait problème le moment venu…*

- *Ce n'est pas limpide, mais qu'importe ! Pas de problème ! … Tu as récupéré ton téléphone ?*

- Non. Je n'ai plus de téléphone. La foudre l'a fait fondre, c'est la seule chose qui ait brûlé sur moi. D'après Karim, j'ai une copie de toutes mes données sur mon ordinateur professionnel, mais celui-là, on ne veut pas me le donner, pour que je ne sois pas surchargé d'infos professionnelles, si j'ai bien compris.

- Tu veux que je m'en occupe ?

- De quoi ?

- T'acheter un nouveau téléphone, et y transférer tes données.

- … Je ne sais pas. Il va y avoir des dizaines de noms, de rendez-vous, de messages, de mails dont je n'ai aucune compréhension. Et dont il va falloir que je m'occupe, même en n'y comprenant rien, puisque cela me concerne. Tu sais, je le vois comme un piège où je vais m'enliser définitivement, tant ce que j'ai à rattraper, à réintégrer me semble immense… Je me sens trop étroit pour ingérer toute ma vie d'avant, trop petit, je risque de perdre pied, et de me noyer dans des centaines de liens et d'obligations qui me sont, pour le moment, étrangers…

Là Claude me fait un fin sourire…

- Il faudra bien que tu t'y affrontes à un moment ou à un autre. Et puis, rien ne t'oblige à aller vers ce qui est le plus éloigné de toi, les lointaines connaissances, les contacts professionnels, les SMS du boulot, tu vois ce que je veux dire. Investir ce passé par cercles concentriques, en partant du plus proche de toi… Et cela à ton rythme. Mais bon, c'est comme tu veux.

- Je te le dirai dès que j'y verrai plus clair dans la façon dont je veux reprendre ma place dans la vie.

- Je te laisse ma carte, avec mon téléphone.

Claude FERSAL
Avocat spécialisé dans les affaires familiales.

Il ajoute à la main un numéro de portable…

Une fois Claude parti, je suis frappé par le fait que la confiance qui existait entre Ethan et lui semble s'être parfaitement transmise entre lui et moi. Comment je le sais ? Par une manière de se parler, par une liberté intérieure que je sens et qui permet de tout dire, de tout se dire, sans prudence… Il n'est pourtant pas resté très longtemps… Est-ce qu'entre deux personnes, la confiance s'établit comme cela, en quelques minutes, basée sur on ne sait quoi ?

Cela pourrait vouloir dire, en plus, qu'entre Ethan et moi il y a une chose en commun, sur laquelle la confiance avec Claude s'épanouit, comme sur un certain type de terre ce sont certaines plantes qui viennent systématiquement s'installer.

Une liberté intérieure. C'est assez mystérieux. Dont je finis par discerner l'origine : Claude est la seule personne que je connaisse qui ne semble pas attendre quelque chose de moi. Il ne me demande rien. Il ne semble pas attendre la résorption de mon amnésie comme un préalable, comme une nécessité… Il a le souci de moi, et il n'exige rien en retour. Il n'attend de moi que je sois moi. Il me reconnaît sans conditions !

De la confiance instaurée, immédiatement, entre nous. Et cela me donne de la confiance en moi. Dans cette période où j'ai si peu de choses qui m'appartiennent et sur quoi je peux m'appuyer sans retenue pour vivre, cette confiance me donne de la confiance en moi, en ma capacité à être moi… Le pouvoir des mots, ou plutôt d'une attitude… Pour la première fois de ma vie de 23 jours, je me sens léger, capable de redresser la tête sans effort, et de marcher le corps droit, oui, sans effort, naturellement.

Je n'ai aucune idée de ce que sera notre relation, vue la place si particulière que j'occupe, mais après tout on verra bien… Et j'ai finalement assez confiance, aussi, dans ce qui en adviendra…

Le téléphone, c'est une décision plus difficile. J'ai réellement peur de ce que je vais y trouver. Une masse importante d'inconnus. Comme si ma vie allait se trouver cernée par des centaines de zombies, et des milliers d'obligations, qui vont subitement réapparaître, s'imposer à moi, et alors, que vais-je faire ? Comment supporter ce déferlement sans m'y perdre, coma mnésique, passer du vide au trop plein, noyé dans mes propres données…

Je comprends mieux les interdictions de Champoye, destinées à me protéger de cette irruption effrayante de mille choses inconnues dans une vie très fragile, encore mal assurée, démunie de certitudes…

....

Plus tard, je prends conscience que je n'imagine pas que cette confrontation puisse me faire retrouver la mémoire. Je n'y vois qu'un envahissement, pas une sauvegarde…

Je repense alors à la solution de fuir la vie d'Ethan, de prendre le risque de m'extirper de ce passé qui semble continuellement vouloir me recouvrir, de vivre ma vie sans regard en arrière.

Mais cette fuite, ou ce plongeon régénérateur, ne me protègeront pas de ce qui peut se produire à tout moment : l'irruption soudaine d'Ethan et de tout son passé, entier, intact. Et ma soudaine disparition. Quoi que je fasse pour vivre, je ne peux me protéger de cette hypothèse. Statistiquement d'autant plus probable que mon amnésie n'est pas ancienne. Fuir, c'est tenter de tuer Ethan. Mais dans ce combat, c'est lui qui peut gagner...

Donc, pas de solution radicale, sur des bases aussi fragiles ! Vivre ma vie telle qu'elle est, conscience à demi-éveillée dans le corps d'un autre, dans la vie d'un autre. Plus modestement, sortir de cette chambre, quitter l'hôpital, et même prendre une place dans la société. C'est déjà un défi terrifiant, tant je suis démuni...

Un vrai cauchemar. M'immerger dans une jungle épouvantable. Je ne sais de combien d'interactions est constituée la vie d'un homme de 32 ans. Mais si chacune devient pour moi un moment pénible, si chacune m'oblige à l'explorer depuis son commencement, si dans chacune je dois reprendre une place établie et pourtant inconnue, la tâche est impossible. Ou trop lourde pour moi... Mais, malgré tout, je n'ai que vingt-trois jours... Je ne sais pas tout de mes propres limites.

Alors, comment esquiver le 5ème travail d'Héracles, ces écuries d'Augias, encombrées au-delà du pensable de tout ce que le temps a déposé, et qui, pour moi l'étranger, stagne, suffocant ? Oui, comment esquiver ?

Tiens, je me rappelle des travaux d'Hercule… Pourquoi ? Mais cette question est absurde. Dans ma mémoire, outre ce que Champoye appelle les apprentissages, restent quelques souvenirs, bribes de rêves, auxquelles chercher un sens est idiot. Quel lien ténu, inaccessible, a évité à Hercule de disparaître, quand tant d'autres ont été annulés ? Peut-être juste un neurone plus épais que les autres, ou situé un peu plus à gauche, ou plus vite rétabli, un hasard biologique, ou électrique, qui ne dit rien d'un lien que j'aurais à ce mythe, ou d'un sens que j'y trouvais avant cet orage… Hercule !

Je continue à pouvoir aller à la salle à manger. J'ai comme acquis un droit, dont je suis fier ! Presque un privilège, flatteur !

Chacun mange dans son coin, sauf deux patients qui ont l'air de se connaître. Malgré cet isolement, qu'après tout personne ne m'impose, je suis content de pouvoir quitter ma chambre.

Je m'y suis rendu seul, je n'ai aucun vertige, ni problème de mobilité. Cela me semble un indice prometteur pour mon rêve de sortir rapidement du cocon de l'hôpital...

C'est ce que j'explique à la psy, Nadine Ronsod.

- Madame, ici, je n'y arriverai pas.

- Vous n'arriverez pas à quoi ?

- À retrouver ma mémoire.

- Pourquoi pensez-vous cela ?

- Parce que cela n'avance pas. Je n'ai pas le moindre début de souvenir qui est réapparu, malgré nos séances de travail et les tests du Professeur Champoye. Rien. D'autre part, il semble que je sois en bonne condition physique. Je vais sans problème à la salle à manger depuis deux jours. Je peux donc sortir de l'hôpital.

- Vous êtes sorti de votre coma depuis moins d'un mois... En quoi quitter l'hôpital vous aiderait plus efficacement ?

- J'imagine que de reprendre autant que faire se peut ma place dans la société, dans mon travail, va me soumettre à de nombreuses sollicitations, à de nombreux indices de souvenirs, je ne sais pas comment dire...

C'est un peu gonflé de ma part, car j'utilise ce qui me terrifie comme argument pour qu'on me laisse sortir...

- Vous voulez dire que si vous reprenez votre vie ordinaire, il y aura de nombreux éléments qui pourront faire émerger un souvenir en vous ?

- Oui.

- Et débloquer votre amnésie...

- Oui.

- Ce n'est pas absurde, mais ce n'est pas certain non plus. Surtout, rien ne dit que ce sera instantané, ou même rapide. Et durant le temps où vous attendrez cette remémoration, la charge psychologique que vous aurez à porter risque d'être très lourde.

- Quelle charge ?

- Vous avez déjà dû le constater, lorsque vous recevez une visite ici. C'est difficile d'être en contact avec quelqu'un qui vous connait, qui a partagé une partie de votre vie, et que vous ne reconnaissez pas. Cela rend la situation complexe, parfois inquiétante, parfois culpabilisante... Dehors, cette charge va s'amplifier par tout ce que vous allez devoir faire pour votre quotidien, pour votre travail... Au début, même faire vos courses va être compliqué... Ceci dit, si j'en crois les

témoignages, beaucoup de savoir-faire quotidiens se réinstallent vite...

Elle a raison ! Je n'ai pensé qu'aux relations, aux obligations relationnelles ! Et il y a tout le reste ! Tout ce que tout le monde fait chaque jour, facilement, et que moi je n'ai jamais fait de ma vie !

En même temps, si je pense à faire des courses, j'ai l'impression de savoir comment il faut faire pour payer, par exemple. J'ai même la mémoire des codes de mes trois cartes bancaires...

- Oui, c'est vrai, je m'en rends bien compte. D'ailleurs, ces visites me fatiguent. J'en sors épuisé...

- Pourquoi ?

- ... Je crois que je fais de gros efforts pour ne pas décevoir les personnes qui viennent me voir.

- En en rencontrant beaucoup plus à l'extérieur, vous ne pensez pas devoir multiplier vos efforts ?

- Non, pas nécessairement. Dehors, je les rencontrerai dans une situation plus ordinaire, ils ne seront pas dans l'attente de réminiscences, et moi de les satisfaire. Ou de leur prouver que je fais des efforts importants pour retrouver mes souvenirs. Je ferai mon travail, puisqu'il semble bien que je n'ai pas oublié mes compétences professionnelles, j'aurais des relations plus superficielles, moins ... intrusives.

- Intrusives ...

- Oui, moins centrées sur mon intimité, sur mes souvenirs, sur mon amnésie. Moins en attente qu'à tout prix je me souvienne.

- Vous avez l'impression que les gens qui vous rendent visite veulent avant tout que vous vous rappeliez de votre passé ?

- Oui. Je me trompe ?

- ..... Non, je pense que vous avez raison. Au fond, la seule séquelle qui vous reste de ce grave accident, de ce foudroiement, est cette amnésie. Et votre présence dans cet hôpital a comme unique objet de résoudre cette séquelle.

- Si je ne souffrais pas de cette amnésie, je serai déjà rentré chez moi.

- Sans doute. Avec un numéro de téléphone pour appeler en urgence si vous aviez subitement un problème physique quelconque. Et quelques visites de contrôles durant la 1ère année... Vous avez subi un choc physique important, vous sortez d'un coma profond, vous pouvez donc voir apparaître des symptômes divers...

- Lesquels ?

- Il faudra voir avec le professeur Champoye... Les plus fréquents, des vertiges, des céphalées, parfois des moments d'aphasie, de bégaiement, plus rarement encore des hallucinations, en général ce sont des scènes passées qui resurgissent, ce qui est bon signe... Plus rarement encore des crises comitiales, d'épilepsie.

- *Je comprends. ... Madame, selon vous, quels risques est-ce que je cours si je réintègre ma vie ?*

- *Honnêtement, je ne sais pas. Votre amnésie est particulière, car elle s'étend sur toute la durée de votre vie, ce qui est rare. Le plus souvent, dans les amnésies rétrogrades, les personnes ont perdu le souvenir d'une période de leur vie, et leur situation est d'une certaine manière plus simple. Ils reconnaissent leurs proches, par exemple, mais ils ont oublié les trois dernières années, ou bien leur adolescence. Mais ils ne sont pas sans liens affectifs avec leurs parents et amis. Ce sont des liens incomplets dans la durée, si vous voulez. Votre amnésie est exceptionnelle, car elle n'est pas totale, vous n'avez pas perdu vos compétences, de quelque ordre qu'elles soient, mais vous avez pour le moment oublié tout ce qui a trait à vos relations affectives, proches ou lointaines. Si je perçois bien ce que vous ressentez, chaque personne est pour vous une étrangère...*

- *Chaque jour qui passe un peu moins, car je me rappelle de tout ce que j'ai vécu depuis mon réveil.*

- *Oui, votre mémoire fonctionne normalement depuis votre réveil, c'est un vrai atout.*

- *Et donc mes proches ne me sont plus étrangers, même si mes souvenirs n'ont que quelques jours...*

- *Un autre risque est néanmoins une dérive paranoïaque.*

- *Pardon ?*

- *Excusez-moi, le mot est impressionnant. Cela signifie simplement que, dans la mesure où vous ne reconnaissez plus personne de votre entourage, vous vous retrouvez entouré de gens que vous ne connaissez en rien, et qui vous disent, eux, qui ils sont et quelle place ils ont dans votre vie. Vous pouvez alors, dans une réaction défensive, de protection, mettre en doute leurs affirmations, penser que l'on cherche à vous abuser, que la personne qui dit être votre mère, votre sœur, ne l'est pas, que vous n'êtes pas Ethan Mantret, qu'un complot a été élaboré autour de vous... Vous y avez pensé ?*

- Ah oui, je comprends... Mais non, cela ne m'est pas venu à l'esprit.

-Pourriez-vous me préciser pourquoi ?

- D'abord, j'ai la certitude d'avoir perdu la mémoire. Je ressens comme une évidence intérieure, physique, même, que je suis trop neuf, ou trop vide, pour pouvoir douter de cela. Et ensuite, je ne m'imagine pas assez important pour penser que tant de gens veuillent me tromper d'une manière aussi complexe.

- Pas assez important ?

- Oui. Sans avoir la moindre idée de pourquoi je pense cela. Une espèce d'évidence. Peut-être simplement aussi que je crois les personnes que j'ai rencontrées.

- Vous les croyez ?

- Oui. Je les ressens sincères.

- Et vous vous fiez à votre impression...

- Il me semble que je n'ai guère d'autre choix, vu tout ce que j'ai oublié. Mais oui, je me fie à mes impressions. Comme celle qui me dit que je devrais sortir de l'hôpital.

- Hum... Pour répondre à votre question des risques, personnellement, à part celui-là, je n'en vois pas de particulier. À vous d'être prudent, et de nous alerter devant la moindre manifestation curieuse, perturbante, inhabituelle. Que ce soit un mal de tête soudain, des images rêvées qui se superposent ou se substituent à la réalité, des rêves qui ressemblent à des souvenirs, il y a mille manifestations possibles du retour de votre mémoire, tout ou partie de votre mémoire... Et aussi ce qui peut être des conséquences du choc de votre foudroiement, et de votre période de coma, comme je vous le disais : des évanouissements, des pertes d'équilibre, des nausées... Au fond, rien de grave, mais selon le moment où cela vous arrive, cela peut être dangereux. Pour les manifestations plus psychologiques, en lien probable avec les perturbations de votre mémoire, cela peut être important que vous nous les signaliez, car parfois ce sont des indicateurs connus de retours de mémoire, et alors, nous pourrons vous aider à y faire face, et à en tirer profit...

- Oui, je comprends. Une forme de vigilance. ... Que je vais devoir exercer sur ma vie pendant combien de temps ?

- Monsieur Mantret, personne ne le sait. Vous ne semblez pas avoir de séquelles suite à votre coma, c'est déjà beaucoup. Pour votre mémoire, peut-être se ré-établira-t-elle demain, intégralement, et d'un coup. Peut-être est-ce que ce sera dans 10 ans, ou jamais. Peut-être que vous récupérerez des morceaux de votre passé au fil du temps, et en vrac. Ou bien

par tranches homogènes, mais à des moments différents. La seule chose dont nous sommes à peu près sûrs, c'est que vos souvenirs ne sont pas détruits, mais enfouis, bloqués. Où ? Et comment faire pour les faire se réactualiser ? Cela, nous ne le savons pas. La bonne nouvelle, c'est que les neurosciences font de grands progrès à notre époque, et que peut-être, dans quelques années, nous en saurons beaucoup plus sur la mémoire et les amnésies. Si votre mémoire revient, cela peut se faire dans un moment où vous serez en grande confusion, ayant perdu une bonne partie de vos repères, en plus des symptômes divers que je vous ai décrits. D'où la nécessité pour vous d'être très prudent, de réagir devant tout début de manifestation mentale bizarre par des gestes de sécurité, comme de vous assoir, d'arrêter votre voiture sur le bord de la route en mettant les warnings, de fermer les feux de votre gazinière, etc. Vous voyez ce que je veux dire. L'hôpital a rédigé une liste de précautions à prendre dans ce type de situation…

Là, elle vient de me décrire ce qui va être l'épée de Damoclès de ma vie à moi, Nethan. N'importe quand, n'importe où, tout ou partie d'Ethan risque de revenir, et il va vouloir reprendre sa place ! Car je ne vois pas de cohabitation possible… Encore que si Nethan vit longtemps, et que les souvenirs revenus d'Ethan n'effacent pas ceux de Nethan, alors, peut-être faudra-t-il que mon corps abrite deux personnes… Ce qui me semble incommode, voire totalement absurde… Mais le cerveau se fout de ce type de problème !

Nadine Ronsod me propose donc d'y aller progressivement. J'ai compris depuis longtemps (au moins quinze jours) que la prudence fait partie du caractère des psys, qu'ils sont visiblement opposés à toute action radicale, à toute décision tranchée. Progressivement, cela veut dire pouvoir sortir de ma chambre pour aller dehors, soit dans le parc derrière l'hôpital, soit même dans le quartier, si je suis accompagné.

- Puis-je récupérer mon ordinateur professionnel ?

- La décision ne m'appartient pas, il faudra que nous en parlions avec le Professeur Champoye. Ceci dit, Monsieur Mantret, vous n'êtes pas en prison, ici, ni privé de votre pouvoir de décision. Nous essayons juste à la fois de vous aider à sortir de cette amnésie, et de vous éviter des accidents ou des chocs psychologiques qui s'ajouteraient à votre traumatisme neurologique. Si vous pensez être capable d'affronter la déferlante d'informations et de sollicitations que votre ordinateur doit receler, il n'y a aucune raison de vous en priver. Là encore, à vous de mesurer vos forces, de savoir fermer cette machine lorsque vous vous sentirez trop fatigué, et surtout de nous prévenir de toute manifestation particulière, qui peut être un indice précieux pour le rétablissement de votre mémoire. Ou pour la prévention d'accidents.

La psychologue a raison, je ne suis pas en prison. Mais je ne me sens pas non plus libre de mes mouvements. Ni dans la possibilité de dire vraiment ce que j'ai dans la tête. Je ne sais d'où vient cette méfiance, qui m'incite à ne pas tout partager, à avoir des prudences de paranoïaque... Ceci dit, là, j'ai l'impression d'avoir obtenu une petite victoire.

J'ai l'impression qu'elle m'appelle Mantret pour me convaincre que c'est bien moi...

Champoye et elle ont dû se parler, car je ne le vois pas venir aujourd'hui. En fin de matinée, Christelle, une des infirmières qui travaillent dans le service, m'apporte mon portable, avec son chargeur, et même un casque audio.

Je le dépose sur ma table de nuit, sans oser m'en servir. J'ai le trac. Djamila, qui passe plus tard dans ma chambre pour refaire mon lit le voit, bien fermé, bien en vue, mais ne dit rien.

Après le repas, je me lance !

Pourquoi est-ce que personne ne se parle, dans cette salle à manger ? Il y a cinq personnes. Un se promène avec sa potence, une bouteille contenant un liquide bleuâtre accrochée tout en haut. C'est idiot, mais je me dis que si j'avais à trimballer un truc à roulette avec un flacon et un tuyau pour m'injecter un liquide bleuâtre dans le corps, je n'aurais aucune envie de parler à quiconque. Même pas de me montrer, comme si le liquide bleuâtre entachait ma dignité, comme une tache d'urine en haut d'un pantalon. Je ne sais pas pourquoi je pense cela. Ensuite, je me demande si cela fait partie des manifestations mentales bizarres dont m'a parlé Nadine Ronsod…

Les quatre autres personnes ont chacune l'air perdu dans leurs pensées. La femme de service, qui nous apporte les assiettes garnies, parle et essaie de plaisanter, mais il n'y a quasiment aucun répondant. D'ailleurs, moi non plus, je n'ai pas envie de lui répondre, et là encore je ne sais pas pourquoi… Nous sommes amorphes… Lorsque je mangeais dans ma chambre, je plaisantais volontiers avec les ASH… La pièce résonne, s'emplit de bruits de fourchettes et de couteaux sur l'arcopal des assiettes, de bruits de mastication, j'ai la tête pleine de ces bruits, je me demande si c'est normal.

La batterie est à plat. Il faut que je branche le portable au secteur. Il se réveille, me demande mon code d'accès. Et je le saisis sans problème : laboromniavincit. Labor omnia vincit. Le travail vient à bout de tout. Très haut niveau de sécurité... Cela doit dire quelque chose de central de la personnalité d'Ethan...

Tout s'allume. J'entre le code d'accès à la WIFI de l'hôpital, apparent sur un des murs de la salle à manger. Et là, je m'aperçois que 439 courriels m'attendent... Les plus anciens du 5 Février, des courriels que je n'avais pas traités. De gros contingents du 11 au 15 février, puis une lente décrue, jusqu'à hier, deux messages seulement, liés à une banque et une promotion sur des chaussures.

Il y a plusieurs adresses mail. Bien évidemment, c'est la boite mail professionnelle qui comprend le plus de messages.
De Ethan Mantret (GRG). Pour Nicolas Reynac (Chef de projet MOA), Emilie Sthol (Directrice marketing), Jean-Pierre Vargant (Directeur RH), Ali Rabi (Chef de projet MOE). Copie à Nadège Sergamme (Directrice adjointe marketing).

Salesforce. Je vous propose une réunion de restitution de 14h à 15h le mardi 21, salle G comme d'habitude.

1/ Restitution : Nous allons vous restituer les process identifiés des workshops réalisés avec leur traduction en termes de fonctionnalité dans Salesforce :
- Processus de recrutement et suivi des employés.
- Les Process et suivi des clients.

- Historisation des échanges avec les partenaires.
2/ GO/NO GO pour le paramétrage.
3/ Planification des prochains workshops.

Contract Item & Invoice Objects

Nous souhaiterions avoir votre accord écrit sur la démarche que nous vous avons proposée fin décembre.

En effet, comme vous nous avez précisé que vos process allaient changer début 2020 en nous indiquant les changements effectifs dans les entretiens, nous aimerions proposer une première version des contrats & facturations adaptée à votre nouvelle organisation.

Merci de votre confirmation pour la réunion.

Ethan Mantret
Consultant société GRG
Ethan.Mantret@GRG.com

Des dizaines comme cela. Je comprends bien de quoi cela parle, je veux dire le contenu de la réunion. Et cela me confirme, indirectement, s'il le fallait, que je suis bien Ethan Mantret. Mais je n'identifie aucune des personnes mentionnées. L'adresse mail des destinataires se termine en Onivap.com, ce sont des mails professionnels de Onivap, la multinationale de fabrication de papier… Donc j'ai dû avoir une mission chez Onivap France.

Que faire ? À quoi peut bien servir que je me plonge dans ces centaines de courriels concernant un projet que je peux comprendre, mais dans un contexte dont j'ignore tout ? En plus, tout doit être obsolète ! GRG a dû me remplacer chez ce client, évidemment !

Stratégie : j'efface tous les messages qui ne peuvent me servir à quoi que ce soit. Au bout d'un quart d'heure, ne reste qu'une dizaine de messages internes à GRG, semblant concerner des problèmes de prédominances de services. Le département de gestion des données semble avoir l'opportunité de devenir un département autonome avec un budget propre, un directeur à part entière, ce qui soulève autant d'oppositions que d'appétits, si je lis bien les sous-entendus dans les mails. Ceux-là, je les garde, cela m'aidera à comprendre les éventuelles tensions qui règnent à GRG lorsque j'y réapparaîtrai.

Une fois ce nettoyage fait, je ressens un grand trouble. Je viens d'infliger une forme d'amnésie à cette machine. Moi, victime (ou bénéficiaire !) de la foudre qui a effacé une bonne part de ma mémoire, je viens d'effacer des centaines de mails qui contenaient une part de la vie d'Ethan.

Mais bon, ils sont encore tous dans la corbeille, récupérables au cas où, plus tard, cela prendrait du sens de s'attacher à les comprendre.

Mais même pour Ethan, je pense qu'ils n'ont plus d'importance… Tout cela est périmé. Une mémoire efficace aurait dû, spontanément, s'employer à les oublier, afin de n'être pas encombrée de choses inutiles, si vite insignifiantes… J'ai donc agi comme une mémoire performante, et non comme un éclair de foudre aveugle !

Ensuite reste encore trois adresses mails différentes :

Une dédiée à la famille, ethan.mantret@orange.fr

Il n'y a pas de messages récents, sauf un d'un cousin (je le sais parce qu'il le dit !), Jean-Marc, qui m'a écrit un petit mot de soutien destiné à être lu quand je serai sorti d'affaire. Suis-je sorti d'affaire ? J'ai plutôt l'impression qu'Ethan est sorti pour de bon des affaires !

Beaucoup de messages envoyés et reçus anciens, avec Anne Mantret, quelques-uns avec Sophie, plutôt des confirmations de dates, de rendez-vous, des rappels d'anniversaire… Ils ont un ton distancé, toujours courts, juste informationnels…

Une qui semble dédiée à Gaëlle : etma69@gmail.com

Là, il est trop tôt, je n'ouvre aucun message, il me semble que c'est indiscret.

Et une qui semble être réservée à des amis proches, aello88@gmail.com

Aello ???? Comme j'ai une connexion Internet, je fais une recherche QWant, qui m'indique que c'est le nom (un des noms) d'une des 3 harpies mythologiques, qui signifie bourrasque. Bon ???????

Il y a peu de messages récents, mais pas mal de messages archivés, dont plusieurs de Claude.

Et là aussi, je n'ouvre pas les messages. Pas par peur d'être indiscret. Plutôt parce qu'il me semble que ce n'est pas le moment… Je ne me sens pas prêt à explorer cette vie qui n'est pas la mienne.

Pourtant, si je veux sortir sans trop d'encombre de cet hôpital, de cette situation, il va bien falloir que je sache un peu de quoi la vie d'Ethan est faite. Et cela, quelle que soit la complexité de cette prise de connaissance. Sinon, je n'ai guère de chance de fuir d'ici ! Ethan est le mode d'emploi pour redevenir libre !

Mais ce n'est pas tant la difficulté de la tâche qui me retient, que la peur de me laisser imprégner par sa vie… Je suis tout neuf, tout frais sorti de l'œuf, par là-même influençable. Si j'entre hardiment dans le creux de sa vie, c'est au risque d'en prendre la forme… Sa vie devenant un moule pour la mienne, bien trop inconsistante aujourd'hui pour s'affirmer.

Ce serait un comble ! Moi, Nethan, je finirai par ressembler assez finement à Ethan. Chacun pourrait alors penser que je suis redevenu celui que j'étais, quand je me serais perdu dans la vie d'un autre… Une imprégnation pernicieuse ! Une facilité se transformant en piège… Retour vers autrui !

Ce qui est compliqué, c'est que tout à la fois j'ai le sentiment puissant, assuré, d'être quelqu'un, mais que, sur le fond, je ne sais pas du tout qui je suis. Je suis incapable de dire le moindre élément solide, stable, qui pourrait me définir, au moins en partie.

Peut-être que cette sensation profonde d'être quelqu'un n'a rien à voir avec des éléments d'identité. Mais plutôt avec la perception d'être vivant, d'être une unité, d'appartenir au monde, même s'il se résume à quelques lieux plutôt blancs et des couloirs imprégnés d'une odeur discrète mais présente de détergents…

Bon, je doute que ce type de réflexion m'aide à me tirer d'ici, et à m'adapter sans trop de casse à mon nouvel univers... Il est donc prudent de me poser un peu, et d'y revenir demain.

Chapitre 11   19 Mars   25ème journée.

La première chose que je fais c'est d'envoyer un courriel à Claude, en lui disant que c'est OK pour le téléphone. S'il peut en effet m'en procurer un autre, sur lequel il aura copié les infos stockées à GRG, ce sera un pas de plus vers ce qui peut faciliter ma sortie.

Puis séance avec Nadine Ronsod...

- Vous avez commencé à explorer le contenu de votre ordinateur ?

- Oui. J'ai regardé les boites mails.

- Quel effet cela vous a fait ?

- Une surcharge. Un gros morceau à avaler.

- hum... Bien sûr...

- Je n'avais pas anticipé le poids que cela représente.

- Le poids ?

- Le nombre de choses diverses, complexes, qui composent une vie. Tout ce que je me dois de réintégrer.

- Vous pensez que vous devez les réintégrer ?

- Oui, bien sûr.

- Mais toutes ces choses, elles font déjà partie de votre vie. Vous les avez déjà faites, déjà dites, il ne s'agit, pour vous, que

de vous les rappeler, ne croyez-vous pas ? Ou plutôt, de vous y réinstaller...

- Non, ce n'est pas comme cela que cela se passe. Je vous donne un exemple. Vous avez fait un gâteau au chocolat à partir d'une recette. Vous vous souvenez de l'avoir fait, et dans quelles circonstances, mais vous ne vous rappelez plus la quantité de sucre à incorporer pour qu'il soit ni trop sucré, ni trop amer. Ce souvenir-là qui vous manque, vous pouvez essayer de vous le rappeler. Quelqu'un d'autre peut vous informer. Mais le fait que vous ayez réalisé un gâteau au chocolat n'est pas remis en cause. Ce gâteau fait partie de votre vie. Moi, j'ai tout oublié, sauf la recette du gâteau. Si je me pose la question, je sais que je sais faire un gâteau au chocolat. Mais quelle place avait le gâteau au chocolat dans ma vie ? Est-ce que j'en ai fait un une fois ? Est-ce que j'en faisais un chaque dimanche ? Quelle valeur, quel symbole est-ce que je donnais à ce gâteau, est-ce que c'était pour faire plaisir à ma copine, pour me consoler d'un petit échec professionnel, ou au contraire pour fêter une petite réussite, est-ce que je le mangeais seul ou bien avec d'autres, et alors, qui ? Est-ce que j'aime le gâteau au chocolat, ou bien est-ce que j'en fais uniquement pour les autres... Et encore bien d'autres inconnues... Alors, vous comprenez, si je trouve une photo de gâteau au chocolat sur cet ordinateur, c'est toutes ces questions qui me viennent, et cela, c'est lourd...

- Oui, je comprends. Vous ne savez pas vraiment quels sens donner aux éléments de votre vie antérieure dont vous retrouvez des traces dans votre ordinateur ou ailleurs...

Comment pensez-vous que vous allez faire ?

- Je me sens ambivalent. J'ai envie, comme je vous l'ai dit, de reprendre contact avec tout mon environnement, et j'espère y retrouver progressivement ma place, et avec un peu de chance, mes souvenirs. Une attitude volontariste, si vous voulez. Et d'un autre côté, j'ai peur de ce qui va être une forme d'affrontement entre un monde que je ne connais plus, et moi… Cela me pousse à être plus passif, en attente, à ne solliciter personne…

C'est drôle, lors de nos premiers entretiens, Nadine Ronsod, psychologue, me semblait transparente, alignant des questions de routine sans réelle implication. Depuis deux jours, elle se révèle sensible et perspicace dans son écoute. Si j'étais Ethan, je lui ferai confiance, et lui parlerai de ma peur de voir mon moi actuel effacé par la remontée des souvenirs perdus. Mais je suis Nethan, et je reste convaincu que si je commence à lui parler de moi, elle va y voir un trouble de la personnalité, un dédoublement. Alors, je louvoie… Mais il me faut être prudent, car je la sens plus fine mouche que je ne le croyais.

- Il me semble que cette ambivalence est très naturelle. Si j'ose à mon tour une métaphore, c'est un peu comme lorsqu'on recommence à marcher après avoir été immobilisé un long moment : à la fois on en a très envie, et en même temps on en a peur.

La peur c'est parce que l'on a perdu une sorte de confiance en soi naturelle, toujours présente, qui fait que l'on n'a aucun doute sur notre capacité à marcher chaque fois qu'on se lève. Non, je le dis mal : on ne pense même pas que l'on peut tomber.

- Et moi, j'ai le doute de savoir encore marcher.

- Mais vous avez néanmoins le désir de le faire… Qu'est-ce qui pourrait atténuer vos doutes ?

- Je crois qu'ils se dissiperont dès que je poserai le deuxième pas après le premier.

- Donc, ce qui vous semble anxiogène, c'est le premier pas ?

- Oui.

- C'est donc lui qu'il vous faut préparer, pour qu'il vous donne suffisamment confiance pour engager le deuxième pas…

Là, elle a raison.

Je sors de mes entretiens avec Nadine Ronsod en me sentant un peu coupable de lui cacher ma véritable personnalité.

Non, ce n'est pas cela. Fondamentalement, je n'ai AUCUNE personnalité. N'ayant aucun passé, comment pourrais-je avoir pris forme ? Je suis en devenir. Uniquement en devenir. Et un peu au présent, seule ressource pour me tirer du mauvais pas (relatif) où je me trouve.

Au fond, je suis en train de vivre ma crise d'adolescence, avec moins d'un mois d'existence ! Je subis les affres de celui qui veut quitter un foyer parental assez confortable mais aliénant, pour aller vivre sa vie dans le grand bain, mais pas rassuré pour autant de ce qu'il va être capable d'y faire ! Cela sans vraiment savoir qui il est, sauf à s'accrocher à quelques banalités…

J'ai pensé : je n'ai AUCUNE personnalité ! Mais ce n'est pas vrai ! J'ai tendance à faire confiance à Claude, à être prudent avec la Psy, à préférer manger seul. J'ai choisi d'effacer les mails professionnels plutôt que de me laisser encombrer par eux (sans vider la corbeille, donc je suis prudent !). En fait, je manifeste des préférences, des qualités, des choix, donc j'ai bien UNE personnalité.

Mais d'où vient-elle ? Comment puis-je avoir une personnalité sans avoir d'histoire ?

Peut-être que l'histoire d'Ethan est encore là, tout au fond, et qu'elle agit à bas bruit pour me faire faire tel choix, avoir telle attitude… Nethan serait alors un reflet un peu flou d'Ethan, il aurait oublié ses fondations, mais celles-ci lui donneraient malgré tout une structure. Loin d'être libre, comme il me semble que je le suis, je serai en réalité tissé d'une histoire certes oubliée, enterrée, mais malgré cela bien présente…

Ou alors, la personnalité a une part de génétique, d'inné. Au fur et à mesure de sa vie, cette part d'inné influe et est influencée par l'expérience, les circonstances, les apprentissages, l'acquis. D'une certaine manière, la foudre m'a reformaté. Je reste avec la part d'inné, inaliénable, rien de plus. A disparu l'ensemble de l'acquis. Je vais devoir me construire ma personnalité au fur et à mesure de mes expériences de vie. Dans ce sens, je suis un vrai frère jumeau d'Ethan : nous partageons cet inné, mais nous aurons chacun une expérience acquise différente. Donc, nous nous ressemblons mais nous sommes dissemblables. J'imagine plutôt deux jumeaux élevés séparément, ou qui ne ressentent pas le désir de se ressembler le plus possible.

L'entretien avec la psy s'est terminé sur la nécessité de préparer le premier pas. Évidemment, c'est à la fois nécessaire et raisonnable. La vie dehors va être compliquée, bien sûr. Mais, comme je peux le constater chaque jour qui passe, où que ce soit, et même ici, dans ce lieu protégé, la vie EST compliquée. Du moins pour moi !

Deuxième jour sans visite du professeur Champoye. Nadège, l'infirmière, m'informe qu'il est en Congrès à Nice. Il n'a pas jugé utile de m'en prévenir. Il est vrai que je n'ai pas à faire de trajet pour être présent à nos rendez-vous...

Pas d'entretien non plus avec Nadine Ronsod. Elle est absente aujourd'hui, mais elle, elle s'est excusée.

Hier, je m'en rends compte, pas de visite. Aujourd'hui, rien pour l'instant. Ma situation traîne en longueur, les proches ne peuvent venir ici tous les jours. Surtout pour rencontrer un gars qui a l'air en pleine forme, qui ne les connaît pas, et n'a pas grand-chose à leur dire ! À leur place...

Je décide de commencer à être actif. Je refais un mail à Claude, à partir du compte Bourrasque, en lui disant que j'ai la permission de sortir à proximité de l'hôpital, et que, s'il est disponible pour faire un peu de marche avec moi...

J'ai une réponse rapide.

« Oui, d'accord. Je passe demain vers 15 heures. J'aurai ton téléphone. Bonne journée. Claude ».

Pour un avocat, il a le verbe plutôt rare !

15 heures. Dommage. Je ne sais pas pourquoi, j'avais envie d'aller déjeuner dehors, dans un petit troquet. J'ai l'intuition que cela me ferait le plus grand bien, que la nourriture prise en dehors de ces murs aura des vertus impossibles à imaginer

ici, dans la salle à manger aux formicas à la fois brillants et usés.

Je tente :

« J'ai même la permission d'aller déjeuner dehors, si ce n'est pas trop éloigné de l'hôpital ».

Et réponse

« Compris. Je m'organise. 11h 30 / 12h. À demain ».

Super ! Bon, ne me reste plus qu'à obtenir cette permission...

Le reste de la journée se passe en séquences irrégulières, mais répétées : Je prends l'ordinateur, je lis une série de mails toujours dans Bourrasque, je me sens envahi, saturé, je suffoque mentalement, puis j'arrête. Je somnole un moment, je sors de ma chambre en pyjama, je vais jusqu'à la cafétéria, je regarde méthodiquement toutes les propositions de la machine automatique qui contient des boissons et des friandises, puis je reviens dans ma chambre, je rouvre l'ordi, et je recommence. C'est bien cela, je prépare mon premier pas !

Bon, j'ai fini. Qu'ai-je appris sur Ethan ?

Sur Nethan une chose importante : dans une situation de stress important, il peut, je peux me calmer en regardant une liste de quelque chose. C'est à cela que me sert le distributeur automatique : je peux évacuer mon stress en constatant la présence, l'une à côté de l'autre, de boites de Coca, de Coca light, d'Orangina, de Sprite, de bouteilles de 500 ml de Cristalline, de 500 ml de Badoit, etc.

Ou alors, c'est une de ces fameuses manifestations mentales bizarres dont il faudrait que je parle à Nadine Ronsod… Mais je vais être ridicule. Ou mon cas paraître inquiétant. Voire révéler un symptôme bien connu de je ne sais quelle maladie neurologique aussi rare que grave… Pourtant, je n'attribue aucune valeur magique à la place de chacune des boissons et des friandises : je ne fais que constater leur variété !

Une chose à ajouter sur mon portrait : je suis méfiant. Pas paranoïaque, mais méfiant !

Qu'ai-je appris sur Ethan par ces correspondances ?

En fait, pas grand-chose. Dans un film d'espionnage, on penserait qu'il y a un code caché, un message contenu dans tous ces courriels… Car sinon, je ne comprends pas pourquoi il les a stockés, sur son ordi professionnel, de plus. Les mails ont jusqu'à 5 ans d'âge. Certains s'adressent à Claude, en général pour confirmer un rendez-vous, ou faire un ajout à une discussion passée, ajout qui est un détail, une précision. Une fois, une blague. Les autres mails sont adressés ou reçus d'une dizaine de personnes, avec lesquelles il ne semble pas avoir la moindre intimité. Des potes. Dans les messages les plus anciens, il y a de nombreuses références à l'Appel de Cthulu J'ai cherché, c'est un jeu de rôle à la mode il y a quatre ans, consistant à être un investigateur affrontant des créatures innommables qui préparent leur retour sur Terre, en espérant ne pas devenir fou. C'est inspiré d'un auteur américain, Howard Philip Lovecraft.

Pour le reste, ce sont des rendez-vous, des plans pour des teufs, quelque fois des remarques sur des filles croisées à des soirées, mais rien que de très sage. Tous les échanges semblent retenus. Comme si Ethan veillait à ne pas trop se dévoiler, et surtout, comme s'il veillait à ne pas laisser de traces numériques qui pourraient lui nuire dans un avenir proche ou lointain.

Mais en disant cela, est-ce moi qui suis méfiant ?, est-ce lui ?, ou bien sommes nous tous deux d'une prudence exacerbée ?

Fatigant de rester attentif durant la lecture défilante de tous ces mails. J'ai eu vite l'envie de les effacer de la même manière que les mails professionnels. Ils ne m'apprennent rien sur Ethan, ils ne vont m'aider en rien à assumer a minima ma place dans le monde. D'ailleurs, sauf erreur de ma part, à part Claude, aucun des potes identifiés dans ces mails n'est venu me voir à l'hôpital. Une branche morte, faute d'arrosages, de rencontres, de petites connivences... Mais morte depuis combien de temps ? Ce sont des échanges déjà desséchés, il me semble, sans la pulpe d'une camaraderie vivante...

En fait, je me trompe. Ils m'apprennent des choses sur Ethan, ces mails. D'abord, sur la grande superficialité de ses amitiés, si l'on excepte Claude. Mais pour Claude, je ne peux le dire que parce que je lui ai parlé. Je n'aurais eu que les mails pour m'en faire une idée, pas certain que j'aurais deviné la profondeur de leur relation. Est-ce pareil pour les autres, Jean-Charles, Kevin, Baptiste, Lucie, et quelques autres ?... Sinon, c'est d'une platitude terrifiante !

Si j'ai envie de tout effacer, c'est aussi par paresse. Ma peur d'entrer dans sa vie sans la connaître à fond m'inflige ces heures de lecture indigente. Ma flemme me pousse à laisser tomber cette énorme préparation dont l'utilité m'est sujette à caution… (Quelle drôle d'expression !).

Finalement, la flemme l'emporte… Utiliser la place d'Ethan dans la circonstance me semble assez simple. Je peux m'abstenir de tout lien avec la douzaine de copains avec qui il a partagé ces mails, sans qu'à mon avis cela change quoi que ce soit. Sauf peut-être les teufs. Ethan a l'air d'apprécier les teufs. Moi, aujourd'hui, cela ne me tente pas du tout. Si j'en crois les quelques vidéos jointes à certains messages, je ne suis vraiment pas certain de savoir danser comme cela, boire comme cela, trouver plaisir à danser ou boire comme cela. Si nous sommes différents, apparemment, sur un point, c'est bien celui-là… Encore que, n'ayant jamais de ma vie été dans une teuf, dans un Club, peut-être que j'y trouverai mon plaisir assez vite, une fois lancé.

Donc, je laisse tomber. Si une ou plusieurs personnes viennent me solliciter, étonnées de mon absence de reprise de contact, je trouverai une excuse parfaite dans les caractéristiques de ma convalescence. Puis je reprendrai le fil de ces camaraderies… Et si aucun ne cherche à me joindre, cela validera mon choix d'aujourd'hui…

Les petites vidéos de fêtes, les petits verres de téquila alignés sur le bar, la tranche de citron vert qui fait un peu grimacer, ou le sel léché dans la fossette du pouce avec un sourire en coin, un peu comme on sourit avant d'entrer dans une eau trop froide (comment est-ce que je sais cela ?), les rhums arrangés…

Encore un point impossible à trancher : est-ce que je semble ne pas aimer faire la fête parce que ma personnalité est différente de celle d'Ethan, ou bien parce que, n'ayant jamais fait la moindre fête (puisqu'avec mon amnésie tout souvenir de fête a disparu) je ne sais pas vraiment si cela me plaît ou non. C'est pareil pour la brandade de morue : je ne sais pas si j'aime cela, n'ayant aucun souvenir d'en avoir mangé…

Ensuite, est-ce que je dois me sentir obligé de suivre les traces d'Ethan, pour vérifier l'effet que cela me fait d'aller faire une teuf, par exemple. Ou bien puis-je aller vers ce qui me semble me convenir ? J'ai le choix. Ayant décidé de jouer les amnésiques (c'est une façon de parler !), personne ne peut s'étonner de me voir ne plus agir comme avant !

C'est le milieu de l'après-midi, il fait chaud dans cette chambre, mes allers-retours à la cafétéria m'ont enlevé toute envie de balade, j'ai pu constater qu'il n'y a plus de coca light, je ne sais pas à quelle heure se fait le réassort, alors je me lance dans la lecture d'un livre qui est posé sur ma table de nuit : Pierre qui roule, de Donald Westlake.

Si c'est un livre d'Ethan, nous partageons le même humour : je souris souvent, et je pense à autre chose…

Il pleut. Par la fenêtre, je m'aperçois qu'il pleut. Depuis toujours, les journées ont été magnifiques, et je ne m'en suis pas rendu compte. J'ai dû considérer que c'était tout le temps comme cela. Il fait gris, et il pleut. Une pluie fine, faite pour durer (comment est-ce que je sais cela ?).

En attendant Nadine Ronsod, j'hésite à aller commencer à regarder dans le compte etma69. Les échanges numériques avec Gaëlle. Je me sens toujours un peu voyeur...

Mais la Psy arrive vite, à l'heure...

- J'ai commencé à préparer le 1ᵉʳ pas.

- Oui... ???

- J'ai demandé à mon ami Claude de m'emmener promener, pour déjeuner dehors avec lui.

- Vous commencez par un grand premier pas !

- Toute proportion gardée ! Et j'ai une bonne sensation avec Claude.

- Une bonne sensation ?

- Oui. Sans que je sache d'où cela vient, je lui fais confiance. Je suis certain qu'il peut assurer cette sortie, même s'il m'arrive quelque chose. Je me sens en sécurité, il saura quoi faire.

- Bien. Ce que je vous propose, c'est que votre ami Claude vienne me voir avant que vous ne partiez ensemble à l'extérieur, afin que je le briffe sur ce qui peut vous arriver, et comment il doit alors se comporter.

- Ce n'est qu'un repas pris dans les alentours de l'hôpital.

- Oui, mais votre sortie peut provoquer des résurgences mémorielles, ou des manifestations physiques. Je veux juste qu'il ne se sente pas démuni si la situation vous submerge, d'une manière ou d'une autre.

- Oui, je comprends.

- Voulez-vous me parler d'autre chose ?

- Oui. J'ai continué à faire des recherches dans les boites mails contenus sur mon ordi. J'ai exploré les mails avec mes amis...

J'ai un mal de chien à dire : mes amis, pour ces potes de bringue.

- Et ? ....

- C'est idiot...

- Qu'est-ce qui est idiot ?

- Ce que je vais dire... J'ai l'impression que je ne suis pas quelqu'un d'intéressant.

Et là je vois de la stupeur dans son regard. Derrière laquelle je devine qu'elle se retient d'éclater de rire.

- Pourquoi pensez-vous cela ?

- Je trouve que les échanges que j'ai eus avec mes amis sont très pauvres.

- Qu'est-ce que vous appelez pauvres ?

- Superficiels. Justes factuels. Avec des commentaires parfois un peu débiles. Très premier degré.

- Et cela vous déçoit ?

- Complètement !

- Mais vous vous rendez-compte qu'il s'agit simplement des contenus de mails ? Qu'ils ne disent rien des éventuels relations plus approfondies, plus réfléchies que vous pouvez avoir avec vos amis !

- C'est vrai.

- Et sans vouloir faire le détective, je vous rappelle que vous avez trouvé ces mails sur votre ordinateur portable professionnel. Il est possible que vous ayez choisi de ne pas y conserver des mails avec des contenus plus personnels. Par souci de discrétion...

- Oui, vous avez raison. ... Je juge trop vite...

- Vous ne pouvez pas vous juger, puisque vous ne vous souvenez plus, pour le moment, de votre vie. Les éléments fragmentaires que vous pouvez interroger ne vous donnent au mieux qu'une vue partielle de qui vous êtes. Partielle, et donc possiblement erronée. Vous avez, il me semble, d'abord la nécessité de retrouver la pleine mémoire de votre vie. Ensuite, si vous voulez encore vous juger, vous pourrez le faire de manière rationnelle...

- Oui, vous avez raison...

- Je voudrais vous alerter sur autre chose... Sur la difficulté de se juger soi-même... Un philosophe indien, Swami Prajnanpad, dit qu'on ne peut pas avoir de regrets devant une de nos actions passées. Car à l'époque, avec qui nous étions sur le moment, nous avons fait ce que nous pouvions faire, ni plus, ni moins. Ce qui importe, c'est de faire différemment aujourd'hui. Car finalement, notre passé peut si souvent nous décevoir...

Mais si je vous parle de cela, c'est pour une autre raison. Votre amnésie vous éloigne de votre passé, de ce que vous avez fait, de ce que vous avez été. C'est une distance qui permet plus facilement un regard objectif, et d'avoir du recul. Mais en même temps, cette amnésie vous interdit de recontacter qui vous étiez avant, dans ce passé. Vous n'avez pas accès, au moins pour le moment, à vos mobiles, à vos interprétations des choses, à vos peurs. Donc, juger votre passé à travers ce que les autres vous en disent, à ce que les machines ont conservé comme traces, c'est juger un étranger, ce n'est pas être équitable envers vous.

Elle veut dire : envers lui, Ethan.

Évidemment, elle a raison. Et une fois encore, j'en ai trop dit. Je ne cherche pas à juger de la vie d'Ethan. Il a bien fait ce qu'il voulait, c'était sa vie. Mais pour habiter la mienne, comment faire autrement que d'explorer la sienne, puisqu'on nous confond, puisque je le remplace. C'est une source de matériaux, peut-être d'inspirations. De questionnements. Et puis, comment faire autrement ? Que faire avec le vide de ma mémoire ?

Et même plus. Par la situation absurde que je vis, je suis poussé à savoir si cette vie, la sienne, vaut pour moi le coup d'être enfilée telle quelle, au moins pour un moment, ou bien si elle me correspond si peu qu'il faut dès à présent que je m'en détache. C'est bien pour cela que je l'évalue, que je la juge, comme on juge un costume avant de choisir ou non de l'acquérir et de le porter.

Bon, là encore, on verra bien…

Il semble que j'ai tendance à ne pas prendre de décisions, à laisser faire les choses… Un trait de caractère ? Une adaptation confortable aux circonstances ? Je verrai bien !

....

11h30 arrive vite. Claude, après être passé par ma chambre, file voir la Psy dans son bureau, et moi, je m'habille.

C'est la première fois que je m'habille depuis l'accident. Mes habits sont ceux de ce jour-là, ils sont intacts, juste un peu poussiéreux. Costume bleu nuit cintré, de marque, chemise beige, cravate mince or et bleu vif, mais discrète et de bon goût. Chaussures noires, bouts pointus, pas très confortables pour marcher. Je prends conscience que je n'ai aucun papier, ni aucun argent. Je ne mets pas la cravate, d'abord, elle est froissée, et puis, je n'en ai pas envie. Il y a aussi un trench de marque, Burberry, d'un noir très chic, avec une paire de gants noirs dans une poche. Le trench a des traces de boue sur le dos, je ne vais pas le mettre… Encore que j'ignore tout de la température extérieure. J'aurais peut-être dû commencer par une promenade dans le parc…

Claude revient. Je lui indique que je n'ai pas d'argent, pas de papiers. En guise de réponse, il hausse un coup les épaules, tout en me tendant la feuille de sortie que lui a donnée Madame Ronsod (avec au dos les consignes et numéros de téléphone en cas de problème).

- Il faut que je mette le trench ?

- Oui, il vaut mieux. Il pleut. J'ai un pépin, mais il vaut mieux mettre ton imper.

- Il est sale.

- Donne.

Avec une serviette mouillée, il atténue fortement la tache de boue. Je le regarde faire, totalement empoté, sans réussir à sortir de cette inertie, de cette impuissance à faire quoi que ce soit d'improvisé… J'aimerais filer vers le distributeur de la salle à manger, vérifier la diversité des choses… Cela commence fort !

- Et voilà.

C'est parti, je vais découvrir le monde !

Chapitre 14   21 mars (suite)

Cela commence par la sortie de l'hôpital. J'imagine que pour la majorité des patients, ils voient avec plaisir se profiler la porte qui les a vus entrer, malades. Je ne suis jamais entré par cette porte, et voilà que je sors ! Tout est nouveau. J'entre dans le monde.

Devant l'hôpital, une rue assez passante, les voitures défilent. Mais à part des voitures garées sur toutes les places disponibles, permises ou pas, je ne vois rien. Personne sur les trottoirs. Les bâtiments qui sont en face ont l'air d'être des entrepôts, dont j'imagine que les entrées sont de l'autre côté, car sur la rue ils n'offrent que des murs pleins, sans fenêtre, à peine égayés par des enseignes aux couleurs fanées... Et il pleuviche, une petite pluie régulière, serrée, faite pour durer...

- Ça va ?

- Oui. Juste, ne marche pas trop vite... C'est moche, je trouve.

- Le quartier ? Oui. Je suis garé pas très loin, je t'emmène dans un petit restau sympa qui n'est jamais plein, et qui n'est pas bruyant, cela devrait te plaire. Et il s'y fait une blanquette de veau extra !

- Claude, est-ce que j'aime la blanquette de veau ?

- Est-ce que tu... Ah oui, bien sûr, tu aimes cela. C'est un de tes plats favoris.

Nous avançons vers sa voiture, une grosse Peugeot bleu nuit, tous les deux sous son parapluie.

Un temps de route, un quartier sans doute plus riant s'il ne pleuvait pas, j'avais raison, cela ne s'arrêtera pas, et on arrive au restaurant, les Échaudées. Pourquoi les Échaudées ? Claude ne sait pas.

Une douzaine de tables, nappes en tissu (pourquoi est-ce un détail qui attire mon attention ?), le menu du jour sur une ardoise posée sur chaque table... Nous nous asseyons à celle que Claude a réservée... Que vais-je dire ?
J'ai l'air un peu hagard.

- Nous sommes déjà venus ici ?

- Non, jamais. J'ai découvert ce bouchon il n'y a pas très longtemps.

Je me laisse porter, accepte de tenter la blanquette, Claude choisit le vin... Autour de nous, plusieurs tables, dont une de six personnes assez bruyantes, qui s'apostrophent, et rigolent, cela fait anniversaire d'un collègue fêté par une équipe de travail... Tout me désempare. Tout à la fois, je connais chaque objet de cette salle, et même le rituel du repas dans ses détails (assis, apéritif, non merci, la carte, le menu, nos choix, etc., etc.) et en même temps tout ruisselle d'une intense nouveauté, beaucoup trop intense nouveauté... Je dois faire une drôle de tête...

- Ça va ?
- Oui, je crois. Tout est tellement nouveau...

- Nouveau ?

- Tu comprends, c'est la première fois que j'entre dans un restaurant.

- ?????

- Je sais ce que c'est qu'un restaurant. Je peux expliquer ce qu'est un restaurant. Mais je n'en ai jamais vu avant aujourd'hui. Enfin, si, j'en ai vu des tas, je suppose, sauf que j'ai tout oublié...

- Cela doit faire bizarre, en effet... Un peu de rouge ?

Oui, un peu de rouge... J'aime le rouge. Et aussi la blanquette. J'aime bien la blanquette. Souvenir gustatif ? Coïncidence ? Combien de français aiment bien la blanquette de veau ?

- Ethan, tu vas bien ?

- Arrête de me le demander ! Je fais au mieux...

- La blanquette était bonne ?

- Oui, je crois...

- Tu n'as pas dit un mot durant tout le temps où tu l'as mangée...

- C'est aussi ma première blanquette... Tout est nouveau, tu comprends, tout est nouveau...

J'ai l'attention qui s'évade vers des détails anodins, cette femme brune qui laisse tomber sa serviette, le regard presque méchant de ce type, au fond, pendant que la personne en face de lui ne le voit pas, ... Et entre deux détails, je digère péniblement cet afflux de nouveauté... J'encaisse, j'encaisse, cela fait une foule de sensations à absorber... Claude, généreusement, ne dit rien, et ne semble pas perturbé par les manifestations de tout ce qui m'arrive... Pour me calmer, je reprends la carte des vins, oubliée sur la table, et je regarde la liste de tous les crus proposés, classés par catégories, Bordeaux Blancs, Bourgogne rouge, Languedoc, vins bio, …

....

- *Pour ne pas oublier, voici ton téléphone. J'ai pris un Iphone dernière génération, comme tu en as l'habitude. Je suis passé à GRG, et Karim Moussef a été vraiment facilitateur. J'ai pu recopier les données de ton ordinateur de bureau, où tu fais tes sauvegardes, sur ton Iphone… Donc, tu as tous tes contacts, ton agenda, les messages, sms, etc. J'ai hésité sur la couleur, j'ai pris le rouge…*

- *Merci Claude… Très bien rouge. C'est quoi les autres couleurs ? Non, je m'en fous, très bien, le rouge, on le voit bien. C'est bien, j'en avais besoin… Mais je suis con, c'est toi qui l'a payé, ce téléphone ! Il faut que je te rembourse ! Je vais faire comment ?*

- *Je t'ai ouvert un compte débiteur, et je te ferai des facilités de remboursement, trois fois sans frais…*

- *Je peux te faire un chèque, je crois que je n'ai pas oublié ma signature…*

- *Rien ne presse…*

Dans ma main le smartphone trouve de suite sa place, je l'allume naturellement, et compose même le code de sécurité d'instinct, et exact. Je reconnais les icônes, mais plus j'en vois, et plus cela me ralentit… Je l'éteins. Et le glisse dans ma poche, encore un pas vers la normalité, j'ai un téléphone.

Silence de nouveau. Claude semble se satisfaire sans problème de ce que je reste un peu hébété de longues minutes… Je digère tout ce que je vois plus lentement que la blanquette… Mais si je me concentre un peu, l'intensité de la nouveauté semble s'amoindrir… Comme si j'avais déjà une empreinte en moi de ce qu'est un restaurant (je sais ce qu'est un restaurant !) et qu'au fur et à mesure que je prends place dans le repas, la nouveauté s'estompe… Mais pas complètement.

- Je voudrais te dire quelque chose, quelque chose qui doit rester impérativement entre nous.

- Nos discussions sont toujours restées entre nous.

- C'est ce que je suppose… Mais là, c'est vital pour moi…

- Que faut-il que je fasse ? Que je te fasse solennellement un serment, en crachant par terre ?

- Juste que tu me dises que tu as entendu cette exigence, et que tu acceptes de la suivre, tout simplement.

Je n'arrive pas à le fixer dans les yeux, je regarde le serveur qui essuie des miettes sur une nappe, avec une espèce de petite règle en bois, je n'ai jamais vu une telle chose, c'est tellement attirant…

- J'ai entendu, je respecterai cette clause de confidentialité renforcée !

Fin des miettes. J'hésite, car je prends un vrai risque. Mais je prends conscience, là, maintenant, que si je ne parle pas de qui je suis à quelqu'un, je n'arriverai pas à exister, je vais rester englué dans un entre-deux, entre Ethan et le vide. À qui parler mieux qu'à Claude ? … Je le regarde en face. Il fait semblant d'être détendu, mais je le sens inquiet…

- Claude, je ne suis pas Ethan.

- Je…. Tu veux dire : Tu ne te souviens pas d'être Ethan ?

- Non. Aussi bizarre que cela paraisse, je me sens quelqu'un à part entière, mais pas Ethan.

Evidemment, j'ai envie de relire la liste des vins, de constater qu'il y a plus de bordeaux blancs que de bourgognes blancs, pourquoi ? Mais je me retiens… Si je ne convaincs pas Claude que j'existe, je crois que je suis… perdu ! Encore plus perdu. Je le regarde, et je vois ses doutes… Vu comme le début du repas s'est passé, avec mes manières bizarres de faire, il doit sérieusement se demander si je ne pique pas une crise… Mais une crise de quoi ?

- …. Alors, tu serais qui ?

- Bon, c'est absurde, mais voilà, je suis né il y a un mois. Je ne sais pas qui je suis, tout comme je ne sais pas mes liens avec Ethan, alors dans ma tête je m'appelle Nethan, New Ethan, nouvel Ethan. Mais c'est sûrement un nom idiot, je changerai quand j'y verrai plus clair. Tu trouves que c'est un nom idiot ? Mais on s'en fout du nom, et …

Je parle vite, comme si cela me donnait un air plus convaincant.

- Attends ! Ce n'est pas très clair pour moi… Qu'est-ce qui te fait penser que tu n'es pas Ethan ?

- Je n'en sais rien, en fait. J'ai juste envie d'être celui que je me sens être, tel que je suis.

- Et cela, ce n'est pas Ethan ?

- Pour moi, Ethan, c'est une tonne de souvenirs qui m'enserrent, qui me pèsent, qui m'attendent au tournant... Des souvenirs que je n'arrive pas à investir, du moins pour le moment... Ethan, c'est une vie à part entière, et moi, je commence à peine...

- Je ne comprends rien, je croyais que tu étais amnésique, sans souvenirs...

- Un amnésique qui n'est pas solitaire, isolé de tout proche, ce n'est pas quelqu'un qui n'a pas de souvenirs, c'est quelqu'un qui est plongé dans un océan de souvenirs que lui rappellent tous ceux qui le connaissent, et qu'il se doit de faire siens... Par exemple, la blanquette.

- Oui, la blanquette... Mais cela peut se faire très progressivement. On peut réapprendre à être soi-même, j'imagine !

- Mais je n'ai pas envie de m'astreindre à apprendre laborieusement à vivre comme vivait une autre personne qui m'est inconnue, je veux vivre ma vie à moi.

Devant nous les cafés refroidissent. Claude, pourtant assez imperturbable dans sa manière d'être, reste soucieux, le visage un peu fermé...

- Je crois que je commence à comprendre... Pardon de te demander cela, mais tu en as parlé à la psychologue de

l'hôpital ? Car c'est peut-être une sensation courante chez les amnésiques, cette sensation d'être quelqu'un d'autre...

- Mais Claude, je suis quelqu'un d'autre !

- Un quelqu'un d'autre qui aime la blanquette de veau, comme Ethan.

- Si tous ceux qui aiment la blanquette sont susceptibles d'être Ethan...

- Mais tu es dans le corps d'Ethan !

Tiens, il me parle comme s'il considérait que j'existe !

- Personne ne choisit son corps, ni moi, ni toi, ni personne. Il nous est attribué par le hasard... Moi, c'est par la foudre...

- Sérieusement, tu en as parlé à la psychologue, madame Ronsod ?

- Non, surtout pas. Je suis à peu près certain qu'elle va y voir un trouble profond de la personnalité d'Ethan, alors que je suis simplement quelqu'un qui émerge, quelqu'un en train de naître.

- Mais si tu lui en parles, elle pourra peut-être t'aider ?

- J'ai bien trop peur qu'elle soit centrée sur la prémisse suivante : J'ai devant moi Ethan Mantret, qui a perdu la mémoire. Celle-ci va revenir. En attendant, des manifestations bizarres peuvent se produire, il ne faut pas s'en inquiéter ni les prendre trop au sérieux. Sauf si elles peuvent l'aider à réintégrer sa mémoire disparue. En attendant, il se doit d'être soucieux de la retrouver, et pour cela d'investiguer son passé, et s'installer au présent tant bien que mal. Jusqu'à ce que sa mémoire revienne.

Si elle est dans cette prémisse, je pense qu'elle jugera mon affirmation d'être quelqu'un d'autre comme une manifestation psychique inquiétante, symptôme d'un trouble associé à l'amnésie. Rendant mon autonomie inenvisageable. Et ma sortie de l'hôpital compromise...

- Oui, il me semble d'ailleurs, excuse-moi, que je pourrais penser à peu près la même chose...

Évidemment, qu'il doit penser la même chose ! J'ai des réactions bizarres, inhabituelles, à des moments anodins pour n'importe qui d'autre... Et qui peut-il croire que je suis, vu comme je lui parle !

- En même temps, ce que tu dis se tient. Tu n'as pas l'air en confusion, ou dans un délire plus ou moins prononcé. Et si j'essaie de me mettre dans la tête d'un type qui a perdu toute sa mémoire ou presque, et qui se réveille, cela peut donner quelque chose comme ce que tu décris...

- Oui ! Tu me crois !

- Bon, je vais être franc : on verra bien...

- Quoi ?

- Quelle que soit la vérité, qui que tu sois, Ethan, Ethan malade, Nethan, ou je ne sais qui, la situation va évoluer. Et on finira par savoir qui tu es. Toi le premier, j'imagine... En attendant, laissons venir, inutile de nous prononcer, ni moi, bien sûr, ni toi, si c'est possible. Ne te fige pas dans une *hypothèse, qui peut être tordue, basée sur des perceptions incomplètes...*

- Tu ne me crois pas !

- Si, je te crois. Je crois que tu as la conviction d'être quelqu'un d'autre. Mais es-tu réellement quelqu'un d'autre ? Je n'en sais rien, et si je te ressens bien, je parierai que tu n'en sais rien non plus, que tu n'as pas une réelle assurance de qui tu es... Ce qui, vu la situation, me semble parfaitement normal !

- ....

- Et finalement, cela ne change pas notre relation d'amitié et de paroles.

- Quoi ????

- Faisons le point pour aujourd'hui, là, à l'instant T. Tu as la même apparence, le même visage, la même voix, nous nous connaissons depuis six ans, notre lien d'amitié s'est déclenché presque instantanément... Au fond, un lien d'amitié ne s'explique pas. Il a une dimension instinctive. Et, aujourd'hui, instinctivement je sens ce lien intact. Qui que tu sois, le lien entre nous est toujours là, maintenant. Si tu te perçois bien, et que tu es une autre personne, et qu'avec cette nouvelle personne le lien ne se maintient pas dans la durée, nous verrons bien. Si tu es une autre personne et que le lien se maintient, notre relation se poursuivra...

- Tu es fataliste !

- Non, simplement pragmatique... Ma seule inquiétude, c'est ton état de santé. Je ne suis pas psychiatre... Je suis

simplement ton ami. Qui disait : ce mystère nous dépasse, feignons d'en être les organisateurs !... Ah oui, Jean Cocteau... Un écrivain...

- Ecoute, si à un moment tu as l'impression que je pète les plombs, et que j'ai un vrai problème psychiatrique, tu seras légitime à en parler à l'hôpital, et je te donne par avance mon accord pour le faire...

- OK. Mais on n'en est pas là !

- Mais tu m'en parles d'abord, Claude, au cas où j'aurais une explication rationnelle à mon comportement ... étrange.

- OK. ... Si tu m'inquiètes, je t'en parle. Et toi, si tu t'inquiètes, tu m'en parles...

- Oui, c'est ça, d'accord... Merci !

En quittant le restaurant, il pleut encore un peu, mais nous marchons un moment. Sans parler. Claude réfléchit. Moi, je suis épuisé de cette première sortie, et de mes confidences. Je ne suis pas tourmenté, ni rassuré, juste fatigué. Moins de trois heures m'ont fatigué comme une journée de course en montagne, je suis vanné. Puis Claude me raccompagne à l'hôpital. Avec des paroles légères, mais un air préoccupé...

En arrivant dans ma chambre, j'ai des remarques, transmises par Nadège l'infirmière. Le professeur Champoye est passé pour me voir, et je n'étais pas là ! Il reviendra demain...

Je suis vraiment épuisé, je reste à somnoler sur mon lit, j'oublie même d'aller dîner et personne ne semble s'en inquiéter...

Chapitre 15   22 mars.

En me réveillant, je vois sur mon téléphone que j'ai reçu un SMS. De Claude :

« *Si tu es Nethan, et qu'en même temps tu ne sais pas qui tu es, comment sais-tu que tu es Nethan, et pas Ethan ?* »

Je réponds de suite :

« *Je me sens être une personne à part entière, même si je n'ai rien à raconter qui permette de me définir.* »

Et puis

« *Si, un élément : j'aime la blanquette de veau.* »

Il me répond par un smiley rigolard…

Sa question me tracasse. D'où me vient cette impression intérieure forte, absolue, d'être quelqu'un, alors que ma durée de vie est ridicule, un mois, et que je n'ai quasiment rien de précis à dire de moi… Qu'est-ce qui fait que l'on est quelqu'un ?

Si ce sont les choses faites, les combats menés, les réussites et les échecs dans la vie matérielle et sociale, je ne suis personne, tellement j'ai peu vécu de choses.

Si ce sont l'ensemble des relations, des tensions, des choix, des préférences, des amours, si c'est l'accumulation des expériences humaines, je ne suis personne, pour la même raison. Car même si j'ai commencé à accumuler de ces expériences, avec Anne, Sophie, Nadine Ronsod, Claude, c'est infime par rapport à ce qui définit ordinairement une personne de mon âge physique.

Si c'est l'affirmation volontaire d'une identité, sans plus de justifications à donner, l'affirmation d'une présence, ressentie et autonome, au moins dans la pensée, alors j'existe.

Si c'est le constat d'une liberté, au moins perçue comme telle, permettant d'avancer dans la vie, la sensation d'être une singularité, même sans pouvoir en apporter la preuve, alors j'existe. Ou du moins j'ai ENVIE d'exister.

Je me souviens que j'ai lu quelque part que l'on advient en disant NON. Dans mon cas, il me semble que j'adviens en pensant JE.

Mais je dis NON à Ethan, d'une certaine façon. NON à ce que chacun, sauf peut-être Claude, me pousse à faire, me pousse à être.

Comment apporter la preuve que l'on est quelqu'un ? Est-ce le descriptif d'un caractère, la liste des réalisations faites dans la société, une identité administrative (alors là, je suis Ethan Mantret, la foudre n'a changé ni mes empreintes digitales ni mon ADN, et j'ai une CNI), une place sociale certifiée par les autres, ou je ne sais quoi ???

Que disent les autres, les mémoriques, pour affirmer qu'ils existent ?

Avec du recul, je suis surpris de tous ces raisonnements. Et finis par me dire que n'ayant rien d'autre à penser, je suis contraint à réfléchir sans arrêt à ma situation... Mon esprit logique (suis-je cartésien ?) s'en donne là à cœur joie !

Plus j'y pense, plus je me dis que ces questions d'une part resteront sans réponse, sauf à me lancer dans un master de philosophie, et, d'autre part, qu'elles vont finir par être un obstacle à ce qui est primordial : vivre.

Quelle drôle de manière de dire : à cœur joie !

Puis c'est le professeur Champoye qui arrive, à la place de madame Ronsod !

Notre entretien ne ressemble pas aux autres. Il vient principalement pour deux choses : me dire son inquiétude à me voir sortir sans plus de précautions (et sans avoir signé de décharge ! Il ne faut jamais sous-estimer la valeur magique des gestes administratifs). Et m'annoncer la mort de Pierre Ratelt, l'ami qui a été foudroyé… Son état s'était très dégradé, les organes touchés par la foudre se nécrosaient… Il est mort sans se réveiller de son coma artificiel… Champoye me fait comprendre que, vu son état, c'est plutôt un bien…

Champoye a eu l'air moins tonique que d'ordinaire… L'annonce du décès de Pierre qu'il se devait de faire, peut-être… Ou bien le constat que je vais bientôt partir et qu'il va perdre un patient rare et stimulant pour ses recherches… Mais je suis injuste, il me montre, par ses multiples conseils pratiques, qu'il a réellement peur qu'il m'arrive un accident, et qu'il a le souci de moi.

Je finis par saisir aussi qu'il a peur que je me suicide. Perte de ma mémoire, perte de ma place sociale, perte d'un ami, il craint les pensées sombres suivies d'actes définitifs. J'essaie de le rassurer en répondant à ces conseils techniques par des engagements de gestes de prudence. Il est aussi convenu que durant les six prochains mois, je viendrai pour un entretien avec la psychologue une fois par semaine, afin d'être accompagné dans ma convalescence, prévenir des manifestations psychiques incontrôlées, et aider ma mémoire à revenir…

Je le trouve aujourd'hui plus humain, plus attentif à m'aider que jusqu'alors.

Je me demande à quoi ont pu servir tous les tests qu'il m'a fait faire ? Et pourquoi le docteur Rochart n'est pas venu aujourd'hui ? Je ne comprends pas quelle a été sa stratégie de soins avec moi… Une apparente décontraction cachant un réel souci de ma situation. Peut-être était-ce pour me réconforter ? Par timidité personnelle ? Ou bien, parce que j'étais embrumé, n'ai-je pas tout perçu de son soin, de son aide ?

Je dois lui sembler encore dans les vapes, tant je réagis peu à l'annonce de la mort de Pierre Ratelt… Dans la boîte à Bourrasque, je n'ai pas cherché à lire les mails envoyés ou reçus par lui… Je ne sais pas vraiment, réellement, qui est Pierre Ratelt… En l'évoquant à travers son nom et sa mort, je ne ressens rien… Aucun souvenir émotionnel…

Alors je revisite le souvenir que l'on m'a raconté… Nous nous promenions lui et moi au Parc de la Tête d'Or. Il s'est mis à pleuvoir fortement, alors que nous étions assez loin des serres, près de la porte où Pierre était garé. Nous avons couru ensemble, sous une pluie froide et lourde, et nous avons été vite trempés. Pierre s'est arrêté pour reprendre son souffle. Il s'est penché, mains sur les genoux, toujours au milieu d'une allée, sous la pluie. Tout s'était déserté, il y avait un bruit d'eau s'écrasant qui montait du sol… Nous étions tous les deux trempés. J'étais à sa gauche, j'ai posé amicalement (oui, j'imagine, amicalement) ma main droite sur son épaule gauche. Puis juste à ce moment-là, j'ai été foudroyé. La foudre m'est tombée sur la tête ou l'épaule gauche, cela, on n'a pas pu le déterminer. Elle a glissé de mon épaule droite sur mon bras, et elle a traversé Pierre, partant de son épaule gauche jusqu'à sa hanche droite. Sans que rien ne l'explique vraiment, elle n'a même pas brulé mon trench, elle s'est contentée de m'effacer une bonne part de ma mémoire, et de me plonger dans le coma, avant d'aller traverser Pierre, de l'épaule gauche à la hanche droite, en carbonisant tout sur son passage...

C'est moi qui ai donné la mort à Pierre Ratelt. C'est moi qui, involontairement, par un geste d'amitié, la lui ai transmise. Et par ce geste, je me suis sauvé...

Je dois la vie à Pierre Ratelt. Deux fois. En recevant la foudre, il m'a sans doute évité d'être brulé. Sans lui, la foudre serait passée de ma tête jusqu'au sol, et je serai sans doute mort. Et, parce que je ne suis pas mort, mais juste amnésié, je lui dois ma nouvelle vie, ma vie de Nethan. C'est la première fois que j'y pense...

L'enterrement aura lieu lundi, le 25 Mars... Est-ce que je dois y aller ?

Ayant commencé à sortir de l'hôpital pour aller au restaurant, il semble inconcevable que je n'aille pas à cet enterrement. En même temps, c'est mon bras droit qui lui a apporté la mort... Sa famille acceptera-t-elle ma présence ? Combien de fantômes, de gens que je suis censé connaître et que je ne connais plus, seront-ils là, à me scruter ? Et Pierre, cet inconnu, sera-t-il heureux de me voir ce jour-là, ma mémoire aussi brûlée que son corps ? Sorti d'un coma qui l'a englouti... Mon amnésie m'innocente-elle ?

Qui est Pierre Ratelt ? Et quelle place a-t-il dans la vie d'Ethan ? Aucune idée.

Les quelques mails échangés entre eux sont anciens, et anodins. Des mails de potes. Ils se sont connus lors de leur passage dans l'Institut des Sciences Numériques et Economiques de Grenoble. Pierre est devenu, assez jeune, consultant-associé dans une boîte de conseils, Waterhouse, qui réalise à la fois du conseil stratégique aux entreprises et de la gestion de patrimoine. Un regard suspicieux dirait que c'est l'alliance parfaite pour une offre d'optimisation fiscale, voire d'évasion fiscale. C'est une petite boîte, mais très reconnue et à la croissance forte… Je sais toujours faire des recherches sur Internet !

Si j'en crois l'agenda de son téléphone, qui couvre plus de trois années, c'est la seule fois où Ethan a pris rendez-vous avec Pierre Ratelt, pour marcher ensemble Parc de la Tête d'Or, un jour où le temps était menaçant… Une urgence ? Un rendez-vous qui se devait d'être discret, au milieu d'un parc, et non dans un bureau ou un café ?

Ma sortie de l'hôpital neurologique aura lieu mardi, le 26. Une infirmière est venue me le dire. J'ai fait un SMS à Claude, pour voir s'il pouvait venir me chercher, et m'accompagner. Je me souviens de mon adresse, mais je me sens incapable d'y aller seul.

Puis je me lance dans les mails de etma69, les échanges avec Gaëlle…

Je fais d'abord une visite à la machine de la cafétéria, pour me donner du courage. Pendant le trajet, je m'aperçois que je n'ai pas apporté d'attention au nom de la boîte mail Bourrasque, aello88. Pourquoi 88 ??? 1988 ??? l'année de naissance d'Ethan ? Et pourquoi le nom d'une Harpie ?

Etma69, Ethan Mantret 69, c'est plus simple.

J'entre dans la lecture des mails de cette boîte avec d'abord réticence. Je suis en train de violer l'intimité de deux personnes. Puis viennent de la curiosité, et un plaisir un peu malsain. Et enfin, de la lassitude. Je suis déçu. J'espérais autre chose, des échanges plus érotiques, plus troublants, intimes, profonds, amoureux... Ils se connaissent depuis à peine deux ans, mais semblent avoir une relation très établie. Un tiers de messages pour des informations ponctuelles, une heure de rendez-vous, l'annonce d'un retard, une course à faire. Un tiers de petits mots doux, parfois légèrement coquins, mais sans plus. Un peu enfantins... Un tiers de partage d'impressions sur tel ou tel évènement qui s'est passé dans leurs milieux professionnels. Gaëlle est comptable dans une entreprise fiduciaire. Je ne l'aurais pas deviné...

Je suis déçu par cette correspondance finalement assez fade... Au fil des courriels lus, un ennui s'installe, j'ai presque envie de leur faire des reproches, de leur dire qu'ils ne savent pas s'écrire en amants qu'ils sont, alors que, faut-il que je me le rappelle, je n'ai aucune expérience de ce type de relation, tout ayant disparu dans l'éclair électrique. Même pas une connaissance livresque, théorique, romanesque. Juste l'impression que tout cela est insipide...

Et vient alors une prise de conscience qui me laisse abasourdi :

Qui juge que cette correspondance est insipide ? Qui parle dans cette circonstance ? Cela ne peut être Ethan, sinon, en deux ans, il aurait fait des messages différents. Pour le moins, un lecteur sentirait qu'il s'embête dans ces échanges, ou découvrirait des indices d'agacement, de frustration. Ou d'ouvertures vers autre chose, vers des échanges plus intenses, plus troublants. Non, aucun. C'est donc bien moi, Nethan, qui estime ces échanges entre deux amoureux de piètre qualité. Mais à partir de quoi puis-je penser cela ? Je n'ai aucune expérience (hélas !) ! Concrètement, je n'ai jamais rédigé un mail de ma vie. Je n'ai jamais écrit à une amoureuse, et je n'ai même jamais été amoureux de qui que ce soit. Alors, comment puis-je juger, enfin évaluer plutôt, les messages d'un autre ? Est-ce à partir d'apprentissages, contenus dans la part de mémoire que je partage avec Ethan ? Mais lui ne les trouvait pas si nuls que cela ! Ce n'est donc pas lui qui les juge à travers moi. Alors, d'où me vient mon appréciation ? C'est bizarre.

Quand surgit un truc <u>bizarre</u>, je pense que si je n'avais rien à cacher, je devrais en parler à la psychologue. Mais justement, j'ai la conviction que ce qu'il faut que je cache, absolument, ce sont ces trucs bizarres… Là encore, d'où me vient cette conviction ?

Je retourne vérifier à la cafétéria qu'il y a toujours autant de boissons et de friandises différentes. Et je me demande si Ethan était collectionneur…

Puis je repense à mon érection lorsque Gaëlle m'a saisi le bras. Et à ma déception devant le peu d'érotisme contenu dans leurs échanges par mails… Quelles sont les composantes érotiques de ma personnalité ? Suis-je quelqu'un pour qui le sexe tient une grande place ? Ou simplement suis-je émoustillé par la situation de lire une correspondance intime, et de commencer à imaginer ce que seront les prochaines rencontres avec Gaëlle ?

Alors, ce serait pour cela que ces échanges me semblent insipides : parce qu'ils ne satisfont en rien mes envies d'érotisme ! Une curiosité dépitée !

Dois-je avoir honte d'imaginer que je vais la rencontrer en lui laissant croire que je suis Ethan ? Enfin, imaginer, ce n'est rien… Si je me laisse rêver, je la vois nue… Vais-je la tromper sur mon identité pour baiser avec elle ?

Le reste de la journée se passe en ruminations, parfois émaillées d'images érotiques dont je ne sais d'où elles sortent…

Chapitre 17   Dimanche 24 Mars

Je commence à anticiper ma sortie. C'est comme cela que je découvre que je n'ai ouvert qu'une des portes du placard de ma chambre, et que dans l'autre je trouve des vêtements propres et bien pliés, une sacoche de cuir noir contenant un portefeuille, des clefs d'appartement et de voiture, des Mentos, des mouchoirs en papier, … Deux paires de chaussures plutôt élégantes. Un livre, neuf, sans doute acheté à mon intention (par qui ?), Liu Cixin : *le problème à trois corps*. Un gros pavé, de science-fiction. Est-ce qu'Ethan aimait la SF ?

Est-ce que le fait que je n'ai pas pensé à ouvrir cette porte de placard (la gauche) avant ma sortie avec Claude est une des manifestations bizarres dont m'a parlé la psy ?

Je liste les choses à faire :

Attendre la réponse de Claude pour mardi.

Contacter Karim Moussef pour voir comment peut se passer mon retour dans GRG. Là, je sens que cela va être compliqué…

Me préparer à ce que j'appréhende comme un choc, la découverte de l'appartement où je vais vivre désormais, au moins un bon moment.

Me préparer à aller à la cérémonie funéraire de Pierre Ratelt. Je commanderai un taxi, pour ne pas solliciter Claude sans arrêt. J'ai une carte bancaire pour payer. Il faudra juste que je fasse un essai pour savoir si le code que j'ai en tête est le bon avant de prendre le taxi, pour ne pas me trouver en situation de ne pouvoir payer ma course, car il n'y a pas d'espèces dans le portefeuille…

Une fois cette liste faite, toute la journée se passe à ne rien faire, sinon parcourir sans vraiment le lire l'agenda d'Ethan, écouter la longue liste de messages enregistrés sur son téléphone. La majeure partie des messages sont datés des deux jours après la foudre, et concerne des problèmes professionnels. Ensuite, cela se tarit brutalement, la nouvelle de l'accident ayant dû être relayée partout, comme pour les courriels.

Est-ce vraiment ce que je dois faire, explorer plus ou moins minutieusement les traces de la vie d'Ethan ? Je n'en suis pas sûr. Mais tout autant, je ne sais pas quoi faire d'autre, le long de ces heures sans affectation. Que puis-je faire de ma vie ? Je n'en sais rien…

Merde pour le taxi ! Je vais demander à Claude, ce sera moins difficile…

Chapitre 18   Lundi 25 Mars

Entretien avec Nadine Ronsod…

- Comment s'est passé votre première sortie ?

- Une impression bizarre…

Zut, je n'aurais pas dû employer le mot <u>bizarre</u>, elle va y voir le signe que je suis trop malade pour sortir d'ici !

- Vous pouvez me la décrire, cette impression ?

- Un décalage. D'un côté, je savais exactement comment me comporter dans un restaurant. Et de l'autre, j'étais entièrement envahi par une impression de totale nouveauté.

- De totale nouveauté ?

- Oui. J'ai un savoir… théorique sur le monde, mais aucune expérience…

- Je ne comprends pas bien…

- Imaginez que vous passiez 20 ans dans une prison, seul, sans visite ni promenade, entouré de murs gris, sans aucun contact avec le dehors. Puis que vous sortiez. Vous vous rappelez ce que c'est qu'une rue, un magasin, les choses ordinaires, mais en même temps vous les découvrez avec une force énorme, qui vous submerge. Ce n'est pas vraiment une découverte, juste un choc de nouveauté…

- Qu'appelez-vous nouveauté ?

- Je sais très bien ce qu'est un restaurant, pourtant, hier, c'était le premier que je voyais, le premier où j'ai été manger.

- *Vous avez un savoir un peu théorique, abstrait, des choses ordinaires de la vie. La nouveauté, le choc viennent de ce que vous les découvrez dans la réalité.*

- *J'ai une autre image. Vous pouvez savoir théoriquement que l'eau de la piscine est froide, vous êtes quand même surpris par le froid lorsque vous entrez dans l'eau.*

- *C'est la différence entre une conception un peu intellectuelle, et la réalité physique des choses ?*

- *Oui, on peut le dire comme cela. C'est ce que j'appelle le choc de la nouveauté.*

- *Quels peuvent être les effets de ce choc dans votre retour à votre vie quotidienne ?*

- *Je ne sais pas… Sur le moment, je dois avoir l'air bête, cela me fige durant quelques secondes, quelques minutes… J'ai pourtant l'impression que cela va vite s'estomper. Si je retourne demain dans un restaurant, je n'aurai plus ce choc, ou plus du tout aussi intensément. Je pourrai faire comme tout le monde, simplement comparer les deux restaurants que je connaitrais.*

- *Autrement dit, vous anticipez que vous allez ressentir ce choc de nouveauté lors de chaque première expérience que vous allez être amené à vivre, puis qu'ensuite, il se fera comme un lien entre vos souvenirs conservés, et ces nouvelles expériences.*

- *Oui, c'est cela.*

Mais non, pas du tout ! Enfin, je ne crois pas… Elle pense qu'avec le temps, au fur et à mesure que je vais faire des choses, je vais rétablir une partie de ma mémoire, enrichir ce qui me reste des apprentissages d'Ethan en expériences complètes, et ainsi permettre à Ethan d'avoir une vie un peu moins diminuée. Une espèce de rééducation par les situations de vie, qui vont petit à petit combler mon amnésie. Des prothèses complétant une mémoire amputée.

Alors que ce que je vis, c'est une forme de naissance… Une naissance qui s'appuie sur un savoir certes conceptuel, comme le dit la psy, mais bien présent, et qui se révèle précieux… Je nais outillé, sans souvenirs, mais avec un savoir qui me permet de n'être pas dans la même situation qu'un vrai nouveau-né… Encore qu'il semble me souvenir qu'ils ont aussi des schémas de comportements innés, des réflexes, qui leur permettent d'acquérir tout ce qui leur manque…

- Gardez-vous d'autres impressions de cette sortie ?

- J'aime la blanquette de veau.
Elle sourit.

- Oui…

- D'après Claude, je l'aimais déjà avant l'accident.

- Donc, cela fait un lien entre avant l'accident et après.

- Oui.

NON !

- Comment s'est passé votre rencontre avec votre ami Claude ?

- *Naturellement. Je ne sais pas pourquoi, mais, sans que je ne me souvienne d'aucun de nos échanges d'avant, nous avons, semble-t-il, repris nos discussions quasiment comme d'habitude...*

- *Pas de choc de nouveauté, donc, dans ce moment. Comment l'expliquez-vous ?*

- *Je ne sais pas. C'est une relation qui s'est apparemment reformée immédiatement. Je pense que Claude avait cette envie dès le départ. Mais je n'ai eu aucune difficulté à le faire de mon côté. ... Ceci dit, il faudra voir avec le temps. Claude a visiblement le souci de m'aider. Mais j'imagine que mon amnésie, si elle se maintient, va être pesante pour lui.*

- *Pesante ?*
- *Oui, cela ne doit pas être évident d'avoir une relation d'amitié avec quelqu'un que l'on connaît depuis plusieurs années, et qui ne se rappelle de rien qui dépasse quelques semaines...*

- *Pourquoi, à votre avis, Claude a-t-il envie que votre relation se perpétue ?*

- *Parce qu'il n'a vu aucune raison pour que notre amitié s'arrête !*

- *Aucune raison ?*

- *C'est curieux, mais oui, aucune raison... Au fond, je reste le même, au moins en apparence, visage, voix, etc. Et ce qui m'arrive, on ne peut m'en faire porter la faute : je n'ai pas été foudroyé volontairement, je n'ai pas fait exprès de devenir amnésique, et d'oublier notre relation... Donc, pourquoi ne pas essayer de continuer notre amitié ?*

- Ce que vous dites, c'est que, au moins superficiellement, vous êtes la même personne, et qu'il ne peut rien vous reprocher de ce qui vous arrive... Et de votre côté ?

- D'abord, il me semble que les amis sont rares, et les amitiés à sauvegarder... Ensuite, mon amnésie m'a beaucoup isolé, j'ai l'impression que pas mal de copains ordinaires ne reprendront pas contact avec moi, mes deux mois d'absence ont cassé un lien fait de sorties, de fêtes... Et puis, Claude m'écoute sans me juger, du moins il me semble... Et cela aussi, c'est rare !

Sans me juger, et sans avoir l'obsession de me ramener à mon passé d'Ethan. Il me considère au présent. C'est bien le seul, sauf erreur de ma part !

Le reste de l'entretien porte sur des aspects plus administratifs. Nadine Ronsod m'explique la possibilité du mi-temps thérapeutique, qui permet une reprise progressive de l'activité salariée pour les personnes convalescentes... ou handicapées. Elle m'indique l'ensemble des formalités à faire pour ma sortie. Puis m'informe que nous pouvons nous voir tous les jeudis à 11 heures, durant quelques mois, autant que je le voudrais, pour m'accompagner à la fois dans le retour de ma mémoire, si elle revient, et dans ma réinsertion dans le monde...

Je suis content de la poursuite de ces entretiens. Même si je me cache un peu d'elle, Nadine Ronsod m'aide.

Mais en quoi, finalement ?... Elle me calme, car, contrairement à mes craintes, elle ne semble pas à l'affût d'un symptôme, mais dans une écoute ouverte. Ceci dit, tant que je ne suis pas installé dans la vie, je reste prudent.

Je ne m'explique pas pourquoi je suis si inquiet qu'on ne me laisse pas sortir de cet hôpital, pourquoi je scrute chaque détail qui pourrait vouloir dire que l'on va me retenir ici, alors que personne n'en manifeste l'intention, pourquoi je surveille ce que je dis pour éviter d'apparaître bizarre... Ethan a-t-il vécu une histoire approchante, dont le souvenir me reviendrait de manière diffuse, par cette méfiance un peu continuelle ? Ou bien était-ce un de ses traits de caractère, dont j'aurais indirectement hérité ? Un trait de caractère passant de lui à moi, ou bien une attitude devant les expériences nouvelles, qui serait présente, subreptice, dans ces fameux apprentissages qui me restent ?

Sur la fin, le professeur Champoye passe quelques minutes dans le bureau. Il s'assure que le principe d'un suivi hebdomadaire est bien acquis. Il insiste sur le fait qu'en cas de besoin, quel qu'il soit, je peux appeler l'hôpital, il me laisse même son numéro de portable personnel, je suis joignable à n'importe quel moment, donc, si vous en avez besoin, n'hésitez pas !

C'est sympa, cette attention !

De nouveau je pense qu'il craint que je me suicide...

Non, c'est peu probable. Le choc de nouveauté est fatigant, déclenche des sensations étranges, mais n'est pas pénible. Ni asphyxiant. Ni déprimant. C'est juste déstabilisant parce que trop intense...

Oh, j'ai compris. Il imagine que je suis Ethan. Un Ethan mutilé. Si j'étais Ethan, il me serait sans doute très difficile de reprendre ma vie antérieure. À chaque moment, je percevrais que je ne suis qu'une part restreinte de ce que j'étais avant. Un peu comme ce qui arrive aux lésés cérébraux, qui se souviennent de leurs capacités intellectuelles d'avant, sans pouvoir jamais les utiliser pleinement de nouveau. Une rupture, entre les possibilités d'avant, et un état actuel incomplet, définitivement incomplet. Là, que l'on ait envie de se tuer, je le comprends.

Seulement je ne suis pas Ethan, mais une autre personne, Nethan. Je n'ai aucun regret de la vie d'Ethan, ne la connaissant pas. Je ne sais rien de ses capacités, de ses talents, rien. Il ne me reste que moi. Rien à récupérer, à rattraper, à attendre, à regretter, juste le défi de construire une vie à partir de cette naissance qui m'est imposée, comme toute naissance… Ni regret, ni sentiment d'insuffisance, ni même culpabilité, à n'avoir pas les mêmes talents, ou bien pour avoir oublié tant de choses, tant de personnes… Je suis né comme cela. Et dans ces circonstances. Je suis donc forcé à tenter un pari : faire ma vie au mieux de ce que je suis maintenant. D'ailleurs, ce n'est pas un pari, un défi que je me ferai avec moi-même. C'est simplement la seule chose possible.

Reste à savoir comment faire.

....

Un SMS de Claude. Il est OK pour demain, vers 11 heures. Il se rend à la cérémonie de cette après-midi, il peut passer me prendre…

Je passe voir Nadine Ronsod à son bureau, je lui dis que je vais aller aux obsèques de Pierre Ratelt. Elle a l'air de trouver

cela imprudent, mais dans la mesure où je suis accompagné…
Et puis, comment m'interdire ce geste ? Bon de sortie ! En
attendant de sortir pour de bon !

Réponse à Claude, je suis heureux qu'il passe me prendre
cet aprem.

Je commence, juste après avoir répondu, à m'inquiéter.
Sur l'Iphone d'Ethan, il y a plusieurs milliers de photos.
Plutôt des photos de vacances, de monuments, mais aussi de
personnes, Gaëlle, Claude, Antoine. Il y a des chances qu'il y
ait Pierre, mais je ne sais pas l'identifier. Je demanderai à
Claude…

Je coupe le cadre numérique où défilent ces photos
personnelles censées me rappeler qui je suis, qui j'étais. Ce
défilement continu finit par être aussi hypnotique que
déprimant, malgré l'éclaircissement progressif des mystères
qu'il projette…

Chapitre 19   25 mars, suite.

Claude arrive comme convenu. Je suis prêt, j'ai mis les vêtements les plus sombres dont je dispose, j'attends debout dans ma chambre, puis dans le hall de l'hôpital, je suis anxieux, impatient, pressé que cela soit terminé avant même que commencé…

Une fois assis dans sa voiture, je demande à Claude de me montrer une photo de Pierre, s'il en trouve sur mon Iphone. Il en a une sur son propre téléphone, il me la fait voir. Une photo dans un café, un homme d'une trentaine d'années, souriant, qui commence sérieusement à perdre ses cheveux, avec un costume impeccable, tellement que l'on se doit de le remarquer, ce costume. Pas de photos plus personnelles. Qui était Pierre Ratelt ? Qui était Pierre Ratelt pour Ethan ? Je ne devine pas grand-chose sur ces photos, hormis un souci d'apparaître professionnel, fiable, compétent, rassurant, parfait… Donc, caché. Pourtant je m'imprègne de ce visage, je veux être le plus présent possible à la cérémonie qui va suivre.

....

C'est une cérémonie religieuse. Il y a une cinquantaine de personnes dans l'église. La famille au premier rang, à gauche. Je reste sur le côté droit de la nef, à mi-hauteur… Au bout d'un moment, quelques têtes se tournent vers moi, curieuses, j'ai dû être identifié comme celui qui a reçu la foudre et la lui a passée… Je ne me sens pas très bien, j'ai l'impression que je brille, comme phosphorescent, dans cette église, que chacun peut m'identifier comme le meurtrier de Pierre Ratelt…

Le cercueil est au milieu du transept, devant l'autel. Des personnes de la famille passent au micro pour parler de Pierre… J'écoute cela l'esprit embourbé, mal à l'aise autant par les discours convenus que par ceux sincères et émus. Plus ils sont sincères et émus, avec cette vibration de la voix qui semble se répercuter sur les larmes des assistants, et plus je me sens responsable… Alors j'imagine le corps amputé, troué, brûlé dans sa boîte, avec le maximum de détails, comme si cela me rapprochait de Pierre… Cela dure, cela dure, avant que le prêtre n'enchaîne la suite de l'office. Je n'ai pas ressenti de choc de nouveauté, car je n'ai rien regardé de l'église… J'ai les yeux humides, sensible à l'atmosphère générale, participant à cette cérémonie en étranger ou en paria, selon le moment.

Tout se termine. Puis, sur la suggestion du maître des cérémonies des pompes funèbres, chacun est invité à aller faire un geste, religieux ou non, sur le cercueil. Suis-je catholique ? Chrétien ? Trop tard pour demander à Claude. Il passe devant moi, je le suis, et devant le cercueil, je fais comme lui, une simple apposition de la main sur le bois. Je sens des regards sur moi, j'ai soudain la vision d'un corps amputé d'un bras et d'une épaule, et troué obliquement, vision dont je ne sais que faire… Puis fin de la messe.

Les employés, vrais maîtres de ballet de tout cela, nous invitent à présenter, dans un déplacement organisé, nos condoléances à la famille, avant de quitter l'église, et de voir le cercueil partir pour le cimetière, pour une inhumation faite dans l'intimité de la seule famille très proche. C'est la véritable épreuve qui arrive.

Je suis mal. Tout est difficile. Cette culpabilité, le fait de ne pas savoir qui était Pierre Ratelt, tout rend absurde ma présence ici, tout comme mon absence aurait été inconvenante… Je ne regarde plus que mes chaussures, je dois avoir l'air hagard.

Je suis Claude, dans la longue file qui se forme pour aller témoigner de son soutien et de sa peine à la famille. Devant la veuve de Pierre, devant ses parents, et ses deux enfants, je bredouille à chaque fois quelque chose d'inaudible, rien ne me vient qui puisse se dire vraiment… Les yeux baissés, je serre les mains l'une après l'autre, même celles des enfants, menues et tièdes, les enfants habillés de vêtements sérieux et noirs, qui me semblent incongrus. Et puis je fuis. Je quitte la petite foule qui s'est rassemblée sur les parvis, pour aller directement sur le parking, vers la voiture de Claude. Je l'attends.

....

- Tu es là ? J'aurais dû te le dire avant, j'ai parlé à Madeleine, l'épouse de Pierre. La famille ne te tient pas responsable du tout de l'accident…

- Mais ses enfants, tu te rends compte, ses enfants… C'est moi qui ai tué leur père !

- Non, ce n'est pas toi, c'est la foudre. Quand tu as posé ta main sur son épaule, tu ne savais pas que la foudre allait tomber sur toi, tu l'as fait pour le réconforter, par gentillesse… Franchement, tu ne sors pas indemne de l'histoire, tu y perds toute ta mémoire ou presque, tu dois réapprendre à vivre, tu paies toi aussi un sacré prix à ce foudroiement… Donc, Ethan,

... enfin, toi, tu n'as pas à te sentir responsable de la mort de Pierre.

- Un peu, malgré tout ce que tu me dis... Mais en même temps, ce qui est absurde, dans cette situation, c'est que ce n'était pas moi, et que je ne connais pas Pierre... Si tout était rationnel, je ne devrais même pas être là aujourd'hui...

- Tu... ! Ah oui, je comprends.

- Tu es sûr ??? Je me sens un peu coupable, mais je n'existais pas le 11 février, et Pierre, je ne l'ai jamais vu de ma vie, je ne lui ai jamais parlé, rien, c'est un inconnu... Je ne sais même pas pourquoi Ethan et Pierre avaient rendez-vous pour marcher ensemble le 11 février. Tu le sais, toi ?

- Non, aucune idée. Pourquoi ?

- Parce que d'après l'agenda d'Ethan, ce n'était jamais arrivé lors des trois dernières années...

- .... En même temps, si ce n'est pas toi qui a vécu ce moment, cette relation, qu'importe, tu ne crois pas ?

- Je ne sais pas... J'oscille sans arrêt entre vouloir ignorer cette histoire antérieure qui n'est pas la mienne, et au contraire vouloir la comprendre dans le détail, comme si elle allait me donner des clefs pour vivre de nouveau...

- C'est peut-être l'intuition que cette histoire est en partie la tienne... Voir qu'elle peut le redevenir pleinement, si ta mémoire sort de son trou noir...

- Je ne sais pas... Je me sens agir de manière contradictoire... Cela m'inquiète pour la suite de ma vie...

Là, Claude éclate de rire !

- À mon avis, c'est lorsqu'on ne se rend pas compte de ses contradictions qu'il faut s'inquiéter ! Toute vie a des côtés contradictoires... D'ailleurs, si j'étais philosophe, je dirai que la sagesse, c'est transformer ces aspects contradictoires en richesses complémentaires...

- Je crois que je ne suis pas encore assez rétabli pour comprendre tout le sens de ce que tu viens de dire ! ... On peut marcher un peu avant que tu me ramènes à l'hôpital ?

- Oui, j'ai pris mon après-midi, je travaillerai ce soir chez moi...

Alors, nous laissons la voiture où elle est, nous marchons dans les rues autour de l'église, en évitant les attroupements de fin de cérémonie...

- Comment cela se fait-il que l'on se connaisse, Claude ?
- J'ai été l'avocat de Sylvain Tresse, un de tes amis, pour son divorce. Comme tu as pas mal aidé Sylvain à ce moment-là, nous nous sommes rencontrés une fois ou deux, et notre amitié est née comme cela.

- Sylvain Tresse ? Je n'ai pas vu ce nom dans ce que j'ai exploré de la vie d'Ethan.

- Non, vous vous êtes perdus de vus il y a un bon moment déjà. Tu étais très jeune, comme Sylvain. Il reste le divorcé le plus jeune de ma carrière, 24 ans !

....

- Étais-tu proche de Pierre Ratelt ?

- Non, je ne le connaissais quasiment pas. C'était une de tes relations, nous avions échangé nos cartes de visite professionnelles, et partagé avec toi quelques apéros. Rien de plus.

- OK...

....

- Je peux te casser les pieds avec des questions compliquées ?

- Si tu acceptes mes réponses simples ! Et mes ignorances !

- Tu m'as demandé comment je sais que je suis Nethan, n'est-ce pas ? Mais peux-tu me dire qu'est-ce qui fait que tu es Claude ?

- Question parfaitement justifiée. Mais quant à te donner une réponse claire ... Disons, d'abord, que j'ai la conscience d'être vivant, de penser, d'agir. J'existe. Sauf à penser que nous sommes dans Matrix, c'est l'essentiel.

- Matrix ?

- Laisse tomber. Un film, non, trois, qui parlent de la différence entre ce que l'on ressent et que l'on croit vivre, et la réalité... Si tu ne t'en souviens pas, cela te fera une belle soirée !

- Bon, ce que tu dis, conscience d'être vivant, etc., c'est juste cela, justement, pas plus : être vivant et conscient. Tout le monde a le même vécu s'il s'interroge quelques secondes. Mais qu'est-ce qui fait que tu te reconnaisses comme étant Claude Fersal, et personne d'autre. ?

- …. L'habitude.

- Quoi !!!?

- L'habitude ! Je sais depuis longtemps que je suis Claude Fersal, je continue de le penser, je ne me pose pas la question, donc, par habitude, je suis Claude Fersal !

- L'habitude ! … Et rien d'autre ?

- Pfff ! … Les autres. Les autres me reconnaissent comme Claude Fersal. Comme il y a unanimité, je ne le conteste pas, je ne cherche pas d'alternative, je suis Claude Fersal. On pourrait dire que je n'ai, d'une certaine manière, pas le choix.

D'autant que la société me donne aussi cette identité. Ma carte d'identité, mon acte de naissance, ma plaque sur mon bureau, la propriété de mon appartement, tout est à ce nom.

C'est d'ailleurs une forme de paresse, ou de facilité. Je pourrai douter, profondément, de cette évidence que me communiquent les autres, et m'imaginer autre… Cela doit être arrivé à Antonin Artaud, si j'ai bien compris son histoire…

- Là encore, je n'ai pas la référence…

- Un écrivain et acteur, qui a vécu une période de … de … dépersonnalisation ? Il se décrit lui-même comme un autre, Artaud le mômo… C'est un souvenir de lecture un peu lointain… Pour autant, sans vouloir t'inquiéter, il a passé pas mal d'années en asile d'aliénés…

Oui, de la paresse… Ou une forme très enfouie de peur, qui m'indique qu'il ne faut pas que je me pose cette question… Sous peine de douleur et de folie…

- L'habitude, la paresse, et la peur… Je réagirai plus tard à ce que tu me dis… Mais donc, pour toi, être Claude Fersal n'est pas lié à des qualités, des goûts, des manières de penser ?

- Évidemment non ! Cela peut paraître absurde, mais non. Car je peux changer, avoir des qualités qui évoluent, des goûts qui se transforment, des idées qui changent. Or, je reste toujours Claude Fersal.

- Et ce que tu as fait, dans ta vie, est-ce que cela ne participe pas à être qui tu es ? Tes œuvres, tes traces…

- Pas vraiment. Si je suis Claude parce que je suis un avocat du droit de la famille, parce que j'ai choisi d'épouser Brigitte, parce que j'ai voté pour Benoit Hamon, alors, que se passe-t-il, qui serais-je si je deviens boulanger, si je divorce de Brigitte, si je milite pour l'Action Française ?

- Mais tous ces évènements ont de l'importance pour toi ?

- Bien sûr ! Et ils m'ont changé, ils m'ont transformé, au fil du temps. Tout ce que l'on fait vous fait évoluer…

- Et on reste pourtant le même !

- En fait, non, pas du tout ! C'est là le nœud du problème, à mon avis. L'identité, c'est une manière commode de faire comme si nous étions toujours la même personne alors que nous changeons tout le temps. Je pense que nous avons besoin de nous sentir être la même personne. C'est pour cela que nous passons notre temps à nous identifier comme étant Claude, Ethan, ou qui que ce soit. Cela ne suffit pas que ce ne soit qu'un nom, qu'une image. Il faut que nous en soyons certains.

- À ton avis, pourquoi ?

- Ethan, ... enfin, toi, tu sembles penser que j'ai réponse à tout ! Erreur, mon vieux, erreur ! J'improvise des réponses à tes questions, que j'imagine être de celles que l'on se pose tous à un moment ou à un autre… Pourquoi doit-on en être certain ? Peut-être parce que c'est cette certitude qui permet d'accepter justement que l'on n'arrête pas de changer, qu'il est nécessaire, indispensable, indéniable que l'on change tout le temps. Avoir un nom, c'est un repère solide pour pouvoir y développer dedans quelqu'un de toujours différent…

Une espèce de valise, que l'on sait être soi. Dont le contenu change constamment… Mais c'est ma valise, pas celle d'un autre…

Bon, c'est ce qui me vient là, maintenant…

Oui, je crois que c'est difficile de se percevoir comme fluctuant… Alors, nous passons beaucoup d'énergie à unifier notre passé, à lui donner un sens unique, cohérent. Mais en réalité, à l'évidence, nous changeons tout le temps…

- Que veux-tu dire par « unifier notre passé » ?

- Lui donner une cohérence, trouver des explications aux contradictions et aux changements profonds qui s'y sont produits… Penser que « depuis tout petit je pense ceci, je suis cela » est une extraordinaire réassurance. Cela nous prouve que nous perdurons. Que nous pouvons vaincre plus facilement le désordre et la mort… Mais comme en réalité nous changeons d'avis et de qualités, il nous faut bidouiller nos souvenirs, pour les rendre plus cohérents, plus univoques, pour que nous nous sentions homogènes, constants… Il faut un

grand courage pour s'accepter fluctuant, contradictoire, étranger à soi-même...

- Tu deviens lyrique... Je ne crois pas que cela t'arrive souvent... Mais ce n'est qu'une intuition, pas une réminiscence !

- Tu as raison, c'est rare ! ... Je devrais le faire plus souvent... C'est assez stimulant d'être lyrique, on se sent porté par ses propres mots ! Le rêve de tout avocat ! Mais j'en ai peu l'occasion, et finalement, personne ne me le demande ! Surtout pas mes clients ou les juges !

- Tu n'aurais pas la nostalgie d'être un grand prédicateur, subjuguant les foules ?

- Et en particulier les belles marquises, dont l'imagination sensuelle s'enflammerait à l'évocation des vertus les plus hautes, les plus éthérées, car il y a du sexe dans la plus haute spiritualité ! En chaire, je sentirais monter vers moi cette ferveur mêlée d'hormones, et, gravissant un degré de plus dans l'évocation des plus hautes béatitudes, quelques dévotes cette fois entièrement pâmées, offertes à mon verbe et même plus, j'aurais comme un orgasme heureusement dissimulé par ma robe de bure en regardant le ciel...

- Je ne sais pas pourquoi j'ai le souvenir de cela, mais la bure, ça gratte grave !

Et nous éclatons de rire, ensemble... Et cela me fait un bien fou...

....

- Bon, si je t'écoute, nous n'avons rien de permanent. Sauf peut-être ce que nous donne le cadre social... Non, je ne suis pas d'accord. Il y a un socle, une armature qui nous est propre, et qui assure notre permanence. Un squelette d'identité.

- Ce n'est pas un squelette, c'est un fantôme. Une forme vague... Nos changements sont étirés dans le temps. Ce que nous prenons pour de la permanence n'est que l'oubli de ce que nous étions il y a dix, vingt, trente ans. Evidemment, entre hier et aujourd'hui, la cohérence de Claude Fersal est forte. Car je me rappelle clairement qui j'étais hier, je veux dire, ce que je pensais que j'étais, ce que j'aimais et détestais, tout cela. Mais il y a vingt ou trente ans, de quoi étais-je fait ?...

- Donc, si je te comprends bien, tu peux dire : je suis Claude Fersal – 25 mars 2020. Et demain, tu seras Claude Fersal – 26 Mars 2020 ?

- Oui. D'ailleurs, dans ce que je t'ai dit au départ, la conscience d'être qui je suis, la conscience, c'est une qualité du présent, de l'instant pur. Un coup sur la tête, et plus de conscience. Et si je suis évanoui, existe-t-il encore un Claude Fersal, autre que la trace du Claude Fersal social ? Plus ordinaire, une solide biture, et une conscience affaiblie, ou infléchie... Bourré, suis-je le même Claude Fersal ? Pas sûr...

- D'un côté, pas moyen d'être plus dans le présent que moi, qui suis sans passé. De l'autre, rien à identifier comme étant moi, pas d'éléments précis, rien, sauf l'empreinte sociale d'un autre. Je suis vide, Claude, hormis la certitude quasi physique que j'existe, que je suis quelqu'un. Une valise vide, mais j'ai une valise !

- ….

- Et c'est cela qu'on me propose : mettre dans ma valise les effets d'Ethan. Même s'ils ne me vont pas tout à fait. Même s'ils ne me plaisent pas.

- Et c'est cela qu'instinctivement tu refuses, si je comprends bien.

- Oui, même si je n'ai rien à présenter comme alternative. Nous n'avons rien de permanent, comme tu dis, mais moi je n'ai rien du tout…

- Honnêtement, je n'envie pas ton amnésie. Car sans doute la vivrais-je encore moins bien que toi… Mais d'un autre côté, si tu supportes cette période de manque, c'est peut-être aussi une chance… Une forme de liberté… Pas commode, mais aucune liberté n'est commode… !

- Une liberté ? Une chance ??? Je ne sais pas…

- Tu es dans une situation exceptionnelle, finalement : tu peux remplir ta valise à ta convenance, sans nécessité de prendre en compte ce qu'elle contient déjà et avec quoi il faut s'accorder. Tu peux faire ta vie comme tu l'entends…

- Sauf que je n'ai aucune préférence, aucun point de repère, alors, faire ceci plutôt que cela, être ceci plutôt que cela…

- Si tu te sens être quelqu'un, quelque chose va s'amalgamer autour de cette conscience et te donner chair, d'une certaine façon. Tu n'as pour l'instant qu'une idée théorique d'être toi. Il faut sans doute attendre qu'émergent, au gré des circonstances, et venant dont on ne sait où, et on s'en fout, des éléments plus précis qui te seront personnels.

Quelques centaines de mètres plus loin...

- Non, cela ne colle pas. Je suis sûr que chacun de nous avons des éléments de personnalité solides, durables. Des valeurs, des préférences qui durent toute notre vie. Une permanence, malgré tout ce qui change.

- Pourquoi penses-tu cela ?

- Je ne sais pas. Je crois que j'en ai besoin.

- Les IPN de notre identité !

- IPN ?

- Les poutrelles d'acier, ce qui soutient, ce qui rigidifie, ce qui solidifie un bâtiment...

- Ce n'est pas une valise, cela ! C'est mon image de squelette...

- Oui... Tu as raison, je me contredis... Pas facile de dire précisément comment s'articulent les éléments constitutifs d'une personne et ce qui change tout le temps dans une même conscience d'être quelqu'un à la fois de libre et d'unique. Je ne sais pas en dire plus, mon vieux...

- C'est peut-être cela l'essentiel : avoir la conscience d'être libre et unique. D'être soi. Mais se garder de préciser ensuite, sous peine immédiatement de se tromper. Ou de s'enfermer dans une définition. Être debout, libre et conscient d'être soi.

- Se contenter de cet idéal, pour le dire avec un oxymore, c'est une solution...

- Bon, si l'on quitte les constructions intellectuelles, qu'est-ce que je dois faire, moi, concrètement ?

- Si tu crois que je vais te le dire !

Quelques centaines de mètres plus loin.

- Non, je ne veux pas. Accepter d'être Ethan, cela me met dans la situation de reprendre sa vie en bloc, telle qu'elle est. Et cela je ne le veux pas.

- Sans vouloir jouer le spécialiste de la logique, ce que tu dis est idiot. Je ne vois pas en quoi te reconnaître Ethan aujourd'hui t'impose quoi que ce soit, puisque tu as justement tout oublié !

- Mais tous ceux qui entourent Ethan, qui l'entouraient, eux, ils ont des exigences envers lui, ils veulent qu'il assure aujourd'hui la continuité avec hier, et avant-hier ! Si j'ai une espèce de page blanche dans la tête, en revanche, mes proches ont déjà un début de roman, dans lequel je suis déjà bien défini... Spontanément, ils me pressent d'y reprendre mon rôle... Tu comprends ?

- Oui. Mais j'imagine que tu peux, si tu le veux, te distancer assez facilement de ces exigences, justement en arguant de ton traumatisme, de tes séquelles de la foudre, de tes oublis... Ceci dit, qu'est-ce qui te déplait dans la vie d'Ethan ?
- Rien, sauf qu'elle est déjà faite, livrée clefs en main. Ce n'est plus moi qui fais ma vie, c'est ma vie qui me fait moi, ou plutôt la vie d'un mec qui s'appelle Ethan et qui me contraint, socialement, à devenir Ethan.

- Tu ne crois pas que tu exagères ?

- Parles-en à Anne et Sophie, je crois que tu comprendras mieux...

- Hum...

- Vouloir être Nethan, c'est avoir une possibilité d'avoir ma vie à moi...

- Il me semble que c'est déjà le cas... Ce qui t'énerve, ce n'est pas de ne pas avoir ta vie à toi, c'est de ne pas savoir déjà ce qui la constitue !

- Tu as peut-être raison... Ma situation d'amnésique me rend impatient. Je veux me construire, aussi rapidement que possible...

Encore quelques centaines de mètres...

- Considéré comme cela, ta situation est fascinante... Terriblement inconfortable, mais fascinante.

- Si tu es tenté, on peut chercher les orages propices au reset de ta mémoire !

- Non, pas tenté... Je suis attaché à Brigitte, à Caroline et Agathe... Une amnésie serait très douloureuse... Et je ne suis pas un aventurier...

- J'ai moins d'attaches que toi... Comment vivrais-je d'être membre d'une famille comme la tienne en ayant tout oublié ? C'est une forme de cauchemar, il me semble. Mais dans ma situation, ce n'est pas douloureux. Je n'ai pas vraiment de responsabilité envers quiconque... Des liens, mais pas de responsabilités, pas comme avec des enfants... Une amputation parfaitement indolore, si j'excepte la confusion *lors de la sortie du coma... Aucune douleur, mais c'est plutôt perturbant par toutes les questions que cela pose, et la profusion des choix qui s'annoncent...*

Claude, tu as toujours été philosophe, comme maintenant ?

- Je ne sais pas... Je te réponds comme si j'avais déjà mûri des réponses, mais je n'en ai, à mon tour, aucun souvenir. Je n'ai de réponses que parce que tu as des questions...

- Et Ethan, comment était-il ?

- Veux-tu vraiment le savoir ?

- Bien vu, Claude. Non, en fait, pas maintenant... On peut rentrer ? Je fatigue...

La chambre d'hôpital ressemble de plus en plus à une chambre de cité U. Sur ma table de nuit, je trouve l'ensemble des papiers pour ma sortie. Pour le personnel, je suis déjà parti... Cela doit être différent pour les gens qui ont des maladies physiques, il doit y avoir une forme d'attention différente... Enfin, j'imagine...

Je m'allonge, je lis un peu du bouquin de Westlake. Je ne ressens pas le besoin de faire un tour à la cafétéria. Finalement, qu'est-ce qui est bizarre ? Y aller ? Ou ne pas y aller ? Vérifier que toutes les boissons et friandises sont toujours là, ou bien y être indifférent ? Qu'est-ce qui fonde notre rapport à la réalité, sinon de petits gestes comme cela, absurdes si on les isole du reste. Mais si précieux d'être le moyen discret de se rattacher au réel...

Même si je me trompe, je suis certain, en échange, que, si l'on s'observe sans complaisance, sans censure, le nombre de comportements bizarres que nous avons est beaucoup plus élevé qu'on ne le pense spontanément !

Du moins, avec mon expérience de quelques semaines, c'est ce que j'imagine !

Et puis, cela m'arrange…

Claude arrive à 10 heures, comme prévu. J'ai fait mes bagages, entassés dans un sac de sport à roulettes. Je me suis habillé comme pour la cérémonie d'enterrement, je tourne en rond dans la chambre en l'attendant.

La sortie se fait rapidement, après un passage au bureau des entrées, qui est aussi celui des sorties, le nombre de personnes qui soignent et se font soigner ici crée un anonymat évident, sans agressivité, sans irrespect, mais bien réel… Je pars incognito… Mais aurais-je voulu autre chose ???

25 minutes de voiture, pour arriver dans un appartement. Rue Crillon, me dit Claude. Je m'en souviens. Un immeuble des années 70, de standing, avec des matériaux de qualité. Que je vois pour la première fois. J'ai mis les clefs dans ma poche…

Ma boîte aux lettres est vide.

5ème étage, le dernier. Une tension monte en moi, je m'accroche à mon sac comme à une bouée. Voyant mon trouble, et mes mains qui tremblent, Claude prend mes clefs, ouvre la porte.

Sur une desserte, à droite en entrant, une pile de courriers, de publicités. Il doit y avoir un concierge qui dispose des clefs de chaque logement, et qui a monté le courrier… L'appartement est grand, avec une très grande pièce, une cuisine à l'américaine qui s'y rattache, un balcon spacieux, c'est là que se joue l'essentiel. Sur le mur, un grand rectangle noir d'une télévision, comme un tableau éteint… Une chambre, un bureau, une salle de bains, des WC, et un dressing. Pas de vis-à-vis, des fenêtres partout de grande dimension, tout est très lumineux, tout est calme, tout est propre. Murs recouverts d'un tissu d'une teinte beige harmonieuse, quelques tableaux, des meubles … incontestables ! Je m'aperçois que je parle comme une annonce d'agence immobilière…

Qu'est-ce que je regarde ? Un lieu de vie agencé par un autre, dont je dois comprendre l'utilisation ? Une série d'indices qui peuvent me permettre d'approcher la personnalité d'Ethan ? Non, rien de cela, je reste simplement à l'écoute en moi du choc de nouveauté, pas très prononcé finalement. Cet appartement est un simple appartement, auquel je dois juste m'habituer.

Après cette rapide exploration des lieux, je m'assois sur le canapé, de type design suédois haut de gamme. Claude finit d'ouvrir les stores intérieurs. Dehors, il fait beau, je ne l'avais pas encore remarqué.

Est-ce qu'on remarque toujours tout instantanément, quand on n'est pas né il y a tout juste un peu plus d'un mois ? Est-ce une conséquence de la foudre ? C'est un peu comme si mon attention, par moment, s'éteignait, et je ne remarque plus rien.

- Tu m'offres un verre ?

- Euh, oui ? Tu sais où c'est rangé, je suppose ?

- Oui. Tu veux quelque chose ?

- Euh, comme toi. Non ! Comme Ethan. Après tout, on est chez lui.

- Alors pour toi whisky japonais, sans glace, chambré.

Il sert deux verres, en précisant le nom du whisky japonais, un Yoichi single malt, ce qui ne me dit rien, évidemment. Il prend lui un vin cuit, avec un glaçon.

- On boit à quoi ? À ton retour ?

- À quel retour ? À mon retour dans cet appartement que je n'ai jamais vu ? À mon retour de mémoire, si tant est qu'il survienne ?

- Disons : Bienvenue dans cet appartement, que tu n'as jamais vu mais qui t'appartient. Buvons pour que cette prise de possession, cette conquête !, se passe bien !

- Merci, Claude.

....

- Je suis chiant, j'imagine…

- Vu ce que tu vis, non.

- Tu me trouves comment ?

- Je ne comprends pas la question… Par rapport à avant ? Par rapport à Ethan ?

- Si tu veux. Ou en moi-même…

- Tu te poses beaucoup de questions existentielles. Sur ton identité. Ce qui me semble assez naturel dans ta situation. Mais au-delà de ce contexte particulier, j'ai quand même l'impression que tu aimes réfléchir, creuser les idées.

- Plus que …

- Ethan est plutôt dans le projet, les choses à faire, les stratégies. Avec finesse, intelligence, mais il ne se préoccupe pas vraiment du niveau supérieur, les valeurs, les principes.

- …

- Comprends-moi bien. Ethan n'est pas immoral, ou amoral. Il a son éthique, mais elle n'est axée que sur la façon d'aller vers son but...

- Un entrepreneur, centré sur sa stratégie...

- Tout à fait ! Et un bon entrepreneur, à mon avis.

- Tu aimes cet appart ?

- C'est à toi que tu devrais te poser cette question, non ?

- Oui. Mais cela va être long...
Le whisky est excellent.

....

- Ceci dit, Ethan commençait à se poser des questions sur la suite, sur ce qu'il allait faire de lui...

- Un lien avec son rendez-vous avec Pierre ?

- Vraiment aucune idée.

Plus tard, Claude s'en va, je reste seul... Vu l'énergie que m'a demandé l'exploration de l'ordinateur et du téléphone, et encore, je n'ai été ni précis, ni méticuleux, ne voulant pas creuser, comprendre cet appartement va être une tâche colossale…

Je commence par grignoter un plat cuisiné tiré du congélateur, sur le bar qui relie cuisine et salon, suivi d'un café Nespresso.

Puis je reviens sur le canapé blanc. Comment vais-je faire ?

....

Une impression générale : tout est aussi propre et arrangé que dans une chambre d'hôtel. Ethan est-il un maniaque du ménage et du rangement ?

Mais que suis-je en train de faire ? Brusquement, j'ai l'impression de me trouver dans la situation de vider l'appartement d'un parent décédé, de devoir explorer toute une intimité qui a perdu sa raison d'être, mais qui, néanmoins, n'autorise pas de voyeurisme. Vite tentant pourtant… Suis-je en train de chercher à connaître Ethan plus profondément ? Mais alors, dans quel but ? Ne suis-je pas, plutôt, en train de m'installer dans le premier appartement de ma vie ?

Un appartement dont le précédent occupant est parti à la cloche de bois, sans prévenir personne, en laissant toutes ses affaires… Et moi, nouvel occupant, qui vais devoir trier parmi celles-ci, ce que je garde, ce que je jette.

Une exploration systématique est au-dessus de mes forces. Je commence une promenade, je vais être un touriste dans un lieu nouveau, inconnu, je vais être curieux sans être intrusif, je vais baguenauder…

Le bureau est une chambre qui a trouvé un autre usage. Quelques rayonnages, avec quelques livres. Techniques, sur la gestion de données, sur le CRM, etc. Des livres sur les grandes religions, plutôt des livres grand public, de vulgarisation. Un ordinateur, deux écrans. Un grand poster sur un mur, représentant un tableau splendide, un tableau de Gustav Klimt, bois de bouleaux, c'est indiqué dessous. Le mauve et l'argenté sont extraordinaires...

Je m'assois sur le fauteuil, suspendu, mobile, avec un dossier souple, du haut de gamme j'imagine. Ici, face aux écrans, je regarde un mur, celui du poster. La fenêtre est sur le côté, sans doute pour que le reflet de la lumière ne perturbe pas la lecture des écrans. Sur le bureau, quelques stylos, post-it, trombones, une règle, le tout bien ordonné...

Un lieu déserté. Si quelque chose faisait la vie de cette pièce, alors, cela s'est enfui...

La salle de bains. Sur les murs, un assemblage de carreaux colorés, se terminant en peinture. C'est plus vivant. Un double lavabo, avec des affaires féminines d'un côté, masculines de l'autre. Une douche à l'italienne, large, avec des jets relaxants, et une gigantesque pomme de douche capable d'arroser tout le corps d'un coup... Là encore, c'est nickel. Plus qu'un ménage bien fait, un rangement méticuleux, pas un objet qui ne soit à son exacte place... Pire ! Pas un objet qui n'indique, qui affirme, qui revendique qu'il se trouve à son exacte place.

Du calme !

Les WC. Dans l'harmonie des tons de la salle de bains. Quelques revues, surtout de voyages, des prospectus d'agence, un atlas des religions à la couverture décolorée.

Je fais une pause. Pour me détendre, j'inventorie le congélateur, qui contient neuf sortes de glaces différentes, cassis, chocolat, vanille bourbon, fraise, pomme, melon, ananas, cerise, pistache, des plats cuisinés en portion pour une personne (tagliatelles aux noix de Saint-Jacques, poulet Tikka), trois demi-baguettes, deux sacs de poêlées de légumes, deux boites de nems, deux pizzas petit format (trois fromages, et jambon-champignon).

Sur le balcon, trois plantes en pot. J'en ignore les noms, mais il faut que je les arrose. Un arrosoir est posé dans un coin, je le remplis à la cuisine. Elles ne manquent pas d'eau, quelqu'un les entretient… Mais je me sens contraint de les arroser malgré cela, et, versant l'eau, je me mets à compter dans ma tête. Jusqu'à 30 pour la première, deux fois 15 pour les deux autres… Quelque chose de mon ancienne vie qui s'est accrochée à moi, insignifiante…

Pour ne pas m'épuiser dans ce voyage finalement éprouvant, je décide de reprendre contact avec GRG, ma boîte. J'appelle Karim Moussef sur son portable. Il décroche immédiatement.

Il semble très content de m'entendre, très heureux de me savoir sorti de l'hôpital. Il me tutoie, parle avec familiarité. Mais de cela j'ai gardé mémoire, non de sa manière à lui de parler, mais de ce tutoiement qui masque la hiérarchie, la rend moins rugueuse au quotidien, mais ne la remet aucunement en cause… Elle peut à tout moment ressurgir, dents acérées, regard condescendant, délimitant sans nuance la place de chacun, le pouvoir de chacun... Durant quelques secondes, je reste un peu sonné d'avoir eu ces pensées, puissantes, qui me viennent de ma vie d'avant, visiblement... Une voix enjouée... Il me propose que nous nous voyions demain, pour faire le point sur la situation. Ici, dans cette portion du réel, tout va très vite... pourquoi pas ! Entendu, demain, vers 10 heures, d'accord...

J'aime bien le grand canapé blanc du salon. Il est face à la baie vitrée qui donne sur le balcon. Lumière, un espace s'étend devant la fenêtre qui n'est obstrué par rien, les immeubles d'en face sont derrière un petit square, que je n'avais pas repéré en arrivant. Square minuscule, qui crée l'illusion, pour cette fenêtre, d'être sans vis-à-vis, d'être ailleurs que dans une grande ville... Le canapé n'est pas en face de la télévision, mais en face de la fenêtre... L'indice de quelque chose qui échappe à cette espèce de contention esthétique qui me pèse un peu. Spontanément, je mets ma jambe gauche sur l'accoudoir, pour me trouver assis de biais, bien plus confortablement que je ne l'aurais pensé... Un geste qui revient, sans doute, appris par mon corps, enfoui, mais vivant...

Deux fauteuils, une table basse parfaitement vide, un meuble avec quelques étagères, qui ne sont pas encombrées, des CD, une chaîne. Mais elle semble ne pas servir. Près d'un mur, une enceinte connectée. Je me rappelle qu'il y a de nombreux morceaux de musique sur l'IPhone. Je demande alors à l'enceinte de mettre de la musique, randomisée à partir des morceaux stockés sur le smartphone. Et durant une heure, j'écoute la playlist d'Ethan. C'est de la musique actuelle, branchée, du moins je l'imagine, une bonne part de musique électro, de la musique à danser, musique de teuf. Un peu de classique, principalement les symphonies de Beethoven. Je le sais car les titres s'affichent sur le smartphone. Rien qui n'attire mon oreille, aucune réminiscence, rien qui me fasse battre la mesure…

Le très grand écran plat, accroché au mur. Un très beau tableau abstrait sur le mur restant, un diptyque de grand format, là aussi dans les violets et les gris, comme le Klimt même si c'est sans doute leur seul point commun. Il est signé Anne-Marie Garin… Il n'est pas encadré, la toile est juste protégée par des baguettes… Il semble être arrivé hier, je ne sais pas pourquoi j'ai cette impression.

L'éclairage se commande aussi par l'enceinte. Il est variable, sans luminaire apparent, ce sont des rangées de LED cachées dans les angles du plafond…

Sous le bar qui ouvre sur la cuisine, un petit meuble où se trouvent les bouteilles, avec un petit frigo, qui contient six sortes de bières, deux tonic, et deux eaux minérales pétillantes.

Je laisse la chambre pour plus tard, comme le couloir avec placards et le dressing.

Puis finalement, je vais voir le dressing… Sept costumes, trente chemises, toutes unicolores ou presque, des cravates de tous styles, une douzaine de paires de chaussures, dont au moins deux faites pour marcher. Pour marcher en campagne, par tous temps, sur tous terrains. Les autres sont presque toutes quasiment neuves… Pas de vêtements féminins, Gaëlle n'a pas investi cette pièce. Une machine à laver, un séchoir.

Tout est impeccable. Que vais-je mettre demain pour aller à GRG ?? Un costume bleu pas trop sombre, cravate bleu nuit avec des petits traits argentés, chemise blanche à boutons noirs et rouges, petite coquetterie.

Est-ce que l'on fait cela tout le temps dans sa vie ? Énumérer les choses, se les décrire, en constater les qualités, en anticiper les usages ? Ou bien, une fois habitué, il devient superflu de réaliser ce constant inventaire duquel je n'arrive pas à m'abstraire… Est-ce que, lorsque tout devient familier, cette observation continuelle s'endort, et laisse plus de temps et d'énergie pour penser à autre chose ? Au risque de ne plus rien voir, ni la fenêtre ni le tableau du salon, par exemple…

Est-ce que l'on se pose souvent la question que je me pose : Que vais-je garder ? Que vais-je abandonner ? Non, pas abandonner, rejeter. Tout ce que je vais laisser, qui ne me correspond pas, tout cela se fera sans émotion, je n'y suis, évidemment, pas attaché. Un choix léger.

Non, pas si léger que cela. Car ce que j'écarte, qu'importe. Mais ce que je garde va contribuer à me définir, c'est évident. Ce tableau, par exemple, ou bien les quelques bibelots sur les étagères du salon. Ou encore cette enceinte connectée.

Mais comment faire autrement ? Emménager dans un appartement vide, indépendamment du fait que ce serait difficile à faire accepter par mon entourage (gare aux manifestations bizarres, Nethan !), me serait insupportable. Il vaut bien mieux arriver dans un lieu qui n'est pas à soi, et qu'on remodèle petit à petit pour le faire sien.

Au fond, c'est ce que font les enfants, d'une certaine façon, pour parvenir à l'âge adulte : investir un monde déjà constitué pour y construire petit à petit un univers qui leur soit propre...

Mais ils ont bien plus de temps que moi, s'ils ont moins de savoirs accumulés...

La soirée se passe sans relief, en partie en m'amusant à changer de chaîne sur la télévision, par des ordres donnés à l'enceinte connectée. Le tourbillon d'images, patchwork de fragments d'émissions diverses et qu'on devine de petit budget, me relaxe...

Le lit est fait, les draps propres, l'appartement est chauffé, j'ai trouvé cela naturel. Je dors bien.

Je suis réveillé tôt, sans réveil, par la lumière du jour, je n'ai pas pensé à descendre le store…

Je déjeune après avoir décongelé un bout de baguette, avalé sans beurre ni confiture, je me lave, sans utiliser la brosse à dents, je frotte le dentifrice avec mon doigt…

Je suis en train de finir de m'habiller, en avance, 8H30, quand la porte s'ouvre…

- Ouah ! Vous m'avez fait peur !

Une jeune femme maghrébine, avec un manteau et une grosse écharpe, est dans le couloir.

- Vous êtes rentré, monsieur Ethan ! Je suis bien contente ! Alors, ça va, vous êtes remis de votre accident ?

Il me faut un moment pour lui répondre, et arriver, petit à petit, à obtenir qu'elle parle moins, et moins vite. Je n'arrive pas à suivre, c'est brutalement trop nouveau !

Elle s'appelle Baya Douarem, elle fait mon ménage depuis deux ans. Comme je suis hospitalisé depuis presque deux mois, elle a continué à venir, mais elle a changé ses horaires, d'où son irruption dans l'appartement alors que j'y suis encore… C'est elle qui a monté le courrier…

Elle met un moment à comprendre ce qu'est vraiment mon amnésie. Que j'ai tout oublié des gens, mais que je sache encore conduire ou utiliser un ordinateur lui semble incongru.

Vous auriez mieux fait de faire l'inverse, dit-elle, comme si j'avais eu le choix !

Cette femme rayonne de vie et de joie, elle pétille. Cela me stimule sans me fatiguer.

J'apprends qu'elle vient deux fois par semaine pour faire le ménage et le repassage. Elle me glisse indirectement qu'elle n'a pas eu son salaire depuis deux mois, et je lui fais un chèque immédiatement. J'avais raison, je sais toujours signer, signer Ethan Mantret. Elle est heureuse de me revoir… Même si elle me confond avec Ethan, cela me fait plaisir.

- Si vous êtes là, je ne vais pas vous déranger, je passerai à un autre moment !

- Non, j'ai un rendez-vous dans peu de temps, vous pouvez rester.

Je lui offre un café, une capsule bleue, au hasard, et nous passons un moment à bavarder, sans que j'en sois le sujet principal. Elle s'est déjà habituée à mon amnésie, à mes regards interrogateurs parfois, abrutis à d'autres moments. Elle me fait raconter mon foudroiement, je lui cache la mort de Pierre, elle me compare à Jason Bourne, le héros d'une trilogie de films, où un amnésique surdoué se bat contre la CIA qui veut l'éliminer. Elle parle toujours un peu trop vite. Je rigole en lui disant que j'ai perdu la mémoire mais que pour le moment, la CIA n'a pas chercher à me tuer… Elle rit, elle me parle ensuite de son fils de 6 ans, qui est un bon élève… Je devine qu'elle l'élève seule, avec l'aide de ses sœurs pour assurer la garde de Mehdi lorsqu'elle travaille et qu'il n'a pas classe… Je me sens un peu lunaire, détaché, tout en étant attentif, je subis moins qu'avant le poids de ce que l'on me dit… Pourquoi ?

- Mais c'est pas tout de parler, il faut que je travaille !

- Ne vous en faites pas, l'appartement est impeccable, profitez du café, et cela me fait du bien de bavarder…

Et puis au bout de ce moment léger, gracieux, où je m'évade de tout ce qui me reste à faire, je pars, laissant l'appartement à ses soins.

Je file à pieds à Gunther and Ravel Group, pas très loin d'ici, rue Garibaldi.

La secrétaire qui filtre les entrées me sourit, me souhaite la bienvenue. Comme je ne lui réponds que par un mince sourire, elle se rappelle que je n'ai plus de mémoire, et son visage change. Comme je l'ai oubliée, on dirait qu'elle y répond en m'oubliant de son côté. Cela rétablit, artificiellement, l'équilibre de la relation.

- Monsieur Mantret, monsieur Moussef vous attend.

- Merci.

.....

- Excusez-moi, c'est embarrassant. J'ai perdu une partie de ma mémoire. Pourriez-vous me rappeler votre nom ?

- Oui, bien sûr, je suis Charlène.

- Merci. Et où se trouve le bureau de Karim ?

J'ai employé exprès le prénom de Karim Moussef pour ne pas apparaître trop largué… Cela ne semble pas bien fonctionner, car elle me regarde d'un air troublé avant de m'indiquer où se trouve le bureau, avec une application qui ressemble au ton que l'on emploie avec un débile mental.

Cela passera.

Karim se lève pour m'accueillir. Il est plus grand que moi, impeccablement habillé, il doit avoir 50 ans, chaleureux, précautionneux, il est content de me voir… Il est passé une fois à l'hôpital, on me l'a dit, mais j'étais encore dans le coma…

Après quelques formules d'accueil, nous passons aux choses sérieuses. Je lui parle de mon désir de retravailler au plus vite, ajoutant que les médecins me le conseillent (ce n'est pas vraiment exact, mais c'est un bon argument !). Je lui explique que mon amnésie, si elle a effacé tous mes souvenirs des relations avec les personnes, ne m'a pas atteint dans ce que je sais faire… Il me regarde avec une prudence que je devine un peu suspicieuse, mais ne dit rien. Je lui parle de mi-temps thérapeutique, à partir des infos de Nadine Ronsod. Il écoute. Je pense que l'on écoute comme cela des personnes en entretien d'embauche : avec un demi-sourire pas très engageant, afin de ne rien montrer de ce que l'on pense au candidat, ne lui donner aucun indice, aucun espoir, pour le laisser parfaitement seul dans la situation de pesage qu'est au fond un entretien de sélection. Mais heureusement il sort vite de cette attitude.

- Ecoute, Ethan, on va se parler cash. Même si tu l'as oublié, on se connait depuis près de 7 ans, je suis ton manager de proximité, nous avons toujours travaillé ensemble harmonieusement, avec de bons résultats, j'apprécie tes

compétences et ton sérieux. Bon, ça c'est un point. Ensuite, je ne connais rien à la neurologie, à la psychologie, rien de tout cela. Tu as perdu une partie de ta mémoire, OK, est-ce que tes compétences en sont impactées, j'en sais rien. Et j'imagine que toi non plus, en fait, si on essaie d'être précis !

- J'ai relu des mails professionnels, et je crois que je saisis bien de quoi cela parle. Je peux te parler de Salesforce, du CRM...

- Non, pas la peine. J'en ai parlé avec Jean-Pierre, et...

Là, il se rappelle que moi je ne me rappelle pas qui est Jean-Pierre, et il commence à percevoir les complications que font naître ma situation. Il s'efforce d'être patient. Et son effort se voit.

- ... Jean-Pierre Inalc, ressource manager de GRG. Il nous faut d'abord vérifier où tu en es de tes compétences pros. On te fait confiance, moi, pas de problème, et Jean-Pierre me suit, mais il faut quand même vérifier, tu comprends que le groupe ne pourrait pas supporter qu'on t'envoie en mission et que cela foire, même si tu n'y es pour rien.

- Oui, bien sûr.

- Voilà comment on va faire. Si tu es disponible maintenant, je vais te donner un dossier de client, avec ses demandes, et une série de préconisations. Je te demande d'en prendre connaissance, de compléter les préconisations, et d'en faire un rétro planning détaillé. Cela devrait clarifier la situation.

- Très bien, pas de problème, je suis disponible.

Il me tend un post-it rose, avec un code écrit dessus.

- Tu peux utiliser ton bureau, il est libre ce matin. Voici le nouveau mot de passe pour ouvrir l'ordi. Tu trouveras sur l'Intranet l'ensemble des documents, en lecture simple. Fais-moi un rapport. … Ethan, c'est très bien de ta part d'accepter ce petit test sans réticence. Je t'en remercie.

- Non, c'est normal. Merci de me faire confiance…

Et là, je prends le risque de ne pas lui demander où se trouve mon bureau. Je tourne à droite en sortant de son bureau à lui. J'ai de la chance, je trouve plus loin une porte avec le nom d'Ethan Mantret dessus. Plus un papier ajouté, Ludivine Ascrat. Il faut bien que les locaux servent…

Hormis un ordinateur, le bureau a été nettoyé de tout objet. Est-ce la règle ? Ludivine n'a-t-elle besoin d'aucun objet pour travailler ?

Je me lance dans le dossier, le temps passe très vite. Avec les bases de données du PC, je complète mon information. Les préconisations sont simples, presque basiques pour moi. Mais incomplètes, comme si le travail n'avait pas été achevé. Et il y a une erreur de conception. Volontaire ? Car après tout, c'est un test. Je la pointe, propose une rectification, complète les préconisations, construit un rétroplanning en indiquant que je me base sur une entreprise de telle surface financière, avec tant d'employés, car ces éléments n'y figurent pas précisément, ils sont plutôt sous-entendus… Une jeune femme entrouvre la porte avant de faire demi-tour, en disant pardon. Cela doit être la personne qui squatte mon bureau depuis deux mois… Suis-je de trop, alors qu'il me semble tellement n'être pas assez lorsque je suis hors de ce bureau…

Il me faut près de deux heures, mais dans ce travail mon cerveau est agile, comme libéré des contraintes de l'amnésie. Ici, rien de nouveau, quelque chose que je maîtrise parfaitement, où je peux être vif, malin, précis, débrouillard, stratégique ! Il y a des tas d'éléments à prendre en compte, mais tout me semble assez facile, et cette maîtrise me rend joyeux, comme j'imagine qu'un chef d'orchestre doit l'être lorsqu'il obtient ce qu'il veut de ce rassemblement de personnes disparates qu'est un orchestre…

Je lance l'impression, sans savoir où récupérer les feuilles. Je demande à un jeune qui passe dans le couloir, sans doute un stagiaire, car il ne semble pas me reconnaître… J'en profite pour lui demander où se trouve le bureau d'Antoine Retour, qui est venu me voir il y a peu à l'hôpital. Mais Antoine a quitté GRG, sans assumer son préavis, brutalement… Je n'en saurai pas plus… Pour que le malaise ne s'attarde pas, je demande au stagiaire où se trouve la machine à café, et cela fait baisser la tension que j'avais fait naître… Les partants sont des spectres encombrants, dans les boîtes de conseil. C'est une forme particulière d'amnésie, destinée à protéger la cohésion de la boîte, des équipes… Y déroger révèle un grand manque de tact. Mais j'ai des excuses.

Et je me rends ensuite de nouveau chez Karim, qui me reçoit de suite, bien qu'il soit midi passé.

- J'ai pensé qu'imprimé, ce serait plus commode…

- OK.

Je lui tends mon analyse du dossier. Il survole rapidement, puis me pose des questions. Au bout de dix minutes, il arrête, et me dit :

- Bon, c'est OK. Tu n'as rien perdu de tes compétences… C'est super ! C'est vraiment super ! … C'est quand même curieux ces histoires d'amnésie… Vraiment étonnant ! Bon, on va voir Jean-Pierre !

GRG n'est pas une boîte si importante que cela, on peut aller discuter avec un des associés facilement…

- Bonjour Ethan.

- Bonjour Monsieur

Et Karim commence à lui expliquer ma situation, ma convalescence, mes séquelles, une amnésie sur les personnes, pas sur les apprentissages, cela solidement confirmé par un test solide que je viens de passer sans difficulté. Donc, si ce n'est dans ma difficulté à identifier les gens avec qui j'étais en relation avant mon foudroiement, je suis opérationnel. Il parle aussi du mi-temps thérapeutique…

- Bon, Ethan, personnellement, cette idée de mi-temps thérapeutique, elle ne me convient pas. En plus, sur votre CV, cela ferait tache. Et puis, pour être transparent, nous avons besoin de tout le monde, car plusieurs dossiers viennent d'arriver… Voilà ce que je vous propose : vous reprenez le travail à mi-temps, et au fur et à mesure que vous sortirez du stress de votre accident, vous augmenterez votre temps de travail. On pourrait dire qu'il faudrait que vous soyez de nouveau à plein temps disons, pour septembre. Durant cette

période, vous gardez votre salaire complet, c'est GRG qui assume...

J'ai vu avec Karim, pour vous proposer une mission... Bon, vous vous en doutez, votre mission à Onivap a été reprise, par Nadia, donc elle est en bonnes mains, et puis, vous aviez déjà bien avancé les choses. Ils vous ont regretté, n'est-ce pas, Karim ?... En plus, c'est peut-être mieux que vous recommenciez à travailler dans un environnement nouveau, où personne ne vous connaît. Car alors personne ne sera concerné par votre amnésie, si j'ai bien compris.

- Je me rappelle de tout depuis ma sortie du coma...

Oups, le mot « coma »jette un froid.

- Bien sûr, bien sûr... Avec Karim, on a pensé que l'on pouvait vous mettre sur une mission pas trop intense, pour les Mutuelles du Marais, qui aimeraient changer complètement la gestion de leurs données clients, et celle de leurs analyses de risque. A priori, un mi-temps suffit largement pour cette mission. Les délais ne sont pas tendus. Cela pourrait commencer lundi prochain, le 1er avril ! Est-ce que cela vous paraît possible ? Et est-ce que les conditions que je vous propose vous semblent adaptées ?

Pas besoin d'être en pleine possession de ses moyens pour comprendre qu'ils ont tellement besoin de moi qu'ils sont prêts à toutes les concessions. Sans doute pourrais-je obtenir plus. Mais ce qu'ils me proposent me convient parfaitement.

- Oui, cela me semble correspondre à ma situation.

- Vous aurez Adrien comme control manager. Et si par hasard il y a un pic à assurer, je lui demanderai de vous donner un coup de main. Cela vous convient ?

- Oui, parfait !

Pourquoi est-ce que je dis cela ?

- Très bien. … Karim va vous envoyer le dossier des Mutuelles du Marais. Ah, j'oubliais, ils sont à Saint-Etienne. Pas de problème à vous déplacer ?

- Pas que je sache.

Inutile de lui dire que, si je m'interroge, je n'ai jamais conduit de voiture de ma vie !

Et immédiatement, je suis soulagé de pouvoir travailler dans un environnement où personne ne me connaît. Cela va être bien plus confortable que de travailler ici, cerné de regards méfiants, et obligé de reconquérir mon territoire, ne serait-ce que pour exister. Saint-Etienne ! Je suis certain de ne connaître personne à Saint-Etienne !

- Parfait ! Ce redémarrage va vous faire oublier rapidement votre accident, je l'espère !

Je reste stoïque, jusqu'à ce qu'il se rende compte de sa gaffe…

- Oh, excusez-moi, je suis désolé.

- Non, ce n'est rien. Au contraire ! Je suis heureux lorsqu'autour de moi on oublie mon amnésie !

Aucun des deux ne rit. Cela ne doit pas être dans nos habitudes, ou dans la culture de GRG… Instinctivement, je suis resté plus silencieux que je ne l'aurais été spontanément… je ne sais pas pourquoi. Même s'ils ont surtout le souci de m'utiliser, ils sont tout à fait cordiaux et ce qu'ils me proposent est une vraie facilité. Mais je garde un quant-à-soi qui ne semble pas les étonner… Ethan, tu es là ?

En sortant, Karim me dit :

- Je vais te redonner les autorisations complètes pour le Drive, entre autre pour que tu aies accès aux documents que je vais t'envoyer pour ta mission. Ton Directeur de mission sera Adrien Récamier, comme on t'a dit. Il te connaît, vous avez déjà travaillé ensemble (Karim commence à s'habituer à mon amnésie). Après que ton ami Claude soit passé, on a préféré rétablir une stricte confidentialité, et bloquer tes accès. Tu connais les précautions indispensables à notre sécurité. C'est aussi pour cela que j'ai été un peu chiant avec lui, l'autre jour. Il a dû te le dire… Mais il a su être convainquant.

- Non, il ne m'a rien dit.

- Il fallait bien que je vérifie que rien de confidentiel ne sorte, tu comprends.

- Pas de problème, tu as fait comme il le fallait…

Cette reprise est d'une déconcertante facilité. Je m'attendais à devoir faire le Junior, ou bien à avoir un contrôle accru de mon travail. Ou bien à être mis au placard, dans l'attente d'un licenciement qui ne coûte pas trop cher à GRG. J'ai de la chance, finalement…

- Au revoir, Charlène.

- Au revoir, m... Monsieur Mantret.

Quand elle a relevé la tête, elle a hésité, mais j'ai dû faire passer assez d'assurance dans ma voix pour qu'elle revienne sur son impression d'il y a deux heures... Il n'y a pas de petite victoire !

Au fond, dans cette partie de ma vie, les choses sont d'une absolue simplicité : si je suis capable de faire mon job, et de faire rentrer du cash, chacun se moque du tiers comme du quart de ma personnalité. Tant que je ne me mets pas un bicorne sur la tête, une main dans le revers de la veste, tout en disant que je suis Napoléon Bonaparte, pas de problème. Amnésique ou pas, Ethan ou Truc, ils s'en moquent. Il faut juste faire le job…

Cela peut sembler méprisant, dépersonnalisant, entaché d'un utilitarisme aussi peu soucieux de moi que d'un stagiaire, ce qui est bas sur l'échelle, cela je m'en souviens. Mais en fait, cela a un immense avantage : ils ne se préoccupent pas de qui je suis, ils ne font aucune intrusion dans ma vie subjective, ils m'utilisent comme une bonne machine. Ils ne s'intéressent qu'à mon utilité, et à un employeur, finalement, que demander de plus ?

J'aurais du mal à les blâmer, puisque cela me rend service. Mieux, cela m'éloigne de mes pensées obsédantes sur mon identité… On juge l'arbre à ses fruits, je crois que l'on dit. Ici, il n'y a même plus d'arbre, juste les fruits !

....

Je téléphone aux Mutuelles du Marais, pour me présenter et prendre rendez-vous. Ils ne me proposent rien avant mercredi 3 avril. Ils n'ont pas l'air très pressés d'entamer la transformation de leur process. C'est une première indication du climat de la boîte. Et cela me laisse du temps pour préparer le dossier…

Il va falloir que je m'occupe de savoir où est ma voiture (j'imagine que j'ai une voiture), et vérifier qu'elle fonctionne toujours bien après ces semaines d'immobilisation…

Je m'apprête à somnoler un moment sur le beau canapé blanc, lorsque mon téléphone sonne. C'est Anne.

Elle me demande si je suis bien sorti de l'hôpital…

- *Oui, hier matin.*

- *Tu aurais pu nous prévenir ! Nous serions venus te chercher. J'ai failli passer te voir aujourd'hui, j'aurais eu l'air fin, de venir voir mon fils alors qu'il est déjà parti…*

- *Oui, c'est vrai. Excuse-moi. Mais Claude était disponible…*

- *Sophie va mal le prendre ! Elle qui est venue si souvent te voir à l'hôpital ! Tu aurais pu y penser !*

- *Oui, c'est vrai (bis). Mais tu sais, je navigue un peu à vue.*

- *Quoi ?*

- *Oui, avec mon problème d'amnésie, tout est plus difficile à faire. J'ai découvert hier que j'ai une femme de ménage.*

- *Ah, tu as une femme de ménage ? Depuis quand ?*

- *Cela, moi, je n'en sais rien du tout… D'après Baya, cela fait deux ans…*

- *Qui est Baya ?*

- *La femme de ménage.*

- *Ton appartement était en ordre ?*

- *Un ordre parfait. Baya semble faire son travail avec application.*

- *Bon... Et ton travail à toi, comment est-ce que tu vas t'y prendre ?*

- *C'est déjà fait. Je les ai vus ce matin, je les ai convaincus de l'intégrité de mes compétences, et ils m'ont donné une mission qui commence la semaine prochaine, à mi-temps. À Saint-Etienne...*

- *À Saint-Etienne, un mi-temps ? Ce n'est pas une mise au placard, au moins ?*

- *Non, je ne crois pas. Ils veulent juste me laisser du temps pour achever ma convalescence...*

- *Ah, oui, je comprends. C'est bien de leur part... Et sur ce point-là, du nouveau ?*

- *Pardon ?*

- *Ta mémoire ! Est-ce qu'il y a des choses qui te reviennent ? Ou alors des signes que cela bouge, dans ton crâne ?*

- *Non. Tout est stable.*

Je me demande ce que faisait cette femme comme activité professionnelle. D'ailleurs, est-ce qu'elle travaille encore ?

J'ai l'impression qu'Ethan ne devait pas être si souvent que cela en lien avec elle, et qu'elle profite des circonstances pour prendre plus de place dans la vie de son fils. À moins que son autorité ne cache autre chose…

Ce qui est sûr, c'est que je vais devoir prendre du champ, ou faire bouger les perspectives, sinon elle va vouloir tout régenter de mon existence…

- Tu m'écoutes

- Oui, pardon.

- Je disais, c'est dommage. J'ai un ami, Bernard, très compétent dans tout ce qui est découvertes scientifiques. Bernard Van Den Boeck. Il est très connu. Je vais lui demander de faire une recherche pour voir s'il n'existe pas des médicaments qui pourraient t'aider à retrouver ta mémoire…

- Si cela existait, ils m'en auraient parlé à Neuro, tu ne crois pas ?

- Peut-être qu'ils ne savent pas que cela existe. Quand on voit la chambre où tu étais, sans le moindre appareil, on voit bien qu'ils ne sont pas à la pointe du progrès !

Je n'oppose pas une résistance quelconque, sans doute inutile… Je plie mais ne romps pas. Elle me donne l'injonction de l'appeler régulièrement… Et je dis oui, en ayant immédiatement l'idée que je pourrais toujours prétexter mes problèmes de mémoire…

Après le coup de fil, je rêvasse sur le canapé. Je me dis que je dois appeler Sophie, ma sœur, je le ferai d'ici 24 heures. Je pense à Anne, aussi. N'étant pas son fils, je peux sans doute voir plus facilement que, sous cette emprise qu'elle veut instaurer brutalement, il y a surtout un réel souci du devenir de son fils. Elle met en œuvre de manière malhabile, voire insupportable, sa préoccupation, et son envie d'aider Ethan. Moi, ne supportant cette maladresse que depuis quelques semaines, je n'ai pas à m'en défendre de manière forte, ou à résister plus ou moins violemment.

Si je perçois bien les choses, elle devait assez souvent se faire envoyer sur les roses par son fils. Celui-ci a dû se protéger pour n'avoir pas à subir des intrusions croissantes dans sa vie privée. Devant ces rebuffades ou cet éloignement, Anne a dû se sentir d'autant plus inquiète, et en rajouter dans son désir de contrôler pour aider… Un cercle à la fois vicieux et familial.

Ma place d'observateur privilégié me permet de prendre du champ, comme de mieux percevoir la dynamique des relations… Car au fond, cela ne me concerne qu'à demi, aussi étrange que cela paraisse…

Je demanderai à Sophie, car je peux me tromper…

....

Je fais l'effort de m'intéresser aux papiers qui remplissent plusieurs tiroirs, bien classés. Je découvre que si l'on additionne les contrats d'assurance-vie, les comptes rémunérés et les sommes sur les comptes courant (Ethan a trois banques) j'arrive à un chiffre de 122 000 euros. Pas d'inquiétude à avoir avant un bon bout de temps, surtout si je reprends mon boulot dès lundi. Et cela m'apporte une sensation de calme, d'apaisement, de sérénité… Alors que depuis que je suis né, je n'ai pas dépensé le moindre rond ! D'ailleurs, j'ai même oublié de rembourser Claude pour le téléphone…

Si je fais un point sur ma situation, j'ai l'impression d'être dans un léger décalage par rapport à ma réalité. L'image qui me vient, c'est une pièce de puzzle qui tremble, et ne s'emboîte pas parfaitement à la place qui lui est destinée. D'où vient ce tremblement, d'abord ? Essentiellement de ces ignorances que j'ai sur des sujets qui étaient familiers à Ethan, et qui me sont étrangers. Le prénom de la personne à l'accueil de GRG, par exemple, ou la place des couverts dans la cuisine. Pour y remédier, cela me semble simple : beaucoup d'exploration, et beaucoup de mémoire. Mais, après tout, mon amnésie a libéré de l'espace sur mon disque dur de stockage ! (oui, je sais que ce n'est pas comme cela que cela fonctionne !).

Ensuite, en admettant que je maîtrise un de ces jours tous ces aspects « tremblants », quelle place est-ce que je me donne dans ce monde ? Eh bien, force est de constater que je n'en ai aucune idée. Il est trop tôt pour savoir ce que je veux faire. Je n'ai pas assez de points de repère. Car ceux que je découvre petit à petit chez Ethan ne sont pas les miens. Pas nécessairement les miens !

Enfin, dernier élément à assimiler, Gaëlle. Je suis tétanisé à l'idée de la rencontrer en me faisant passer pour Ethan. Je ne la sens pas assez solide pour que je puisse me confier à elle comme je l'ai fait à Claude.

Le plus simple serait de rompre la relation entre elle et moi… Simple, mais injustifié…

Bon, et si je suis sincère avec moi-même, voire un peu cynique, Gaëlle est quand même l'occasion inespérée de perdre mon pucelage ! Pour elle, rien de nouveau, et pour moi, l'occasion de découvrir dans le réel la sexualité. Car je crois avoir les connaissances théoriques, mais pas le moindre souvenir d'avoir fait l'amour avec quelqu'un...

Si je continue à être sincère (et pourquoi pas !), depuis le début de mon existence, je me suis laissé inspirer par les circonstances. Ce sont les choses telles qu'elles se sont passées qui m'ont décidé à faire confiance à Claude, par exemple, ou à reprendre rapidement mon emploi. Dans la situation où je suis, c'est sans doute la méthode la plus sage : investir toutes les dimensions de la vie d'Ethan, puisque je suis né dans sa place, et, en fonction de ce que je ressens, adopter ou rejeter tel ou tel aspect de sa vie. Une forme de tri sélectif... Théoriquement, une fois que j'aurai tout investi, tout évalué, je pourrais mettre en œuvre ma propre vie...

Cela me sort du tout ou rien, du tout Ethan ou rien d'Ethan. Du sur-mesure !

Il faut juste que j'arrive à faire cela avec le maximum de respect pour les personnes que, sans l'avoir choisi au départ, mais en l'assumant aujourd'hui, je trompe sur qui je suis. Jouer à être Ethan pendant un moment, ou plus exactement ne pas démentir quand on me prend pour lui - car finalement, je ne revendique pas vraiment son identité - sans que cela porte préjudice aux proches d'Ethan.

Pour les biens matériels, c'est moralement plus simple. Dans la mesure où je n'existe que parce qu'Ethan s'est retiré, il n'y a pas de mal à utiliser ce qui lui appartient, comme son appartement. Je dois juste veiller à ne pas les transformer de manière profonde, car si jamais il revient (et qu'alors je disparaisse), il doit pouvoir retrouver ses affaires aussi intactes que possible. Rentrer dans ses marques. Question de respect. Je suis, moi, Nethan, un emprunteur.

Si l'emprunt perdure longtemps, et semble définitif, il sera toujours temps de voir... Là encore, il me semble que je saurai, intuitivement, quand j'aurai le droit de transformer cette place où je suis né en fonction de ce que je suis...

Je me réveille avec des traces du cauchemar de la nuit. J'ai rêvé de Pierre Ratelt, et de la foudre… Dans mon rêve, je tends vers lui un doigt accusateur, par lequel la foudre passe, il tombe en grésillant, dans une flaque mouvante, c'est très cinématographique. Derrière moi, ses deux enfants, qui ont assisté à tout, et dont les regards m'interrogent longuement : pourquoi tu as fait cela à notre papa ? Je mets un long moment à m'extraire de ma nuit…

Puis une image, celle du plafond de la Chapelle Sixtine, et Dieu tendant son doigt à Adam, pour lui communiquer la vie, ou bien la conscience, ou bien une forme de liberté, cela, je ne le sais plus… Pourquoi ma mémoire d'avant a-t-elle gardé cette image ? Et quel doigt peut-il me faire naître à moi-même, quel doigt m'a-t-il fait naître à moi-même ?

Celui posé sur l'épaule de Pierre, peut-être. Je suis né d'un meurtre… Non, pas exactement : ma naissance a causé un meurtre, un peu comme quand la mère meurt lors de l'accouchement. Mais ce n'est pas la mort de Pierre qui est à l'origine de ma naissance, c'est la foudre. Une énergie tombée sur moi par hasard…

…………………………

Nouvelle journée, que je commence par faire une visite détaillée de l'appartement. J'explore chaque placard, chaque tiroir, chaque endroit où les choses sont déposées, à la fois pour en faire une sorte d'inventaire, et aussi pour pouvoir les retrouver en cas de besoin, et ainsi domestiquer ce lieu encore assez sauvage, finalement.

Quelques trouvailles auxquelles je ne peux donner aucune explication :

Un stock de 149 rouleaux de papier toilette, dans les rayonnages les plus élevés d'un placard du dressing. Cela semble beaucoup. Il y en a de trois sortes différentes. Deux sortes de rouleaux blancs, et des roses. 149 rouleaux. Ce n'est pas une collection, cela semble disproportionné pour une simple réserve. Alors ????

Cette découverte me réjouit : je ne suis pas le seul à faire des choses bizarres. Puis elle m'inquiète : ai-je hérité des comportements et des pensées bizarres d'Ethan ? Avait-il une pathologie mentale que j'aurais gardée malgré la foudre ?

Si cela avait été moi, il me semble que j'aurais accumulé des rouleaux de papier toilette très différents. Sur le Net, je constate qu'il en existe des dizaines de modèles, où la largeur, l'épaisseur, les couches plus ou moins nombreuses, la décoration varient... Beaucoup de modèles humoristiques, les billets de banque, par exemple, ou vengeurs, les visages de tel ou tel homme politique... Comme quoi, les gestes les plus triviaux de la vie peuvent servir à exprimer quelque chose... Parler avec sa merde... Je n'aurais jamais pensé à cela...

Dans un tiroir, 28 montres. D'esthétiques différentes. Certaines inutilisées depuis longtemps, les piles mortes. Aucune montre de grand prix, j'ai cherché les marques sur le Net pour en être certain. Mais aucune n'est banale, chacune a sa propre esthétique. Une collection ? Une passion qui s'est éteinte ? Mais là, contrairement aux rouleaux, aucun double. Mais plus de poussière…

Dans son habillement, et d'après ce que je crois savoir, Ethan s'habille plutôt de façon mi-classique, mi-branchée, ce qui correspond parfaitement à son âge et à son métier. Une seule zone d'extravagance : les chaussettes, souvent décorées de personnages de dessins animés, et plutôt colorées. 62 paires, dont 28 neuves. Une préférence pour celles avec un lapin qui s'appelle Bugs Bunny, personnage que je ne connais pas.

Côté nourriture, moins de variété, comme déjà constaté. Je visite de nouveau le congélateur, qui ne m'apprend rien de nouveau… Un congel de célibataire peu préoccupé par ses repas du soir… Au frigo, uniquement des bières, de six sortes, belges, allemandes, et une chinoise… Baya a dû jeter les aliments frais, périmés depuis longtemps.

Peu de conserves, peu de stock. Une dizaine de sortes de capsules pour faire du café, de marques et de couleurs différentes. 87 capsules en tout.

Pourquoi ai-je compté ?

C'est vrai, pourquoi est-ce que je compte ???

Linge de maison très bien plié et rangé, j'y vois la main de Baya.

L'impression générale : un côté fonctionnel, en partie investi par une personne. Comme si Ethan avait voulu marquer son territoire, mais sans excès. Superficiellement. On voit bien qu'une personne l'occupe, cet appartement. Mais tout autant, on devine qu'elle pourrait en partir sans regret en deux jours. En deux heures. Comment expliquer ce manque d'attache ? J'essaierai d'en parler avec Claude… Est-ce que cela change ma manière d'y vivre ? Oui, cela me rend plus libre de me l'approprier sans en léser personne, tant cet appartement semble simplement utilisé, plus que réellement habité…

Je sors fourbu de cette exploration. Cette fois, ce n'est pourtant plus par un quelconque choc de nouveauté, dont il semble que la fréquence et l'intensité faiblissent, mais par l'absence de signification que j'y vois maintenant. Cette exploration, je la ressentais comme indispensable, et maintenant que je l'ai faite, elle me semble inutile. Plus qu'inutile : illusoire. Il me vient l'image du type qui a perdu ses clefs et qui les cherche sous le lampadaire, non parce que c'est là qu'il les a perdues, mais parce qu'il y a de la lumière. Comme lui, je cherche où c'est le plus commode, je ne trouve rien, mais où chercher ? Et d'ailleurs, qu'est-ce que je cherche ?

J'ai sans doute espéré plus de sens, dans cet inventaire, que sa simple utilité immédiate : pouvoir vivre ici en sachant où sont les choses… Je cherche dans les traces de la vie d'un disparu des éléments qui me permettraient de préciser des éléments de la mienne. Des indices. Mais de quoi ? De la personnalité d'Ethan ? Mais pourquoi ? Pourquoi plus ici qu'ailleurs, plus Ethan qu'un autre ? Je ferai mieux de chercher un personnage historique qui me fascine, et piocher dans sa vie des préceptes ou des comportements qui puissent m'inspirer !

Finalement, je retombe toujours dans la même erreur. Je confonds la nécessaire exploration de la vie d'Ethan, pour pouvoir m'y installer, au moins provisoirement, avec le plus de facilités possible. Et mon souci d'en savoir plus sur moi. Comme si c'était en disséquant la vie d'un autre – certes pas n'importe qui, celui dont j'ai hérité de l'enveloppe corporelle et sociale- que je pouvais le mieux me connaître !

D'autant que, plus que de me connaître, activité statique, je devrais plutôt me préoccuper de grandir, de me constituer !

Claude m'appelle, et me propose d'aller boire un verre en ville. Il veille à ce que je ne reste pas trop longtemps sans donner de nouvelles… Je vois sur mon téléphone un appel de Gaëlle, que je n'ai pas entendu, sans message. Je la rappellerai ce soir…

....

L'Ivresse, dans une rue calme près de la gare de Perrache… Un bar à vins.

Claude semble y avoir ses habitudes, il nous commande une planche de charcuterie et deux verres d'un vin rouge corse…

- Comment cela se passe ?

- Aussi bien que possible. J'ai fait le tour de l'appart, pour le maîtriser… Tu savais qu'il y avait 149 rouleaux de PQ ?

- Non. C'est curieux… Tu as pris le temps de les compter ?

- Oui.

- Pourquoi ?

- *Je ne sais pas… J'ai quelques manies comme cela, que je ne sais pas justifier. Parfois, cela m'inquiète…*

- *Séquelles de la foudre ?*

- *Ou dérangement congénital. Car finalement, qu'est-ce qui est le plus problématique : accumuler chez soi 149 rouleaux de papier toilette, ou se sentir dans l'obligation de les compter ?*

- *…*

- *Sinon, à GRG, aucun problème ! J'ai même déjà une mission à Saint-Etienne.*

- *Tu vas tenir le coup ?*

- *Je verrai bien… J'ai trouvé les clefs de la voiture d'Ethan, mais je ne sais pas où elle se trouve…*

- *C'est une Clio orange métallisé, elle doit être dans le garage souterrain de ton immeuble.*

....

Claude n'éprouve pas le besoin de parler en continu. Nous sirotons le vin corse en grignotant de la charcuterie disposée sur une épaisse planche en bois ancienne, patinée, qui donne confiance…

- *J'ai entendu ce matin à la radio un philosophe, Bruno Latour, qui disait, en parlant d'un contexte différent, mais j'ai pensé à toi, qu'au lieu de chercher à se définir une identité, mieux vaut déterminer, le plus précisément possible, de quoi on a besoin.*

- *De quoi on a besoin ?*

- Si je me l'applique à moi, tu vois, je sais que j'ai besoin de vivre avec une femme, j'ai besoin de moments de solitude, et plus je vieillis, plus j'ai besoin de moments dans la nature. J'ai besoin de me sentir servir des causes justes... Des choses comme cela.

- Se définir par ce qui nous est nécessaire, et donc, indirectement, par nos comportements...

- Oui, nos comportements, nos attentes, ce dont on ne pourrait se passer, quelque chose comme cela.

- Plutôt que par des qualités standard, comme joyeux, extraverti, égoïste, pudique, tu veux dire ?

- Oui. Peut-être parce que l'on n'est pas en permanence joyeux, ou pudique, et que ces qualités sont en fait dépendantes du contexte. Donc pas suffisantes pour exprimer qui l'on est.

Mais ce n'est pas cela que veut dire Latour, si j'ai bien compris. Il veut plutôt dire que cela ne sert à rien de tenter de se définir, de quelque manière que ce soit, mais, pour vivre mieux, ou pour être plus soi, il faut déterminer de quoi on a besoin, en tant que personne...

- OK. Mais ce dont on a besoin, cela change au fil d'une vie, non ? Ce n'est pas stable non plus !

- Evidement...

- Bon, alors, comment tu sors de cette contradiction ?

- J'y arrive ! Si on s'interroge sur ce dont on a besoin, cela donne des indications sur ce que l'on doit faire dans sa vie,

pour satisfaire ces besoins personnels. A tout le moins de ne pas les contrarier. Et tenter de répondre à ses besoins propres, c'est sans doute à la fois une manière de vivre sa vie au mieux, au plus près de soi, et ainsi d'affirmer son identité. CQFD ! Par honnêteté, je ne suis pas certain que c'est ce que voulait dire Latour, mais c'est ce que j'ai compris.

- Oui, je crois que je suis assez en accord avec cela. En fait, je suis en train d'arriver à quelque chose de proche à partir de mon expérience d'amnésique.

Mon questionnement sur Ethan, mon souci de le percevoir, est une façon de le définir en termes de qualités, de traits de caractère, pour ensuite voir si cela me correspond.

- C'est idiot, il me semble.

- Oui. Idiot, et inutile. D'abord parce que je n'arrive pas à discerner dans sa vie des éléments qui soient nets, possibles à nommer sans ambiguïté. Et ensuite, je pourrais tout aussi bien prendre une liste de qualités et défauts, et décider de ceux qui me correspondent, comme de ceux qui ne me correspondent pas. J'interroge les traces d'Ethan parce que j'imagine que je suis plus proche de lui que de quelqu'un d'autre. Or, cela, intérieurement, je ne le ressens pas.

- Pourquoi tu le fais, alors ?

- Parce que je n'ai rien en magasin ! Mon passé est vide, et ma vie très courte. Je n'ai pas de matériaux pour savoir de quoi j'ai besoin, profondément besoin, ni même pour penser vraiment à moi. D'une certaine manière, la seule chose qui m'appartienne complètement, que je peux revendiquer pleinement, c'est mon interrogation sur qui je suis.

- Donc, tu dis : je suis Nethan, amnésique, en recherche.

- Exactement ! Bon, ensuite, mon seul univers accessible, à ma disposition, c'est la vie d'Ethan. Une fois que j'ai pris conscience de ces deux choses, j'ai décidé, comme la meilleure option possible, de me glisser dans la vie d'Ethan et, pour chaque expérience de vie que cela me permet de vivre, de m'interroger sur ce que cela me dit de moi, en fonction de la nature de mes réactions... Je crois que cela rejoint une recherche de mes besoins profonds et personnels.

Est-ce le vin, lourd, capiteux, qui me rend plus sensible, mais sur le visage de Claude, je vois s'esquisser une ombre... Et il réagit, avec un ton légèrement amer.

- J'espère que ce moment est une expérience positive !

- Ne sois pas con ! Si tu crois que je t'utilise, un truc comme cela, ou que je ne suis pas sincère avec toi, tu te trompes grave ! Un de mes besoins profonds, indispensables, c'est de parler librement avec une personne avec qui je suis en confiance. Oui, indispensable. J'ai de la chance d'avoir pu, grâce à ta générosité, m'infiltrer dans la place laissée vide dans votre amitié à Ethan et toi. Sans ce lien entre toi et moi, Claude, je pense que je ne serais toujours pas sorti de l'hôpital neurologique.

En revanche, tu as raison, j'interroge tout ce que je vis, continûment. Et j'y cherche des indications qui me donnent de la densité. J'ai besoin de densité. Si tu savais à quel point !

- Laisse, ce n'est pas toi qui es en cause... C'est moi qui doute toujours de ma valeur... S'il se présente une occasion où je peux me dire que je ne vaux pas grand-chose, j'ai le talent

de ne jamais la manquer, pour ensuite ruminer stérilement sur l'insignifiance de ma vie… Nobody's perfect !

- Wafff !

- On parle d'autre chose, s'il te plaît ?

- Comme tu veux… Mais que tu m'en parles un peu plus précisément un jour peut faire partie de notre amitié…

- Oui, sans doute… On verra… Merci.

Comme pour aider à la césure, nos verres sont vides, et d'un geste, je repasse une commande au patron. Pas question de finir la charcuterie en étant à sec…

- Bon, je ne vais pas insister là-dessus, d'autant que c'est perceptible par tous et principalement par toi, je suis amnésique, et je carbure à longueur de temps pour meubler mon amnésie, la réduire, afin de vivre une vie… normale. Satisfaisante. Adéquate.

- Une vie adéquate… Beau projet ! Une vie qui soit en adéquation avec soi, et avec son contexte, son environnement. C'est plus qu'un projet, c'est une utopie, un paradis à atteindre… Je veux dire, si on le vit en permanence, au présent.

- Même si je n'ai pas trace d'expériences, ou si peu, je devine quand même que cela ne doit pas être facile à atteindre, cette adéquation, c'est vrai. Cela exige qu'il n'y ait pas de prise de recul, de ne se placer jamais en spectateur de soi-même. Simplement être dans sa vie… Et d'y être à sa place. J'ai de la route à faire, si je vois là où j'en suis…

- Tu n'es pas le seul !

....

- Il me semble que lorsque l'on n'a pas de choc important, que la vie se déroule avec de petits obstacles, mais pas de grandes secousses, il est facile, et d'ailleurs pas idiot, de se laisser porter par les conséquences simples de ses actions...

- De quoi tu parles, Claude ?

- Imagine, tu t'appelles Claude. Tu fais des études de droit parce que tu es nul en maths, tu deviens avocat, tu fais un stage dans un cabinet spécialisé dans les affaires familiales parce qu'un copain t'a recommandé, et tu te spécialises en affaires familiales, tu te maries, tu fais des enfants, parce que tu en as le besoin irrépressible, et ensuite, vingt ans durant, tu fais ce que ta place de parent, de mari, d'avocat te demande de faire, au fil des jours... Dans cette situation, il y a peu d'occasion de se demander : qui suis-je, et surtout, de quoi ai-je besoin ?

- Tu es en train de me dire que tu n'as pas eu le temps de chercher quels étaient tes besoins personnels profonds, comme on le disait tout à l'heure ?

- Non, ce que je veux dire, c'est que si on ne se révolte pas devant cette succession de choix qui n'en sont pas vraiment, qui sont des choix d'inertie, si tu vois ce que je veux dire, c'est qu'ils n'entrent pas en opposition frontale avec nos besoins profonds... On accepte ces choix parce qu'ils vont dans notre sens. Même si on l'ignore ! Et on finit par arriver à une place suffisamment adéquate sans avoir jamais réfléchi à quoi que ce soit...

- Mais il y a un risque alors de passer à côté de ses besoins personnels, non ?

- Je ne crois pas. Si ce sont de vrais besoins, ils se manifestent si on les néglige, ils vous rongent par leur absence...

Si j'étais Nadine Ronsod, je poserais plein de questions à Claude, sur son manque d'estime de soi, et sur cette manière de voir sa vie... Personne n'est parfaitement heureux, ou même quiet, je crois.

- Mais ne t'y trompe pas : je ne suis pas malheureux dans ma vie ! Ce qui se passe, c'est que tu me fais me poser de nombreuses questions, dont je ne m'étais pas préoccupé jusque-là... Cela me brasse un peu.

- ...

- En fait, tu me fais sortir de ma zone de confort, pour parler moderne. J'ai l'impression de chercher à répondre à tes questions un peu au feeling... Comment dire... En tant qu'avocat, je suis tenu de développer des raisonnements qui sont à la fois très cohérents, et centrés sur ce que je peux identifier comme croyances chez celui que je veux convaincre, tout en m'appuyant fermement sur le droit. J'y ai finalement peu de place. Aux questions que tu poses, je cherche des réponses spontanément, en cherchant non pas une cohérence, mais la plus grande proximité possible avec ma vie, et sans me référer à rien d'autre. Je n'en ai pas vraiment l'habitude...

- Une tentative d'explication qui soit adéquate avec toi, d'une certaine manière.

- Oui… C'est précieux. Parfois inconfortable, mais précieux… Bon, on va passer à la jurisprudence Boursin !

- De quoi tu parles ?

- Il nous fallait du vin pour finir la charcuterie, et maintenant il nous faut de la charcuterie pour finir notre vin !

Et voilà une seconde vénérable planche qui vient recouvrir la première, dépeuplée. Je n'ai pas compris son histoire de Boursin, mais ce n'est pas grave. Je pense d'ailleurs que Claude s'amuse de piéger ma mémoire avec des références qui m'échappent.

....

- Une des conséquences de ma situation, dans ce présent sans passé, c'est qu'il me semble que je n'ai pas peur de grand-chose. Je peux être anxieux, et devoir pour me calmer vérifier des listes de choses, ce qui est inhabituel je crois. Mais je n'ai pas peur…

- Tu es anxieux, mais tu n'as pas peur ? Ce n'est pas clair, Eth… Pas clair.

- Je ne sais pas être plus précis. Je me sens capable de me lancer dans des tas d'expériences sans a priori, sans précaution presque. J'ai foncé sans appréhension chez GRG, par exemple.

- Tu as oublié toutes tes expériences passées, tu es l'inverse du chat !

- ???

- Chat échaudé craint l'eau froide. Toi, tu n'as jamais été échaudé, tu ne crains ni l'eau chaude, ni l'eau froide. Ta prudence est désactivée, faute de souvenirs cuisants…

- Oui, peut-être.

- Tu retrouves une forme d'innocence.

- Oups ! Avantage ou inconvénient ?

- Réfléchissons ! Si tu ne veux pas occuper une place de pouvoir dans la société, c'est un avantage, un immense avantage.

- Pourquoi ?

- Parce que cela te donne une capacité de confiance en les autres décuplée. Et que plus on fait confiance aux autres, et plus ils se révèlent dignes de confiance. C'est un cercle vertueux. Avoir peur nous prive d'une quantité extraordinaire de vie, tout simplement !
- Tu vas trop vite pour moi… J'y réfléchirai plus tard…

……………………………………………………..

- Finalement, de ne pas avoir de mémoire, cela te soulage de toute nostalgie, je suppose… Cela doit être agréable, d'être exempt de toute cette daube. N'être jamais en train de regretter on ne sait trop quoi, mais qui serait perdu, dissous dans le passé, et qui nous manque un peu, mais pas assez pour que l'on se batte pour le retrouver… Tu vois ce que je veux dire ? La nostalgie, quelle plaie ! La nostalgie, c'est pour moi comme vouloir retrouver une couleur fugace, sans trop qu'on sache pourquoi, sans jamais y parvenir, tout en traînant une *tristesse de seconde zone, pas assez forte pour qu'on pleure, pas assez douloureuse pour qu'on lutte...*

- Tu n'as vraiment pas l'air d'apprécier la nostalgie, Claude. On doit pouvoir y trouver du charme, comme de s'assoir dans un vieux canapé que l'on utilisait il y a vingt ans, et que l'on retrouve affaissé mais encore là...

- Comme ton canapé, mon passé sent la poussière... Je n'ai aucune envie d'y retourner, et surtout pas de m'y assoir, même mû seulement par ce sentiment bancal, ce regret sans force, indistinct...

Une fois encore, si j'étais Nadine Ronsod, et qu'il était venu la solliciter, je lui demanderais de parler un peu plus des nostalgies qu'il évoque à demi-mots, Claude. J'y devine des rêves plus ou moins écrasés par les entraînements du réel, comme il l'a dit d'ailleurs assez clairement...

....

- Tu as raison, Claude, je ne ressens aucune nostalgie. Le passé est plutôt pour moi un boulet... Non, en fait, pas un boulet : ce n'est un boulet que si je m'en préoccupe, que si je cherche à le reconstituer, à le comprendre, mais comme il a disparu, je ne suis pas vraiment obligé de m'en soucier, si ce n'est par un réflexe archaïque... Une épée de Damoclès, plutôt, quelque chose qui peut me tomber dessus à tout moment... Une menace, celle de disparaître à mon tour, aussi brusquement qu'Ethan...

Je connais le mot, nostalgie, mais pas la sensation. Evidemment, je ne suis nostalgique de rien, comment l'être après si peu de temps... Je ne pourrai être nostalgique que de mon séjour à l'hôpital, et, même s'ils ont été parfaits, à Neuro, rien à regretter ! Impossible d'être nostalgique d'un passé que j'ai totalement oublié…En fait, le dire comme cela paraît un peu spece, mais je crois que je suis nostalgique de mon avenir…

- ????

- Je n'ai pas de passé, donc pas de support pour le projet de ma vie qui vient. Cela me manque, sans que je puisse faire quoi que ce soit pour y pallier. Je suis contraint d'attendre que les choses arrivent, se fassent, s'organisent, prennent leur sens. Que j'y réagisse…

- C'est ce que je disais. Elles t'indiqueront tes besoins, après tu pourras bâtir ce que tu veux faire.

- Mais émotionnellement, je suis en manque de quelque chose, qui me ferait voir mon futur avec un peu de consistance, un peu de suivi… Mon absence de passé me prive de vision sur mon avenir. Je suis dans un présent continuel… Cela me rend léger, mais aussi un peu inquiet. Est-ce de la nostalgie ???

- Là, tu sembles être rattrapé par Ethan… Encore qu'il n'en parlait pas de cette manière… Plutôt de buts à atteindre, que de sens à trouver à un avenir…

- Peut-être savait-il quel sens donner à sa vie ?

- Je ne sais pas… Tu parles de projet, de choses qui vont prendre sens, et aussi de parvenir à savoir qui tu es. Ethan avançait plutôt par objectifs…

- Cela se complète, non ?

- Je ne suis pas sûr… Je crois que l'on peut suivre des objectifs parce qu'ils sont approuvés par son milieu d'origine ou son entourage, sans s'interroger s'ils sont pertinents pour soi, pour celui qu'on veut être…

- Faut être un peu con, non ?

- Non. D'ailleurs, je ne suis pas si loin de vivre comme cela !

- Pas d'accord ! Toi, tu te laisses aller, ou tu t'es laissé aller aux opportunités, sans doute d'autant plus que cela n'allait pas contre tes besoins profonds, comme tu l'as dit. C'est se passer de projet, et donc j'imagine une forme de sagesse. Se définir un projet juste en suivant un trajet prédéfini, balisé, c'est une forme d'aliénation. Le projet nous remplace, d'une certaine façon, prend notre place, quelque chose comme cela…

- Non, c'est plus banal que cela. Un simple conformisme, renforcé par la réussite… J'imagine qu'une fois lancé sur des rails, les objectifs se succèdent d'une manière logique, et cela tient lieu de projet… Jusqu'à ce qu'on rencontre un obstacle, quelque chose qui oblige à s'arrêter… Et à se poser des questions d'une autre nature.
Mais je m'y perds ! Tu veux avoir un projet ou pas ?

- Fondamentalement, je veux avoir plus d'épaisseur, de poids, de densité. Un projet m'en amènerait peut-être, mais à quel prix ? Savoir me définir m'aiderait peut-être, mais comment y parvenir sans oublier de vivre ? Je tâtonne, Claude, j'attends que cela se mette en place, sans trop savoir comment accélérer ce processus…

- Pourtant, si tu veux mon avis, tu vas vite. Regarde ce que tu as fait en à peine plus d'un mois !

Il parle à Nethan, il parle à Nethan !

- Et Ethan, durant le temps où tu l'as connu, ne s'est jamais arrêté dans la poursuite de ses objectifs ?

- Ethan, c'est un winner ! Il réussit ce qu'il entreprend. À mon sens, on peut être piégé par ses réussites… Elles vous aveuglent, elles vous découragent de vous poser des questions qui pourraient vous remettre en cause, vous réorienter. Qui aurait envie de s'interroger alors qu'il vole de victoire en victoire !

Ouf… Tu ne le sais pas, mais je n'aurais jamais pu parler comme cela à Ethan…

Et là je choisis de ne pas trop montrer que je suis heureux de ce constat : ici, maintenant, pour Claude, je ne suis pas Ethan.

- Alors moi, je représente le big arrêt, l'arrêt le plus absolu qui soit, à part la mort, évidemment, arrêt total !

- Non, je ne vois pas ta situation comme cela. C'est un redémarrage, une remise à zéro… Comme tu n'as pas encore fait grand-chose, pas réussi grand-chose, tu as la place pour réfléchir, l'énergie pour le faire, l'innocence pour t'ouvrir toutes les portes.

- Et tu crains que cela ne dure pas ? Que je me remette à réussir des trucs, et à passer au défi suivant, tel qu'inscrit dans la logique des choses ?

- Je ne crains rien, c'est ta vie. Ethan endormi ou Nethan nouveau-né, c'est ta vie… À toi d'en faire ce que tu veux, dans les rails ou hors des rails, vite ou lentement… À toi d'assumer, de déterminer, comment dire, les dimensions de ta conscience, celles qui t'aideront à choisir ta vie… Bon, enfin, choisir ta vie, disons dans les limites que les hasards de la conjoncture te laisseront…

Être qui l'on est s'origine aussi dans une affirmation. D'une reconnaissance que l'on s'accorde. On se reconnaît. L'identité, c'est la partie de soi que l'on affirme face au monde… En cela c'est aussi quelque chose qui a à voir avec la volonté.

- Putain, Claude, tu sors cela d'où ? Résumons : Des besoins profonds à identifier dans nos péripéties de vie, des pentes à suivre dans un sens ou un autre, et maintenant une affirmation volontaire de soi…

Il rit, soudain sorti de ce bilan intérieur que je devine, qui semble le miner, je ne sais trop en quoi…

- Une bonne question. Un bon vin. Un bon auditeur. Et cela vient naturellement… C'est une démarche socratique, au fond. D'ailleurs, si je me souviens bien, ils philosophaient en ripaillant, les grecs. Mais c'est toi qui m'y pousse, à réfléchir comme cela !

- Et cela fait quel effet ?

- On se sent vieux ! Oh là là, on se sent vieux ! Comme si de savoir quelque chose, même imparfaitement, indiquait que l'on n'était plus en posture d'agir sur cette chose… Ou en capacité d'agir…

Ceci dit, comme je me rends bien compte du manque de consistance de ce que je te dis, et qu'un philosophe expérimenté démonterait facilement, je ne suis finalement pas *si vieux que cela, tant ce que je sais m'apparaît fragile, mal ficelé, inabouti…*

- Comme si pour penser sérieusement à quelque chose, il fallait qu'elle soit éteinte, disparue, hors d'atteinte… Je comprends ta détestation de la nostalgie !

- J'ai dû négliger, dans mon introspection, les effets du vin corse ! Il semble fait pour assagir les caractères violents, par cette ivresse un peu lourde, imprégnant autant la tête que les jambes ! Il appesantit… Misère !

....

- Dis-moi, Claude, sincèrement, à ton avis, qui suis-je ? Ethan partiellement ou quelqu'un d'autre ?

- Tu radotes ! Je n'en sais rien, et je m'en fous. Carpe diem ! Comme dit Horace !

- Pardon ?

- Un poète latin. Vivons la vie au présent. La traduction, c'est : cueille le jour !

- C'est incompréhensible, mais moi qui suis, par ma situation d'amnésique, parfaitement placé pour faire cela, je n'arrive pas à le faire tranquillement…

- Pourquoi ?

- Il faut d'abord que j'explore…

- Eh bien c'est la même chose. Explore, fais au mieux, puis interroge-toi : suite à cette expérience, qu'est-ce qui

correspond à un besoin vital pour moi… Si tu ne fais qu'explorer, tu ne sauras jamais qui tu es…

- Sauf si je suis un explorateur ! Oui, bon, j'ai compris.

....

Claude finit par aller travailler, il part dans un curieux mélange de tristesse dissimulée et d'énergie maîtrisée, qu'il semble habiter à merveille… Mais est-il heureux, Claude ????

Plus tard dans la journée, je vais dans le parking de l'immeuble, la Clio est bien là, rutilante, même pas poussiéreuse, élégante…

En soirée, je reçois un appel de Gaëlle… Court. Nous sommes aussi mal à l'aise l'un que l'autre, pour des raisons que j'imagine différentes. Nous prenons rendez-vous pour samedi soir, elle viendra à l'appartement, je ne veux pas découvrir le sien, j'essaie de contrôler la dose de nouveauté qui m'assaille dans les situations originales, et qui me laissent épuisé et hagard… Partager une soirée avec elle est déjà un défi ambitieux, pour parler comme un banquier qui ne croit pas à votre business plan !

Au réveil, sans signe avant-coureur, j'ai l'estomac bloqué tant il est serré, et immergé dans une impression de malaise qui semble imprégner tout mon corps… Ce n'est pas de la peur, c'est comme si la peur avait tout conquis, qu'il ne reste de moi que de la peur enracinée, incarnée. De la peur sans trace de danger, de la peur qui dirait que ma défaite a déjà eu lieu, définitive, et qu'il n'y a plus maintenant qu'à en payer le prix tout le reste de ma vie, sans le moindre répit. Une défaite qui me concerne plus que toute autre chose, et dont pourtant je ne sais rien, issue d'un combat dont je n'ai pas le souvenir, d'un adversaire disparu, et qui n'a pas mobilisé ma volonté ; je n'ai pas perdu, je suis perdu.

Mais pour penser cela, il m'a fallu endurer une bonne heure cette imprégnation douloureuse, morbide, impalpable, échappant à toute tentative de pensée, une heure d'angoisse. Une heure lente où je suis resté allongé, incapable de quoi que ce soit, sauf de constater ma totale défaite, mon absence de pardon, ma répugnance, mon inaptitude à la vie, mon abandon de charogne, mon insondable faillite, tout cela dans un moment sans durée autre que celle de la douleur, dans l'incapacité vertigineuse de retrouver ce qui l'a provoqué.

Puis tout s'est rétabli, sans que je puisse savoir pourquoi, sans que j'ai lutté, ou même dormi… Impossible de ressentir si j'ai déjà vécu des moments pareils, si Ethan en était coutumier, ou si c'est une des conséquences de la foudre, une cicatrice électrique… L'angoisse s'est dissipée à un moment, et j'ai pu alors essayer de la décrire, sans avoir conquis le moindre pouvoir sur elle, ni maintenant, ni pour une autre fois, désarmé, n'ayant rien appris… Une heure de lents arrachements…

Le deuxième bol de café m'aide.

....

Plus tard, je sors la Clio du garage. Impression bizarre, de faire quelque chose pour la 1ère fois, alors que de nombreux automatismes s'activent, qui me facilitent la tâche. Mes mains et mes pieds conduisent, et moi, je regarde ma surprise à voir la voiture avancer sans hésitation… La Clio me porte, comme un tapis volant, je n'ai pas l'impression de faire quoi que ce soit, c'est à la fois étrange et agréable… Elle se révèle puissante, les sièges sont dans un joli cuir, c'est une série *Initiale Paris*, sans doute un haut de gamme…

Je fais un tour dans les Monts du Lyonnais, au hasard. Et je me perds. Mais je sais toujours utiliser le GPS de la voiture… Je suis un curieux mélange d'ignorances et de savoirs complexes bien établis…

Sur la route du retour, ma conduite s'unifie. Je ne suis plus dans l'observation de ce qui se passe, maintenant je conduis, et je pense à autre chose, comme tout le monde, j'imagine !

De retour chez moi, de nouveau cette impression de chambre d'hôtel, tout est impeccable et à sa place, j'en conclus que Baya est passée ce matin durant ma virée en Clio…

J'appelle Sophie, la sœur d'Ethan, pour savoir si elle est disponible ce midi pour déjeuner. Et, par chance, elle l'est !

Nous déjeunons dans un petit restaurant pas très loin de mon appartement, en nous rapprochant du cours Franklin Roosevelt.

Une petite table vers une fenêtre, sur la rue Tronchet. Ce quartier est triste, mais le restaurant sympa.

- Nous sommes déjà venu ici ?

- Non. … En fait, Ethan, nous ne nous voyions pas souvent avant ton accident.

- Ah !!! Et pourquoi ?

- Disons que tu es quelqu'un d'assez indépendant…

- Ah !!!

- Depuis que tu travailles, tu t'es éloigné de nous, pour te consacrer à ta carrière presque exclusivement.

- Ah bon !... Pourquoi es-tu venue si souvent à l'hôpital, alors ?

- Tu t'en souviens ?

- De tes trois dernières visites, oui. Mais tu es aussi venue lorsque j'étais dans le coma, n'est-ce pas ?

- Oui, presque tous les jours. J'étais tellement inquiète… Tu comprends, je suis ta sœur…

- Oui, je comprends… Et non, en fait, je ne comprends pas. Je n'ai aucun souvenir de qui que ce soit avant la date du 23 Février… Et encore, entre le 23 et le 28 février, tout est assez confus. Donc aucun souvenir de notre relation. N'en sois pas

blessée, je n'ai souvenir d'aucune relation... La foudre a jugé bon de me laisser mes savoirs informatiques, et pas le reste !

- De te voir en face de moi, comme avant, et penser que tu as tout oublié, c'est difficile à assimiler... Tu es le même, mais c'est comme s'il fallait attendre que ta mémoire revienne, pour que tout reprenne son cours...

- Et pour moi, sortir du coma, puis revenir habiter dans une vie dont j'ignore quasiment tout, c'est tout aussi difficile...

Je parle du coma pour en faire une sorte d'excuse, je sens bien qu'elle ne me pardonne pas, inconsciemment, d'avoir oublié notre histoire.

- Mais ta mémoire va revenir, ne t'en fais pas !

- Le neurologue a eu l'air moins affirmatif... En fait, personne n'en sait rien.

- Garde confiance ! Et puis, nous pouvons te raconter ce qui te manque, cela peut t'aider...

- Oui, je comprends l'intention. Mais cela m'effraie...

- Quoi ?

- Imagine que tu doives réapprendre ta vie. Du début jusqu'au présent. C'est à la fois une tâche titanesque, et ensuite, un poids effroyable à porter.

- Un poids ? Mais n'as-tu pas besoin de savoir d'où tu viens, ce que tu as fait jusqu'à présent, qui tu es ?

- *Qui je suis, sans aucun doute. Ce que j'ai fait jusqu'à présent, je n'en suis pas certain. Et d'où je viens, j'en suis encore moins sûr.*

Devant son visage effaré, j'essaie d'atténuer les choses...

- *Sophie, comprends-moi ! Si la mémoire me revient un jour, à quoi sert de consacrer énormément d'efforts pour ingérer des tas de souvenirs maintenant, alors que j'ai déjà beaucoup à faire pour reprendre une place dans la société avec mes séquelles post-traumatiques. Et si la mémoire ne me revient pas, pourquoi est-ce que je ne me contenterais pas de vivre ma vie du mieux possible, tel que je suis ? Les souvenirs qui me seront nécessaires, je les apprendrai bien au fil de ma vie, tu ne crois pas. Les autres...*

- *Tu as toujours été égoïste !*

- *En quoi est-ce égoïste ?*

- *... Tu veux rompre les liens avec toute ta famille !*

- *Non, cela, c'est la foudre qui l'a fait. Moi, je me demande si mes liens avec ma famille, je veux que ce soit les liens anciens dont je n'ai pas trace, ou ceux que je peux construire maintenant, librement, avec chacun de vous, petit à petit.*

- *Mais enfin, c'est absurde ! Ton histoire existe ! Tu as vécu 32 années, dont 23 avec nous. C'est un fait ! Cela ne se reconstruit pas...*

- *Malheureusement je n'ai pas le choix. Soit je reconstruis laborieusement à partir de ce qu'on me raconte, sans certitude, sans réel espoir d'y trouver une cohérence* personnelle. Soit je reconstruis à partir de maintenant, en toute sincérité.

- C'est du refoulement ! Tu évacues tous les souvenirs qui te gênent, et tu t'en crois libéré. Mais en fait, ils sont toujours actifs de manière sous-jacente, et ils vont te causer beaucoup de troubles psychologiques !

- Non, pas du tout, ce n'est pas du refoulement. Dans le refoulement, il y a un acte, inconscient mais un acte, celui d'oublier, et cela pour telle ou telle raison. Et c'est cet acte et ses raisons qui causent ensuite des troubles. Mais moi, mes souvenirs ont complètement disparu sans que je le désire. Mon amnésie n'est pas une solution psychologique radicale et coûteuse, mais un fait de hasard.

Mes souvenirs, s'ils sont encore en moi, ce qui est l'hypothèse des neurologues, se trouvent on ne sait où, dans une zone cérébrale inaccessible à la conscience, de quelque manière que ce soit... Peut-être, m'a-t-on dit, ressurgiront-ils dans des rêves, et ce sera le signe qu'ils se rapprochent de la mémoire, que des circuits grillés se reconstituent, que j'y aurais de nouveau accès un jour...

Tu devrais manger ta cuisse de canard, elle va être froide...

- Merci...

Elle réfléchit.

- Mais même si tu as tout oublié, nous, nous nous rappelons. Lorsque je te rencontre, je me souviens de notre histoire. Je sais de quoi sont faites nos relations de frère et sœur.

- Oui, mais moi je n'en ai pas la moindre idée, sauf ce que tu m'en as raconté à l'hôpital. Mais ces souvenirs ne sont pas les miens, ce sont les tiens...

- Traite-moi de menteuse !

- Non, ce n'est pas ça. Ce que je veux te dire, c'est que, quand quelqu'un te rappelle quelque chose que tu as oublié, c'est souvent utile, parce que ce souvenir va reprendre sa place dans un ensemble, dans un monde constitué. Si tu me dis que lors d'un anniversaire, je suis tombé sur le gâteau en m'approchant trop près pour souffler les bougies, ce souvenir va rejoindre d'autres souvenirs d'anniversaires, de fêtes familiales, et alors, je pourrais l'adopter facilement, voire reconstituer le moment avec ce rappel. Mais dans ma situation, tout ce que l'on me dit de ma vie passé ne se rattache à rien, cela tombe au hasard dans un container vide, ma mémoire. Je ne sais trop qu'en faire... D'autant qu'en parallèle, je suis en train de me constituer une autre mémoire, à partir de ce que je vis depuis un peu plus d'un mois.

- Alors, tout ce que je t'ai raconté à l'hôpital, cela n'a servi à rien ! Un fatras de trucs inutiles !

- Non, pas du tout. Cela m'a permis de faire ta connaissance.

- De faire ma... C'est dingue ce que tu racontes ! Je ne suis pas certaine de te suivre...

- Si tu crois que c'est facile pour moi...

- Mais alors, comment faire ?

- Soit ma mémoire revient, et tout est réglé. Soit elle reste dans les limbes, et c'est de maintenant qu'il faut que je m'occupe… D'ailleurs, même si tu me racontes tout ce que j'ai oublié, je vais réagir avec ce que je suis maintenant. Sans mémoire, je ne suis plus le même, la nature de nos relations va changer, Sophie…. Ce n'est ni un bien ni un mal, c'est comme cela !

- Je ne te comprends pas… Cela ressemble à une fuite, je ne sais pas vraiment expliquer pourquoi, une fuite. Comme si tu fuyais ton passé.

- C'est mon passé qui a fui, tout entier, d'un coup. Et il m'a laissé là, tout seul, sans héritage, d'une certaine manière. Cela donne de la légèreté, mais aussi beaucoup de fragilité… Et une immense disponibilité.

- Je crois que je ne comprends pas vraiment ce que tu dis. Et en plus, tu ne parles plus comme avant.

- Ah bon ?

- C'est absurde, mais j'ai l'impression de parler avec un type de 50 ans, à l'expérience de vie bien établie, et qui a eu le temps d'analyser beaucoup de choses…

J'éclate de rire !

- Et moi j'ai parfois l'impression de n'avoir que deux mois ! D'avoir une vie à la dimension de mes souvenirs ! Mais là où tu as raison, c'est peut-être cette vacuité qui me permet d'analyser la situation comme cela…

- Vacuité ! Il y a trois mois, je pense que tu ignorais ce mot ! Jamais tu ne l'aurais employé ! Vacuité ! Qui, à 33 ans, parle de vacuité ?

- Les amnésiques, Sophie, les amnésiques ! Va-t-il falloir que je réapprenne aussi à parler comme avant ? C'est une tâche qui devient encore plus impossible !

....

- Ecoute, ne te mets pas martel en tête. Je suis sorti de l'hôpital il n'y a que 4 jours, je dois continuer à voir la psychologue une fois par semaine... Peut-être que tout cela s'éclaircira pour moi tout naturellement...

Bon, je vais éviter de lui parler de Nethan, elle ne le supporterait pas. D'autant que ce qu'elle refuse le plus, c'est justement ce qui découle de la volonté de Nethan de survivre !

- Garde toute cette discussion pour toi, s'il te plaît, le temps que j'y vois plus clair dans ma situation.

- De toute façon, à qui veux-tu que j'en parle ?

- Déjà, pas à Anne.

- Si j'en parlais à maman, tu ne voudrais plus me voir pendant un an !... Enfin, si tu es comme avant...

- OK... Je le devinais... Que faisait Anne comme métier ?

- Pourquoi veux-tu savoir ce genre de choses, tout en disant que tu rejettes ton passé ?

- Je ne le rejette pas, je ne veux pas passer ma vie à le reconstituer. Si je te demande le métier d'Anne, c'est pour essayer de comprendre son attitude actuelle...

- Je ne suis pas certaine que cela explique quoi que ce soit. Elle était préparatrice de pharmacie. Quand elle a épousé papa, elle s'est assez vite arrêtée de travailler.

- Et notre père ?
- Il s'appelait Georges. Il avait un bureau d'expert géomètre. Il est mort il y a huit ans, en laissant un gros contrat d'assurance-vie à maman, qui peut ainsi continuer à ne pas travailler.

Géomètre-expert. Et son père ? Et son grand-père ? Même si je me sens nu de tout passé, suis-je vraiment sans lien avec la lignée d'où je viens ? Que m'ont-ils légué, à mon corps défendant, par leurs gènes, le climat familial, les secrets de famille que personne n'évoque mais qui fermentent en chacun ? Suis-je, malgré moi, une résultante ? Est-ce que la foudre a éradiqué ces liens cachés, sournois, profonds, ou pas ? Et pourquoi est-ce que j'évoque les hommes ? Parce que j'en suis un ? Et la mère de mon père, la mère de ma mère ?

Et pourquoi ne pas remonter au-delà, embrasser l'ensemble de mes ascendants, tous susceptibles d'avoir eu une influence sur qui je suis aujourd'hui.

Mais cela fait tant de monde, un pourcentage de l'humanité entière, des 80 milliards d'humains qui ont vécu sur Terre depuis nos origines... Une pléthore d'influences, s'annulant les unes les autres, tant il y en a. Chacun, finalement, arrive avec le même capital humain. Pas avec le même capital génétique, qui peut être très injuste pour certains. Ni le même capital social. Mais nous sommes égaux à subir cette loterie, si nous ne le sommes pas lorsque les lots sont distribués. Nul ne peut sortir du jeu, déjà fait à notre naissance.

Alors, juste l'influence des plus proches ? Géomètre-expert. De gauche ? De droite ? Empathique ou bipolaire ? Généreux ou introverti, créatif ou obsessionnel ? Gentil ? Méchant ? Papa ?

J'ai tout oublié, en supposant que je ne l'aie jamais su. En suis-je marqué ? Peut-être, mais comme cela m'échappe, qu'importe !

Toute curiosité m'apparaît, de plus, dangereuse ! Si je connais les qualités, les projets, les espoirs, les drames de mes parents, je vais être tenté, mécaniquement, parce que les humains sont ainsi faits, de trouver des liens entre eux et moi, de construire des explications à ce que je suis, comme à ce que je ne suis pas. La foudre est un raccourci : j'ai tout oublié, et je peux donc sauter par-dessus le chemin habituel : connaître ses origines familiales pour pouvoir ensuite s'en libérer précautionneusement. Amarres rompues, à moi de me tisser des liens qui me conviennent, en me fiant à mon instinct...

- Dis, Ethan, tu ne m'écoutes pas !

- Oui, c'est vrai, pardon. C'est une des conséquences, je crois, de mon foudroiement : je n'arrête pas de penser, de réfléchir...

- Et tu réfléchis à quoi ?

- C'est divers, mais le thème général, c'est arriver à me connaître...

- Le truc de Socrate ? Connais-toi toi-même ! Mais tout le monde le fait...

- Je ne sais pas. C'est juste que j'ai l'impression que cela me prend beaucoup la tête, depuis mon réveil... Nous parlions de quoi, excuse-moi encore ?

- De notre mère.

- Oui, c'est ça... Comment dire : elle a l'air d'être inquiète pour moi...

- Elle est inquiète de tout... Mais c'est bien la première fois que tu le remarques !

- Je ne voyais pas qu'elle était inquiète ?

- Tu l'as toujours trouvée emmerdeuse, fouineuse ! Tu étais extraordinairement agacé de toutes les manifestations de son inquiétude ! Vous n'êtes pas en de très bons termes... Il faut avouer qu'elle est vite casse-pieds, elle veut tout savoir, tout régenter. Il faut avoir de la patience, dose XXL, sinon assez vite on clashe... Mais bon, pas si simple ! Même moi, parfois, elle me gonfle !

- Oui, j'avais compris...

- Tu as compris ? Les bras m'en tombent ! Tu n'as jamais voulu sortir de vos engueulades permanentes, maman qui veut te dire quoi et comment faire, toi qui l'envoies chier sans nuance, et qui m'incite à faire de même... Qu'est-ce qu'elle t'a dit qui te fait voir les choses autrement ?

- Elle ? Rien du tout, elle a fait comme tu le dis, elle va même chercher des médicaments expérimentaux pour que ma *mémoire revienne, vu que l'équipe de l'hôpital lui semble une bande d'incapables, et pour un peu elle aurait renvoyé ma femme de ménage juste parce qu'elle n'était pas au courant que j'en avais une ! En fait, Sophie, je regarde les choses comme elles sont maintenant. Je perçois son inquiétude, et les effets de celle-ci.*

- Tu as changé…

- Je n'en sais rigoureusement rien… Je suis seulement soulagé de mon histoire…

- Je ne te comprends pas…

- Rien ne presse…

Ensuite nous parlons de choses plus anodines, son envie de changer d'employeur, Sophie est assistante DRH dans une entreprise de confection en gros. De son chien, un labrador nommé Marcel… Moi, je lui parle de ma prochaine reprise professionnelle, de Baya, de ma virée en Clio…

Ni elle ni moi ne savons comment nous comporter avec l'autre. Si c'est moi qui l'explique, je dirais que c'est parce que notre relation commence, tout simplement. Sophie, que dirait-elle ? Je ne sais pas. Je ne lui dis pas tout, et elle ne me dit pas tout non plus… Frère et sœur, mais pas intimes… Il faudra du temps.

Je rentre chez moi, vers ce canapé blanc que je continue de trouver à la fois beau et confortable, et je me fais deux réflexions :

D'abord, je ne peux passer les deux tiers de mes journées à réfléchir à mon amnésie et à ses conséquences. Même si je suis sorti de l'hôpital il y a peu, même si je suis en convalescence, je me suis extirpé de ma chambre à Neuro pour vivre, et non pour macérer dans des interrogations sans fin. D'abord, je pense que cela trouble les gens qui m'entourent, du moins ceux qui s'en préoccupent, et d'autre part je perds mon temps. C'est en vivant que j'en apprendrai le plus sur moi, maintenant j'en suis sûr, Claude a raison.

Ensuite, cette histoire de refoulement. Si nos souvenirs passés ont un tel poids dans nos vies, une amnésie comme la mienne est une forme radicale de thérapie. Surtout si dans les souvenirs sont conservées des situations très pénibles, qui semblent constituer une mémoire traumatique particulièrement coûteuse psychiquement, et socialement. D'ailleurs des travaux neurologiques essaient des soins basés sur le blocage de la reconsolidation, qui consiste à évoquer une situation traumatisante après l'utilisation d'un bétabloqueur. Il semble qu'ensuite, le souvenir soit moins vivace, ait tendance à s'atténuer, et ainsi diminuer la force du traumatisme… Et si l'on pouvait l'effacer dans son entier, parfaitement, sans rien effacer d'autre ? J'imagine que les enfants battus, ou violés, par exemple, trouveraient intérêt à ces amnésies ciblées, leur permettant de vivre pleinement leur vie d'adulte… Effacer les séquelles en effaçant une part de la mémoire… Au détriment de la vérité. Mais si celle-ci est trop douloureuse, invalidante…

Ce que j'ai trouvé comme articles sur Internet ne m'a pas permis de me faire une idée plus précise. Cela me fait penser au film tiré du roman de Philip K. Dick, Total recall… Tiens, pourquoi est-ce que je n'ai pas oublié ce film, basé sur la manipulation de la mémoire ?

Je passe le reste de l'après-midi à me plonger tranquillement dans le dossier des Mutuelles du Marais, pour préparer ma nouvelle mission.

C'est incroyable ce qu'une journée contient de temps lorsqu'on n'a rien de particulier à faire. Surtout si l'on vit seul...

Le matin, marche dans le parc de la Tête d'or. Il fait un temps splendide. Je m'efforce d'éviter les serres... En fait, je ne sais pas où a eu lieu exactement le foudroiement... Mais instinctivement, il me semble qu'il faut que j'évite cet endroit... Je suis peut-être superstitieux. J'imagine stupidement une empreinte brulée au sol, en forme de silhouette humaine... Une image de mon cauchemar ressurgit : un homme avec un seul bras et un trou rond sur le côté, qui me regarde fixement...

Longue marche, où je pense et repense aux mêmes choses, comme dans un ressassement morbide, obsessionnel. Encore une fois, je me dis qu'on peut perdre sa vie à essayer de la définir, de se définir, sans pour autant cesser de le faire.

Que faisait Ethan de son temps libre ? Je repense aux fêtes diverses, arrosées, dansées, dont quelques traces subsistent dans ses mails, ses photos. J'ai beau chercher en moi un moment, je ne ressens aucune envie d'aller danser dans une boîte, après avoir bu des cocktails chargés de me désinhiber. Ethan s'y amusait-il autant que cela ? Ou bien suis-je, sur ce point, loin de lui ?

Comme si j'étais étonnamment plus âgé, avec des aspirations un peu différentes. La foudre aurait eu dans ce cas deux effets contradictoires : me faire me percevoir plus vieux, plus mûr, et, en même temps, me faire rajeunir à l'extrême, en effaçant tout mon passé.

Je me demande le nombre de cocktails ou de rhums qu'il faudrait pour que je m'éclate sur une piste de danse en ne pensant qu'à la vibration des basses sur mon sternum... Plusieurs ! Mais je me rappelle précisément l'effet des basses sur mon sternum. Un effet envoûtant, il me semble, envoûtant...

L'après-midi, lecture sur mon balcon. J'ai pris un des romans d'Ethan, pas un livre sur les religions. *Au revoir là-haut*, de Pierre Lemaître. Le récit est entraînant, c'est exactement ce dont j'ai besoin... Qu'ai-je fait du roman de Westlake, commencé à l'hôpital ? J'ai dû le laisser dans ma chambre. N°329, deuxième à gauche dans le couloir de droite... Quel sens cela a-t-il de garder ces détails en mémoire ?

Pour ce soir, j'ai passé commande à Uber Eats pour recevoir un repas tout cuisiné à 20 heures : salade de saison, saumon à l'aneth et tagliatelles fraîches, fondant au chocolat. Le portable avait gardé mon nom d'utilisateur et mon mot de passe, et mes menus préférés, cette mémoire se substitue à la mienne, et me simplifie la tâche... Gaëlle doit arriver vers 19 heures, cela nous laisse le temps de prendre l'apéritif en faisant connaissance... J'ai le trac.

19 heures, Gaëlle arrive...

Elle a sonné, alors qu'elle doit avoir une clef. Elle m'embrasse sur les joues, elle a dû sentir mon émotion lors de son baiser d'au revoir à l'hôpital... Je trouve cela délicat...

- Tu veux un apéritif ?

- Oui. Comme d'habitude.

- ....

- Oh, pardon, un américano, s'il te plaît.

Elle se met sur un fauteuil, moi sur le canapé blanc.

- Comment se passe ta convalescence ?

- Plutôt bien.

- Oui, un glaçon, merci. Tu fais quoi de tes journées ?

- J'explore ce que j'ai oublié, comme le contenu des tiroirs de cet appartement. J'essaie de renouer contact avec les gens. J'ai vu Claude. Hier j'ai déjeuné avec Sophie, ma sœur. Je suis allé me présenter à mon boulot, et j'ai hérité d'une nouvelle mission.

- Déjà une mission ? Mais tu es sorti de l'hôpital mardi dernier !

- Apparemment, je n'ai rien oublié de mes savoirs professionnels, puisque j'ai passé un test avec succès, et
- Tu as été testé ! Ah les salopards !

Curieux, ce mot dans sa bouche...

- et je vais avoir une mission assez simple, sans délai contraignant à Saint-Etienne, aux Mutuelles du Marais. En fait, ils sont en sous-effectif... Ce qui les rend plutôt généreux avec moi...

- Tu te sens OK pour le faire ?

- Oui. Malgré toutes les répercussions de mon amnésie, j'ai pas mal d'énergie. D'autant que me lancer dans une activité que j'arrive à faire sans réfléchir autrement que techniquement est assez relaxant... Je l'ai testé en conduisant de nouveau ma voiture.

- C'est quoi ces répercussions ? Tu as des douleurs, des vertiges, des trucs comme cela ?

- Non. Plutôt des moments où je dois tout redécouvrir, ce qui est fatigant, puis, depuis dix jours au moins, je n'arrête pas de penser, et cela finit par être épuisant.

- Penser ? Je ne comprends pas... Tout le monde pense tout le temps !

- Je veux dire penser à moi-même, réfléchir à qui je suis, à ce que je dois faire ...

- Pourquoi tu fais cela ?
- ... J'ai l'impression que ma mémoire étant en grande partie vide, j'ai comme la possibilité accrue de réfléchir à moi-même. Du coup je le fais presque à plein temps...

- Pour combler un vide, le vide de tout ce que tu as oublié pour le moment ?

- Non, pas vraiment. C'est comme si avoir la mémoire vide me donnait l'espace mental pour réfléchir à moi d'une manière plus intense...

- C'est bizarre...

Ce mot me poursuit depuis ma sortie du coma ou presque… Il va devenir un mot fétiche, ou une boussole. Quand je fais quelque chose de bizarre, ou que je dis quelque chose de bizarre, c'est un indice. Mais de quoi ???

J'ai l'esprit qui s'évade, et je sens Gaëlle en train d'essayer de ne pas laisser le silence s'installer. Notre intimité passée vient encombrer notre rencontre d'aujourd'hui, sans que je puisse m'y opposer. Impossible de faire comme avant, car je ne sais pas comment c'était avant. Impossible de se rencontrer maintenant, elle a trop de souvenirs d'Ethan, d'Ethan et elle… Un décalage mémoriel ! Encore un truc bizarre, que je ne peux que constater.

La sonnerie de l'interphone annonçant la livraison du repas arrive à point nommé, pour me ramener à ce qui se passe…

Nous dînons sur le bar, l'un en face de l'autre… Elle me parle un peu de son métier. Elle est responsable des achats d'une grande jardinerie. Problèmes d'approvisionnement, de communications avec la centrale d'achat, avec le gérant du magasin, un sale con… Est-ce qu'elle parlait de cela avec Ethan, ou bien est-ce qu'elle meuble la conversation ? Et moi, je n'ai rien à raconter, j'ai trop peu de vie derrière moi, encombrée de préoccupations existentielles dont je ne veux pas parler à une jeune femme inconnue ou presque… Elle hésite à me demander de parler de moi maintenant, et elle ne peut évoquer notre vie d'avant, puisque je serai alors le pire interlocuteur qui soit : *Nous sommes allés à Venise il y a un an… Ah bon ? Tu as essayé de faire avancer une gondole, et tu as failli tomber à l'eau… Ah bon ?* Ce serait un désastre.

- Un café ?

- Oui, un rouge, s'il te plait.

Elle voit à mon regard que je n'ai pas compris.

- Un Nespresso capsule rouge...

- Ah oui, bien sûr.

Rouge. Le décaféiné. En allumant la machine, je pense que c'est idiot de boire un café dont on a enlevé la caféine, un acte stupide, absurde... Pourquoi est-ce que je pense cela ? C'est bizarre... Je fais les deux cafés rouges, dans des tasses transparentes où la mousse se laisse voir dans toute son épaisseur, et je reviens vers la table. Elle s'est levée pour débarrasser, et debout face à moi, elle m'enlace.

Nous nous étreignons avec force, elle comme si elle avait peur que je disparaisse, moi parce que c'est la première femme de ma vie que je serre dans mes bras, alors je serre fort, pour qu'elle entre en moi, qu'elle ne parte pas...

Sans un mot, elle me prend par la main, m'entraîne dans la chambre. Je reste sans initiative, trop ému pour improviser quoi que ce soit. Elle me place devant le lit, et commence à se déshabiller. Alors je fais de même, maladroitement, avec une gêne de débutant...

....

Gaëlle part vers 3 heures du matin. Elle le sent comme cela. J'essaie de la retenir, mais sans vraie conviction.

- Tu as besoin de te reposer. Tu es sorti de l'hôpital mardi ! Il faut être prudent !

J'ai surtout du mal à lui parler, et cela finit par se voir, malgré la peine que je me donne pour alimenter nos échanges. Tout va trop vite, j'existe depuis trop peu de temps, je n'ai rien à dire...

Ensuite, je vais vider dans l'évier les deux tasses, restées pleines, d'un liquide noir, la mousse ayant disparu... Pourquoi est-ce que je prête attention à des choses comme celle-ci ?

Pour y répondre d'une manière apaisante, je me refais un autre café rouge, un café dont on a arraché l'âme, un café foudroyé, comme moi, et je le bois lentement... Ai-je moi-même perdu ma mousse, onctueuse, pour débloquer comme cela par moment ?

....

Je fais un rêve très marquant durant la nuit. Des personnes, trois, décident de se suicider. L'une après l'autre, elles s'engagent sur une longue planche, style plongeoir, et, au bout, sautent dans un fleuve profond et puissant. La dernière est en position de lotus, et glisse sur la planche jusqu'à tomber. Dans l'eau, je vois les trois personnes qui, lentement, marchent au fond, lentement, l'une derrière l'autre... Aucune idée de ce que cela peut vouloir dire. Dans le rêve, j'ai su pourquoi elles se suicidaient. Mais au réveil, j'ai oublié ce point. J'étais concerné par ces suicides, mais comment ?

Ce moment amoureux, qui a duré presque 4 heures, a été très étonnant pour moi. D'une certaine manière, il doit y avoir une part d'apprentissage préservée, car je n'ai pas eu à réfléchir pour trouver les bons gestes, pour savoir quoi et comment faire, pour elle et pour moi. Une évidence, un peu comme dans ma redécouverte de la conduite de la Clio. Non, mieux. Plus que des automatismes bien rodés, que je regardais se produire en conduisant sans conduire, si l'on veut… Ici, pas de recul, pas de distance. Une aisance insoupçonnée et naturelle dans la façon de donner du plaisir à Gaëlle, et de savoir en recevoir, mais avec l'esprit emporté, sans cette froideur un peu détachée que je trouve confortable dans ce qui me reste de mon savoir professionnel, mais que j'aurais détestée cette nuit.

Cela vient peut-être de cette autre sorte de nouveauté que j'ai trouvée dans cette nuit amoureuse… Un corps nouveau à découvrir, à apprivoiser, cela de la manière la plus radicale possible, puisque, pour moi, c'est le premier que je vois, que je touche, que je pénètre, que je fais jouir et qui me fait jouir. J'étais comme immergé dans cette nouveauté, sans envie de parler, dans le désir érigé de multiplier les gestes et les effractions. Donc, pas de moment d'hébétude, pas de lourde fatigue tombant vite sur mes épaules… Un réveil, un puissant réveil. Un appétit.

Cette nouveauté, j'en avais besoin, intensément. Je l'espérais, sans oser la déclencher. Une fois allongé nu contre Gaëlle, je m'y suis précipité, dans cette nouveauté, avec une énergie que je ressens pour la première fois avec cette intensité.

Encore un choc de nouveauté. Mais plus intense encore. Car c'est le premier moment de ma vie que je ne vis pas en réfléchissant à mon destin de nouveau-né. J'y ai plongé plus qu'en confiance, j'y ai plongé en certitude, dès que j'ai pu toucher le si beau corps de Gaëlle.

Là, je n'ai pas réfléchi du tout. Un moment d'union parfaite avec le réel, sans retenue, sans prudence, sans analyse, sans mots ou presque, un élan vital qui a dépassé ma pensée, l'a éteinte, ou aveuglée... Oui, durant ces heures de plaisirs partagés, j'ai éteins ma pensée... J'ai colmaté pour la première fois ma brèche, celle qui sépare ce que je pense de ce que je vis, j'ai été un être humain vivant et rien de plus, rien de moins... J'ai oublié mes questions existentielles, mes préoccupations sociales, j'ai tout oublié ! Faire l'amour est une forme d'amnésie, du moins si j'en crois cette première fois... Une amnésie de réconciliation ! Puissance extravagante d'une femme nue qui vous désire...

Et dire que c'est à elle, Gaëlle, que j'ai dit que je n'arrêtais pas de penser à moi ! Il suffit qu'elle enlève sa culotte pour que plus rien ne vaille que de m'investir dans sa moiteur cachée... (où est-ce que je vais chercher des expressions aussi tartes : moiteur cachée. C'est plus décent que vagin lubrifié, mais c'est aussi plus con).

Elle a le pubis rasé, deux tatouages, un dragon chinois sur la cuisse gauche, une rose des vents sur l'omoplate droite... Quel en est le sens ? Mais je ne m'en préoccupe pas, je l'empoigne, je veux l'empoigner encore, mon sexe la cherche sans interruption, je m'extraie rudement d'une abstinence lancinante, d'un manque que je n'avais pas perçu, mais pourtant douloureux, comme un creux béant... Un besoin profond, dirait Claude. Que j'investis sans nuances, voulant m'en rassasier au-delà du possible, comme un repas destiné à n'avoir plus jamais faim... Elle répond avec la même énergie que la mienne, dans une égalité harmonieuse, vigoureuse du désir... Tout cela, je me le dis après, après son départ, car sur le moment je baise, je baise, rien de plus, je baise Gaëlle, je baise, je baise...

J'ai eu de la chance. Les premières fois sexuelles sont souvent encombrées de peurs de ne savoir pas faire, de montrer inexpérience et maladresse, parasitées par les injonctions de performance, par les timidités qui font passer à côté des plaisirs, par la volonté paralysante d'être à la hauteur. À la hauteur de quoi en fait ?

Moi, sans le savoir, je sais faire. Dès la danse commencée, plus d'atermoiements pénibles, de gêne contorsionnée, de relents de honte et de filets de peur. Rien que la baise. Et Gaëlle dans le même trip, dans la baise avec moi. Et rien que cela.

J'ai vécu sans doute quelque chose d'unique : une première fois amoureuse qui s'appuie sur une longue expérience enfouie mais présente, une expérience qui ne détruit pas la nouveauté, mais protège cette nouveauté de toute peur, de tout enjeu parasite... Peut-on rêver mieux ? Et d'ailleurs, j'en rêve, de moments de notre nuit, de certains gestes, de certains images, de sensations encore présentes dans la mémoire de mon sexe, de mes mains, de ma bouche... Des évocations à la fois joyeuses, fières, et en même temps pudiques, comme si ces gestes sensuels devaient rester présents sans être vraiment nommés, partagés, sans être évoqués. Le risque est que la sensation, transformée en fantasme, même réalisé, s'émousse, s'affadisse, se corrompe de vulgarité... Même dans ma tête, rien n'est vraiment racontable, ce sont des sensations. Pour les préserver, il faut n'y pas toucher, ne pas les invoquer, juste les abandonner au libre jeu de ma mémoire, surtout ne pas les classer comme les photos d'un smartphone... Ou les trophées d'un chasseur, vice heureux d'un taxidermiste érotomane !

Que puis-je évoquer ou narrer de ce que ma main posée sur une fesse de Gaëlle m'a fait ressentir ? Rien, sauf à transformer cette évocation en ersatz, en sensation de remplacement, pauvre et si vite banale, et si éloignée de ce que j'ai vécu !

Mais à côté de cette joie indescriptible, une ombre, légère mais persistante : Gaëlle croyait que j'étais Ethan… Enfin, peut-être… Comment était Ethan au lit ? Est-ce que je lui ressemble ? Ai-je gardé sa façon de baiser, de me plonger dans le désir ? Est-ce que tous les hommes font un peu de même ?

Et Gaëlle, a-t-elle ressentie une différence, qu'elle a attribuée à mon foudroiement, à ma convalescence ? A-t-elle été contentée (oui, je crois, mais autant qu'avant, je ne peux le savoir), étonnée ? Quelle part de tendresse envers un malade a-t-elle amenée dans mon lit, appoint de son désir ?

Surtout, quelle est sa place ? Nous avons baisé avec passion, accordant nos orgasmes avec harmonie et fébrilité. Mais chacun avec qui ? Gaëlle avec celui qu'elle prend pour Ethan, peut-être, et qui ne l'est pas. Et moi avec … avec une femme désirable, belle et amoureuse, mais qui reste une parfaite inconnue. Dans ce que j'ai pu reconstituer de Gaëlle au travers de ses échanges avec Ethan, je n'ai trouvé qu'absence. Qui est Gaëlle Akelia ? Je n'en ai aucune idée. Je ne peux croire une minute que sa personne se réduise aux préoccupations quotidiennes et basiques dont ses mails sont remplis, à cette relation amoureuse un peu nunuche dans ses échanges de petits mots doux, que même moi qui vient de naître je trouve puérils, et à son érotisme de femme désirante, passionnée, active… Dans la nuit d'hier, ce sont deux inconnus qui ont si joliment baisé... Mais deux inconnus qui ne savaient pas qu'ils l'étaient l'un pour l'autre... Ou qui ne voulaient pas le savoir !

Là encore, une conjonction miraculeuse de deux choses a priori inconciliables : La rencontre sexuelle avec un inconnu, et tout ce que cela apporte d'excitation particulière, avec la confiance et l'expérience amenées par une relation suivie, établie, rodée au meilleur sens du terme... Non, pas rodée ! Apprivoisée, investie, dans une maîtrise qui n'altère pas l'art, comme chez un couple de danseurs expérimentés...

....

Putain, pourquoi est-ce que j'analyse continuellement tout ce qui m'arrive ? Je n'arrive même pas à savoir si c'est ce que tout le monde fait ... Non, sûrement pas. C'est une question de vacuité ! De vacuité ! Chargé de mémoire, et donc de projets, on n'a pas le temps, l'espace, l'énergie, l'envie, la possibilité de ce questionnement permanent, j'en suis sûr. Il faut être amnésique. Ou paraplégique. Sur une île déserte... N'avoir rien de mieux à faire, finalement... Comme si l'on ne pensait sérieusement à soi que lorsqu'un vide se présente, celui de l'amnésie, ou de l'inaction. Ou de la solitude.

Ou alors, est-ce un besoin profond, comme dit Claude ? Que certains ressentent, et d'autres pas.

Plus que tout : à quoi cela sert-il, à la fin du fin ? À quoi cela sert-il pour soi, pour les autres, pour l'humanité ? Je le ressens comme une nécessité fallacieuse... Comme quelque chose de faussement indispensable. Pas un besoin profond, plutôt une manière de temporiser face à la vacuité... Oui, c'est cela : la vacuité de mon amnésie me pousse à m'interroger avec une fréquence qui n'est pas naturelle, équilibrée, juste pour me permettre d'attendre que ce vide soit enfin empli par de la vraie vie…

Et ce qu'est la vraie vie ? Eh bien, disons que j'y penserai demain, c'est assez réfléchi pour aujourd'hui !

....

Je finis par me lever, il est presque 11 heures. Un long SMS de Gaëlle sur mon téléphone.

« Bonjour Ethan, mon amour. Je suis si heureuse de t'avoir retrouvé hier soir. Et surtout que tu ne m'en veuilles pas de n'être pas allée te voir à l'hôpital. C'était si bon d'être dans tes bras, et de faire l'amour avec toi. On est sorti de ces semaines stressantes. Tu étais en pleine forme ! Mais continue de te reposer, car parfois cela se sent que tu as perdu la mémoire, et que c'est douloureux pour toi. Je souhaite vraiment que ta mémoire revienne vite. Hier a été un moment parfait, hors du temps. À très bientôt. Bisous Pinson. Gaëlle »

Hors du temps ? Je relis plusieurs fois le SMS, pour mieux le comprendre… J'y devine les mêmes ambiguïtés que chez moi… Comme si elle percevait, un peu, qu'elle a baisé avec une espèce particulière d'inconnu… Et qu'aussi enthousiasmant que cela ait été, il lui tarde de retrouver l'Ethan d'avant… Mais peut-être est-ce que je projette …

Apparemment, nous avons frotté l'une contre l'autre nos peaux, nos sexes, et aussi nos culpabilités. Pour elle son absence à l'hôpital, pour moi ma situation d'imposteur.

Il serait plus simple de lui parler. Lui dire que je suis quelqu'un d'autre. Elle doit forcément sentir que je suis quelqu'un d'autre. Je lui dois de le lui dire. Mais je m'en sens incapable. Le peu que je sais d'elle me laisse penser qu'elle ne me comprendrait pas, que la situation lui ferait peur. J'ai pu parler pleinement à Claude, partiellement à Sophie. Avec Gaëlle je ne peux pas parler du tout. Pourquoi ?

Je crois que je n'ai pas confiance dans sa capacité à envisager la situation d'une manière ouverte, comme Claude, ou interrogatrice, comme Sophie. Je l'imagine effondrée, pleurant, fuyant,… Et je n'ai pas envie qu'elle fuit. Ni de la blesser. Ce que nous avons vécu cette nuit, même si je ne sais pas vraiment comment l'appeler, - la baise inconnue, peut-être !- est trop précieux pour que je le brise juste pour être transparent avec elle… Laissons du temps au temps à notre relation, aussi incongrue soit-elle pour le moment. J'ai peur par maladresse, ou plutôt par incompétence, de briser une relation qui ne m'appartient pas, mais que je me dois de respecter. C'est bizarre de penser cela comme ça, mais j'en suis là !

Oui, laissons évoluer les choses, notre relation s'éclaircira d'elle-même au fur et à mesure de son existence.

L'après-midi, profitant du beau temps, je marche plusieurs heures dans le parc, sans m'approcher des serres, en rêvassant à des foultitudes de détails… Il faut que je réponde à Gaëlle…

....

Le soir, je surfe durant près de trois heures sur des sites porno. J'ai eu soudain l'idée de voir comment je réagis à telle ou telle situation érotique, et connaître un peu mieux ce qui me fait bander… Pas certain d'en parler à Nadine Ronsod, que je vois mardi…

Les résultats. D'abord, je suis capable de rester devant des images pornographiques durant trois heures sans lassitude, et sans non plus de curiosité exacerbée, sans excitation forcenée. Difficile de dire à quoi cela correspond chez moi… Trois heures. Pourtant, les situations proposées en vidéo de quelques minutes sont assez répétitives, une fois que l'on a choisi une particularité d'âge, de sexe, de nombre, de pratiques sexuelles, etc. Les sites proposent chacun un immense catalogue de spécialités, destiné à ce que tous les goûts, attirances, fascinations, perversions puissent être satisfaits… Satisfaits de manière directe, immédiate. Non pas au détour d'une scène, à l'intérieur d'une action, mais très vite, et très précisément. Cela m'évoque les morceaux de poulets en grande surface, les poulets vendus par spécialités, les ailes, les cuisses, les filets… Mais impossible d'y retrouver un poulet véritable… Ici, peu de découvertes, mais un classement répertorié et assez précis, où chacun peut aller en fonction de ses envies, aussi rares soient-elles… Cela fait de ces sites des manuels d'éducation sexuelle très exhaustifs, et sans jugement de valeurs, ce qui n'est déjà pas si mal…

Chaque vidéo en propose d'autres, associées par un algorithme, j'imagine. Il suffit de cliquer et de découvrir alors soit la même chose, soit quelque chose de proche. Ces sites sont les rois de la variante, de la même chose avec un petit détail différent, un décor, la couleur de la peau ou des cheveux, l'âge, … Et lorsque l'on a choisi un ensemble de critères, ils présentent une infinité de petits films les remplissant. Chaque voyeur, chaque curieux peut à la longue identifier précisément ce qu'il cherche, puis trouver à profusion des scènes qui répondent toutes à ses attentes... On ne peut pas faire plus répétitif... Mais, vu de loin, toute pratique sexuelle n'est-elle pas un peu répétitive ? À moins que les personnes qui visitent les sites pornographiques ne fassent comme moi, passant d'une pratique sexuelle à l'autre, au gré de l'attrait d'un visage, de la couleur d'une peau, sans se laisser enfermer dans une quelconque catégorie... Répétitif, exhaustif, et pléthorique... Je suis sûr que l'abondance de ce qui est proposé fait partie du désir qu'il y a à en regarder une infime partie. Jardin de cocagne, qui sature d'autant moins que cela reste virtuel, à la fois explicite et mis en scène, proche et lointain, collectif et solitaire... Je reste presque confondu devant l'extraordinaire variété de l'imagination humaine, et tout autant devant la capacité des voyeurs, inexplicable, à contempler sans se lasser des dizaines de vidéos quasiment similaires... En tous les cas, moi, j'y suis arrivé.

La pornographie, c'est le découpage. C'est isoler des séquences d'une histoire plus longue, où fatalement les hommes et les femmes se rencontrent. Il n'y a jamais de moments exclusivement de sexe, car le sexe intervient dans une continuité de vie. Il y a toujours un avant, et un après, il y a toujours des pauses, des interstices, des hésitations partagées, des instants par où se faufile une forme ou une autre de tendresse ou de fragilité, de rire ou d'une appréhension souhaitée. Il y a l'heure et le jour qui suivent, le jour et l'heure qui précèdent. Sauf à les expurger pour aller vers un concentré de sexe, plus pur, sans os ni gras à rejeter. Mais cela devient autre chose, comme les filets de poulet, isolés dans leur barquette, ne sont pas un poulet. Rien à critiquer ou à rejeter, juste rester conscient qu'il s'agit de deux choses éminemment différentes.

Finalement, qu'est-ce qui m'excite dans le porno ? Ou plutôt, qu'est-ce qui m'émeut ? Deux choses, finalement. La blancheur de la peau. C'est d'ailleurs un critère un peu artificiel, plutôt cinématographique, dépendant sans doute plus de l'éclairage de la scène que de la couleur de la peau de l'actrice... Mais néanmoins, il y a une certaine blancheur de la peau qui m'attire, et si elle se conjugue avec une certaine densité des chairs, un intermédiaire entre musclé et tendre, alors cela me fascine...

Et, plus fort que tout, l'abandon. Dans certaines vidéos, on peut voir que la femme qui y participe s'abandonne. Je veux dire, semble abandonner une forme de contrôle de son corps, et s'en remettre au plaisir qu'on lui donne, au sexe qui la prend. Un abandon teinté d'une certaine surprise, toute intérieure... Comme si la jouissance, bien que connue, se révélait avec une petite part d'inattendu, insoumise, et qui justement pousse à l'abandon, à se laisser porter par la seconde présente, en étant à l'écoute de ce qui se produit là, en elle, dans son corps...

Ces manifestations d'abandon, celles qui me plaisent, sont discrètes. Elles se voient sur l'expression de certains visages, dans certains regards, dont j'aime à croire qu'ils ne sont pas simulés... Mais qui peut savoir ? Il y a peut-être là une sous-catégorie exploitable, encore non proposée, la femme qui discrètement s'abandonne, au sens où je viens de le dire...

C'est peut-être d'ailleurs ici que se cache mon attirance vers cet abandon : la sincérité. Atteindre, quelques minutes, au plus profond de l'autre, alors offert sans barrière, sans retenue ni explosion exhibitionniste, sa sincérité... Donner à l'autre, par sa bite, sommaire instrument, accès à sa propre intimité, à une surprise familière, intérieure, retenue, puis implacablement submergeante, dans laquelle on s'abandonne... Voilà, moi, Nethan, je suis un fétichiste de l'abandon !

Et un émerveillé de la sincérité... Ce qui, vue ma situation, pourrait faire rire ! Car je me dissimule beaucoup, dans ma vie actuelle.

Finalement, cette exploration ne me sert à rien, sauf à remplir quelques kleenex, car ce qui se passe entre deux personnes dans un lit ne me semble pas être la rencontre coordonnée entre deux fétichismes complémentaires. De ma séance amoureuse avec Gaëlle, je sais bien que beaucoup de choses s'improvisent, par une entente à deux, et par le souci de l'autre. Et que l'on fait de nombreux gestes qui s'imposent d'eux-mêmes, sur le moment... Mais soyons sérieux, mon expérience est bien trop mince pour que je puisse affirmer quoi que ce soit !

Elle ne me sert pas à grand-chose, cette exploration du monde du porno sur Internet, et même, je me demande si elle n'est pas nuisible. D'avoir déterminé, si l'on admet que c'est ce à quoi je suis parvenu, les choses qui m'émeuvent, vais-je chercher à les satisfaire d'une manière artificielle dans un rapport amoureux ? Ou me suis-je créé des manques capables de nourrir une insatisfaction profonde, insidieuse ?

En plus, pour la sincérité, pour cet abandon délicatement manifesté devant une surprise intérieure, une jouissance avec une part d'inattendu, comment la demander, comment la réclamer, la suggérer à son amante ? Impossible pour elle d'y répondre, car cela ne se contrôle pas… Et l'exprimer clairement expose ensuite au doute, ne fait-elle pas un peu semblant dans le souci généreux de faire plaisir ?

Attendre de l'autre quelque chose qu'il est impossible de lui préciser, sous peine que ce qui est espéré disparaisse à jamais… Pour que cette forme d'abandon puisse apparaître, il ne faut jamais le verbaliser, ni même clairement en paraître ému, pour qu'il puisse se reproduire…

Mais là aussi, ce qui m'émeut dans le paradis infini des plaisirs montrés du Net, est-ce ce qui me plaît dans un rapport amoureux véritable ? Il y a décidément deux mondes, qui cohabitent sans se mêler vraiment…

Le désir sexuel est curieusement plus complexe que je ne l'imaginais lorsque je réagissais spontanément à la vue de la jolie croupe de Djamila à l'hôpital…

À moins que je ne me complique les choses…

Je me suis levé tôt, pour être certain d'être habillé lorsqu'arrivera Baya. Je trouve le temps d'aller à la recherche de croissants (assez facilement, cela doit être un apprentissage gardé en mémoire !). Puis je commence même à m'impatienter lorsqu'elle arrive enfin. Elle sonne, puis assez vite ouvre avec sa clef.

Je suis dans le salon, tasses sorties et croissants dans leur papier un peu teinté de gras, encore tièdes… Et je dois insister pour qu'elle prenne un café avec moi… Elle se culpabilise de se faire payer sans travailler… Ou bien elle craint que mes invitations ne soient des préludes à un harcèlement pénible… Mais Baya ne m'émeut pas, sans que je sache pourquoi. Avec elle je sens des réflexes de prudence, de distance, qui viennent spontanément… Ethan, Ethan !

J'essaie en vain de la faire parler un peu de comment j'étais avant d'être foudroyé, par des questions discrètes, et même parfois sournoises ! Mais elle se défile à chaque fois, elle sent le sujet périlleux, elle rebondit sur un mot pour parler d'autre chose, principalement de sa propre vie. Ou alors, elle est très égocentrique ! Mais je crois plus à une prudence, miroir de la mienne, au fond… Elle aime parler de son fils, Hédine, 12 ans, en 6ᵉᵐᵉ. Qui s'ennuie à l'école. Tiens, pourquoi s'ennuie-t-il ? Pas très facile à lui faire préciser… Pour Baya, l'école est un passage obligé, seule passerelle vers un emploi à la fois sûr et bien payé. Pour Hédine, c'est une contrainte. J'ai l'impression, au bout d'un moment, qu'il s'ennuie à l'école parce que tout y est imposé. Il aimerait dire ce qu'il pense, faire des propositions, participer plutôt que juste recevoir... Je n'y connais rien. Mais s'ennuyer dans ces conditions me semble être un signe d'intelligence, même si ce n'est pas très stratégique...

Après le café partagé, deux capsules violettes (du Colombien, complet), elle se lève, pour commencer ses heures de ménage. Et je surprends dans son dos un poisson découpé et colorié, qui me rappelle que nous sommes le 1er avril ! Evidemment, je ne dis rien !

Je passe quelques minutes, évidemment en pure perte, à me demander quel genre d'élève était Ethan ? S'ennuyait-il à l'école ? A-t-il été alors assez résistant pour y travailler quand même, par souci précoce de son avenir ? Ou bien a-t-il décroché pour ensuite performer dans une école de commerce, ou d'informatique ?
Mais toujours le même constat : si j'obtiens les réponses à ces questions, que puis-je en faire ? Et si rien, alors, pourquoi se les poser ?

Puis, pour laisser libre l'appartement à Baya, je décide de faire le trajet vers Saint-Etienne, pour être certain d'arriver sans encombre mercredi, pour ma première rencontre avec l'équipe des Mutuelles du Marais.

Grâce au GPS, j'arrive sans encombre devant la façade à la fois vieillie et prestigieuse des Mutuelles du Marais, fondées en 1935, comme c'est écrit sur le fronton. Un immeuble en pierre, à la décoration voulue pour donner une image de respectabilité et de solidité, comme on les concevait à l'époque. Un mélange d'austérité, par le gris de la pierre, et de lourdeur, par les embellissements souvent pesants à l'œil. Le solide représenté par le massif, belle erreur, le chêne et le roseau, tiens, est-ce un souvenir qui remonte ?

Je me gare un peu plus loin, reste dans la voiture, je ne veux pas qu'un membre de l'équipe me voit rôder autour de l'entreprise deux jours avant le rendez-vous. Cela lui paraîtrait….bizarre !

Le bâtiment s'élève sur trois étages de belles dimensions. Les Mutuelles du Marais l'occupent en entier. Pour une Mutuelle régionale, presque locale, c'est impressionnant.

Je n'ai pas d'appréhension particulière, juste la conviction qu'il faut me préparer, comme pour réaliser un parcours difficile en voulant absolument le réussir… Ce n'est pas aborder un combat, plutôt préparer une course en montagne d'une difficulté moyenne à forte.

Ce qui est curieux, c'est que je suis devant cette façade comme devant le dossier test de Karim : je me sens assuré, toutes mes ressources à disposition, dans une énergie manifeste, sans qu'elle s'appuie sur un désir quelconque, du moins que je puisse deviner. L'énergie d'être devant une tâche difficile et lourde, mais que l'on a la certitude de parvenir à faire… Un défi sécurisant.

Est-ce que cela suffit pour effectuer un métier ??? Mais, dans ma situation, se sentir disposer de l'ensemble de ses forces, sans avoir à s'interroger sur quoi que ce soit, cela fait un bien fou ! J'imagine que ce sont des moments où ce qu'il me reste de la mémoire d'Ethan, et moi-même, savons nous unir parfaitement.

Dans ces moments, plus de vacuité, plus d'interrogations sans fin, un passage à l'action, clair, net. Se sentir utile et compétent, cela répond indirectement à vouloir savoir qui l'on est comme à ce que l'on doit faire de sa vie… Mais tout de même, cette absence de désir que je constate me tracasse…

D'ailleurs, j'ai passé un moment à compter les fenêtres, à comparer leurs formes, comme si j'avais encore un peu besoin de me rassurer.

Au bout d'un moment, je rentre à Lyon…

Rendez-vous avec Nadine Ronsod, à l'hôpital.

Elle a un bureau assez lumineux, décoré d'un poster de Turner, et de dessins d'enfants. Un bureau métallique, vieux modèle de l'administration, affaiblit une impression de légèreté, de luminosité, de douceur. De calme.

- Vous commencez à retravailler demain ?

- Oui.

- Mais vous êtes sorti de l'hôpital il y a tout juste une semaine ! N'est-ce pas prématuré ?

- J'ai toute latitude de m'arrêter si cela me fatigue trop, et au départ je ne suis censé faire qu'un mi-temps...

- Comment imaginez-vous que cela va se passer ?

- C'est curieux, mais je ne suis pas inquiet... J'ai comme l'assurance que je sais faire. Que je saurai faire.

- Est-ce que cela constitue un lien avec votre passé ?

- Je ne sais pas ...

- Vous ne savez pas ?

- Non. Je n'ai pas de passé, en fait. Simplement, dans mon présent, j'ai la perception de choses que je sais faire. C'est rassurant...

- Il y a aussi des choses que vous ne savez pas faire ?

- Pour tout ce qui est relations avec les gens proches, je me sens démuni. Mais je ne sais pas encore si c'est parce que ce sont des gens dont je n'ai plus aucune mémoire, ou parce que je serai inapte à avoir des relations...

- Je ne comprends pas...

- Si c'est actuellement compliqué de parler avec ma sœur, par exemple, est-ce que c'est dû au fait que j'ai perdu toute notre histoire antérieure, ou simplement que je suis incapable d'établir une relation humaine de qualité ?

- À votre avis ?

- C'est là que cette expérience professionnelle à Saint-Etienne va m'être très utile. Je vais devoir travailler et être en relation avec des personnes avec qui je n'ai aucun passé à la fois commun et perdu. Enfin, perdu, perdu pour moi.

Je vais pouvoir constater dans une situation réelle, relativement durable, puisque la mission est prévue pour trois mois, ce que je suis capable d'instaurer comme relations avec des gens. Car, en fait, là, aujourd'hui, je n'en sais rien...

Ce n'est pas tout à fait vrai, car il me semble qu'avec Claude, j'y arrive, à une relation pleine et entière. Mais si j'en parle, comment ensuite esquiver l'explication : c'est parce que j'ai dit à Claude qui j'étais vraiment...

- Oui, je comprends... Durant cette semaine, avez-vous constaté des réminiscences, des éléments de votre passé qui ressurgissent ? Ou bien des choses un peu bizarres vous sont-elles arrivées ?

- Non.

Encore le bizarre ! Le bizarre comme indicateur, comme instrument de mesure. C'est bizarre de penser cela ! Et d'abord, qu'est-ce qui est bizarre ?

- *Mais qu'est-ce qui peut être considéré comme du bizarre ?*

- *Si quelque chose de bizarre vous arrive, je suis certaine que vous saurez instantanément l'identifier.*

Mais alors, compter les 149 rouleaux de papier trouvés chez Ethan, est-ce bizarre ? Ou bien est-ce une relation rationnelle face à une situation inhabituelle ???

- *Avez-vous consacré du temps à essayer de faire revenir votre mémoire ?*

- *Par des exercices, des moments d'introspection ? Non. J'ai exploré mon appartement, je me suis remis à conduire, j'essaie de nouer des liens avec mes proches, et déjà, cela fait beaucoup...*

- *De tout cela, que retirez-vous ?*

- *Je prends mes marques, d'une certaine façon. Petit à petit je me sens moins perdu dans ma vie...*

Ici, je suis parfaitement sincère !

- *Dites-moi si je me trompe, Monsieur Mantret, mais j'ai l'impression que vous ne cherchez pas vraiment à retrouver votre mémoire.*

Zut, elle est fine mouche !

- Vous avez raison, pour le moment, je ne cherche pas activement à retrouver ma mémoire...

- Savez-vous pourquoi ?

Évidemment ! Je ne veux pas disparaître ! Si ma mémoire revient, je meurs !

- ... Je ne sais pas ce qu'il y a dedans.

- Vous ne savez pas ce qu'il y a dedans ?

- Oui. J'ai peur de devoir assumer tout un passé qui ne soit pas à mon goût. Sans avoir de choix.

- Mais personne ne choisit son passé...

- Mais personne n'a son passé comme, comme... Le monstre du Loch Ness.

- Le monstre du Loch Ness ?

- Quelque chose de monstrueux qui peut surgir à n'importe quel moment, mais dont on n'est pas certain qu'il le fasse, ni finalement qu'il existe vraiment... Mais ce n'est peut-être pas une bonne image.

- C'est celle qui vous vient... Ce monstre, son existence est mise en doute, comme vous le dites... Vous pensez que votre vie d'avant n'existe pas ?

Attention, si j'en dis trop, elle va deviner...

- Non. Juste que cela peut survenir n'importe quand, et que j'en ignore presque tout... C'est assez effrayant, quand j'y pense...

- *C'est cela qui constitue le monstrueux, dans votre image, une masse de souvenirs dont vous ignorez tout ?*

- *Oui. Si je me laisse aller, j'imagine une porte fermée derrière laquelle se trouve toute la vérité de ma vie d'avant. Dont je ne connais presque rien. Si la porte s'ouvre, alors la confrontation est terrifiante !*

Mais non, pas du tout. Si la porte s'ouvre, je disparais, et celui qui reste est justement derrière la porte, il n'est en rien effrayé par tous ces souvenirs, puisque lui ne les a jamais oubliés ! Il reprend sa place, tranquillement, il ne lui manque que les quelques semaines que j'ai à mon compteur. J'ai peur non pas des souvenirs d'Ethan, mais de sa survenue, nécessairement meurtrière...

- *À mon avis, vous vous trompez. Si votre mémoire revient, elle ne sera pas comme un élément massif, perturbant qui se rajoute à votre vie, ce sera plutôt comme une dimension supplémentaire que vous allez retrouver. Mieux, comme un sens, provisoirement perdu. Imaginez que vous soyez provisoirement aveugle, et que vous recouvriez la vue. Vous n'auriez aucun mal à voir de nouveau, vous seriez même plus ... complet.*

- *Vous pensez que mon amnésie est une forme d'incomplétude, qui se résorbera d'un coup avec le retour de mes souvenirs ?*

- *Un peu, oui. Il vous manque 32 années de votre vie, ce n'est pas rien.*

- *J'ai donc un peu raison de craindre de les retrouver brutalement...*

- Mais cette crainte, cette peur, risque de freiner le retour de votre mémoire…

- Vous croyez vraiment que cela dépend de moi ?

- Non, pas tout à fait. Mais si vous essayez d'éviter ce retour, cela ne va pas faciliter les choses…

- Les choses, je les laisse se faire… Après tout, l'amnésie dont je souffre m'est advenue comme cela, sans que j'y sois pour rien. Si ma mémoire doit revenir, elle reviendra, comme elle voudra.

- Comment envisagez-vous votre vie si elle ne revient pas, ou si elle revient dans vingt ans ?

- Comment voulez-vous que je l'envisage ! Comme maintenant. Je vivrai comme maintenant. Avec, au fil des jours, de plus en plus de passé accumulé, qui me feront une histoire de plus en plus dense…

- Une nouvelle vie ?

- En partie, oui, j'imagine.

- Satisfaisante ?

- Comme toute vie, si l'on veut bien s'en donner la peine…

- Une jolie philosophie de vie, Monsieur Mantret…

- De toute façon, madame, soyons sérieux : je n'ai pas le choix…

- Vous avez le choix d'interpréter cet accident à votre manière. Ensuite, le choix d'organiser votre vie actuelle comme *vous le souhaitez, en laissant à ce passé évanoui une place plus ou moins grande, plus ou moins centrale... Mais vous n'avez pas le choix de sortir de votre amnésie sur commande, c'est vrai.*

- Dans cette histoire, je suis bouchon ! Alors, je me laisse flotter au gré des vagues et des courants.

- Monsieur Mantret, je me trompe peut-être, mais je vous crois meilleur navigateur que ça !

Et notre entretien s'est arrêté là... Je donnerai cher pour consulter ses notes dans mon dossier...

Plus tard, dans l'après-midi, je réponds à Gaëlle. Comme je suis tiraillé entre le désir de la revoir pour faire l'amour avec elle, et celui d'éviter une relation que je sens... pénible, parce que biaisée, je fais un SMS vague, et dont je ne suis pas fier....

Rentré chez moi, oui, chez moi ! , je me demande, au-delà de l'aspect fonctionnel, ce que m'a appris l'exploration détaillée de l'appartement d'Ethan (car quand je l'ai exploré, c'était encore le sien !)...

Tout peut être sujet à interprétations... Le choix des décorations murales, des meubles, leur disposition, les ustensiles de cuisine, ceux de la salle de bain, et les rouleaux de papier toilette...

Je prends conscience que j'ai utilisé ce matin, sans me poser de questions, le rasoir électrique d'Ethan, et sa brosse à dents. Naturellement...

Avec cet appartement, puis-je savoir qui était Ethan ? Sans doute un peu. Mais je n'en ai pas envie. D'abord, parce que cela me semble irrespectueux. Quelle que soit la raison qui lui a fait accumuler 149 rouleaux de PQ (Et cela peut être pour des raisons très différentes), cela ne me regarde pas.

Il me semble que nous laissons, à longueur de temps, des traces de notre identité dans la totalité de nos actes, de nos choix, même les plus anodins. Mais comme cela se fait pour la plupart de ces choix de manière involontaire, vouloir décrypter ceux des autres est à la fois périlleux, car on peut se tromper, et indécent, car cela ne nous appartient pas.

N'y a-t-il pas une sorte de sagesse à appréhender les choses telles qu'elles sont, sans rien de plus ? Pour les petits mystères, comme celui des 149 rouleaux, le plaisir sain n'est-il pas de le conserver intact, sans explication, le prendre comme un élément donnant de la couleur à la vie, plutôt que de chercher à en découvrir les tenants et aboutissants ? Si le mystère se découvre de lui-même, tant mieux. S'il ne se découvre pas, tant mieux. Et si je n'ai pas l'irrépressible besoin d'acheter des rouleaux de PQ en surnombre, c'est que ce mystère ne m'appartient pas... Il devient comme un conte raconté à un enfant, un conte qui n'a pas nécessairement un sens, mais dont les aspects étranges enchantent l'âme !

Et voilà comment une réflexion intérieure trop stimulée, rendue agile par l'absence de mémoire, par la vertu de la vacuité, finit par donner de la poésie à 149 rouleaux de papier toilette encombrant une partie d'un dressing...

Chapitre 28   Mercredi 3 Avril.

Impossible de tout dérouler en détail, car même dans ma tête, cela prendrait trop de temps.

Dès mon arrivée aux Mutuelles du Marais, je suis pris en charge par monsieur Brice Calouet, le responsable informatique, nommé directeur de la mission Transition, c'est le nom donné au projet de refonte de la circulation des données dans l'entreprise, madame Claire Témesco (quelle origine peut avoir ce nom ?), directrice commerciale, et monsieur Pierre Noé, chef comptable.

Je comprends vite que l'informatique a été mise en œuvre dans cette entreprise au fil du temps, par couches successives, qui aboutissent maintenant à un système d'une grande complexité, qui repose de plus en plus sur des logiciels obsolètes, sans protection sérieuse, et incompatibles entre eux. Cela a de multiples conséquences, toutes négatives. D'abord, l'arrivée de tout nouveau salarié s'accompagne d'une longue et complexe période d'apprentissage, car aucune formation préalable ne permet de maîtriser cet empilement empirique et ancien de manières de faire les ouvertures de contrat, les appels de cotisations, les remboursements, etc. D'autre part, la raquette informatique assemblée au fil du temps a de nombreux trous, qui sont compensés par des astuces, des précautions, des compléments dont les salariés doivent faire preuve, ce qui complique encore plus tout remplacement de personne.

La journée se déroule pour moi à un rythme soutenu, d'une réunion à l'autre, de documents fournis à d'autres documents fournis, tous sur papier, à des pauses café qui semblent surtout destinées à me dire, loin des bureaux dont pourtant je n'imagine pas qu'ils contiennent des micros, des informations, des informations « off » parce que données dans un couloir, vers la machine à café, ailleurs que dans les lieux de décision. Apparemment je tiens parfaitement ma place, avec aisance, tout le monde a l'air content. De mon côté, je suis un peu en mode automatique. C'est bien ce que je percevais : dans ce contexte professionnel précis, je m'absente de mes interrogations personnelles, et cela ne semble pas interférer avec ma capacité d'écoute et d'analyse. Mieux, cela la rend optimale, pour autant que je puisse en juger sans pouvoir faire de comparaisons réalistes. Ici, pas besoin de me référer à Ethan, ce que j'ai gardé de lui fonctionne à plein, et personne ne s'attend à ce que je sois quelqu'un d'autre que moi. Parfait !

Ils sont coincés. Ils savent tous les trois que cela ne peut plus continuer comme cela, mais ils sont en même temps morts de peur de ce qui va arriver. Brice Calouet est inquiet d'être tenu pour responsable de la situation actuelle, et de n'être pas à la hauteur technique des outils informatiques que je vais leur proposer. Il risque aussi de perdre un poids précieux dans l'entreprise : il doit être le seul à maîtriser un tant soit peu les complications informatiques du système actuel. Claire Témesco a peur que les nouveaux outils informatiques la privent de toute une série de libertés dont les agents commerciaux de la Mutuelle disposent, ce qui lui permet de garder une vraie maîtrise de la politique commerciale de la Mutuelle. Le comptable, Pierre Noé, craint que le nombre des membres de son service diminue par l'efficacité accrue des nouveaux outils, et donc que son importance à lui ne diminue en proportion. Le seul qui est serein, c'est moi ! Une assurance tranquille quant à mes compétences, avec une indifférence aux choix que je vais impulser, et aux conséquences de ces choix. Tout sera légitimé par les gains en productivité.

C'est une situation assez classique. Tout le monde sait que le changement est indispensable. Tout le monde a peur d'y perdre quelque chose. Et, assez logiquement, ce qui va suivre, d'ici quelques jours ou quelques semaines, ce sont des oppositions larvées au changement, qui me mettront des bâtons dans les roues, bâtons dont chacun rejettera la faute sur les deux autres, tout en continuant à alimenter la réserve de pièges dans mon dos… Personne ne peut assumer raisonnablement un refus de la refonte de ce système qui est à bout. Cela d'autant plus pour défendre des avantages personnels. D'où les résistances souterraines…

À midi, je déjeune avec Claire Témesco et Pierre Noé, dans un petit restaurant original. Le patron fait tout lui-même. Il prépare donc à l'avance une table de hors d'œuvre, une table de desserts, où l'on se sert à volonté, et propose deux ou trois plats chauds de type bœuf bourguignon, saucisses aux lentilles, des plats qui peuvent se réchauffer à la portion avec un minimum de main d'œuvre durant le service. Le lieu est comme la cuisine, familial… Je surprends Claire et Pierre par mon appétit… Ils ne peuvent pas deviner que je suis en pleine croissance !

Durant le repas, nous parlons un peu plus personnellement. Je suis assez vite rassuré, GRG ne leur a rien dit de mon foudroiement et de mon amnésie. Je m'en doutais un peu, car est-ce que les Mutuelles du Marais auraient accepté de payer aussi chère la journée un consultant dont l'intégrité psychologique n'est pas parfaite ?

Claire Témesco a une petite cinquantaine d'années. Elle travaille aux Mutuelles du Marais depuis plus de quinze ans. C'est son royaume, elle règne sur la branche commerciale en monarque absolu, légitimée par une progression constante des assurés, dans un contexte où les petites boîtes d'assurance ont toutes les peines à survivre ou à ne pas être avalées par de grands groupes. Durant la matinée, elle a alterné des interventions cassantes, à la limite parfois de la politesse, avec des moments de silence dont on lisait facilement le côté passif-agressif. Durant le repas, elle est plus ouverte, moins sur ses gardes. Mais je sais (Ethan sait !) qu'il faudra être prudent avec elle jusqu'au dernier jour.

Pierre Noé se découvre être un bon vivant, aimant manger, boire, et raconter des anecdotes ! Toute la matinée, il a plutôt été discret. Il doit être heureux comme tout dans son service, avec quatre aides-comptables, qu'il doit animer et faire rire, dans un management familial, à la bonne franquette. Pour autant que les documents le montrent, dans une première approche, son service fonctionne bien. Et les quatre femmes de la compta ont l'air heureuses. Mais c'est assez évident qu'avec un outil de facturation et d'établissement des feuilles de paie plus performant, deux personnes vont suffire, même si l'activité s'accroît... Un petit monde va exploser...

Claire évoque sa dernière trouvaille en brocante, Un vase à décor de dragon, chinois, car elle adore chiner. Un tableau fait avec des ailes de papillon. Qui a pu avoir l'idée de faire des tableaux avec des centaines d'ailes de papillon ? Pierre parle de bouffe, de la dernière fête de Noël des salariés faite aux

Mutuelles du Marais. C'est lui qui était chargé des cadeaux. Il en a profité pour faire quelques blagues, qu'il raconte avec une joie de potache… Moi, pour éviter de mentir, et faute d'avoir grand-chose à raconter, je parle de mon goût pour les promenades, la lecture. Je dois leur apparaître, à 33 ans, plutôt bonnet de nuit !

L'après-midi, je travaille seul, et pars à la découverte précise du process de facturation, puis de la gestion du fichier mutualistes, puisqu'on ne parle pas de clients ici. Par moments, je vais dans tel ou tel bureau, je dérange une personne pour qu'elle m'explique comment elle gère telle tâche, car il va me falloir d'abord comprendre comment l'administration fonctionne, avant de recueillir leurs souhaits, puis, enfin, leur présenter un bilan technique et une préconisation d'outil de gestion et un mode de fonctionnement général. Et cela dans le cadre de ce que GRG peut apporter, bien sûr… Malgré le côté fouineur de mes questions, je suis bien accueilli partout.

L'atmosphère est à la fois industrieuse et sympathique. Si tout est un peu vieillot, tout y est aussi chaleureux, et pas triste ou poussiéreux… Mais je crois ressentir que chacun se rend bien compte du côté un peu archaïque du fonctionnement, de la nécessité de changer pour demeurer indépendant et pour survivre, mais pour aller vers quoi ??? Et comment ?

C'est sur la route du retour que la fatigue m'atteint. Si l'appartement me mettait vraiment à l'aise, c'est en passant sa porte que la fatigue se serait dissipée. Patience, cela viendra.

Une fois rentré, j'envoie un mail à Adrien Récamier, pour l'informer de cette première journée. Mais je doute qu'il réponde, je me rappelle que les directeurs de mission n'ont pas assez de temps, à GRG, pour suivre tous les dossiers journellement. Il interviendra uniquement si j'ai un problème, ou bien juste avant la rédaction de mon rapport. Ce qui n'empêche pas que je doive le tenir informé régulièrement…

Le soir, court échange téléphonique avec Gaëlle, et l'on convient de se voir samedi soir…

Deuxième journée à Saint-Etienne. J'ai dû faire bonne impression, car on m'a libéré un petit bureau, à mon unique usage.

Je me souviens que dans ce genre de mission, où, en gros, les cadres sont contraints d'une manière ou d'une autre au changement, les réactions sont de trois sortes :

• Soit une acceptation passive, dépressive, de toutes les préconisations, les personnes ayant acté de suite qu'elles ne pourront s'opposer à rien. C'est souvent le cas dans les boîtes avec une direction autoritaire. Ou proches de la liquidation. Dans ce cas, mes difficultés sont de récupérer de l'information, d'obtenir des rendez-vous, de réaliser des réunions de concertation qui rassemble plus de 50% des personnes concernées… Tout le monde s'en fout. Et ce n'est pas dans ma mission de les motiver sur un nouveau projet. La conduite de changement, ce n'est pas dans mes compétences… Malgré cette acceptation sans retenue, ce sont des missions souvent épuisantes. Car elles aboutissent fréquemment à un résultat bancal. La résignation de tous leur fait accepter mes erreurs sans énergie pour les prévenir ou les réparer. Et ces mauvaises informations finissent par me donner une vision erronée du fonctionnement de l'entreprise.

• Soit une tentative de sabotage de la mission du consultant, moi en l'occurrence. Cela peut se faire de différentes manières : affrontement frontal, contestation de chaque constat évoqué, harcèlement par de multiples demandes annexes, mise en avant de toute erreur, aussi minime soit-elle, désorganisation des réunions, dates, comptes rendus, refus sous divers prétextes de communiquer de l'information, plaintes continuelles auprès du chargé de mission de GRG, … Et j'en oublie… Là, pas de manque d'énergie, loin de là. Je peux être harcelé de demandes complémentaires, noyé sous les informations, les demandes de précision, etc. Dans ce cas, il faut une vraie force intérieure pour résister, car c'est une guerre d'usure, où l'on est sans allié.

• Soit une tentative de séduction du consultant, en essayant de l'amener à proposer un moindre changement, ou à protéger telle ou telle partie du process, ou tel poste, en essayant de le convaincre que la manière actuelle est performante, ou bien en lui demandant de construire une préconisation où l'on retrouve les mêmes fonctionnements qu'à l'heure actuelle, mais dans un logiciel tout neuf… Une lente dérive, amenée par des gestes sympas, une forme d'affection… Gare à ne pas s'y fier, il ne s'agit que d'influer sur la mission.

Le travail de consultant devient difficile lorsque, dans l'équipe des cadres qui sont mes interlocuteurs, certains s'efforcent de séduire, et les autres de saboter. Car il faut être costaud pour arriver à naviguer entre ces deux atteintes à la mission programmée, tout en avançant sur un projet qui se doit d'être, à terme, opérationnel. D'autant que ce sont souvent ces mêmes personnes qui gèrent le contrat entre GRG et leur entreprise, même si ce n'est pas eux qui ont déclenché la mission.

C'est curieux, cette typologie de mes missions me semble bien connue, solide, parfaitement évidente. Mais je n'ai aucun souvenir de missions qui l'étaieraient. Savoir livresque ?

Aux Mutuelles du Marais, j'ai l'impression que c'est plutôt la stratégie de défense par la séduction qui est mise en œuvre. C'est ce qui est le plus confortable pour moi, au moins en début de mission. Car ensuite, chacun finira par constater mon indépendance, et cela rappellera à tous les futurs impacts du changement. Mais cela me donne aussi du temps pour laisser infuser l'idée que les changements de manières de faire qui s'annoncent n'ont pas que des effets négatifs pour chaque personne concernée.

Je passe du temps avec les uns et les autres, toujours dans l'exploration détaillée de leurs manières d'effectuer toutes les opérations qui leur sont nécessaires pour réaliser leurs tâches… Les gens sont là depuis longtemps dans leur grande majorité. L'ambiance familiale favorise une conscience professionnelle qui compense les multiples manques de leur organisation. Une 2 CV rafistolée qui fait encore le job, par le dévouement des personnes ! Mais, un jour ou l'autre, la 2 CV va s'effondrer, va devoir être remplacée par une voiture moderne, plus performante, plus facile à conduire, mais moins facile à personnaliser, à utiliser à sa façon. C'est le problème de ce que j'amène comme solution : c'est plus efficace, mais cela oblige les gens à se plier à la discipline du logiciel… Plus qu'avant, c'est l'outil qui commande, pour une efficacité meilleure, mais au prix d'une perte de maîtrise…

Je sors de cette journée comme je sortirais d'une salle de sport intellectuel. Le fait d'agir, en utilisant sans difficultés mes compétences, sans que mon amnésie me joue des tours, est très agréable. Je rentre fatigué, mais d'une bonne fatigue, sans être dans le doute, l'introspection, sans la moindre once d'angoisse quant à la suite du dossier. Sur la route du retour, je me convaincs de mes compétences, je constate ce dont je suis capable, en termes d'analyses, de programmation, de mise en relation des gens entre eux, et entre eux et moi. Je vois aussi mes capacités à la patience, à l'argumentation non conflictuelle, à l'explication, à une certaine forme de douceur... C'est un bel héritage, si je l'ai hérité !

Le soir je rentre dans un appartement parfaitement propre et rangé, comme remis à neuf. Je n'ai plus très envie de contact avec quiconque, je lis.

Je prends connaissance d'un long message SMS laissé par Anne, où elle multiplie questions et injonctions. Je n'ai pas envie de répondre, mais ce serait maladroit, cela augmenterait son anxiété, et alors elle va devenir pénible... Et puis, au fond, son inquiétude est légitime...

Bon, finalement, je réponds, assez longuement, par écrit aussi...

Chapitre 30   Vendredi 5 Avril.

J'aurais pu ne pas aller à Saint-Etienne aujourd'hui, car après tout je suis à mi-temps. Mais l'énergie unifiante et stimulante que je ressens à travailler est trop addictive, après ces journées de recherches dispersées de repères personnels, et d'explorations tatillonnes et vaines.

Malgré la petite taille des Mutuelles, et leur activité bien définie, je constate, un peu comme à chaque fois (me semble-t-il !), que la réalisation de toutes les opérations nécessitées par cette activité est bien plus complexe qu'il n'y paraît au premier abord. Le style un peu familial des relations-clients de la Mutuelle lui fait dépasser le strict cadre d'une Mutuelle d'assurances, et les demandes qui lui sont adressées débordent parfois largement son champ d'activités. Or, les conseillers essaient toujours d'y répondre. C'est d'ailleurs sans doute ce qui explique la bonne santé économique des Mutuelles du Marais, dont le portefeuille clients croît lentement mais régulièrement malgré la concurrence prédatrice de Compagnies d'assurance 1000 fois plus importantes financièrement... Mais que de frais induits par cette activité, qui n'a aucun rapport avec le domaine professionnel des Mutuelles du Marais...

Je déjeune au même petit restaurant, en trois jours je suis devenu un habitué, ce qui est assez confortable... J'y viens non accompagné, j'ai fait passer discrètement le message que j'avais besoin d'être un peu seul durant le temps de midi...

J'aime bien ce type de nourriture, le style Blanquette de veau se confirme. J'ai un bel appétit, facilement constatable aux ponctions que je fais aux deux buffets, hors-d'œuvre et desserts, à la grande fierté du patron, guère porté aux festins hypocaloriques.

Ce soir, apéro avec Claude, au même bistrot branché…

…………………………………………………………………

Cette fois, nous goûtons un Primitivo italien, une splendeur !

Claude a l'air un peu fatigué de sa semaine.

- Tu vas bien ?

- J'ai terminé il y a dix jours le dossier d'un client, et le juge a rendu ce matin un arrêt qui ne lui est guère favorable.

- Ah bon…

- C'est difficile de défendre le droit des pères dans les conflits liés à la garde des enfants, aux droits de visites, etc. Et même si je traite en parallèle une vingtaine de dossiers, je finis toujours par m'investir personnellement dans les causes que je défends. Plus je me plonge dans les méandres du droit pour arriver à argumenter, et plus je me rapproche de la situation vécue par mon client, puis de mon client lui-même… Alors, lorsque nous n'arrivons pas à avoir gain de cause, cela me touche au-delà du simple fait de n'avoir pas gagné professionnellement…

- Oui, je vois… Tu te rapproches de tes clients par l'étude de la jurisprudence, c'est cela ? Et ensuite, perdre t'atteint…

- Oui.

- C'est curieux, d'une certaine façon....

Claude ne répond pas.

....

- C'est drôle, nous en parlions régulièrement ensemble, avant ton accident, je veux dire Ethan et moi. Il m'a toujours conseillé de mettre mes affects de côté, de ne pas me prendre la tête… C'est vrai que je peux être un peu pénible à avoir le moral en berne à chaque fois que je n'arrive pas à obtenir la décision idéale…

- Cela te blesse de laisser s'accroître la dose d'injustice du monde…

- Oui, c'est idiot, prétentieux, mais c'est cela…

....

- Dis-moi, Claude, que faisait Ethan à part travailler ?

- Tu ne le sais pas ?

- Ma seule source d'information est l'appartement, avec les traces numériques qu'il m'a laissées, et je n'ai rien trouvé qui indique un loisir auquel il aurait été assidu… Pas de salle de sport, pas de club quelconque, de carte d'adhérent d'une activité culturelle ou associative… Mais j'ai peut-être mal vu… Ah non, j'oubliais ! Sur son téléphone, j'ai trouvé trace de jeux vidéo en ligne, mais ce n'étaient pas des traces récentes, avec des rendez-vous pour des fêtes, plus quelques photos et vidéos prises en boîtes, j'imagine…

- Pourquoi veux-tu savoir ?

- Ouh là ! Bonne question ! Parce que je vois arriver le week-end avec inquiétude : que vais-je pouvoir faire ?

- Evidemment, un amnésique, cela peut avoir peur du vide ! D'ailleurs, est-ce un symptôme couplé avec le vertige ?

- C'est malin !

- Ethan a beaucoup investi dans son travail. Depuis longtemps. Il était d'ailleurs, il y a peu, mécontent de ne plus progresser à GRG.

- Il était ambitieux ?

- Non, pas ambitieux… Plutôt en recherche constante d'excellence. Avec la reconnaissance qui l'accompagne. Y compris sous forme d'argent…

- Ah ! … Là, je suis hors course. Je ne ressens pas le moins du monde l'envie d'excellence… Quoi que… Aux Mutuels du Marais, j'ai envie de faire mon travail comme il faut, du mieux possible.

- Ethan voulait plus que cela. Il voulait qu'on le reconnaisse comme le meilleur. Toujours… Quand il n'y arrivait pas, c'est lui qui avait le moral dans les chaussettes… Encore qu'il savait s'en défendre facilement, en contestant l'action des autres, ou le contexte. Mais au fond de lui-même, il savait qu'il n'avait pas été aussi excellent qu'il aurait voulu l'être. Il avait besoin, alors, d'en parler…

- Pour l'instant, je ne me situe pas dans de tels défis…

- C'était peut-être la malédiction d'Ethan. L'excellence le préoccupait constamment. Or, il est impossible d'être tout le temps le meilleur, on s'y épuise.

- Il s'y épuisait ?

- … En fait, pas vraiment… Il accusait le coup quand il rencontrait un échec, ou une moindre réussite, puis se fixait de nouveaux challenges.

-A priori, ce n'est pas sur cette route que je peux saisir le relais d'Ethan !

- Laisse-toi du temps… Ce n'est d'ailleurs pas une obligation impérative non plus !

- Pour l'heure, dans ce moment de suspens mémoriel, et dans la mesure du possible, j'essaie de faire ce que j'ai vraiment envie de faire, sans chercher à copier Ethan, ni à m'en distancer…

- T'en distancer ! Vu que tu habites son corps, son appart, et son job, sans en dire plus, cela risque d'être compliqué, de t'en distancer ! Et puis, il y a cinq minutes, tu cherchais à savoir quels étaient ses loisirs !

- Est-ce qu'Ethan t'a déjà fait remarquer que, lorsque tu es un peu morose, ton ironie resplendit, et se fait sarcastique ?

- Non. Jamais… Mais j'ai pu oublier…

Claude a l'air un peu narquois, un demi-sourire complice, amusé, élégant, quelque chose de sa relation au monde, à la fois légère et engagée. Une élégance… Je me sens pataud, incapable de recul, par manque d'adossement.

....

- Pour tes loisirs, tu devrais plutôt interroger Gaëlle. Pour autant que je puisse savoir, la plupart de ton temps hors travail, c'est avec elle que tu le passais… D'ailleurs, les fêtes entre copains, tout comme les boîtes, c'était toujours avec Gaëlle…

- OK. … Tu sais, je n'ai reçu aucun coup de fil ou message de la part de ces copains de teufs. Pourtant, les messages que j'ai trouvés étaient très chaleureux, montraient une vraie proximité…

- J'imagine qu'ils sont surtout en lien avec Gaëlle. Et vu ta situation, ils doivent hésiter à contacter quelqu'un qui n'a plus aucun souvenir d'eux.

- Oui, je comprends… Pour eux, Ethan n'existe plus vraiment… C'est encore plus difficile pour moi de faire le premier pas, de les joindre… À vrai dire, je n'en ai pas envie.

....

- Je ne sais pas si j'aurais su le dire avant toute cette histoire de foudre, mais je me demande si Ethan aimait sa vie…

- Tu veux dire quoi ?

- C'est peut-être aussi un effet de tes propres interrogations, que tu me partages… En fait, Ethan ne m'a jamais exprimé le moindre doute, autre que celui de n'être parfois pas aussi excellent qu'il le souhaitait. Mais lorsque je me remémore nos discussions, j'ai l'impression qu'il avait des doutes sur son projet de vie. Des débuts de doutes, des

nuances de doutes, capables d'injecter de la fragilité dans ses objectifs...

- Ahh ! ... Il aurait eu envie de changer de vie ?

- Je n'irais pas jusque-là. Mais comme s'il avait quelque part en lui un regard différent sur sa vie, moins enthousiaste, moins monolithique.

- Il y a peut-être un lien avec Pierre Ratelt !

- Tu t'emballes un peu vite ! Je ne te parle pas d'un changement de vie, je te parle d'un regard posé sur soi qui peut être plus interrogatif, plus en questionnement que ce qu'on laisse paraître...

....

- Comment cela se passe avec Gaëlle ?

- Tu es bien curieux ! Voire indiscret !

- Il me semble que c'est la question qui s'impose, non ?

- En fait, je ne sais pas te répondre. Avec toi, je ne sens pas de distance entre nous quand nous nous parlons. Avec ma sœur Sophie, la distance qu'il y a vient surtout du fait que je ne lui ai pas parlé de moi, de Nethan. Je fais comme si j'étais Ethan, mais sans chercher à le copier. Alors, par moment, il y a entre nous un décalage... Avec Gaëlle, il y a une distance. Pourtant, nous nous parlons peu. L'écart entre Ethan et moi ne devrait donc pas être perceptible pour elle...

- Parce que vous vous concentrez sur des activités où il n'est pas nécessaire de parler ?

- Imbécile !

- Vous ne vous parlez pas... C'est peut-être justement pour cela, cet écart ?

- Mais j'ai l'impression qu'ils ne se parlaient pas beaucoup avant la foudre. ... Et puis, je me sens coupable.

- De quoi ?

- D'être un imposteur. Un type qui s'introduit dans le lit d'une jeune femme en se faisant passer pour un autre...

- C'est un fantasme émoustillant ! Mais elle sait bien que tu es amnésique, non ?

- Sans en percevoir les conséquences. Pour elle, je suis Ethan les souvenirs en moins. Mais a-t-elle compris qu'Ethan sans son passé, ce n'est plus Ethan, ce n'est pas Ethan ?

- C'est vrai que la situation est piégeante, avec ton apparence physique identique, et une conscience différente. Mais a-t-elle jamais essayé de comprendre Ethan en profondeur ?

- Pourquoi dis-tu cela ?

- Bon, là je m'aventure sur un terrain miné ! Je vais te partager une chose qui ne se partage pas...

- Mais de quoi tu parles ?

- *Préambule : à force de travailler dans des affaires familiales compliquées, je me suis fait une raison, voire une morale : il est impossible de juger des équilibres qui s'établissent dans un couple, sauf cas d'emprise évidente. Deux personnes peuvent trouver dans leur vie commune mille façons de vivre ensemble qui échappent à la compréhension des autres, et qui les rendent suffisamment heureux pour que cela perdure. Oui, cela n'appartient qu'aux deux concernés. D'accord ?*

- *Parce qu'il faut que je sois d'accord ? Bon, alors : d'accord.*

- *Pourtant, de l'extérieur, les arrangements entre conjoints peuvent apparaître totalement aberrants. Il devient difficile alors de ne pas les juger, malgré le préambule.*

- *Et donc ?*

- *Je pense qu'Ethan et Gaëlle étaient très heureux ensemble, mais qu'ils se restreignaient l'un l'autre. Comme si leur rencontre les privait, l'un comme l'autre, de vivre d'une manière plus pleine, plus étendue… Inutile de protester, je suis bien conscient que c'est un jugement de valeur, qu'il m'est propre, que je m'appuie sur mes propres critères et non les leurs, etc. Mais si je ne l'ai jamais évoqué avec Ethan, je l'ai souvent pensé au cours de cette dernière année.*

- *Pas avant ?*

- *Non. J'ai eu l'impression que leurs vies se refermaient sur des choses sans grande importance, du moins pour moi, au fur et à mesure de leur relation. Sans les empêcher d'être visiblement heureux, ce qui est l'essentiel. Une image me* vient : une relation qui déshydrate progressivement les deux amants...

- Échappons à ce triste destin (et je lève mon verre).

Pour parler franchement de mon côté, j'ai du mal à parler à Gaëlle. J'ai fait une connerie : j'ai lu leur correspondance SMS et courriels, et je suis bloqué devant cette banalité. J'ai du mal à parler à Gaëlle naturellement, alors qu'elle n'est pas bête, cette femme, je le vois bien. Je suis empêché par l'insignifiance de ce que j'ai lu... Comme quoi tu n'es pas le seul à avoir des jugements de valeur ! Je devrais me centrer sur elle, sur sa tendresse, et le fait qu'elle est sincèrement amoureuse d'Ethan. Mais d'une part, je suis empêtré par mon truc d'imposture, et d'autre part, encombré par ce que je ressens devant leurs échanges...

- Gaëlle est une chouette fille, pourtant...

- C'est d'autant plus désespérant...

....

- En plus, s'il revenait ?

- Qui ?

- Ethan. Ma mémoire. Tout peut revenir d'un coup, presque sans prévenir. Je me sens tenu, un peu, de ne pas saccager sa vie juste parce qu'elle ne me convient pas. Surtout si je ne suis que de passage... Quoi qu'on en pense toi et moi, Ethan tenait à sa relation avec Gaëlle. Je dois donc veiller à la préserver, au moins pour le moment.

- Au fond, tu vis de manière condensée, intensive, ce que nous vivons tous de manière plus étirée. Tu dois arriver à te définir une identité en peu de temps, quel que soit le sens que l'on donne au mot identité. Et tu es contraint d'intégrer à ta réflexion la possibilité d'une disparition totale qui peut arriver à tout moment. Les humains ordinaires ont la même quête, et la mort est présente dès le début, qui peut rendre inutile tout projet, tout effort par sa survenue inopinée ! J'en conclus que tu finiras, comme la plupart des humains, par réfléchir à qui tu es sans ce sentiment d'urgence, et à accepter sans trop y penser cette idée d'une mort imprévisible.

- Oui, peut-être. Ce qui m'est particulier, c'est que je porte une forme de culpabilité envers Ethan. Enfin, pas culpabilité, ce n'est pas le mot. Un souci. Ma mort, je veux dire si sa mémoire revient et efface la mienne, lui rendrait une place dont je suis comptable, puisque je l'utilise...

- À mon avis, tu fais une erreur en construisant ta relation avec Ethan en tête à tête. Ce n'est pas une relation à deux, mais une relation à trois.

- Tu parles de Gaëlle ?

- Non, je parle de la foudre ! Tu n'as rien pris à Ethan, c'est la foudre qui l'a effacé. Tu n'as pas choisi d'arriver dans sa vie, c'est la foudre qui la fait. S'il émerge de l'oubli et trouve sa vie en partie chamboulée, c'est à la foudre qu'il le devra, bien plus qu'à toi. Ethan et toi vous payez, chacun, le prix de la foudre. Chacun vous avez, et vous aurez à subir des bouleversements, des désagréments, des drames, dus à la foudre. N'instaure pas de dette entre Ethan et toi, c'est la foudre qui vous a arnaqués, tous les deux.

- *Belle plaidoirie, Claude. Oui, je comprends. Tu as raison. Cela ne va pas m'empêcher de me sentir dans une forme d'obligation envers Ethan. Et même si nous sommes tous deux victimes, car c'est bien cela que tu dis, n'est-ce pas, je me sens lié à lui, pas par un lien d'identité, mais par un lien de solidarité...*

- *Ouais, je peux comprendre cela...*

....

- *Tu sais, c'est un truc bizarre... J'ai l'énergie corporelle d'un mec de 33 ans, j'ai la mémoire d'un mec de moins de deux mois, et j'ai la sensation d'être plus vieux que cela...*

- *Plus vieux que quoi ?*

- *Plus vieux que 33 ans et deux mois ! Sophie dit qu'avant, je n'aurai jamais employé le mot Vacuité, par exemple...*

- *Là, elle a raison. Même si ce n'est pas facile de le décrire, tu ne parles pas tout à fait comme avant. Tu parles plus, vraiment plus, tu poses beaucoup de questions, et tu as un souci d'introspection que je ne te connaissais pas. Cela doit suffire à modifier ton vocabulaire... Tu emploies moins d'anglicismes venus de ton boulot, aussi. Mais d'un autre côté, c'est normal, tu ne parles pas de ton boulot puisque tu n'as pas encore vraiment commencé à travailler. Tu parles avant tout de toi, et d'Ethan.*

- *Pourquoi ce changement, à ton avis ?*

- *L'amnésie, évidemment ! Je crois que tu découvres beaucoup de choses brutalement. Ce qui t'inspire beaucoup de questions. Ce qui te donne un début de maturité. Rien à voir avec l'âge !*

- Un début ?

- Les questions pour un début, et des semblants de réponse pour une maturité plus effective !

- OK, je n'en suis pas là !

....

- Il me semble quand même que je parle de moins en moins d'Ethan...

- Ouh là ! Tu n'es pas lucide ! Tu interroges souvent le passé d'Ethan, tu cherches à cerner son caractère, et même le déroulement de sa vie... Mais, pour l'heure, en revanche, je n'ai pas vraiment l'impression que tu te serves de ce que tu finis par apprendre.

- Comment m'en servir ? Reprenons l'exemple de la blanquette. Si je l'aime, comme Ethan, on peut alors identifier un lien entre lui et moi. Par la blanquette, Ethan émerge en moi, et nous sommes frères ! Si je ne l'aime pas, pas de lien, Nethan est une personne à part. Mais en fait, je peux aimer la blanquette tout simplement par moi-même. Et si toi tu aimes la blanquette, personne ne va te dire : Ethan sors de ce corps !
Bon, tu as raison, j'ai une réelle curiosité de mieux connaître Ethan. D'abord, pour ne pas apparaître trop en décalage avec lui dans mon appropriation de son cadre de vie. Ensuite, c'est un peu comme l'envie de connaître la vie des gens qui ont habité une maison que tu viens d'acheter : une curiosité qui ne sert à rien, mais qui est bien présente.

- Alors là, pas du tout ! Si j'emménage dans une maison, il me semble au contraire que je ne vais pas chercher à savoir quoi que ce soit des propriétaires précédents, afin qu'elle soit vraiment mienne. Elle doit m'arriver vierge, d'une certaine manière, sous peine de réveiller des fantômes encombrants, des présences inopportunes. Et dont je n'ai que faire...

- Mais si la maison t'échoit sans que tu l'aies choisie, qu'elle t'est attribuée arbitrairement, et que tu sois contraint d'y vivre, alors tu deviens peut-être plus curieux de son histoire, tu recherches les traces de son passé, pour la situer, pour savoir qu'elle a été sa place, pour en comprendre l'intelligence et l'harmonie.

- Oui, d'accord, je comprends... Mais malgré tout, gare aux fantômes !

- Ils ne sont pas tous hostiles, tu en es un bon exemple !

Et nous rions tous les deux, Primitivo oblige !

....

- Oui... Je suis en pleine contradiction, mais en cherchant à connaître Ethan, je tente de faire des adéquations, et je n'en trouve pas beaucoup, sauf dans ce que je sais toujours faire, ou que je sais faire comme Ethan savait les faire. Pour le reste, je suis obligé d'improviser... Et de déterminer à partir de bien peu de choses ce que sera mon avenir.

- D'une certaine manière, Ethan faisait pareil. Mais comme il avait déjà toute une série de présupposés, de mémoire d'expériences, d'éléments considérés comme acquis, de repères importants, il n'avait pas la latitude dont tu disposes toi maintenant...

- La vacuité ! Je suis moins expérimenté, mais je suis plus libre que lui.

- Cela me paraît presque contradictoire, car l'expérience devrait nous aider à être plus libre, mais oui, je dirais comme toi : moins expérimenté, mais plus libre... Joli mot, vacuité ! On ne l'emploie pas assez, finalement !

....

- Ta mission, cela se passe comment ?

- Merveilleux ! Cela me fait un bien fabuleux ! Rien ne me semble très compliqué, l'équipe est pour le moment plutôt bienveillante, même si je sais que cela ne va pas durer, et durant les journées de travail je suis dans une énergie entière, sans questionnement autre que technique, justement. C'est assez jouissif, ce sentiment de maîtrise...

- Comme quoi, tu n'as pas tout oublié d'Ethan...

- Heureusement ! Imagine que j'ai perdu aussi mes apprentissages... Je serais interné en ce moment, incapable de rien faire avant des années...

Au fond, j'ai gardé les outils, et conservé la manière de les utiliser. Mais j'ai perdu mes projets... Comme quoi, ils devaient plus être liés à des relations avec des personnes qu'à un simple développement de mes compétences professionnelles...

- Ou à des enjeux personnels... Dans tout plan de carrière, il y a nécessairement la place que l'on veut se donner, non ?

- Eh bien cela, je ne l'ai plus, il faut que je la reconstruise.

- À mon avis, laisse-toi du temps.

Je n'ai pas à travailler sur la mission GRG, je vais disposer de lundi et mardi pour le faire, tranquillement. De toute façon, il me manque encore trop d'infos internes…

Alors, pour m'occuper, je me replonge dans les courriels et SMS du téléphone d'Ethan. Et les photos. Il a fait un voyage à Budapest, il y a quatre ans. Puis un séjour plus long au Maroc, l'an dernier. Gaëlle était de ce dernier voyage. Quelques photos, mais pas très nombreuses, et dans l'appartement, rien qui évoque Hongrie ou Maroc.

Je commence à relire des courriels anciens parlant de fêtes, ou de soirées passées à plusieurs copains. Mais c'est désespérant de manquer autant d'intérêt, du moins pour quelqu'un qui n'y a pas participé. Si j'avais été là, sans doute saurais-je sourire à l'évocation de la biture de Richard, et de ce qui s'en est suivi. Mais comme je n'ai aucune idée de qui est Richard, cela n'a aucun intérêt.

Quelque chose m'échappe. Une partie de la vie intellectuelle d'Ethan se joue quelque part, mais je ne sais pas où. Il a investi son travail avec la passion d'aller le plus haut possible. Mais il ne peut se résumer à cela et à cette petite vie dont je n'arrive pas à percer la vraie nature. D'ailleurs, il a pas mal de livres sur les différentes spiritualités…

Le temps dont je dispose me pousse à la curiosité, l'absence d'Ethan rend mes investigations licites. Et je fais semblant, pour me justifier, d'y voir un appui pour ma propre recherche personnelle… Mais cela ressemble de plus en plus à une distraction pascalienne ! Ou à un trait de caractère habituellement attribué aux concierges !

Ethan savait-il rire ???

....

Après-midi, balade dans Lyon, centre-ville, quelques magasins. Je traverse Saint-Jean, découvre les lieux comme un touriste, les yeux en haut pour voir les façades, en bas pour éviter de trébucher sur les pavés. J'achète au feeling deux livres dans une grande librairie d'occasion, Diogène : *Louis XI*, de Kendall, et *L'Homme qui devint Dieu*, de Gérald Messadié... Pourquoi ces deux livres ? Zut ! Pour rien ! Pour leurs 4ème de couv !

Gaëlle et moi nous sommes donnés rendez-vous à l'appartement, mais nous filons de suite manger dans un petit restaurant asiatique qu'Ethan et elle fréquentaient de temps en temps. Durant le trajet, je lui prends la main. Mais cela ne tient pas, quelques minutes après elles se séparent, nos mains, mal liées par un geste un peu artificiel...

Durant le repas, notre discussion est plus animée. Elle me questionne beaucoup sur ma mission à Saint-Etienne. De mon côté, je l'interroge sur sa semaine de travail, et elle me relate diverses anecdotes, au moins aussi passionnantes que celles que je lui raconte. Mais elle semble plus détendue...

Soudain, au milieu du repas, alors que tout se passe à merveille, je me demande brutalement ce que je fais ici. Ici, dans ce restaurant Thaï, avec cette jeune femme, à parler de choses sans nécessité. Profondément, des choses qui ne me concernent pas. Je suis envahi par la conviction absolue de n'être pas à ma place. Pendant une ou deux minutes, je n'entends plus rien de ce que Gaëlle me dit, j'ai l'impression de rougir fortement, il me semble que si cette conviction se devine, elle sera inutilement blessante, alors je m'efforce de la cacher. Mais elle dure… Je m'excuse et file aux toilettes, pour sortir de cette impression qui se transforme en une évidence qui surgirait de tout mon corps… Devant le miroir, je me regarde, et, comme j'ai peu de souvenirs de moi, cela ne me dit rien de probant. J'attends que l'envahissement émotionnel s'atténue, en scrutant ce visage qui ne m'est pas encore familier…

Lorsque je reviens, je prétexte une bouffée de chaleur due à une dose trop forte de sauce pimentée. Cela la fait sourire. J'essaie de reprendre ma place dans notre discussion, aussi anodine qu'insupportable, et pourtant imprégnée de tendresse. C'est terrible, de ressentir cette tendresse sans pouvoir faire autre chose que la constater, sans y participer, ni même vraiment la recevoir. Pris dans ce piège de la gentillesse, je suis obligé de tricher, de faire comme si nous parlions tranquillement en amants installés et sereins, alors que j'ai envie de fuir… Je devrais trouver le courage de lui parler clairement de qui je suis vraiment, et donc de la mort d'Ethan, de ma relative indifférence à cette mort, comme de ma relative indifférence à son égard, si l'on excepte son attrait sexuel, bref, des horreurs… Pour reprendre pied, je lui détaille tous les hors d'œuvres et tous les desserts du restaurant Stéphanois, et, une fois encore, cette énumération me calme… Et elle est assez gentille pour faire semblant de s'y intéresser sans m'interrompre.

Elle doit me trouver bizarre… Je _suis_ bizarre.

Nous rentrons à l'appartement, puis, comme la première fois, elle m'entraîne tranquillement vers la chambre, et, après m'avoir embrassé, elle se déshabille. Un peu comme elle le ferait dans le vestiaire d'une piscine… Un geste d'avant la foudre…

Nous faisons l'amour avec un mélange de tendresse et de force, de découverte et, déjà, de complicités, de choses connues, refaites, offertes, accentuées… Pour Gaëlle, j'imagine que cette complicité des corps est déjà ancienne, construite au long de sa relation avec Ethan. Pour moi, en être déjà là est surprenant… Puis soudain, alors que je suis parfaitement bien, entre deux orgasmes, en train de reprendre un peu de souffle et d'énergie, de nouveau, le sentiment dévastateur de n'avoir rien à faire là. Aussi sec je débande, mais heureusement, dans ce moment de pause, cela n'a rien d'immédiatement gênant. Je ferme les yeux en me laissant caresser le torse, je m'inflige de revenir dans ce lit, avec Gaëlle nue et amoureuse, avec ce corps de femme que je désire, et qui m'enchante, mais voilà, s'impose la conviction absolue que je n'ai rien à faire dans cette situation. Une phrase émerge, brutale : j'en ai fait le tour. Comment puis-je être, en pensée, aussi dur ? Irrespectueux. Con. Car de Gaëlle, je ne sais toujours presque rien… Mais tout me crie que je ne suis pas à ma place dans ce lit.

D'une certaine manière, c'est la première fois que quelque chose de moi s'affirme nettement. Sans nuance. Violemment.

Je ferme les yeux, pour masquer mon trouble, et me laisse caresser en paraissant me reposer comme un chat. Et je continue de réfléchir, c'est ma malédiction…

Pourquoi ce sentiment de n'être pas à la bonne place ? C'est la sincérité qui me fait défaut... Avec Gaëlle, je ne suis pas sincère émotionnellement. Je lui masque que je ne ressens pas envers elle les sentiments qu'elle est en droit d'attendre de la part de son amant. Ce n'est pas tant que son amant, ce n'est pas moi, c'est que je ne suis pas capable d'éprouver ce que son amant devait ressentir. Doit ressentir. Bref, je suis honteux de n'être pas amoureux, et d'occuper cette place... Sa main sur ma poitrine continue de me caresser, et c'est si bon que je pourrais m'endormir, contenté... Qu'il est dur de ne pas être capable juste de profiter, sans se tourmenter, de ce que la foudre m'offre sur ce lit, dans cette vie.

Gaëlle joue avec mon sexe, sans doute dans l'espoir de le réveiller, et je me mets à lui caresser le dos, les fesses, mais, je m'en rends compte assez vite, avec des gestes très légèrement retenus, distraits, comme si je voulais en diminuer l'intensité, pour en finir. Dans un rapport amoureux, ces infimes petites nuances se ressentent, se devinent, et Gaëlle finit par s'allonger sur le dos, à côté de moi, sans rien dire...

Je ne suis pas amoureux. Malgré notre entente sexuelle, malgré l'entente enthousiasmante de nos corps, quelque chose me manque, que je dois lui cacher, et qui nous sépare. Je ne suis pas Ethan, et je ne suis pas amoureux d'elle. Je n'ai pas réussi ma substitution, ni même mon intérim... Alors, qui doit l'emporter, de la honte d'avoir tenté de le faire, ou du soulagement d'admettre lucidement que je n'y suis pas arrivé. Ou encore la fierté d'avoir pu affirmer, en moi-même, quelque chose de moi, sans conteste, absolument.

Par chance, nous nous sommes assez vite assoupis tous les deux…

Plus tard, dans la nuit, Gaëlle a voulu rentrer chez elle, malgré ma proposition de rester dormir ici. Quelque chose dans son regard est devenue légèrement fuyant…

Resté seul, avec une amertume diffuse, une impression pénible qui se focalise sur ma sueur, à présent collante, grasse d'un insidieux dégoût intérieur, je me douche, le parfum du gel douche comme rédemption, puis me rendors, avec le désir d'effacer toute cette soirée… La honte, composite, m'envahit, et finit par imprégner mes rêves…

Je glande toute la journée.

De temps à autre je m'interroge sur cette impression envahissante de n'être pas à ma place qui a fait irruption deux fois de suite dans ma vie hier. Mais j'ai beau la tourner dans tous les sens, je n'arrive pas à mieux la comprendre, ni dans son origine, ni dans ce qu'elle pourrait me dire de qui je suis… C'est une boussole qui m'indique une direction anonyme. Une indication impérative, que je me dois de suivre, sans savoir où elle me mène… Mais alors, où est ma liberté, si je dois obéir à des injonctions intérieures qui restent muettes sur leurs intentions ?

J'exagère ! J'ai reçu une clef, un des pôles de ma boussole : j'ai besoin de sincérité. C'est à vérifier, bien sûr, mais quand même ! De moi a surgi l'expression d'un besoin profond, comme dit Claude, et même, cela ressemble à une fondation. La sincérité. La sincérité dans les relations. C'est une vraie avancée dans ma vie de Nethan. Même si ma situation d'intrus dans la vie d'un autre ne facilite pas la mise en œuvre de cette nouvelle nécessité. Pas plus, d'ailleurs, que ma place de consultant, navigant à vue entre les écueils des résistances au changement et aux courants de pouvoir…

Le soir, je reçois un courriel de Gaëlle.

« Bonsoir Ethan. Je t'écris ce mot, en espérant que tu ne seras pas blessé ou triste en le lisant. Quelque chose a changé chez toi depuis ton accident. Je pense que c'est dû à ton amnésie. Donc tu n'y es pour rien. Mais moi je me sens mal à

l'aise. Tu n'es plus tout à fait toi. Ce n'est pas de ta faute, bien sûr. J'espère que ta mémoire va revenir rapidement, et que nous pourrons redevenir comme avant. Mais pour le moment, je préfère prendre un peu de distance. Cela peut d'ailleurs t'aider à te concentrer sur ces souvenirs qui te manquent. Je t'aime toujours. Mais je ne supporte pas de te voir diminué. Notre relation n'est plus la même, et cela me rend triste. J'attends avec impatience que tout dans ta tête se rétablisse, pour te retrouver comme avant. Bisous. Gaëlle »

« *Comme avant* » ! Elle me parle d'un pays inconnu. Qui m'effraie sans que j'y puisse rien faire. Qui n'est que le nom de mon annihilation...

Gaëlle se révèle plus sensible, plus attentive que je ne la percevais... Au fond, elle aussi a ressenti qu'elle n'était pas à sa place, dans ce lit avec moi. Un moment, une pensée égoïste me vient : je perds une très jolie amante, avec qui j'avais encore envie, théoriquement, de faire l'amour. Théoriquement, puisque dans la réalité, ce surgissement de la conviction de n'être pas à ma place serait revenu, avec l'effet douche froide sur mon désir... Puis, juste après, un soulagement. Je prends conscience que les rencontres avec Gaëlle sont pour moi source de tension, à chaque fois je m'y prépare comme à une épreuve à franchir, non comme à une rencontre amoureuse, agréable, excitante... Je n'ai pas su établir un lien avec cette femme, ni voir qui elle est réellement, derrière les banalités de nos échanges, renforcés par notre crainte commune, même si nous ne l'avons pas partagée, de ne pas faire ce qu'il fallait faire. Un soulagement...

Je réponds :

« *Je crois que tu as raison. Je suis désolé de cet espace qui s'est créé entre nous, suite à mon amnésie. Est-ce que la mémoire me reviendra ? Je n'en sais rien, les médecins ne sont sûrs de rien. Je te remercie de ta franchise, elle prouve la force de ton attachement. Je te tiendrai au courant du moindre progrès du retour de ma mémoire. Sache qu'en ce moment, j'ai du mal à savoir où j'en suis. Cela explique sans doute cette impression que tu as que je ne suis plus tout à fait comme avant. Je pense à toi avec tendresse. Ethan.* »

Évidemment, avec un message comme cela, c'est bien d'une rupture définitive qu'il s'agit. Avec autant de délicatesse que possible, je lui dévoile la faiblesse de mon lien amoureux, comme mon acceptation tranquille de notre séparation...

En fait, notre relation n'a jamais existé. Elle est amoureuse d'un homme qui a disparu, et moi je ne suis pas amoureux d'elle, même si elle me plaît physiquement, ce qui n'est pas rien. Mais cela ne suffit pas...

A-t-elle raison, suis-je diminué ??? Finalement oui, en pleine débandade dans cette relation, c'est certain !

Quelques temps plus tard, je me trouve particulièrement nul. Je n'ai rien su faire de cette relation qui m'est échue établie et confiante, précieuse. Une relation aussi proche que celle que j'ai avec Claude, mais il y en a une que j'ai su rétablir, et l'autre qui s'est évanouie...

Gaëlle s'éloigne parce qu'elle me sent différent. Si je lui avais dit qui je pense être, si je lui avais dit que j'étais un homme nouveau, Nethan, que se serait-il passé ? Je n'en sais rien. Ce qui est sûr, c'est que j'ai su prendre le risque de me révéler avec Claude, et qu'avec Gaëlle je ne l'ai pas fait. Instinctivement... Comme si la fragilité du lien de paroles entre Gaëlle et Ethan s'était imposée, et avait fait se dissiper notre lien, pas assez puissant pour moi. Puissant ? Non... Pas assez dense. Je souffre d'un manque de densité, et une relation qui en est dépourvue m'est intolérable.

Tout mon être cherche de la densité. Et c'est aussi absolu que risible, car je suis bien incapable de dire exactement ce que c'est, la densité.

C'est plus que de l'épaisseur. Une épaisseur, c'est ce que l'on a quand on a accumulé des expériences, et des réflexions sur ces expériences. Où, par ce que l'on a fait et vécu, on a un regard plus profond sur le monde, une compréhension plus subtile des autres. Dans ma situation, l'épaisseur n'est pas de mise, je suis aussi mince qu'un protège écran de smartphone...

La densité, c'est cette sensation que l'on est constitué, que l'on est identifiable, au moins par soi. C'est la base du courage, ce qui fait que l'on peut agir sans renoncer par peur des risques, sans ne penser qu'à ses propres intérêts. Bon, je dis cela, mais je n'en sais rien.

La densité, c'est ce qui me manque. C'est ce que je cherche. C'est ce que mon corps m'oblige à considérer, sous forme de sonnette d'alarme, comme dans le restaurant, ou dans le lit.

Cela veut dire aussi que les choses non denses, comment dire ? Aérées, peut-être, inconsistantes, sont dangereuses pour moi. Si je m'y complais, je risque gros.

Bon, tout cela, ce sont des mots, et les mots qui s'alignent comme cela, ce n'est pas non plus de la densité... Plutôt que de décortiquer l'alarme, je dois simplement en tenir compte. Instinctivement.

Mais quel est la nature de cet instinct ?

Résumons. J'ai deux questions fondamentales à résoudre. D'abord, ces manifestations instinctives, qui me font réagir de manière spécifique dans telle ou telle relation, est-ce moi ? Est-ce l'expression de mon identité à moi, Nethan ? Et, si oui, d'où proviennent-elles ? Est-ce qu'il y a dans mon cerveau une zone restée intacte, où les fondamentaux de l'identité d'Ethan sont enregistrés, une zone qui se réveille sans se nommer, mais, ne disposant plus de tout le capital mémoire précédemment accumulé, donne vie à une personnalité en partie nouvelle ? Je serai alors une seconde version d'Ethan.

Ou bien est-ce un mécanisme inné, qui s'efforce, dès que notre conscience s'éveille, à donner du sens à tout ce que nous vivons, pour en élaborer des synthèses inconscientes, et cela s'assemble tant bien que mal pour finir par nous constituer une personnalité ? Dans ce cas, j'assiste aux premières manifestations de ce mécanisme… Et elles me sont d'autant plus perceptibles que j'ai la mémoire vide, et toute mon attention concentrée sur tout ce qui peut m'aider à mieux savoir qui je suis. Et même sur tout élément perceptible de m'appartenir ! Dans ce cas, je n'ai rien à voir avec Ethan, je suis une nouvelle personne sur cette Terre, ma singularité étant d'y arriver avec un bagage social et culturel déjà constitué…

Bon, au fond, qu'importe… La seconde question est plus pragmatique : puis-je faire confiance à ces manifestations instinctives ? M'indiquent-elles le vrai de ma vie, ou sont-elles de simples réactions émotionnelles déclenchées par tel ou tel détail qui m'échappe ? Voire des leurres qui surviennent pour m'égarer, pour m'éviter de retrouver la mémoire, qui font irruption lorsque je m'approche, sans le savoir, d'une part de cette mémoire disparue, dont je ne sais plus si c'est la mienne ou celle d'un autre…

Comment puis-je faire pour ne pas leur faire confiance, tant j'y suis soumis lorsqu'elles débarquent ! Leur force n'est pas l'indice de leur véracité, mais elle interdit que je ne les prenne pas en compte…

De toute façon, qu'ai-je d'autre ?

Puis-je rester éternellement sans densité, forme vide, uniquement rempli de questions compliquées, ratiocinant à l'infini en vain, éternellement piégé par ce vide d'où je viens ? Un enfer à la fois inconsistant et bavard…

Je vais avoir un entretien intéressant avec Nadine Ronsod mardi !

Plutôt que de rester chez moi à tourner en rond, je préfère aller aux Mutuelles du Marais. Comme GRG facture ma mission au forfait, ma présence n'inquiète pas le directeur financier ! Chacun travaillant à l'accoutumée, que je sois dans mon bureau à continuer à enregistrer des informations ne dérange personne. Et moi j'oublie dans cette tâche, assez répétitive finalement, toute spéculation personnelle aussi alambiquée que stérile !

Surgit une difficulté à laquelle je n'avais pas pensé. Après une matinée passée à continuer à collecter des informations précises sur les relations assurés-Mutuelle, repas au même restaurant, Le Petit Chez Soi, très bien nommé tant pour lui que pour moi. Claire Témesco m'a proposé de m'accompagner, sans que j'y sente autre chose que l'envie de partager un repas amical. Je veux dire sans que j'aie l'impression qu'elle veuille m'influencer dans ma mission...

Durant le repas, elle fait finalement ce que chacun fait quand il veut connaître un peu une autre personne. Il lui pose des questions sur ses goûts, ses loisirs, sa carrière, ses voyages... Mais je ne sais rien ou presque de tout ça. Alors la conversation est rapidement devenue embarrassante...

- Vous avez un projet pour les prochaines vacances ?

- Non, pas du tout. Et vous ?

- J'hésite comme chaque année entre le farniente, un pays avec une belle plage ; le sportif, style sentier de Saint-Jacques ;

et le culturel, les statues de l'ile de Pâques… Chaque année, c'est pareil… Trois fois sur quatre, faute de me décider, je finis par faire farniente… Mais cette année, j'aimerais bien faire autre chose, plus culturel. L'an dernier, j'ai fini par aller à Cuba, mais je n'ai quasiment fait que du bronzage, de la nage, et manger des langoustes ! Et vous, l'année dernière, vous avez fait quoi ?

- Euh… Je n'ai rien fait. Je suis allé au Maroc, je crois.

- Vous croyez ????

- Non, je veux dire, je suis allé au Maroc…

- Ah… Et cela vous a plu ?

- Je n'en ai pas gardé de souvenirs…

Et ainsi de suite. Quand elle m'a expliqué ses recherches dans les marchés aux puces, dans les ventes aux enchères, si j'avais dû deviner, j'aurais dit qu'elle cherchait les bonnes affaires, qu'elle devait avoir un pseudo sur Ebay ou le Bon Coin pour revendre tel ou tel objet particulièrement bien acheté. Je m'appuyais sur sa qualification commerciale. Mais pas du tout, elle cherche les objets qui lui font de l'œil, qui l'attirent… Sa dernière découverte : un crochet à bottines, l'outil que les femmes utilisaient pour attacher leurs chaussures au début du 20ème siècle. Avec un manche très décoré. Elle aime les objets, et lorsqu'elle en découvre un qui semble lui parler, avec qui il y a comme une complicité, elle l'achète. Elle n'est pas collectionneuse, elle accumule, elle s'enrichit d'objets divers. Chacun lui parle de quelque chose, a son charme propre, l'histoire de sa découverte, et cohabite familièrement avec son voisin de vitrine, aussi disparates soient-ils. Son appartement doit être curieux !

- Et vous, vous aimez vous promener dans les marchés aux puces ? Vous chinez ?

- Non, pas en ce moment…

- Ah !… Vous avez d'autres loisirs ?

- Euh… Pas en ce moment…

- D'accord !

Elle doit croire que je ne veux pas lui répondre, alors que je m'efforce de ne pas lui mentir.

Le repas se termine un peu froidement, malgré le patron qui vient nous dire quelques mots sympas pendant les cafés, toujours flatté par mon appétit. Claire doit penser que je refuse tout échange personnel. En plus, comme je suis dans l'impossibilité de répondre quoi que ce soit, il me paraît malséant de lui poser des questions, de chercher à la connaître mieux. Ce type d'échanges doit être équilibré, c'est un gage de confiance mutuelle. Bref, un parangon d'impolitesse ! (un parangon ! Pourquoi est-ce que je connais un mot pareil !).

Lors du premier repas, j'avais surtout écouté. Là, pour une conversation qui devient un vrai échange, je suis démuni… Il faudra que je parle aussi de cela à Nadine Ronsod.

Le plus simple serait de parler à Claire de mon amnésie. Mais c'est bien trop périlleux vue ma mission. Si elle passe à l'option sabotage, elle pourra utiliser mon problème de mémoire pour invalider l'ensemble de mon travail d'analyse.

En plus, cela fera tache pour GRG, à qui on pourra reprocher d'envoyer un collaborateur bargeot...

Il faut que je trouve une stratégie...

Déstabilisé par cet écueil, je rentre à Lyon dès 15 heures...

Entretien avec Nadine Ronsod.

- Aujourd'hui, j'aimerais vous parler de deux choses.

- Je vous écoute.

- La première m'est arrivée hier. Je discute à table avec une collègue de travail, elle me pose des questions sur mes dernières vacances, sur mes loisirs, sur mes goûts. Or, je ne me souviens de rien. Et je ne veux pas lui mentir. Alors, je lui dis que je ne sais pas. Évidemment elle le prend comme un signe de défiance, un refus de parler... Et avec tact, elle me fait la gueule...

- Quelle est la difficulté ?

- C'est une collègue sympathique, je n'ai aucune envie de la vexer...

- Pourquoi alors ne pas lui parler de votre accident, de votre amnésie ?

- Cela représente un risque pour moi et ma boîte. Je fais une mission qui sera suivie de préconisations, d'un point de vue technique, mais qui auront nécessairement des répercussions sur l'organisation du travail. Le risque, c'est que si elle s'oppose à ces répercussions, elle puisse utiliser mon amnésie comme un argument pour disqualifier mes analyses. Et le contrecoup, ce sera pour ma boîte, dont on pourra dire qu'elle envoie des consultants timbrés chez des clients.

- Pensez-vous que vous êtes timbré ?

- Non. Parfois un peu désemparé, mais non, pas timbré !

- Vos analyses et préconisations sont-elles purement subjectives, ou bien s'appuient-elles sur des éléments chiffrés, observables, sur des faits constatables par d'autres personnes ?

- C'est un travail assez technique, il s'appuie donc sur des observations précises, des analyses de coût, de nombre d'erreurs, de détection de tâches faites deux fois, et donc inutiles, sur des conflits informatiques... Ensuite, dans les préconisations, je peux être plus personnel. Mais encore faut-il que je suive les exigences posées dès le départ par le donneur d'ordre...

- Autrement dit, chaque préconisation est solidement fondée sur des observations qui ne sont pas niables, et sur des solutions qui s'inscrivent dans un cadre fixé à l'avance par l'entreprise, c'est cela ?

- Par la direction de l'entreprise. Oui, c'est cela.

- Pour l'heure, pensez-vous que votre amnésie ait pu influer sur la qualité de vos observations, ou sur la nature de vos solutions ?

- Les préconisations, je ne les ai pas encore construites. Pour les observations, non, mon amnésie n'a pas eu d'effet. J'ai retrouvé sans problème mon cadre de travail, je m'y sens à l'aise, j'utilise mes compétences avec aisance, sans jamais penser à mon accident.

- Donc, si je résume. Vous craignez de parler de votre amnésie à une personne qui fait partie de l'entreprise qui a

sollicité la vôtre, car vous craignez qu'elle n'utilise contre votre travail le fait que vous souffriez d'amnésie, et que cette révélation aurait alors comme conséquence d'invalider vos conclusions et solutions. En même temps, vos analyses et préconisations s'appuient sur une méthode de travail objectivable, maîtrisée, et sont donc défendables si quelqu'un les conteste. En cela, votre propre entreprise ne peut réellement être accusée d'avoir envoyé une personne malade ou incompétente pour réaliser cette mission. C'est bien cela ?

- Euh… Oui !

- Vous n'avez aucune obligation de parler de votre situation personnelle à cette personne.

- Non.

- Mais vous n'avez pas envie de lui mentir.

- Exactement.

- Pourquoi ?

- Au départ, cette personne a été plutôt négative face à ma mission. Elle était presque désagréable. Puis, en peu de temps, notre relation est devenue moins tendue. J'ai d'abord imaginé qu'elle voulait être dans la séduction avec moi, pour mieux contrer ma mission. C'est assez courant, comme attitude… Mais maintenant, j'ai plutôt l'impression qu'elle cherche juste à me connaître, amicalement d'une certaine manière. Alors, je trouve moche de mentir à quelqu'un qui me paraît… s'intéresser à moi, d'une certaine façon.

- Vous semblez capable de caractériser avec précision les états d'esprit des gens avec qui vous vivez…

- Oui, je semble avoir cette capacité. Mais je n'ai pas encore de recul suffisant pour savoir si j'identifie ces états d'esprit sans me tromper...

Et si je pense à Gaëlle, je suis loin d'être infaillible !

- Bon. Si vous parlez à cette personne de votre accident, et en admettant qu'elle ne puisse l'utiliser pour fragiliser votre travail, quels sont les risques que vous courrez ?

- ..... Qu'elle me prenne pour un malade, qu'elle se méfie de moi, qu'elle s'éloigne.

- Ce serait grave si cette personne s'éloignait ?

- Vous savez, dans ma vie d'aujourd'hui, je connais très peu de monde, je dois veiller à préserver chacune de mes relations, aussi ténues soient-elles.

- D'autant plus que vous pensez que cette personne s'intéresse à vous.

- Oui, évidemment, un peu.

- Et si vous continuez à lui dire : « je ne sais pas » à chaque question destinée à mieux vous connaître ?

- .... Pareil : qu'elle me prenne pour un malade, qu'elle se méfie de moi, ... qu'elle s'éloigne.

- Donc, dans un cas comme dans l'autre, ce sont les mêmes conséquences. Alors, qu'est-ce qui peut vous aider à choisir une solution ou une autre ?

- D'un côté, j'assume d'être quelqu'un qui a perdu la mémoire, et qui n'a, d'une certaine manière, pas de passé. De l'autre, je fais semblant, un peu, d'être quelqu'un d'ordinaire…

- Hum…

- D'un côté, je fais confiance aux autres, et je leur dis qui je suis, un amnésique. De l'autre, je ne fais pas confiance, et je me cache plus ou moins adroitement…

- Il me semble que vous ne vous résumez pas à être un amnésique. Vous êtes une personne qui souffre d'amnésie…

- Si vous voulez…

- Donc, soit vous faites confiance aux autres ou pas. Qu'est-ce qui pourrait vous donner confiance aux autres ?

- …. Ouff… J'imagine, avoir plus de confiance en moi. Si j'assume pleinement mon accident, je pourrais en parler plus facilement aux autres.

- Et qu'est-ce qui pourrait vous permettre d'assumer plus pleinement votre foudroiement ?

- M'accepter tel que je suis.

- Oui ???

- Au fond, j'ai deux possibilités. Soit je me définis comme quelqu'un d'handicapé, qui attend sans grand espoir que tout se rétablisse, et j'attends. Et durant cette attente, je biaise, je cache ce qui est une forme de manque. Soit je me définis tel que je suis aujourd'hui, avec ce que je sais et aussi ce que j'ai

oublié, je vis au présent, j'assume mon amnésie… Et vous avez raison, j'arrête de la mettre dans une place centrale.

- Et si vous deviez choisir ?

- Je choisis de vivre au présent. C'est à la fois plus simple, et plus…vivant.

- Plus vivant…

- Oui, parce que l'attente est mortifère ! Personne ne sait combien elle peut durer. C'est me mettre en suspens sans limite, peut-être pour une journée, peut-être pour trente ans… C'est avancer à reculons dans la vie, les yeux toujours tournés vers le passé, … Quand j'y pense, c'est une prison…

- Une prison ?

- Une prison sans barreau… Cela me rappelle un film, THX 1138. Les prisonniers sont au milieu d'une immense étendue parfaitement blanche, que rien ne limite. Mais tous les matins, la nourriture qu'on leur donne est posée au même endroit. S'ils s'en éloignent, c'est à leurs risques et périls… La plupart restent là où ils sont…

- Un souvenir qui revient… Gardez-le bien ! … Que vous inspire cette scène ?

- … On peut être enfermé sans voir de barreaux. Être prisonnier sans le savoir, d'une certaine manière… Et on ne s'évade qu'en prenant des risques…

- Si l'on fait le lien avec le problème que vous évoquiez, cela donne : vous vous sentez prisonnier de votre amnésie, même si celle-ci n'a pas de barreaux, et pour retrouver la liberté, il vous faut vous éloigner de cette prison, prendre le large de votre amnésie... C'est bien cela ?

- Oui, sans doute... Mais c'est plus facile à dire qu'à faire... Au fond, pour le moment, mon souvenir le plus important, celui qui me détermine le plus, c'est celui de mon amnésie... je prends appui sur un oubli...

- C'est une belle façon de parler d'une prison sans barreaux et totalement blanche... Mais il me semble que ce n'est pas tout à fait exact. Vous prenez appui aussi sur vos compétences professionnelles, et sur ce que vous vivez actuellement, comme ce début de rencontre avec cette personne de l'entreprise où vous travaillez.

- Il faudrait que je dise alors que je suis adossé à un oubli...

- Dans ce cas, adossé, vous n'avancez plus à reculons vers votre avenir, si je vous comprends bien.

- Hum...

- Envisageons maintenant que la mémoire vous revienne, comme ce souvenir du film dont vous avez parlé.

- ????

- Le souvenir de ce film qui vous est revenu, vous savez lui donner un sens dans votre vie d'aujourd'hui. Ne pensez-vous pas que, si la mémoire vous revient, entière ou partiellement, vous saurez faire de même ? Intégrer ce passé dans votre présent du moment ? ... Je ne suis pas certaine d'être très claire...

- Si, j'ai compris. C'est une autre raison de sortir de mon attente. Plutôt que d'attendre le retour de ma mémoire, stérilement, j'ai intérêt à vivre ma vie actuelle telle qu'elle est, et si ma mémoire revient, il sera alors toujours temps de m'y adapter à ce moment-là. Et cela se fera peut-être d'une manière assez simple, finalement...

- Oui, c'est cela. Qu'en pensez-vous ?

- J'ai le choix entre vivre ou me dessécher sur place... C'est un choix facile...

- Hum... Encore une chose... Votre décision d'affronter votre situation d'amnésique devant une personne de votre entourage est aussi circonscrite. Je veux dire, vous pouvez choisir d'en parler à cette personne, et pas aux autres. De cette manière vous vous assurez de la relation de confiance, même partielle, que vous lui accordez. Vous vous dévoilez à une personne précise, dans une situation précise.

- Je ne comprends pas...

- Vous n'avez pas à dire à toute l'entreprise où vous travaillez que vous avez été foudroyé. Vous choisissez de le faire face à une personne qui a une relation spécifique avec vous. Ce n'est pas une contrainte, c'est un choix.

- Oui, d'accord, d'accord...

Je ne comprends vraiment pas ! Puis tout s'éclaircit : Il ne s'agit pas de parler ou non de mon amnésie, mais de parler ou non de mon amnésie à Claire...

- Il nous reste un peu de temps pour mon second problème ?

- Oui, je vous écoute.

- Voilà… Par moment, je ressens très fortement que ma place n'est pas là…

- Que votre place n'est pas là ?

- Que ce que je suis en train de faire, de vivre, ne me correspond pas.

- Cela se manifeste de quelle manière ?

- Dans une situation, par exemple, au restaurant avec une personne que je connais, au milieu du repas, la sensation très forte que je ne suis pas à ma place, que ma place est ailleurs.

- En quoi est-ce problématique ?

- D'abord, cela me fait prendre une grande distance avec la situation, avec la personne avec laquelle je suis. Ce qui n'est pas toujours confortable, en fait. Ensuite, je me demande d'où vient cette impression, et dans quelle mesure je peux m'y fier…

- Elle pourrait venir d'où ?

- De moi maintenant, ou du moi d'avant.

- En quoi est-ce différent ?

Merde !

- Ce n'est pas très clair à expliquer, mais je ne suis pas certain d'être la même personne que celui que j'étais avant mon amnésie.

- Oui ????

- Je réagis aux situations de ma vie avec ce que je suis, avec ce que je sais de moi, avec mon passé en moins. Et je ne suis pas certain de réagir de la même façon que je ne l'aurais fait avant.

- En quoi cela vous préoccupe-t-il ?

- ... En fait, je ne sais pas...

- Vous êtes inquiet d'avoir peut-être changé suite à votre amnésie ?

- Oui.

- Pourquoi ?

- ... Peut-être pour rester fidèle à qui j'étais avant la foudre.

- Celui que vous étiez, est, pour l'heure, en partie inaccessible, n'est-ce pas ?

- Je crois que je retombe dans la prison blanche...

- Hum... Je reviens à cette inquiétude d'avoir changé... Cela me semble normal, que vous ayez changé. Nous n'arrêtons pas de changer, au fur et à mesure des expériences que la vie nous amène, nous oblige à affronter. Votre foudroiement est une de ces expériences...

- Oui, mais pour les gens qui ne sont pas amnésiques, ils peuvent changer en s'appuyant sur ce qu'ils savent d'eux, à partir de leur passé. Moi, je n'en ai pas ou presque, de passé, je découvre tout. Alors, cette intuition violente de n'être pas à ma place lorsque je suis au restaurant avec mon ex-copine, d'où vient-elle ? De mon tout début d'expérience de vie, ou bien est-ce le surgissement d'une part de mon moi enfouie profondément, de mon moi d'avant, vous comprenez …

- Je me répète, mais en quoi cela fait-il une différence ?

- Si cette intuition puissante vient de mon moi actuel, sur quoi s'appuie-t-elle, vu le faible nombre de choses que j'ai vécues et dont je me souviens ?… Si elle vient de mon expérience d'avant, celle que j'ai oubliée, est-elle adaptée à qui je suis maintenant ?

- Dans les deux cas, vous vous questionnez sur le fait de savoir si vous pouvez faire confiance à vos intuitions. Si elles sont vraiment en lien avec vous, si elles sont de bonnes conseillères… Il nous faudra plus de temps que ce qui nous reste aujourd'hui pour en parler. Mais j'ai envie de vous dire, pourquoi n'être pas pragmatique ? Si intuitivement, avec force, vous sentez que vous ne devez pas faire telle ou telle chose, ou vivre telle ou telle situation, pourquoi ne pas suivre cette intuition ? Mais après, restez vigilant. Essayez de déterminer les conséquences de ce choix intuitif. Puis de voir ensuite si vos intuitions sont fiables, bénéfiques pour vous… Ceci dans la limite où vos intuitions, qui s'expriment avec force, ne vous poussent pas à des décisions radicales… Votre questionnement sur la source de vos intuitions incite à une certaine prudence… Autrement dit, vu l'instabilité de vos *ressentis actuellement, ne suivez pas immédiatement une intuition qui vous ferait prendre une décision définitive...*

Ceci dit, avant d'arrêter pour aujourd'hui, je voudrais vous demander une dernière précision : qu'est-ce que cela veut dire : Je ne suis pas à ma place ?

- .....

- Décrivez-moi ce que vous ressentez dans ce type de moment...

- C'est une sensation très forte... Impérative... Urgente. Je ne suis pas à ma place...Cela veut dire que si je reste à cette place, je me mets en danger. Que la situation est toxique pour moi. Qu'il est indispensable que je m'en aille.

- Impérative, dangereuse, toxique... Qu'est-ce qui serait atteint si vous restiez dans la situation ?

- Moi-même. Celui que je suis... Comme si j'avais pris une mauvaise route, et que j'allais m'y perdre... Non, pas seulement m'y perdre. Mourir. Être empoisonné...

- Empoisonné...

- J'associe cela à être dans quelque chose de faux. Mais pas superficiellement, un faux profond, imprégnant tout, c'est cela le poison...

- Quelque chose de faux et de profond...

- Non, pas profond, je dirai plutôt infectant toute la chair, imbibant tout mon corps... Le faux, comme tout le monde, je peux le supporter superficiellement, pour répondre à des situations sociales, du genre « j'aime beaucoup la décoration

de votre salon » alors que je la trouve hideuse. Mais ce faux ne m'atteint pas, je le maîtrise, et il reste en surface, en dehors de moi. Dans l'irruption de n'être pas à ma place, c'est l'alerte que je me mets en danger de mort en continuant à rester dans une situation fausse qui va m'engloutir… Me dissoudre. Un désagrègement…

- C'est une sensation très puissante, brutale.

- … Oui. …. D'une certaine manière, à la hauteur du risque que je cours…

- Ce risque c'est … ???

- De n'être plus moi. De disparaître. Pas de mourir physiquement, mais de mourir psychiquement… Je dis cela intuitivement, mais j'aurais du mal à vraiment l'expliquer…
Je pourrais presque le dire autrement : le risque de ne pas arriver à être moi. À manquer de densité…

- Soit de perdre quelque chose, soit ne pas arriver à obtenir quelque chose, quelque chose de vital… Nous pourrons revenir, si vous voulez, sur cette mort psychique dont vous parlez aujourd'hui lors de notre prochain rendez-vous, mardi prochain… Et sur ce mot important que vous venez de dire : densité.

Je finirai peut-être par parler de Nethan à Nadine Ronsod…

....

Densité. Ce mot m'obsède… Cela a à voir avec la texture, qui doit être serrée, avec la couleur, qui doit être profonde, intense. Avec le poids, aussi, erreur scientifique, mais exacte dans la métaphore...

Si je veux gagner de la densité, si je veux me sentir dense, je n'ai pas d'autre voie que de me construire une expérience, un passé. Lorsque j'essaie de faire émerger en moi une sensation de densité, c'est à cela que j'arrive. La qualité « physique » de mon être, ses « caractéristiques matérielles », viennent de mes expériences... « Viendront » serait plus exact !

Comme j'en ai très peu, je suis constamment tenté d'aller chercher dans celles d'Ethan, mais justement, une expérience, cela ne se transmet pas. Au mieux, on peut divulguer ce que l'expérience vous a appris. Mais cela devient un savoir plus qu'une expérience. Alors, ce que je trouve dans la vie d'Ethan, ce sont des informations, à peine un savoir, jamais des expériences, qui me sont par nature étrangères...

Puis vient la seconde impasse : vouloir extraire de chaque expérience sa substantifique moelle (d'où vient cette expression ?) à toute force. Et cela le plus vite possible. Comme si, pour se constituer une identité, on pouvait passer par une méthode productiviste, aller vite sans rien perdre de toute expérience. Or, je devine que c'est plutôt une logique de compost, de lente dégradation des expériences pour aller vers quelque chose de nourricier, de puissant, mais qui se fait à son rythme, et finalement tout seul, sans action volontariste...

Surtout, qui se fait à notre insu, sans s'appuyer sur des cadres déjà construits... Au fond, notre identité nous échappe, elle se fait en partie à côté de nous, elle oblige à la fois à beaucoup d'attention, à de la réserve, et à de l'humilité. On ne se construit pas, c'est la vie qui le fait pour nous.

De l'humilité. Et de la patience. L'inconfort de mon amnésie m'entraîne à vouloir accélérer, à intensifier le processus de ma constitution. Et cela ne sert à rien... Il y a un rythme, qui m'échappe mais que je me dois pourtant de respecter... Une phrase surgit dans ma tête : *ce n'est pas en tirant sur les fleurs qu'on les fait pousser*. J'en ai évidemment oublié l'auteur !

Logique de compost... Mieux, logique de digestion. Nous n'avons aucune idée claire de ce qui se passe dans notre corps lorsque nous digérons. Mécanismes complexes, qui se font en nous et sans nous. Mais, tout autant, nous savons la manière dont notre corps digère, les efforts qu'il peut supporter, les privations qu'il tolère, les nourritures qu'il apprécie, comme celles qu'il refuse, ou qui l'indisposent. Je n'ai évidemment pas beaucoup, pour le moment, de connaissances sur ma façon de digérer, et sur mes spécificités digestives. Mais finalement, mes réactions violentes, qui me disent que je ne devrais pas être là, que ce n'est pas ma place, c'est une réaction d'indigestion ! C'est le début de mon apprentissage de moi-même !

J'en suis là, finalement. Accepter d'être seul. Ethan, ou ce qu'il en reste, m'a servi à me sentir soutenu, presque épaulé. Et j'utilise le cadre de sa vie de cette manière : un soutien. Mais cela ne peut être un tuteur, et surtout pas un squelette ! Je suis seul. À la fois seul pour construire mon identité et ma vie, et seul parce que je suis sans passé. D'où l'immense valeur de l'amitié de Claude. Et l'intérêt d'avoir une mission à Saint-Etienne. Faire que ma solitude s'intègre à un entourage, une société, est vital...

....

Il me faut oublier que je suis amnésique (sic !). De me penser amnésique me contraint à être relié à un passé inaccessible, voire invalidant. Il me faut oublier que je suis né d'un oubli ! Comme j'imagine que l'on ne peut se construire en ressassant que l'on est né d'un coup tiré dans une voiture en rentrant d'une soirée trop arrosée… Finalement, nos origines ne sont pas toutes glorieuses, et la foudre vaut bien l'oubli malencontreux d'une pilule !

Carpe diem ! Me centrer sur le présent ! Toutes les sagesses du monde en parlent… J'ai, moi, plus que tout autre, la capacité de le faire, né adulte sans passé. Alors, que je ne gâche pas ma chance par timidité, ou vague culpabilité envers une personne qui n'existe plus, Ethan. Après tout, si sa mémoire revient, je doute qu'il cherche à me prendre en compte !

Encore que cela doit être une expérience troublante de chercher à savoir ce que quelqu'un d'autre a fait de votre corps et de votre vie en votre absence ! Avant de revenir, Ethan, si tu m'entends, réfléchis !

Tiens, encore un souvenir de film : Trois Frères. À un moment, ils expérimentent des drogues lors d'une soirée très branchée, et lorsqu'ils se réveillent, ils se découvrent avec une série de piercings diversement placés… Et si je me faisais tatouer, comment le vivrait Ethan s'il réapparaissait ! Je viens d'inventer une manière de faire des blagues à un fantôme !

J'allais partir à Saint-Etienne plein d'énergie lorsque je reçois un coup de fil d'Anne.

Elle vient prendre de mes nouvelles, et elle le fait en me proposant diverses solutions pour mes repas, l'entretien de mon appartement, qu'elle offre de faire elle-même (!), ou éventuellement en venant organiser le travail de Baya, elle a aussi recueilli les horaires de train entre Lyon et Saint-Etienne, pour m'éviter des trajets incessants en voiture, l'adresse de deux neurologues réputés sur Paris qui pourraient me recevoir et m'examiner plus attentivement, ...

Je lui réponds sur chaque point, en essayant de la rassurer, de la rassurer surtout sur ce que je suis capable de faire, sans être en difficulté. Puis je lui demande de ses nouvelles, et là, elle semble complètement embarrassée, elle ne sait pas vraiment répondre, puis elle finit par me dire qu'elle a un petit souci cardiaque, que son médecin banalise, mais qui l'inquiète... Si je comprends bien, les liaisons électriques de son cœur se détériorent avec l'âge, et si cela se poursuit, elle devra se faire poser un pacemaker... Comme je n'y connais rien, je lui demande des précisions, qu'elle me donne tout en se tranquillisant, en finissant par me confier sa crainte irraisonnée que son cœur s'arrête... Puis nous raccrochons, chacun un peu ébahi... Comme si nous avions traversé un grain, une courte tempête, mais que nous en sortions tous deux mouillés, secoués, mais heureux d'être vivants et d'être vivants ensemble. Anne n'est pas ma vraie mère (je n'en ai pas !) mais malgré tout...

J'ai commencé à lui répondre techniquement, en appliquant une manière de faire qui me vient de je ne sais où, puisée dans mes savoirs faire professionnels, puis c'est devenu presque naturel, tranquille… Malgré tout l'agacement qu'elle peut susciter si on la considère de loin, j'ai fini notre échange téléphonique en étant réellement préoccupé par son problème cardiaque, ou plutôt par sa peur… Miracle de l'empathie, même instaurée par une méthode…

Puis j'arrive à Saint-Etienne, en retard. Mais comme personne ne m'attendait précisément… Je passe au bureau de Claire Témesco, elle est absente. Je dépose un post-it rose juste devant son fauteuil : *je vous invite au restaurant à midi. OK ? Ethan Mantret.*

Je passe ensuite ma matinée avec deux secrétaires, pour analyser ensemble comment elles remplissent les dossiers de chaque client, de chaque sinistre… Elles sont incollables ! J'ai presque l'impression qu'à elles deux, elles connaissent le nom de tous les assurés des Mutuelles du Marais, ce qui n'est pas possible bien sûr, mais une telle connaissance des gens, c'est impressionnant…

Comme souvent, le travail prescrit ne représente qu'une part minoritaire du travail réalisé, effectif. Les conseillers Sinistre s'appuient sur le secrétariat pour compléter leurs propres connaissances de chaque assuré. Ce qui les fait répondre à chaque sinistre d'une manière personnalisée. Personnalisée réellement, pas comme un habillage marketing. Dans le traitement d'un dossier, cela doit prendre la moitié du process de gestion. Mais, si je comprends bien, cela évite les réponses standards, inadaptées, et surtout les démarches inutiles. Dans cette entreprise, chacun semble, pour répondre à la situation qu'il gère, déroger à tel ou tel point de la procédure, pourtant assez bien établie sur le papier. Que personne ne lit. Et aucun cadre de direction ne semble s'en offusquer… Le cadre existe, mais personne ne s'en sert, même pas les cadres, chacun fait comme il a appris sur le tas.

Que se passe-t-il quand un problème se produit suite à un point de procédure qui n'a pas été respecté ? Car cette procédure, qui semble fonctionnelle, n'a comme but que d'éviter les problèmes, comme les fausses déclarations, les sinistres non couverts, les expertises oubliées, etc. Mais voilà, si j'en crois leur mémoire (et qui suis-je pour douter de la mémoire des autres ?) cela n'arrive jamais. Je n'ai pas encore compris pourquoi, car une absence de problème est impossible… Fatalement, à un moment, vient le fameux trou dans la raquette, qui laisse passer la balle malgré ce que l'on fait pour la réceptionner…

Un SMS de Claire me disant qu'elle est d'accord pour le repas, mais qu'elle choisit le restaurant. Rendez-vous à 12h30 devant les Mutuelles, elle me prendra en voiture en revenant d'un rendez-vous professionnel…

Je finis ma matinée devant la machine à café, le lieu stratégique de toutes les entreprises qui en ont une. Je discute avec les uns, les autres, ma présence est vécue comme étrangère, mais pas hostile, ni menaçante… Je ne suis pas là pour espionner, mais pour comprendre… Et je parviens à être crû, semble-t-il. Les employés se connaissent, premier constat. Je veux dire : se connaissent personnellement. Cela se constate dans les échanges devant la cafetière. Ils ont tous un souci pour l'entreprise, cela aussi est très visible. Ils n'ont pas l'air stressés, et ne sont pas avares de pauses. Mais néanmoins les Mutuelles du Marais ont un bilan annuel positif, une croissance régulière, cela malgré un effectif trop important selon mes critères, et des méthodes de gestion de données antédiluviennes.

12h30. Devant la porte. J'attends 10 bonnes minutes, avant qu'arrive Claire Témesco en Captur noire et blanche resplendissante… Je monte à côté d'elle, et elle nous emmène vers La Dolce Vita, un restaurant italien situé presque de l'autre côté de la ville… Elle conduit vite, utilisant la puissance de moteur de sa voiture, mais souplement, sans à-coups. Visiblement elle aime conduire, elle aime sa voiture, très élégante… Tiens, j'aime les voitures ?

- Vous aimez les pizzas, j'espère.

- Je ne sais pas…

Je vois que ses mains se crispent sur le volant, son visage se ferme…

- En fait, je n'ai pas le souvenir d'en avoir jamais mangé une.

- Vous vous foutez de moi !

Elle me regarde de côté, et voit que j'ai un petit sourire, alors, intriguée, plutôt que de se fâcher, elle décide de patienter, pour comprendre…

La Dolce Vita est décorée à l'italienne, avec un four où l'on voit le pizzaiolo enfourner, et quelques flammes au fond du four, des décorations italiennes sur les murs, et des nappes aux couleurs du drapeau italien sur les tables. Claire Témesco y est visiblement connue. Elle choisit une petite table légèrement à l'écart au fond de la salle…

Nous lisons silencieusement le menu, je la sens crispée. Elle choisit une pizza quatre fromages, moi une Royale. Et une bouteille de Chianti…

- Bon, monsieur Mantret, je peux vous parler franchement ?

- Oui, bien sûr !

- Cela ne fait pas très longtemps que vous avez commencé votre mission. Honnêtement j'apprécie votre manière de faire, je vous trouve moins arrogant que plusieurs consultants qui sont déjà venus nous voir pour améliorer notre fonctionnement. Mais j'ai un peu l'impression que vous vous fichez de moi ! Ceci dit, si vous pensez que nous devons rester distants afin que je n'influe pas sur votre travail d'analyse, autant le dire franchement ! Je peux très bien le comprendre ! Inutile de m'inviter à déjeuner pour cela…

- Je ne me fiche pas de vous, j'ai toujours été sincère…

- Vous voulez me faire croire que vous n'avez jamais mangé de pizza de votre vie ! Soit vous avez été élevé dans une communauté Amish, soit…

- Je n'ai pas dit que je n'avais jamais mangé de pizza de ma vie, je vous ai dit que je ne me rappelais pas en avoir mangé une.

- ???…

- Je vais vous confier une information personnelle, madame Témesco, j'aimerais que cela reste entre nous. … Je suis amnésique.

- Pardon ?

- Le 11 février dernier, j'ai été foudroyé. Un ami qui m'accompagnait a été brûlé, et il en est mort. Moi, je n'ai pas eu la moindre atteinte physique, même mon imperméable est intact, mais j'ai été dans le coma 12 jours, et j'ai perdu la mémoire…

- Ce n'est pas possible ! Je vous vois travailler, et vous savez très bien faire votre job !

- J'ai conservé la mémoire de tous mes apprentissages. Je sais faire mon boulot de consultant, je sais conduire ma voiture, utiliser Excel et mon smartphone, parler anglais, réciter l'alphabet. Mais je n'ai aucun souvenir de mes proches, et de tout ce que j'ai fait avant le 23 février, jour de mon réveil…

- Et vous êtes déjà en train de faire une mission ?

- C'est moi qui aie demandé à travailler de nouveau, car je tournais en rond chez moi… Lorsque je travaille, je ne suis plus préoccupé par mon amnésie…

- C'est incroyable !

- Je sais… Et pourtant… Il y a des milliers de choses que je ne sais pas, comme si j'aime les pizzas, ou bien où j'ai passé mes dernières vacances, ou bien quel est mon livre préféré…

- Cela doit être terrible !

- En fait, non, pas vraiment. C'est une espèce de « reboot » de toute ma vie, et je n'ai pas la nostalgie de ce que j'ai oublié, ne sachant pas vraiment ce que j'ai perdu... En échange, je suis parfois désemparé devant certaines choses, comme par exemple le choix d'un plat au restaurant...

- Et avec votre famille, vos enfants ?

- Je suis célibataire sans enfant. C'est plutôt une chance, de n'avoir pas d'enfant... Avec ma famille, je suis en train de recréer des liens, petit à petit...

- J'essaie de me mettre à votre place... Je crois que je me sentirais très... vide, si cela m'arrivait. Oh, pardon, je ne voulais pas être blessante !

- Vous ne l'êtes pas. Il y a un peu deux manières de vivre le vide dont vous parlez. Soit on cherche à le remplir avec ce qu'il contenait, et alors, on cherche dans les traces de son passé pour réhabiter ce vide... J'ai tenté cette façon de faire, mais elle n'est pas opérante. Ce que je découvre ne s'insère pas dans ma vie actuelle, aussi désertée soit-elle.

Soit on cherche à se reconstruire quelque chose de neuf, et on se contente de s'observer pour découvrir patiemment ce que l'on a envie de garder comme étant à soi, comme étant soi. Par exemple, je vais garder que j'aime beaucoup les pizzas royales...

Elle sourit !

- Je comprends mieux vos réponses à mes questions ! Je m'étais mise en tête que vous ne vouliez pas parler de vous,

pour protéger votre mission… Et cela m'inquiétait sur vos préconisations, pour être franche !

- Merci de votre franchise…

- Oh là là, plus j'essaie de me mettre à votre place, et plus cela me semble dingue, comme situation !

- C'est un peu ma crainte, voyez-vous, que l'on me prenne pour un givré…

- Non, pardon, pas vous, je parlais de la situation… J'avoue qu'oublier une partie de mon enfance, cela m'irait bien ! Mais perdre tout lien avec mes amis d'enfance, ce serait dramatique. Il faudrait pouvoir choisir, indiquer à la foudre les fichiers à effacer, et ceux à laisser en paix ! … Oups, avez-vous le souvenir d'avoir le sens de l'humour ?

- Non. Mais je crois que j'aime bien cela dans mon présent !

Et nous rions tous les deux !

- J'ai un ami proche, avec qui le lien d'amitié s'est maintenu sans aucun problème… Je n'ai aucun souvenir de ce qu'il était avant, ce lien, mais il semble se prolonger naturellement. C'est d'ailleurs aussi mystérieux que le fait d'avoir tout oublié…

- Donc, vous n'avez pas tout perdu… Et que disent les médecins, votre mémoire va-t-elle revenir, à leur avis ?

- Personne n'en sait rien. Tout ou partie, demain ou jamais. Hier, je me suis souvenu d'un film… Mais pourquoi ? Fait-il partie de ce qui a été préservé de ma mémoire, ou bien est-ce une réminiscence de ce qui a disparu, l'indice que la mémoire est en train de me revenir ?

- Et donc, impossible de compter là-dessus, c'est ça ? Vous êtes obligé de vivre comme si votre mémoire ne reviendra jamais...

Elle comprend vite, Claire Témesco !

- C'est d'autant plus vrai que si cette mémoire revient, comme cela, d'un coup, il y a des chances qu'elle prenne toute la place, et que je perde le souvenir de ce que je vis maintenant, moi l'amnésique...

- Ouh là là ! Ça, c'est terrible ! Une espèce de sursis...

- ...

- ... C'est un petit peu recommencer sa vie, finalement ! J'imagine que cela doit être angoissant, mais aussi très stimulant, on arrête, et on recommence. On efface tout, et on réécrit.

- Non, ce n'est pas cela. Je ne recommence rien, je commence. Je ne réécris rien, j'écris. Je n'ai pas de regret de ce que j'ai oublié, puisque je ne sais pas de quoi cela se compose, ni de joie à me libérer non plus.

- Ah oui, bien sûr... C'est moi qui me dis, sachant ce qui m'encombre comme souvenirs plus ou moins pénibles, comme obligations plus ou moins subies, que cela doit être jouissif d'avoir la mémoire vide. Mais en fait pour vous ce n'est ni jouissif ni triste, c'est juste une situation nouvelle.

- Oui, c'est cela... Une situation totalement nouvelle...

....

- Cela doit faire bizarre, quand même !

- Moins qu'on ne l'imagine. Cela oblige à se poser beaucoup de questions très basiques, dont Est-ce que j'aime la pizza ? est un bon exemple...

- En quoi est-ce important de le savoir, si vous aimez les pizzas ou non ?

- Si je ne le sais pas, je ne sais pas non plus choisir et organiser ma vie dans de nombreuses circonstances. Vous voyez, c'est particulièrement marquant les week-ends. Comme j'ignore tous des loisirs qui me plaisent, je ne sais pas quoi faire... Et s'il faut les essayer tous pour me repérer, c'est décourageant...

- Oui... En même temps, cela vous oblige à sortir de tous les automatismes, les trucs que l'on fait par habitude, sans se demander si l'on y trouve encore du plaisir... C'est un BBZ, votre histoire. Un budget base zéro ![1]
Vous n'avez aucun feeling sur rien, un truc qui vous dise d'aller à un endroit plutôt qu'à un autre ?

- C'est curieux que vous me parliez de cela. Si, depuis peu de temps, cela m'arrive. Mais plutôt pour m'indiquer les situations que je dois fuir, pas celles où je dois aller...

- Ah oui... Mais bon, les boussoles qui indiquent le sud, c'est aussi utile que les autres ! ... Et votre entourage, il vous trouve

---

[1] BBZ, ou budget Base Zéro. Technique d'analyse des dépenses d'une entreprise où l'on réexamine chaque dépense pour en estimer la pertinence et l'efficacité.

comment ? Comme avant ? Changé ? … Pardon, je suis curieuse, mais si vous ne voulez pas répondre, laissez tomber !

- Non, cela ne me dérange pas. Je voudrais juste ne pas passer mon temps à répondre à toutes les questions de tous les salariés des Mutuelles du Marais, c'est pour cela que j'aimerais que cette discussion reste entre nous.

- Oui, je comprends, pas de problème, je vous le redis, je serai très discrète.

- Pour répondre à votre question, je peux dire que oui, mon entourage me trouve changé. Mais cela recouvre deux choses différentes. Ma sœur me trouve changé parce que j'ai oublié mon histoire familiale, et qu'elle y appartient. Je me suis évadé de son univers. D'autres personnes me trouvent simplement différent de ce que j'étais avant…

- Cela doit être épuisant, de gérer tout ça…

- Oui, un peu… Travailler me soulage, me repose presque… En même temps, c'est un peu exceptionnel, ce qui m'arrive…

- ?????

- Je suis à la fois dans la nécessité et la possibilité de réfléchir vraiment à qui je suis. Cela avec le minimum d'entraves : peu de liens avec le passé, pas de soucis matériels, et du temps pour le faire…

- Vous construisez un homme nouveau !

- Non, soyons modeste, je me construis moi, petit à petit… D'une certaine façon, c'est d'une totale banalité, tout le monde fait cela, simplement dans des conditions plus *confuses, et sur des périodes bien plus longues... Parfois sans s'en rendre compte. Moi, mon planning est serré, et je ne pense quasiment qu'à cela !*

- Planning serré ?

- Je suis impatient d'être un peu plus moi-même.

- Hum....

Elle m'a reconduit ensuite aux Mutuelles du Marais. Mais j'ai récupéré ma voiture, et suis rentré à Lyon. D'abord, parce que je ne veux pas montrer trop vite que je peux travailler à plein temps à GRG, sinon ils vont me coller une autre mission dans les pattes. Cela, je m'en rappelle très bien ! Ensuite parce que je ne veux pas croiser Claire Témesco dans les couloirs suite à notre conversation... Une espèce de pudeur...

Je passe l'après-midi chez moi, à ne rien faire de vraiment précis, sauf continuer à classer mes observations faites dans la matinée aux Mutuelles, pour préparer mon analyse CRM future.

Sophie me téléphone en fin d'après-midi.

- Qu'as-tu dit à maman ?

- Pardon ?

- Elle parle de toi avec... avec ....

- Avec quoi ?

- Avec calme... Oui, avec calme. Qu'est-ce que tu lui as dit ? Elle ne parle jamais de toi comme cela, elle ne parle jamais de personne comme cela !

- Mais rien de spécial, Sophie. J'ai juste essayé de la rassurer…. Je lui ai dit aussi que je comprenais ses inquiétudes. Mais qu'en même temps j'étais apte à me débrouiller tout seul, et que, si j'avais une difficulté insurmontable, je lui demanderai de l'aide, quelque chose comme cela…

- …

- C'est une anxieuse, j'ai essayé de faire tomber la pression.

- Hé bien, merci. Parce qu'elle m'a parlé à moi aussi d'une manière plus tranquille, moins invasive, si tu vois ce que je veux dire… Écoute, c'est magique, tu lui parles une fois, et tout change !

- Je crois que c'est, comment dire, une histoire de positionnement. Pour sortir d'une situation de type cercle vicieux, il faut que l'une des parties change de position, de manière de se situer, d'agir. Le cercle se débloque, et chaque personne prisonnière du cercle vicieux redevient libre d'être différente, de se positionner différemment avec les autres.

- C'est la foudre qui t'a appris cela ?

- Non, j'imagine que je l'ai appris durant ma formation de management, puisque cela doit servir aussi dans les stratégies de changement à l'intérieur des organisations.

- Mais c'est la première fois que tu l'utilises dans le cercle familial !

- Cela, je n'en sais rien…

- Oh, pardon… Je n'y pensais plus… Pourquoi ne l'as-tu pas fait avant, cette sortie du cercle vicieux ?

- Aucun souvenir ! … Je n'en avais peut-être pas envie… Ou bien j'étais pris dans une autre dynamique…

- Alors pourquoi le fais-tu maintenant ?

- Je n'en sais rien non plus. J'agis comme il me semble qu'il faut que je le fasse, un peu intuitivement.

- Mouais… Ceci dit, maman dans cet état d'esprit, c'est extraordinaire ! Et c'est un soulagement…

- Elle t'a parlé de son problème cardiaque ?

- Elle a un problème cardiaque !

- Pas de panique ! Rien de grave, si j'ai bien compris, mais malgré tout cela l'inquiète, elle doit se ronger les sangs quand elle est seule, et comme tout le monde lui dit que c'est bénin, elle n'ose pas déranger son médecin… Parles-en avec elle, à l'occasion…

- Tu as vraiment changé, Ethan !

- Oui, je crois que je commence à m'en apercevoir, par tes réactions entre autres. Sache juste que ce n'est pas volontaire, je m'efforce simplement d'être au plus près de moi-même…

- C'est une drôle de manière de dire…

- Si tu fais l'effort d'imaginer ce que peut être la conscience d'un homme qui a perdu la majeure partie de sa mémoire, tu comprendras que chercher à être au plus près de moi-même est un besoin essentiel en ce moment…

- En même temps, c'est une voie de sagesse, si je me rappelle bien quelques lectures de philosophie orientale…

- La foudre venait-elle de l'est ??? Si je l'ai su, je l'ai oublié !

Et j'entends Sophie sourire au téléphone, elle se détend, c'est je crois la première fois.

La foudre m'est tombée dessus il y a deux mois. Cela pourrait être deux siècles...

Une théorie veut que la perception subjective de la durée d'une période de temps soit en proportion de ce que cette période représente par rapport à la durée totale du temps que l'on a vécu. Une journée pour un enfant de deux ans, c'est $1/730^{\text{ème}}$ de son temps de vie. C'est donc long. Pour un homme de 33 ans, c'est $1/12045^{\text{ème}}$ de temps, donc c'est une perception beaucoup plus rapide. Et je n'ai pas compté les années bissextiles. Pour moi, Nethan, c'est $1/60^{\text{ème}}$. Chaque journée est interminable, et cela que beaucoup de choses s'y passent, ou finalement pas tant de choses que cela...

Je travaille la journée aux Mutuelles du Marais. Réunion avec Brice Calouet et Pierre Noé, plus une assistante dont je n'ai pas retenu le nom, qui va prendre les notes. Bien qu'il soit beaucoup trop tôt pour que j'annonce quoi que ce soit, ma mission devant durer trois mois, c'est un début de débriefing. J'ai tous mes sens en alerte, car je sais que c'est une réunion qui peut être piégeante pour moi. Normalement, on va commencer à me mettre des bâtons dans les roues.

Mais ce n'est pas ce qui se passe. Calouet, après avoir excusé Claire Témesco retenue par une autre réunion à l'agence de Montbrison, me demande de donner mes impressions, mes premières observations. Je leur parle sans masquer quoi que ce soit. Les procédures de gestion de l'ensemble des données client sont obsolètes, parfois en doublon, parfois avec des manques que les gestionnaires ou les assistantes doivent compléter à la main. Ces imprécisions coûtent beaucoup de temps. Avec un logiciel comme le CRM bien paramétré, le gain de temps devrait être important.

Bon, là, je n'ai rien dit qu'ils ne sachent déjà, mais ils commencent, chacun à sa façon, à se crisper, car la suite de cela, même si je n'ai encore rien dit, ils l'anticipent. Ils commencent chacun à imaginer combien de postes vont sauter, dans quels services, tout comme ce que cela aura comme conséquences pour leurs poids respectifs dans les Mutuelles du Marais. Et peut-être dans le climat général des Mutuelles, qui semblent être précieux à tout le monde. Et même peut-être quelles personnes particulières vont devoir être éjectées...

Sans leur laisser le temps de réagir, je poursuis en parlant de ma découverte d'une gestion client qui sort des normes actuelles. Cela à partir des interviews faites auprès d'une petite partie des employés. Une gestion que l'on peut définir par une approche individualisée, une prise en compte de problèmes périphériques, voire hors champ, une connaissance fine de chaque assuré – pardon, mutualiste - simplement par l'expérience impressionnante de chaque salarié des Mutuelles. Là, je leur dis que je suis en train de découvrir tout le travail qui complète le travail prescrit, ce travail effectif qui est souvent indispensable au process de production de toute entreprise humaine.

La tension monte, sans que rien ne me soit dit. Je devine que l'un comme l'autre commencent à élaborer soit des justifications, soit des contestations, afin d'invalider cette partie de mon observation. Car je leur dit, en fait, que tout le monde fait des choses inutiles et coûteuses, ils s'attendent donc à ce que je préconise de les abandonner, voire de les proscrire.

Je ne laisse donc toujours pas de temps mort, et je poursuis :

- C'est un tout premier point sur mes observations, donc tout cela demande à être validé par un recueil d'informations sur les manières de procéder de chaque service plus étendu, plus précis que ce que j'ai pu faire en quelques jours. Mais si vous me demandez ce que j'en pense, voici mes premières impressions :

Là, je fonce, pour couper court à toute obstruction, même à toute question. Ils se sont tous deux imperceptiblement tassés dans leur fauteuil. L'assistante, Nelly, son prénom m'est revenu, prend des notes sans manifester quoi que ce soit. Il me semble pourtant qu'elle a rougi…

- Tout d'abord, il règne entre les différents services des Mutuelles une ambiance de bienveillance. Or, cette ambiance permet un travail en réelle collaboration. Concrètement, cela veut dire que lorsqu'un service se trouve face à un manque ou une erreur occasionnée par les interstices entre les logiciels de saisie et gestion de données, un autre service n'hésite pas à donner tout le temps nécessaire pour résoudre le problème.

- Mais cela me semble évident, nous travaillons tous pour la même entreprise.

C'est Calouet, qui n'arrive plus à se contenir…

- Oui, en théorie, c'est ce que l'on dit dans toutes les entreprises un peu importantes. Mais cela ne se fait jamais. Chaque service espère que les erreurs faites par les autres

services aideront à masquer les siennes. Il est donc utile de laisser chacun avec des problèmes impossibles à résoudre... En plus l'aide donnée coûtant du temps réputé rare et cher, chacun a tout intérêt à laisser tous les autres se débrouiller seuls. Mais c'est au détriment de l'efficacité de l'entreprise.

C'est tout l'intérêt de cette bienveillance... Si j'ai bien observé, mais cela reste à confirmer, je suis à peu près certain que cette entraide entre services, qui se fait naturellement, ne coûte au total pas plus de temps à l'entreprise, voire moins, que si chaque service était tenu de trouver lui-même une solution aux problèmes qu'il rencontre. Cette entraide se révèle efficace. Elle a deux autres effets positifs : les personnes de chaque service connaissent chaque personne des autres services, et cela conforte la collaboration. Une collaboration adéquate, chacun sachant ce qu'il peut attendre précisément comme aide de chacun des autres salariés des Mutuelles. Cette collaboration est améliorée, là c'est plutôt un constat basique, par le fait qu'il y a peu de turn-over parmi le personnel, et que les salariés restent longtemps dans leurs fonctions. Même si une personne change de poste, ou de niveau de responsabilité, elle ne perd ni sa connaissance des clients, pardon, des mutualistes, ni le circuit qui lui permettra de résoudre un problème lorsqu'il se présentera.

(Là, j'exagère un peu. Je ne suis pas certain de ce que j'avance, il me faudra plus de temps d'analyse pour le confirmer, ou pour affiner cette hypothèse, qui m'est venue durant le trajet entre Lyon et Saint-Etienne ce matin. Mais en l'affirmant de suite, je dois faire diminuer leurs inquiétudes par rapport aux changements à effectuer. Du moins, c'est mon but).

- Le deuxième apport de cette bienveillance, c'est que les problèmes rencontrés, qui ne sont pas tous générés par l'obsolescence des logiciels informatiques, sont réglés beaucoup plus vite que s'ils étaient laissés à la seule charge du service où ils apparaissent. Cela induit un meilleur taux de satisfaction des clients assurés.

J'ajoute que pour moi, mais cela reste à valider par une enquête auprès des clients, je veux dire des mutualistes, cette gestion individualisée, large dans son champ, et rapide dans ses effets, doit expliquer une bonne part de la solidité économique des Mutuelles du Marais, et sa capacité à se développer régulièrement, sans que beaucoup d'efforts de communication ne soient mis en œuvre... J'ajoute encore, bien que cela ne fasse pas partie de ma mission GRG, que les coûts induits par cette collaboration intense entre collaborateurs de services différents ne doit pas dépasser ce que coûterait des campagnes de publicité régulières, et pas nécessairement plus efficaces. Mais sur ce dernier point, cela reste une impression, qu'il faudrait valider après une quantification sérieuse.

En parlant vite, avec un brin d'autorité, ils n'ont pas pu m'interrompre. C'est ce que je voulais... Je regrette que Claire Témesco n'ait pas été là, j'aurais été assez content qu'elle me voit exposer ces analyses... Mais se serait-elle tue ?

Un temps...

- Monsieur Mantret, j'avoue que je suis surpris. Ce que vous nous dites ne nous surprend pas complètement, encore que le terme de bienveillance soit employé pour la première fois, mais d'habitude, les consultants y voient une forme de mauvaise organisation, des recoupements de tâches inutiles

entre services, bref, nous présente cette « bienveillance » comme un défaut, un problème à réparer, un manque d'organisation...

C'est Pierre Noé qui a pris le risque d'aborder cela... Brice Calouet continue :

- C'est une première réunion, évidemment mais si je vous ai bien écouté, vous avez l'air de trouver cette manière un peu ... artisanale de travailler, appuyée sur l'habitude et l'ancienneté des salariés, comme plutôt un atout ????

- Oui, je le crois, sous réserve de la confirmation de mes observations... Ceci dit, si avec un logiciel unique et performant comme le CRM les erreurs, doublons et oublis de votre gestion des données disparaissent, ce sera du travail inutile qui disparaîtra, mais il faudra trouver des méthodes pour que cette collaboration entière et positive entre services se maintienne.

- Je suis un peu surpris, Monsieur Mantret, et j'imagine que Pierre l'est aussi (Pierre opine derechef). Votre mission est centrée sur la façon dont les Mutuelles du Marais peuvent rénover de fond en comble leur gestion informatique de leurs données clients. Et, indirectement, comment elles peuvent améliorer l'ensemble de la gestion des données entre nos différents services. Or, j'ai l'impression que vos observations vont au-delà de cette mission. Non que cela me gêne, mais je voudrais comprendre exactement comment vous définissez ce que vous faites chez nous...

- Il n'est pas possible de changer la gestion des données dans une entreprise sans interroger ou changer son

organisation interne. Le CRM est un outil qui sait s'adapter à n'importe quelle entreprise. Néanmoins, par sa structure même, il va suggérer certaines modifications structurelles, infléchir certaines manières de faire, en faire disparaître quelques-unes, en imposer d'autres. Ceci, évidemment, si l'entreprise choisit de le faire. Mais comme ces modifications suggérées par la structure même du logiciel sont accompagnées d'économie de temps, et donc de postes, il est difficile d'y résister. Or, dans une entreprise, il est courant que le travail demandé aux salariés ne suffise pas à effectuer les tâches nécessaires. Ce travail, qu'on appelle prescrit, est insuffisant, il faut que les salariés fassent d'autres choses pour que cela tourne. Lorsqu'on ne fait que le travail prescrit, cela s'appelle une grève du zèle, et c'est un moyen de bloquer l'activité d'une entreprise ou d'une administration. Le travail réellement fait par les salariés, ou travail effectif, est en fait celui qu'il importe de prendre en compte. À la fois pour voir ce à quoi il pallie, les problèmes qu'il résout, et aussi les services qu'il rend, l'efficacité qu'il apporte, les solutions qu'il invente. Si l'on se focalise uniquement sur le travail prescrit, on risque fort de causer des dégâts à la fois économiques et humains, par une ignorance de la réalité du travail fait.

- Et vous considérez que cela fait partie de votre mission ?

- Absolument. C'est faire de l'accompagnement au changement d'un process de fabrication. Et cela me semble indispensable. En particulier pour une raison fondamentale : les Mutuelles du Marais sont en bonne santé économique. Cela veut dire que le travail effectif assuré par les salariés est efficace. Il serait désastreux qu'une amélioration amenée par un simple logiciel de gestion de données cause des dommages *à une organisation peut-être mal formalisable, mais qui fonctionne. C'est très pragmatique. Or, si une entreprise est prospère, c'est que sa manière de faire, sa pratique, fonctionne bien.*

- Au fond, vous êtes en train de dire qu'il vaut mieux préserver une manière de faire qui marche, même si elle ne répond pas aux critères d'une gestion optimale de l'organisation du travail, plutôt que d'amener un schéma plus cohérent, plus efficient sur le papier, mais qui pourrait se révéler inefficace, voire destructeur dans la réalité ?

- Tout à fait... Ceci dit, je vous rappelle que je ne suis que consultant, c'est-à-dire que les décisions vous reviendront, nécessairement. Mais, en tous cas, vous avez bien compris mon approche.

- Je vous remercie pour la clarté de votre présentation. Et aussi pour votre manière de vous positionner par rapport à votre mission. Je ressens que vous avez un réel intérêt à la marche de notre entreprise. Ceci dit, je continue à être surpris, mais cela me semble une manière de procéder à la fois prudente, respectueuse, et en même temps opérante pour nous permettre de sortir de notre organisation de plus en plus déficiente au niveau informatique. Pardon, Pierre, de le dire comme cela.

- Non, tu as raison. D'une certaine façon, l'empilement des logiciels qui existe en ce moment, et le fait que certains deviennent complètement dépassés, et sans upgrade possible, tout cela s'est fait justement pour préserver, sans que cela soit dit, une organisation apparemment peu cohérente, mais solide, et qui a fait ses preuves. On a mis depuis dix ans des

rustines informatiques sur notre gestion interne pour n'avoir pas à détruire ce qu'intuitivement nous savons : cela marche ! Pratiquement, cela marche !

- Mais aujourd'hui, tu le sais bien, nous n'avons pas le choix, il faut changer de logiciel, et rationaliser a minima nos façons de faire… Mais, comme vous semblez le dire, Monsieur Mantret, avec prudence. … Bien, je n'ai pas d'autre remarque à faire pour le moment sur vos observations, et j'attends notre prochaine réunion pour éventuellement vous faire part de nos réactions ou autres… Et je suppose qu'il n'est pas utile que je contacte Monsieur Récamier pour le moment.

J'acquiesce… Nous avons tous les trois compris que s'ils interrogent GRG maintenant, mon approche risque d'être invalidée immédiatement, car trop peu orthodoxe. Comment des alliances peuvent se passer à demi-mot, à quart de mots !

- Brice, il est presque midi. On ouvre une bouteille de blanc ? Monsieur Mantret, un apéritif, cela vous dit ? Nelly, vous restez avec nous, prenez quatre verres ! Et demandez à Françoise si elle veut nous accompagner…

Un Viognier de Condrieu, excellent. Plus exactement : à mon goût ! Brice Calouet est philatéliste, et ce passe-temps un peu vieillot est source de plaisanteries depuis longtemps, à l'évidence. Pierre Noé adore le bowling… Il me demande si j'en ai déjà fait, et je réponds qu'il y a si longtemps que j'ai tout oublié ! Bref, tous deux sont soulagés pour le moment, car je ne propose pas de grosses modifications dans leur manière de travailler, et même, et surtout, je la conforte. Ils restent vigilants, mais pour le moment, ils sont rassurés… et curieux de la suite. Ils sont, en revanche, moins curieux de ma personne que Claire, je n'ai pas à esquiver trop de questions sur mes goûts et loisirs. Les deux femmes sont plus réservées, malgré le caractère plus léger qu'a pris la réunion, laissant prudemment les chefs discuter, sans se priver du bonheur du Viognier.

Puis je dîne seul au Petit Chez Soi, Brice et Pierre ayant une réunion en tout début d'après-midi, ils se contenteront d'un sandwich...

L'après-midi, je continue à traîner dans les bureaux, et à poser encore plein de questions. Ma propre « bienveillance » doit commencer à être connue, je suis encore mieux accueilli partout où je passe, et chacun me consacre du temps sans rechigner... L'information circule bien ! Je prends quelques notes sur un petit carnet, et j'ai l'impression que de ne pas me déplacer avec un ordinateur portable lève déjà des appréhensions... Ne pas apparaître un technocrate, dans ce milieu de travail qu'on peut appeler familial, c'est un atout !

Plus tard, j'envoie un rapport à Adrien Récamier, mon directeur de mission, faisant état de la réunion. Je n'ai pas vraiment de souvenirs d'Adrien, donc, prudemment, je ne parle que d'un compte rendu de premières observations, pointant les disfonctionnements de l'architecture de la gestion de données, et commençant à indiquer en quoi le CRM pourrait s'y substituer avec profit... Mais je reste discret sur la suite de mes analyses, afin qu'il ne s'inquiète pas du tour que prend ma mission, bien au-delà du CRM !

Plus tard, à Lyon, je me lance dans la lecture du livre sur Louis XI que j'ai acheté. Universelle aragne. Grand tisseur de toiles. Je suis passionné par l'approche de l'auteur, Paul

Murray Kendall, qui semble vouloir sortir des images d'Epinal qui collent à la peau de ce roi, mais en veillant à s'appuyer sur des faits, pas sur des a priori, ni sur une simple compilation d'historiens plus anciens...

Mais à un moment, j'arrête de lire, et pense à ma journée... Que suis-je en train de faire, aux Mutuelles du Marais ? Est-ce que je suis bien dans mon rôle professionnel, ou bien est-ce que je le dépasse ? Et si je le dépasse, pourquoi est-ce que je le fais ?

Pas de réaction d'Adrien, j'ai donc dû rester dans les clous ! Ou bien il a autre chose de plus important à faire !

Matin aux Mutuelles du Marais.

Je passe ma matinée dans le bureau d'une conseillère Sinistre, Fatiha, et de son assistant, Jacques. On part de cas particuliers, du dégât des eaux de Monsieur Espalion, de l'assurance voiture de Mademoiselle Rinsky, dans le détail... En discutant avec la conseillère, en demandant des précisions, on finit par arriver au travail effectif, celui dont une part n'apparaît jamais... Cela fait deux fois que Monsieur Espalion a un dégât des eaux dû à un problème d'étanchéité de toiture. Il a fait réparer son toit entre les deux sinistres, l'expert l'a constaté, mais le couvreur n'a pas été efficace. Fatiha Bensallem a passé deux heures à identifier une entreprise de couverture compétente, en téléphonant à des copines travaillant dans des régies d'immeubles, et une dans un cabinet d'architecture. Elle a mis en relation Monsieur Espalion et le couvreur, un artisan de Rive de Gier, et elle a même donné son point de vue sur le devis établi (pas sur son prix, mais sur la pertinence de la réparation proposée) après avoir discuté avec l'expert. Ce travail n'est absolument pas dans ses attributions. Mais il a deux impacts importants : Monsieur Espalion, se sentant aidé et conseillé d'une manière efficace, n'est pas prêt de changer de Mutuelles, même si les Mutuelles du Marais ne sont pas nécessairement les moins chères du marché stéphanois. D'autre part, il ne devrait plus avoir de dégât des eaux. Je remarque que la conseillère n'a pas appliqué de majoration de prime, qui aurait pu être mise en œuvre vu la récidive du sinistre. Mais elle m'explique que la bonne foi de l'assuré ne faisant pas de doute, confirmé par le fait qu'il ait essayé de faire réaliser les travaux nécessaires, il n'y a pas de raison de le pénaliser… Cette décision déroge aux termes spécifiques de son contrat. Mais elle l'a prise sans avoir à en discuter avec personne, l'augmentation de la prime aurait été modeste…

Ce travail n'est pas dans son profil de poste, mais, en même temps, personne ne l'aurait fait si elle s'était abstenue. En contact avec le mutualiste, elle était la mieux placée pour le réaliser. Sans elle, monsieur Espalion serait allé voir un autre couvreur, trouvé sur l'annuaire, avec un risque de nouveau sinistre élevé, l'expert ne communiquant pas avec l'artisan. Si un nouveau sinistre s'était déclaré, les Mutuelles auraient perdu de l'argent, et auraient fait augmenter la prime de Monsieur Espalion. Et celui-ci, dans un an ou deux, aurait changé de compagnie d'assurances pour une proposant des tarifs moins chers. Tout le monde aurait été perdant…

Pour Mademoiselle Rinsky, c'était plus simple : Fatiha Bensallem avait tout simplement assuré sa défense face à l'assurance du conducteur ayant causé un accrochage bénin, mais coûteux en frais de carrosserie. Le conducteur en faute était de mauvaise foi, son assurance y a vu un moyen de ne pas payer, et il a fallu la persévérance de Fatiha pour que Sophie Rinsky n'ait pas à débourser le montant de sa franchise. Ici, les Mutuelles du Marais n'ont rien gagné financièrement. Mais la pugnacité de la conseillère Sinistre devrait fidéliser pour de nombreuses années la clientèle de mademoiselle Rinsky, du moins je le suppose !

Et voilà deux mutualistes qui vont tresser des couronnes aux Mutuelles du Marais, superbe publicité s'il en est.

Comme j'ai l'air content de ce que j'entends, Fatiha finit par me dire qu'elle a aidé le cousin de mademoiselle Rinsky à trouver un appartement. C'est l'assurée qui a exprimé la difficulté de son cousin. Par les contacts entre les Mutuelles et deux agences de location, Fatiha a pu donner des informations efficaces, le cousin est logé, et où a-t-il assuré son appartement ? Aux Mutuelles du Marais.

- Et vous êtes commissionnée sur les nouveaux contrats ?

- Non, pas du tout.

- Et cela ne vous manque pas ?

- Non, ici, tout le monde fait cela, à sa façon. Cela aide la boîte, et comme on a envie d'y rester...

Je trouve ces découvertes plus passionnantes que les analyses formelles des flux de données, leurs analyses, et les paramétrages qui seront à faire pour le CRM. C'est un peu comme de sortir d'un livre de recettes que l'on feuillette pour entrer dans une cuisine, où les odeurs sont là, les coups de mains, les astuces, le plaisir du cuisinier, son sourire, la cuillère qui permet de goûter, l'invention d'un détail, d'une nuance, où l'on voit le coup de patte qui bonifie tout le plat... Un monde vivant...

Le soir, au débotté, apéritif avec Claude, toujours dans le même bar à vins. Cette fois avec un vin du Sud au nom amusant : *Chemin de Moscou...* Et nous tentons la planche de charcuterie lyonnaise, Jésus, Rosette, jambon cru, grattons, pâté de campagne maison, cornichons et petits oignons...

- Alors, cette semaine ?

- Dis-moi, Claude, tu n'en as pas marre de m'écouter à longueur d'apéros ?

- Pourquoi ? Tu veux que je parle de moi ? J'aurais du mal à raconter quoi que ce soit qui le mérite. Mes dossiers professionnels sont confidentiels. Et puis, j'aime bien en sortir un peu, de mes dossiers. En plus, c'est parfois sordide, ces affaires familiales... Ma vie est sans grande surprise, et cette semaine, la seule péripétie a été de retrouver mon père, dont l'Alzheimer s'aggrave, et qui s'est perdu en sortant de chez lui...

- Tu as fait comment ?

- J'ai pris ma voiture et j'ai patrouillé dans le quartier autour de son appartement, pendant deux bonnes heures...

- Et tu l'as trouvé ?

- Au commissariat, après avoir reçu un appel téléphonique de ma sœur, qui habite Calais, mais dont mon père avait le numéro de téléphone dans sa poche, va savoir pourquoi...

- Cela doit être dur...

- Ecoute, il n'a pas l'air malheureux. Il sourit presque tout le temps, il est aimable avec tout le monde, je pense qu'il ne me reconnaît pas, mais il fait semblant, c'est une forme de délicatesse... Ce n'est pas une vie sans plaisir, et il me semble que c'est cela le bon indicateur. Il est toujours gourmand, de certains petits gâteaux, d'une marque de pâté, des choses simples, mais qui semblent le ravir inlassablement... Mais nous ne nous parlons plus... C'est une forme de départ à petits pas, sans souffrance, qu'il me faut accepter...

....

- Et toi, ta semaine ?

- Bien remplie… Gaëlle et moi sommes séparés.

- Hé bien, cela n'a pas traîné !

- C'est elle qui est partie, mais je n'ai fait grand-chose pour la retenir…

- Pourquoi ?

- Pourquoi elle est partie ? Parce qu'elle me trouve changé. Pourquoi je l'ai laissée partir ? Parce que je ne me sens pas à l'aise lorsque je suis avec elle…. Et, en y réfléchissant, parce que je ne suis pas amoureux d'elle.

- Ce n'est pas une impression un peu rapide, pour justifier une rupture ?

- J'ai d'abord été un peu gêné dans cette relation. Puis j'ai ressenti avec une force incroyable que je n'y étais pas à ma place…

- Qu'est-ce que cela veut dire ?

- En fait, c'est très concret… Nous étions au restaurant, et soudain, au milieu du repas, le sentiment envahissant de n'être pas à ma place… L'impression physique que si je restais là, j'allais me faner, que la situation était toxique pour moi… J'ai dû aller aux toilettes pour me calmer…

- Pour vomir ?

- Non, parce que je rougissais d'une manière déplacée…

- *Comment tu expliques cela ? C'est un peu bizarre, ton histoire...*

- *Réaction vitale. Instinct de survie.*

- *Mais Gaëlle n'allait pas te tuer, quand même !*

- *Littéralement, non, bien sûr. Mais elle m'entraînait vers une vie qui n'est pas la mienne.*

- *Qui n'est peut-être plus la tienne. Mais qui l'a été, je crois !*

- *Non, jamais. Je te l'ai dit, je ne suis pas Ethan, mais quelqu'un d'autre. Ce qui lui convenait ne me convient pas nécessairement. Par exemple, je me suis réconcilié avec ma mère, ou la sienne, je ne sais pas comment dire...*

- *Avec Anne ? Tu t'es réconcilié avec Anne ? Chapeau ! Chaque fois que tu, ... qu'Ethan me parlait de sa mère, c'était toujours pour s'en plaindre, l'affubler de noms d'oiseaux, et chercher à mettre des murs en béton sur toutes les voies d'accès qu'elle pouvait employer pour se rapprocher de lui...*

- *Oui, bon... Je crois que je n'aime pas les conflits. Et que je suis prêt à mettre de l'énergie pour les empêcher ou les résoudre.*

- *Encore une chose qui te différencie d'Ethan. Il avait toujours besoin d'avoir un ou deux ennemis, c'était un de ses ressorts pour agir, pour avancer. Parfois, faute d'en trouver de réels, il s'en inventait, de manière passagère. Combattre quelqu'un, au moins mentalement, lui donnait une grande énergie...*

- Moi, cela m'en coûte.

- Comprends bien, il n'a jamais été violent, ou brutal, sauf dans les pensées et les mots, et rarement en face des gens... Il avait besoin de moulins à vent pour charger sabre au clair, pour se dépasser.

- Je ne sais pas encore qui je suis, mais assurément je ne suis pas un guerrier.

- Comment tu as réussi cet exploit, avec ta mère ?

- Tu penses, comme ma sœur, que c'était un des travaux d'Hercule ! Cela s'est fait très simplement, en moins de trente minutes de téléphone : j'ai essayé de la rassurer face à ses inquiétudes pour moi, et je me suis intéressé à ses inquiétudes à elle...

- Et cela a suffi ?

- Quand tu changes la dynamique d'une pièce d'un système, tu changes tout le système...

- Il faudrait que j'essaie avec mon associée, car parfois, je n'ai pas envie de le changer, le système, mais de la jeter elle par la fenêtre... Mais nos bureaux sont au premier étage, cette solution n'est donc pas la bonne ! Lui apporter des fleurs ?

- Si un jour tu as envie qu'on en parle sérieusement, je veux bien y réfléchir avec toi... Mais aujourd'hui, je ne te sens pas réellement dans le désir de le faire... Je me trompe ?

- Non. ... En fait, j'ai un peu peur de me confronter à cette tension récurrente entre Barbara et moi. C'est une formidable *professionnelle, mais une associée d'un chiant parfois... Laisse tomber !*

....

- Comment Ethan te parlait-il de son boulot ?

- Qui est aussi le tien ! Bon, comment m'en parlait-il ??? .... Si j'essaie de définir une manière générale, je dirai que pour lui c'était une succession de combats, de pièges à esquiver, de manœuvres à démonter, de réticences à lever, d'astuces trouvées pour contourner un obstacle, une opposition, une simple résistance à ce qu'il proposait... Une pensée stratégique, toujours à penser au coup d'après... En même temps, c'était sérieux.

- Sérieux ?

- Pour lui, ce n'était pas un jeu. Il se donnait à fond, au point d'en être malade lorsqu'il subissait un revers, quand il n'arrivait pas à lever une résistance...

- Il se sentait investi d'une sorte de mission ?

- Non plus. Comment t'expliquer ? Une fois qu'il était sur un job, dans une boîte, il s'y consacrait entièrement, travaillait quatorze heures par jour, mais au fond, il n'était pas impliqué...

- Je ne comprends pas...

- Je crois que ce qui était important pour lui, c'était de réussir. D'arriver à ce que ses conseils soient mis en œuvre, et que ses patrons lui en soient reconnaissants.

- Des besoins de reconnaissance et d'impact…

- Euh… Oui, on peut le dire comme cela. Et le désir d'excellence.

- Mais qu'est-ce qui le faisait vibrer, dans son job ?

- … Pas facile de te répondre… La ruse, je crois. Il bichait quand une de ses ruses avait fonctionné, comme un gamin qui a passé un niveau sur le jeu d'une console. Ou qui a réussi une farce, presque ! Un bon tour ! Là, il rigolait, tu aurais dit un ado fier d'avoir conduit sans autorisation la voiture de son père, sans que celui-ci s'en aperçoive…

- La ruse… Cela explique cette vision que tu me décris, faite de multiples obstacles à vaincre… Plus on voit la vie en obstacles successifs, et plus on a besoin de ruser pour les éviter, les contourner, les dépasser… S'il aimait ruser, autant que toutes ses missions pour GRG soient emplies de pièges… La Mètis des grecs, la part de l'intelligence qui est la ruse, celle qui est compétitive, stimulante, qui répond aux problèmes sans se préoccuper d'en comprendre le sens… Tu as raison, cela ressemble à une vision du monde comme un jeu vidéo. À chaque étape un piège, à chaque piège une réponse, pour arriver à la fin du niveau. Puis on attaque un niveau suivant, un peu plus compliqué, de la même manière. Et à la fin, on finit… On finit où ? Quoi ? Peut-être dans un projet avec son ami Pierre, mais la foudre tombe qui annihile tout…

- Ceci dit, il me semble que cela fait partie intégrante de certains métiers. Dans mes procès, je suis bien obligé de ruser, parfois…

- Mais tu n'en fais pas la partie centrale de ton boulot !

- Non, c'est vrai… Mais dans le tien, consultant CRM, n'est-ce pas une obligation ? Je ne connais pas ces milieux d'entreprise, mais j'ai l'impression que les forces d'inertie sont considérables, les enjeux de chacun en contradiction avec ceux des autres ; personne ne veut bouger, chacun veut que les autres bougent, et tous les coups sont permis contre le consultant qui vient apporter un changement, aussi nécessaire soit-il…

- J'imagine qu'Ethan devait penser cela, car parfois cela imprègne des réactions que j'ai spontanément, comme si cela faisait partie de mes apprentissages, mais qui disparaissent ensuite…

- Tu vois les choses comment ?

- Je crois que les gens ont raison de s'opposer à un changement qu'ils n'ont pas décidé, qui leur apporte des contraintes supplémentaires, qui diminue leur plaisir à travailler…

- D'où ton travail qui consiste à apporter le changement malgré cela !

- Non, justement… Mon travail consiste, ou devrait consister, à apporter un changement qui soit accepté par les gens qui vont en être impactés, qui diminue leurs contraintes, et protège ou augmente leur plaisir à travailler…

- Si tu réussis dans ce créneau, tu vas déborder de travail ! Encore que, parfois, on peut se demander si tout ce qui rend le travail moins chiant et stressant n'est pas assimilé par les services de RH comme contre-productif !

- Franchement, si mon job consiste à imposer à des salariés des manières de travailler où ils se sentent moins bien, je ne vois pas de quelle manière il peut m'apporter la moindre fierté...

- Mais c'est quoi, ton job, alors ?

- Dans l'idéal, c'est trouver des modes d'organisation qui permettent à une entreprise de réaliser son produit en augmentant le bonheur au travail de ses collaborateurs... Enfin, non. Plus précisément, c'est aider l'adaptation d'une manière de faire pour qu'elle soit plus productive sans que rien ne se perde du bonheur qu'il y a à travailler... Quelque chose comme cela... Voire, s'il n'y a pas de bonheur à travailler, aider à le faire naître...

- Évidement, c'est mieux ! Mais on fait comment ?

- Je manque encore d'expérience, tu t'en doutes. Mais une des façons d'introduire du bonheur dans le travail d'un salarié, c'est lui laisser de l'initiative, dans ses objectifs ou dans ses manières de faire son job. Une autre est de lui faire confiance, et de ne pas l'emprisonner dans des contrôles permanents et tatillons. Une autre est de lui reconnaître ses réussites. De l'aider quand il est face à une difficulté dont il ne se sort pas. Les moyens sont nombreux. Mais ils obligent les managers à moins de présence, moins de sentiment d'utilité...

- Des managers modestes et empathiques. C'est comme les poissons volants : cela existe, mais cela ne constitue pas la majorité du genre !

- Oui, les patrons de gauche, dans « Le Président ». Jean Gabin. Impérial !

- Tu te souviens de cela ?

- Apparemment, j'ai gardé une mémoire pour ce qui concerne le cinéma...

- L'amnésie, c'est vraiment étrange !

- À qui le dis-tu !

- Qu'est-ce qui t'excite, toi, dans ce boulot que tu décris ?

- Trouver des solutions. Face à un problème, trouver des solutions.

- C'est drôle, car d'une certaine façon, ce n'est pas complètement différent de ce qui excitait Ethan, mais c'est malgré tout d'une nature différente...

- La différence entre ruse et solution, c'est ce qui permet de considérer les autres non comme des obstacles, mais comme des alliés. Et puis, dans les solutions, il faut que les autres y trouvent du bonheur.

- Un bel idéal... Au fond, c'est un peu comme avec ta mère...

- Oui... Je pense que je tiens là une de mes caractéristiques, à moi Nethan...

..

- Une image me vient, ... Tu romps tes amarres. Tu es en train de rompre tes amarres... Avec le départ de Gaëlle, par exemple...

- Oui, peut-être. Je me distancie petit à petit d'Ethan… Pas par volonté, mais parce qu'il ne m'est pas possible de vivre sans le faire, sans m'éloigner… D'ailleurs, je ne m'éloigne pas, je suis moi-même la foudre, et je l'oublie… Ethan disparaît deux fois, par sa mémoire effacée, et parce que je commence à exister.

- C'est drôle de penser comme cela…

- Comment ?

- C'est comme si tu choisissais consciemment de changer de vie, comme cela, presque facilement…

- Non, Claude, ceux qui pensent cela, ce sont ceux qui ne sont pas amnésiques. Je ne change pas de vie, j'en crée une, par nécessité, par obligation…

- Oui, c'est sûr… Malgré tout, quelle liberté !

- Tu es envieux de ma situation ?

- Oui, même si elle ne me correspond pas…

- ????

- Disons que je suis un peu fasciné par ce que tu vis, mais que je n'ai pas le désir de vivre la même chose… Et puis, tu as toutes les bonnes conditions pour cette nouvelle vie !

- Toutes les conditions ?

- Tu t'imagines avec une épouse et deux enfants en bas âge, dans un petit appartement en HLM, avec un boulot en usine en CDD et pas d'argent de côté ? Tu serais contraint de revenir à ta vie d'avant la foudre, de réintégrer ta mémoire d'une manière ou d'une autre, même artificiellement…

- …

- Tu peux te séparer de Gaëlle assez facilement. Tu te vois te séparer de tes gamins juste pour vivre une nouvelle vie ? Tout en galérant avec la sécu pour avoir tes indemnités, et pour retrouver un emploi ?

- Non, c'est vrai… J'ai de la chance. Je vis sans amarres parce qu'elles ne sont ni nombreuses ni épaisses. Ethan était suffisamment seul dans sa vie pour que je puisse facilement l'abandonner, cette vie… Il était seul, ou indépendant…

- Sans doute les deux…

- La foudre est tombée sur la bonne personne !

- Parles-en à Pierre !

- Désolé !

……………………………………………

- J'ai parlé de mon amnésie à un cadre des Mutuelles…

- Ah bon ! Ah ! Gonflé ! Mais ce n'est pas risqué, de te dévoiler ?

- Si, sûrement… Mais en même temps, plus tu es dans la prudence, et plus tu entretiens le soupçon… Il faut bien qu'une partie fasse confiance de prime abord, pour que l'autre, à son tour…

- Peut-être… Si je m'inspire de mes clients, je serais malgré tout plus prudent que cela. Ce qui est certain, en échange, *c'est que tu t'écartes des manières de faire d'Ethan. Il était plutôt dans des réflexions complexes pour circonvenir les autres, sans jamais se dévoiler. Une forme de jeu d'échecs, si l'on veut.*

- Mais dans le jeu d'échec, il faut un gagnant et un perdant. Dans mon boulot de consultant, normalement, tout le monde doit être gagnant. C'est un jeu de collaboration, pas de compétition...

- Ça, c'est la théorie...

- Mais cela peut devenir la réalité si l'on accepte d'oser. D'être celui qui ose le premier... Ceci dit, en parlant à cette cadre, ai-je été le premier ? Nous avons déjeuné ensemble, et elle a manifesté de l'intérêt pour moi, alors que lors de notre première rencontre, elle avait été plutôt agressive, opposante...

- Pourquoi a-t-elle changé ? Ton charme ?

- Fous-toi de ma gueule ! Non, j'imagine que c'est ma manière d'investiguer dans les Mutuelles... Elle a dit que j'étais moins arrogant que les précédents consultants...

- Et tu mesures le risque ?

- Non. Je veux faire confiance... Ce dont je suis certain, c'est qu'il fallait que je le fasse. La dissimulation me ronge, me nuit. C'est au fond une des leçons d'être que je tire de ma courte relation avec Gaëlle. Alors, je vais vers ce qui me semble être... ma nature de Nethan.

- Tu es vraiment courageux, Eth, Nethan. Tu prends des risques importants juste pour être fidèle à ce que tu ressens que tu es, alors que tu ne sais quasiment rien de qui tu es.

- C'est sans doute pour cela qu'il m'est facile d'être courageux ! Je sais si peu de choses de moi ! Il est impératif que je donne une grande valeur au peu que je sais. Ne pas tenir compte de ces quelques indications sur ce qui constitue mon identité serait, d'une certaine façon, suicidaire ! Je risquerais de me manquer ! Alors, si jamais la personne à laquelle je me suis confié me trahit, ce ne sera qu'un dommage collatéral de faible intensité !

- Ce ne sont pas les gens qui se manquent qui manquent, si tu veux mon avis ! Je vais finir par croire que perdre la mémoire est une bénédiction !

Et nous rions tous les deux, simplement…

……………………………………………………………………………

- Tu me permets une remarque subjective ?

- Tu ne risques rien !

- Tu devrais te choisir un prénom plus agréable que Nethan.

- Pourquoi pas, mais est-ce que j'ai le choix ? Je m'appelle Ethan, et même si je ne suis pas la même personne que celui qui s'appelait Ethan Mantret jusqu'au 11 février dernier, je suis bien obligé de garder son nom, puisque j'habite dans ce qui a été lui !

- *Tu peux choisir un prénom d'usage. Regarde les éventuels autres prénoms d'Ethan. C'est le plus simple. Mais tu peux aussi faire reconnaître un prénom différent de ton prénom de baptême, et l'utiliser... Il y a des possibilités légales. Mais déjà, un prénom d'usage, c'est de ta simple décision, et tu peux rester Ethan pour l'état civil.*

- *Je vais y réfléchir... Ceci dit, Nethan, c'est pour moi et pour toi, je n'en ai parlé à personne d'autre...*

Plus tard, chez moi, un SMS de Claire Témesco :

« Cela vous dirait de découvrir si vous aimez faire les brocantes ? Je vais chiner dans un village bourguignon ce dimanche, on peut s'y retrouver ? »

Je réponds « *OUI* ».

Et elle : *« Donzy-le-Pertuis, c'est à la hauteur de Cluny. Rendez-vous devant la buvette vers 9 heures... »*

« Entendu. Merci ».

Il ne pleut pas. Toutes les rues du petit village sont emplies de gens qui ont sorti des tables de camping et de vieilles couvertures pour vendre des affaires d'occasion, et des fonds de grenier… Certains sont trop organisés pour n'être pas des semi-professionnels… Les acheteurs potentiels déambulent le nez à terre ou incliné sur le dessus des tables, en chasse ou en badauds, montrant du doigt ou soulevant de la main, un sac à main un peu affaissé, un tire-bouchon qui a enterré ses premiers propriétaires, une carafe empoussiérée, une rallonge électrique emmêlée… Les voix sont détendues, parfois fortes, joyeuses, ou murmurantes, soucieuses de préserver une information essentielle, la bonne affaire, ou peut-être juste pour décider ensemble d'acquérir ou non cet objet et de lui trouver une place chez eux… Mais dans ce tourbillon lent de gens et d'objets, jamais immobile, c'est la quiétude qui domine, comme si, durant ce temps de brocante, rien de grave ne pouvait se passer…

En cherchant la buvette, je balaye du regard ce qui est proposé autour de moi… Énormément de choses pour les enfants, des vêtements, des monceaux de vêtements, des jeux, des cassettes de dessins animés, des jouets, des centaines de jouets… Ce que dépensent les gens pour leurs enfants quand ils sont petits doit être colossal ! Peu d'acheteurs s'y intéressent… Des couverts, de la vaisselle, quelques livres, de l'électroménager plus ou moins récent, de l'outillage, des petits meubles, et tout une série de choses diverses, que tout le monde connaît, que tout le monde a ou a eues. Le nombre d'objets différents que contient une maison est considérable ! Et presque effrayant...

Je suis en avance, je prends un café à la buvette, et j'attends Claire Témesco...

- Bonjour ! Vous avez trouvé facilement ?

- Bonjour, Claire. Moi non, mais mon GPS oui ! Je suis même arrivé avant vous !

- Impossible, je suis là depuis 7 heures...

- Zut, je me suis trompé d'heure ?

- Non, je me suis dit que pour une première brocante, mieux valait que cela ressemble pour vous à une promenade curieuse qu'à une course de charognards !

- ?????

- Lorsque je fais le 1ᵉʳ tour d'une brocante, je marche vite, je regarde vite, je ne parle pas, je ne m'arrête sur un stand que si j'ai repéré un objet, j'ai les sourcils froncés, la main avide, je suis prête à bondir, à griffer, j'ai un air détaché pour tromper le monde, et les dents qui sont prêtes à mordre, bref, je ne pense qu'à la chine ! Ensuite, lorsque j'ai fait ce premier tour, je flâne, je reviens vers des objets qui m'intriguent plus qu'ils ne me plaisent, sur des hésitations, je redeviens une simple curieuse...

- OK, je comprends... La chasse a été bonne ?

- Chou blanc ! Je n'ai rien trouvé qui m'emballe... Ceci dit, j'achète de moins en moins de choses, car mon appartement

....

Pendant une bonne heure, nous avons déambulé dans les rues du village… Ai-je la fibre du collectionneur ? Aucune idée. Mais je finis par m'intéresser aux objets dont j'ignore complètement l'usage, trop anciens, trop spécialisés… Beaucoup d'outils ne me disent rien du tout, pas mal d'ustensiles de cuisine, et même des objets qui sont devenus simplement décoratifs sont parfois mystérieux. Je demande à Claire, au vendeur, aux autres personnes autour, qui se révèlent souvent de précieux connaisseurs… J'arrive dans une culture, souvent collective, un sait ce que l'autre ignore, et le savoir circule facilement, offert à tous, pour peu que l'on pose la question… Un marteau pour les couvreurs en ardoise, outil curieux d'une rare élégance, par exemple…

Et je tombe sur un petit outil inconnu, un petit manche en bois, surmonté d'un rond en métal avec trois encoches de largeur différentes, répartis aux points cardinaux… Après un moment où je cherche seul la solution, Claire s'avoue ignorante, mais pas le vendeur, qui m'explique que c'est un outil pour avoyer les lames de scie. Pour donner de la voie… Au début, je comprends « donner de la voix », et l'objet me semble encore plus extraordinaire, mais non, c'est de la voie qu'il s'agit. Avec cet outil, on peut écarter en alternant un coup à droite, un coup à gauche les dents des lames de scie, afin qu'elles fassent dans le bois une coupe plus large que la lame, ce qui évite à celle-ci de se bloquer dans la partie déjà sciée… Cela facilite la libre circulation de la lame lorsqu'elle scie, et elle chauffe moins…

L'objet me touche par son usage, et surtout par sa texture, ce manche de bois très dur, anciennement verni, patiné, avec quelques petits chocs indiquant son long usage, et la pièce métallique faite d'un acier non poli, laissant voir sa nature forgée, noirci par l'âge… Et cinq euros plus tard, il est dans ma poche…

- C'est un beau symbole, que vous avez acheté !

- Un symbole ?

- Un outil qui favorise l'élargissement de sa voie. Un outil qui évite de se retrouver bloqué par cela même qu'il a déjà réalisé. Un outil qui évite à ceux qui l'emploie de devoir forcer, ou de se blesser… C'est un outil de liberté, vous ne croyez pas ?

- Je n'avais pas pensé à cela… Il me plaît par sa forme, par la découverte que j'ai faite de son usage… Sa matière aussi. C'est très beau l'acier forgé, on voit l'effort qui a été fait pour le façonner, la force qu'il a nécessitée. Sa couleur porte les circonstances de sa naissance, le feu, le choc. Et ce manche de bois dur, comme densifié par les milliers de fois où une main l'a serré… Cela parle de l'humanité, au fond, de son long travail accumulé… Oups, je déraille !

- Non ! Il vous le fallait, cet outil à avoyer ! Il vous parle !

- Oui, d'autant que vous avez raison, d'une certaine manière, c'est ce que j'essaie de faire depuis quelques semaines : donner de la voie à ma vie…

- Vous vous sentiez bloqué ?

- Non, mais il serait facile de l'être, il suffirait que je m'efforce de reprendre la vie que je vivais avant la foudre, parfaitement remplie autant que je puisse en juger, mais qui m'enserre au fur et à mesure que je la découvre...

- C'est drôle, monsieur Mantret, vous ne parlez pas comme quelqu'un de votre âge...

- ????

- Vous parlez comme quelqu'un de plus vieux, de plus mûr... Avec un vocabulaire qui correspond plus aux gens de mon âge...

- Dans ma tête, j'ai un peu plus de deux mois, et je parle comme quelqu'un de quarante ans ?

- Cinquante ! Ne soyez pas flatteur, je ne crains pas mon âge !

- Bon, entre cinquantenaires déguisés, je propose que l'on s'appelle par nos prénoms, et même que l'on se tutoie...

- D'accord ! D'autant que vous m'appelez Claire depuis un moment, quand cela vous échappe, t'échappe ! ... Ceci dit, pour un consultant je vous trouve, te trouve ... sympa mais imprudent.

- Imprudent ?

- Tu me confie ton amnésie, tu me proposes que l'on se tutoie, alors que je peux me révéler une opposante redoutable à tout ce que vous proposerez suite à votre mission... Ceci dit,

j'ai échangé avec Pierre et Brice sur la réunion de jeudi, et tu sembles être un consultant original. Sous réserve que tu sois honnête, mais personnellement je le crois. Si j'ai bien compris, tu cherches à maintenir la manière de faire actuelle, tout en la modernisant.

- Si je te dis que je cherche à préserver l'identité d'une entreprise, moi qui ai perdu la mienne, cela va te faire rire !

- En même temps, l'identité d'une boîte, ce n'est pas juste sa manière de procéder, qui peut évoluer dans le temps.

- Bien sûr, sauf si cette manière de procéder détermine la nature de son produit. Aux Mutuelles, même si cela est encore à affiner, la façon de gérer chaque client, chaque sinistre, fait partie de la prestation, détermine le service rendu à chaque client.

- Pas faux...

- En fait, je voudrais arriver à plus que cela. Je vais te sembler Bisounours, mais ce que je vise, c'est à faire coïncider la productivité et le bonheur des salariés.

- Arrête ! Tu sais très bien que c'est impossible !

Aurions-nous dû parler boulot ? Je la sens plus retenue, vigilante. Nous avons quitté la brocante pour le monde de la semaine, plus dur, nécessitant prudence et dissimulation... Mais pourquoi ?

- Faire augmenter la productivité, ce n'est pas nécessairement demander à chacun de produire plus, cela peut être de permettre à chacun de produire autant en travaillant moins.

- Mais en quoi cela augmenterait la productivité, ton truc ?

- C'est simple, en donnant à chaque salarié la possibilité de se servir de ses qualités propres, dans ce qu'elles peuvent aider l'entreprise, durant ce temps libéré du travail indispensable à accomplir… Un enrichissement par la marge, par les côtés… Un enrichissement par les gens. Par la liberté et l'intelligence des gens.

- Là aussi, tu veux donner de la voie ?

- Exactement ! Je vais d'ailleurs changer mon nom de métier : je ne veux plus être consultant Salesforce, je vais devenir avoyeur.

Elle éclate de rire, et… moi aussi. Nous sommes revenus dans la brocante de Donzy-le-Pertuis, en Bourgogne, dans des rues dont les étals feraient rêver un archéologue du futur…

- Ethan, tu es absolument à contre-courant ! Tout nous incite à demander à tous les collaborateurs d'une boîte à ne faire que strictement leur tâche, aussi finement définie que possible, avec profil de poste, tout ça, avec le moins de lien informel avec les collaborateurs d'à côté, pour éviter tout travail inutile, non-productif, superflu…

- C'est vouloir transformer une activité de services, en lien avec des gens, en une chaîne de production Fordienne. Avec mon expérience de deux mois, je peux t'affirmer très sérieusement que cela ne marche pas. Et que, si cela semble logique sur un tableur Excel, cela ne fonctionne pas dans la *vraie vie ! Bon, sérieusement, ce n'est qu'une intuition, je vais continuer à creuser cela...*

Une intuition ? Est-ce encore un indice à recueillir pour mon puzzle ?

- Sois prudent, je doute que ta boîte soit en plein accord avec cette manière d'envisager ton taf...

- Claire, c'est drôle, parfois tu parles comme quelqu'un de plus jeune que tu ne l'es...

Là, elle me met une bourrade sur l'épaule...

Ensuite, c'est presque midi... Claire commence à avoir une vraie faim, à déambuler dans le village depuis près de 5 heures. Nous nous asseyons sur des bancs en bois à la buvette, devant deux verres de blanc, du Mâconnais, et des barquettes de frites... Sur la table, des dizaines de ronds humides, une barquette vide abandonnée, et une pluie de grains de sel, sans que cela nous gêne. Autour de nous, une ambiance détendue du dimanche, avec des rires, des retrouvailles, et surtout une atmosphère de vacances, personne ne semble dans l'urgence de quoi que ce soit, juste être là, à boire une bière en montrant fièrement une vieille canne à pêche que l'on a dégottée sur un stand, ou une paire de bottes en caoutchouc... C'est une espèce de cour de récré pour les adultes, cette brocante. Les acheteurs professionnels sont partis, ne restent que les chineurs occasionnels, venus là autant pour se promener en famille et avec des copains que pour faire une bonne affaire, sans enjeu... Voilà, sans enjeu... Même la plupart des vendeurs semblent être là pour le plaisir, sans chercher le profit, juste pour participer à l'animation du village, pour dire bonjour à des voisins, à des cousins, à jouer à la marchande, et à laisser le temps filer tout au long de la journée...

- Tu rêves ?

- Oui, un peu... Je voudrais te demander quelque chose de spécial...

- De spécial ? Wahou ! Mais j'ai le droit de refuser ?

- Evidemment !

- Bon, alors, qu'est-ce que c'est ?

- Voilà... Ethan est mon prénom officiel. Mais c'est le prénom de celui qui a disparu avec la foudre. Pas vraiment le mien. De le porter ne m'aide pas à me construire...

- Mais tu es toujours le même !

- Le même que qui ? Non, justement... Sans souvenir, je redéfinis ma vie, et elle diffère, en partie, de celle que j'avais avant.... Disons aussi que je ressens le besoin de me différencier d'Ethan, celui d'avant la foudre, pour ne pas que nous nous confondions, lui et moi. Cela ne serait agréable, épanouissant, ni pour lui, s'il réapparaît un jour, ni pour moi.

- Tu veux rompre avec ton passé ?

- Non, je veux adhérer à mon présent.

- Bon. ... Et alors ?

- Voilà. Tu me connais un peu. Tu sais que j'ai une vocation d'avoyeur.

- Arrêtes ! C'est une vocation qui date de ce matin !

- Non, elle a pris forme ce matin, elle s'est révélée avec cet outil… Depuis tout petit je veux faire avoyeur, puisque je te rappelle que je n'ai que deux mois ! Tu sais aussi que j'aime les pizzas royales. Bon, bref, tu sais tout de moi ! Alors, s'il te plaît, propose-moi un prénom.

- Ah ! Ethan, enfin, machin, tu es fou ! Te proposer un prénom ! Mais c'est extrêmement difficile, cela. Et quelle responsabilité… Pour mes deux gamins, avec mon ex, on a mis des mois avant de choisir des prénoms…

- Avec moi, c'est plus facile, tu n'as pas à y projeter un avenir, puisque je suis déjà adulte, même si c'est d'une drôle de manière. … Bon, disons que tu m'en proposes trois. Et j'en choisirai un. C'est moins engageant, non ?

- Mais je ne sais rien de toi ou presque !

- Moi non plus.

- Et si je me goure grave ?

- Si aucun ne me parle, je te le dirai… Laisse parler ton instinct, et je laisserai parler le mien…

- Et pourquoi est-ce que tu ne t'en choisis pas un toi-même ?

- Je ne sais pas… Vraiment, je ne sais pas… Intuitivement, je sens qu'il faut qu'il me soit proposé. Que je le reçoive. … C'est un ami qui m'a dit que je devrais changer de prénom…

- Demande le lui à lui, alors !

- *Non, il ne le fera pas, tiraillé entre Ethan et moi, Ethan qu'il connaît bien... Et puis Claude, il ne sait pas choisir... Toi, tu sais le faire, tu sais trancher, et tu peux, si tu veux bien, m'aider à naître...*

- *Tu penses que je suis assez vieille pour être ta mère ? Merci !*

- *Absolument pas. C'est la nature souriante de notre relation qui me plaît...*

- *Souriante ? ... Bon ... Écoute, un, je vais y réfléchir, cela me semble plus grave qu'un simple jeu. Deux, si je me lance, tu me promets de refuser tout prénom qui ne te conviendrait pas. Et trois, c'est la demande la plus bizarre qu'on ne m'ait jamais faite, et pourtant, comme commerciale, j'en ai entendu, des demandes surprenantes !*

- *Le bizarre semble imprégner les aspects les plus importants de ma vie...*

- *J'espère pour toi que cela se soigne !*

Là, c'est moi qui lui mets une bourrade sur l'épaule...

Puis nous reprenons un autre verre de blanc, servi dans des verres duralex, ronds, d'une forme qui exprime le contentement, un filet circulaire au milieu, indiquant une mesure qu'il faut absolument dépasser, avec une transparence altérée par des années d'usage, des verres qui pourraient être posés sur une couverture, dans la rue, survivants du passé, objets sans âge, mais parfaitement adaptés à cette ambiance à la fois familiale et reposante...

Le soir, un SMS. « *Comment ai-je pu accepter une telle mission ?* »

Je ne réponds rien...

Plus tard, je lui envoie : « *merci, Claire* »

Un message de Gaëlle. En gros, elle s'inquiète d'avoir pu être injuste envers moi, en rompant alors que je suis malade… J'envoie une réponse où je lui dis qu'elle a raison de s'éloigner, j'ai changé, et je ne sais pas trop comment je sortirai de tout cela ; que son départ est légitime, que nous verrons dans quelques temps… J'essaie de la déculpabiliser, sans laisser de fenêtre ouverte pour lui éviter un retour inutile, qui serait blessant pour tous deux, voire pénible dans les efforts que cela nous demanderait…

Gaëlle fait partie de ma vie d'avant, et je suis déjà en train de l'oublier. Ce n'est pas la foudre, cette fois, mais la conviction intérieure que cette vie où elle avait sa place et son importance, son amour et celui d'Ethan, ce n'est pas la mienne, que dans cette vie qui, par elle, ressurgit, je me noie, je me dissous, je me gaspille… Je m'égare.

Peut-on dire à une amante : *Avec toi je m'égare ; séparons-nous ?*

Je suis un peu troublé par la facilité avec laquelle je vis cette séparation. Je ne pense jamais à Gaëlle. Pourtant, elle est la seule femme avec qui j'ai fait l'amour dans ma vie. Et cela a été, au moins la première fois, un moment merveilleux, un plein accord érotique de nos corps, un bonheur sans ombre. Je le lui dois. Un très beau souvenir. Mais qui ne laisse pas de trace dans ma vie actuelle. Un amour d'adolescent, que l'on évoque avec nostalgie, mais qui n'a plus de réalité présente. Sauf que pour moi cela s'est passé en quinze jours ou presque… Elle est devenue souvenir…

C'est une histoire d'amour incomplète. Je n'en ai pas vécu le début. J'y suis entré par effraction en cours de route, et j'en suis sorti comme j'y étais entré. Là encore, cela m'évoque des amours adolescentes, elles aussi imparfaites. Parfois d'une rare intensité, mais pas construites pour durer, ni même pour évoluer. Des flashs amoureux, brillants, brefs, éblouissants, des éclairs destinés à s'effacer dans la nuit... Est-ce que je cherche à me justifier ? Et d'ailleurs, qu'est-ce que je sais réellement des amours adolescentes ?

Je n'ai pas eu le coup de foudre pour Gaëlle ! Dois-je en rire ?

....

Coup de fil d'Anne. Elle a vu un second cardiologue, qui lui a confirmé, avec plus de détails médicaux, ce que lui avait dit le premier. Elle n'a rien de grave, même si l'on peut constater que les liaisons électriques de son cœur se détériorent. Problèmes de bloc de branche... Je ne sais pas exactement ce que c'est, mais je trouve l'expression à la fois poétique et brutale : bloc de branche... Elle me demande de mes nouvelles, mais d'une façon assez tranquille, elle s'informe plutôt qu'elle ne s'impose... Elle a moins peur, pour elle, pour moi, et pour le monde entier...

Cela doit être une des clefs de l'avoyement (si ce mot existe !). Pour donner de la voie à sa vie, il faut éliminer des peurs. Plus facile à dire qu'à faire...

En fait, non, c'est même très facile. Il suffit de faire les choses comme on sent qu'il faut les faire, sans anticiper de manière trop craintive les réactions qu'elles peuvent provoquer. Les conséquences, oui, mais pas les réactions. Cela élimine déjà une bonne part des peurs sociales, la peur de ce que les autres vont en penser, l'image de nous qu'ils vont en déduire, car, au fond, cela ne nous regarde pas… Du moins, pas assez pour changer de manière de vivre juste pour être en adéquation avec ce que l'on imagine que les autres veulent de nous. Eliminer les peurs, et moins se préoccuper des réactions des autres… Surtout celles qu'on anticipe, et où on réduit les autres à moins que ce qu'ils sont.

Et d'ailleurs, les autres, que veulent-ils ? Peut-on vraiment le savoir ? Et moi, qu'est-ce que je veux des autres ???

Une sincérité qui ne soit pas intrusive… Une sincérité qui ne me mette pas en dette. Une sincérité sans enjeu… Et du rire. Ironique, blagueur, moqueur, mais du rire. L'humour, si possible, mais c'est si rare, et d'ailleurs, est-ce que j'en ai moi-même ? Mais du rire, impérativement du rire…

Recette du bonheur : disperser ses peurs, développer ses rires, exalter sa sincérité…

Rien de plus simple !

Chapitre 40   Mardi 16 avril

Rendez-vous avec Nadine Ronsod.

- *Voulez-vous que nous continuions sur cette peur de mort psychique que vous ressentez parfois ? Ou de votre recherche de densité ?*

- *C'est un peu curieux de le dire comme cela, mais j'ai l'impression que je vieillis vite, très vite, que dans ma tête les choses changent, que je progresse.*

- *Oui ?*

- *Je préfèrerais vous parler de ce qui m'importe aujourd'hui.*

- *Comme vous le voulez. Mais parfois c'est important de ne pas passer d'un thème à l'autre, de donner du temps à des questions particulières, même si elles semblent moins actuelles...*

- *Je comprends. Mais j'ai besoin de vous parler d'autre chose, à mon avis aussi importante que la densité ou le reste...*

- *Je vous écoute.*

- *C'est une envie un peu curieuse... Je voudrais changer de prénom.*

- *Oui ????*

- *Le prénom d'Ethan est celui de la personne que j'étais avant mon amnésie. J'ai oublié une bonne partie de sa vie, et même si on me la rappelle, cette vie reste un peu à distance de* moi. … Alors j'aimerais avoir un prénom qui désigne celui que je suis maintenant…

- Pourquoi ?

- Je crois que cela va m'aider dans ma réinsertion.

- De quelle manière ?

- J'ai besoin d'un nom qui désigne celui que je suis aujourd'hui.

- Hum… Celui que vous êtes aujourd'hui… N'est-ce pas prématuré ? Il n'y a que quelques semaines que vous avez subi la foudre, et l'amnésie qui en est la conséquence. Si vous recouvrez votre mémoire, que se passera-t-il ?

- Ce sera simple, je redeviendrai Ethan, très simplement… Si mon passé redevient mon passé, incarné dans ma mémoire, et non ce que l'on me raconte, alors, je serai de nouveau Ethan. Très simplement. En attendant, je suis d'une certaine manière quelqu'un d'autre… Et j'ai donc besoin d'un nom, même de façon transitoire.

- Dans la mesure où personne ne sait ni quand ni de quelle façon vous retrouverez vos souvenirs, je comprends votre souci… Mais ne craignez-vous pas que d'abandonner votre prénom d'origine, Ethan, ne soit pas une manière de vouloir abandonner votre vie antérieure ?

- Je n'ai pas choisi cet abandon, c'et la foudre qui l'a fait pour moi…

- Mais vous, que voulez-vous ?

- Vivre au présent, comme vous me l'avez conseillé, sans être prisonnier d'une attente d'un retour de mémoire, sans devoir me conformer à ce qu'on me dit que j'étais avant mon amnésie...

- Et votre famille ?

- Bien sûr que je la conserve ! Mais avec de nouveaux liens.

- Vous pensez cela possible ?

- C'est déjà en train de se faire, naturellement. Mes relations avec Anne, ma mère, semblent très différentes maintenant de ce qu'elles étaient avant mon amnésie...

- C'est peut-être parce que votre entourage vous considère toujours en convalescence.

- Non, je crois qu'elles sont de nature différente.

- Votre mère n'a plus de relation maternelle avec vous ?

- Si, bien sûr. Même : au contraire ! Nos relations ont évolué... Je ne suis plus en opposition permanente, et elle n'est plus dans une volonté constante d'intervenir dans ma vie... Notre relation, du moins pour le moment, est apaisée, et intéressante...

- Comment expliquez-vous ce changement ?

- Par mon amnésie. Avec Anne, je réagis avec qui je suis aujourd'hui, sans le poids plus ou moins conscient des nombreuses années d'interactions que nous avons eues ensemble...

- Et comment réagit-elle ?

- Je dirai que tous deux nous sortons d'un cercle vicieux qui pourrissait nos relations depuis des années... Donc, elle y réagit bien, elle aussi... Il ne s'agit pas de rompre des relations familiales, mais, d'une certaine façon, de les redécouvrir, et ainsi de les redéfinir... Encore que ce ne soit pas un projet, cela se fait naturellement, dans la mesure où il m'est impossible de ressembler point par point à celui que j'étais avant.

- Comment décririez-vous les différences entre celui que vous étiez avant, et celui que vous êtes devenu après votre foudroiement ?

- Je crois que je n'ai pas tout à fait les mêmes intérêts dans la vie... Et même, si je me fie à ce que mes proches disent de ma vie d'avant, je crois que je n'ai pas tout à fait le même caractère...

- C'est étonnant... Vous pouvez me donner un exemple ?

- Avant, j'étais dans une logique de conflits perpétuels, de ruses de guerre, de combats, c'était un de mes moteurs, d'après le témoignage de proches. Je me sens aujourd'hui beaucoup plus dans une logique de recherche d'accord, de.... De concorde, oui, de concorde.

- Oui, c'est surprenant. On peut imaginer que ces changements sont des conséquences, provisoires ou pérennes, de votre traumatisme. Mais cela ne change rien à votre situation actuelle, à ce ressenti de changement... Et donc, votre désir de changer de prénom correspond à votre volonté de faire reconnaître ce changement ?

- Oui, c'est cela… En plus, j'ai suivi une intuition curieuse : j'ai demandé à une amie très récente de me proposer des prénoms…

- C'est la personne à qui vous hésitiez à parler de votre amnésie ?

- Oui, Claire Témesco…

- Pourquoi ne pas choisir ce nouveau prénom vous-même ?

- Je ne sais pas… Au fond, ma génitrice, c'est la foudre. Ce serait à elle de me donner un nom… Mais comme elle ne l'a pas fait, il m'en faut un que l'on m'attribue… Enfin, il me semble…

Je suis imprudent, elle va croire que je débloque grave !

- La foudre comme un de vos géniteurs… Oui, on peut le dire comme cela. Vos deux parents restent vos parents, mais le traumatisme de ce foudroiement et de cette amnésie change tellement votre vie que la foudre, qui en est à l'origine, est un peu aussi à l'origine de votre personne d'aujourd'hui.

- Cela paraît idiot de le dire comme cela, mais c'est un peu vrai, n'est-ce pas ?

- Et pourquoi avoir choisi Claire Témesco pour vous attribuer un nouveau prénom ?

- En fait, elle va m'en proposer plusieurs, et je choisirai celui qui me correspondra le mieux… Claire ? Parce que c'est la seule personne dont je suis proche qui n'a aucun lien avec l'ancien Ethan. Elle ne me connaît que tel que je suis actuellement.

Donc, si elle me propose des prénoms, c'est en s'adressant au moi d'aujourd'hui qu'elle le fait. À moi !

- Mais pourquoi ne pas le choisir vous-même, je ne comprends pas...

- Si je m'attribue un prénom, ce sera comme si je me définissais un projet. Une forme de contrat. Comme si je devais ensuite m'efforcer d'être ressemblant à ce prénom. M'appeler Ethan, c'est m'efforcer de ressembler à qui j'étais avant. M'appeler truc ou machin, si c'est moi qui le choisis, cela me met dans une contrainte du même type.

- Et pas si ce prénom est choisi par quelqu'un d'autre ?

- Non. Cela devient une indication, quelque chose qui m'apprend quelque chose sur moi, mais face à quoi je reste libre de donner le sens que je veux, au fur et à mesure que je vivrai...

- Au fond, ce prénom va fonctionner pour vous comme un surnom, quelque chose que les autres nous donnent, et dont on fait ce que l'on veut, finalement. Mais qui vous désigne malgré tout...

- Oui, c'est cela...

- Est-ce que vous faites un lien entre cette envie de prénom, et la densité ?

- Je n'y ai pas pensé. ... Le prénom sera comme un catalyseur de densité, j'ai l'impression. De me savoir quelqu'un avec un nom, avec mon nom et pas celui d'un autre, je vais

pouvoir amalgamer d'une manière plus structurée ce que j'apprends de moi au fur et à mesure.

- Vous avez l'impression que votre nom va structurer votre identité d'après la foudre ?

- Oui, c'est ça.

- Pourquoi ?

- Je ne sais pas. J'ai juste la forte impression que sans nom je n'y arriverai pas. … C'est un besoin qui me semble très fort, très important… Pourtant, ce n'est pas moi qui y ai pensé. C'est mon ami Claude qui m'a fait cette suggestion.

- Cela ne vient pas de vous.

- Non. Mais cela s'est imposé à moi avec autant de force que l'impression de n'être pas à ma place dans le restaurant. Dès qu'il l'a dit, ou presque, j'ai su que je devais le faire… Cela a été moins brutal qu'au restaurant, peut-être parce que cette fois, c'est du positif.
Une espèce d'intuition majeure, indispensable. Peut-être due au fait que je sais très peu de choses sur moi, et que les indices qui me parlent de moi ne sont pas noyés dans d'autres souvenirs, perceptions, idées contradictoires. Elles peuvent se déployer sans obstacle, se faire clairement entendre, s'imposer.

- Par précaution, je dirai qu'il est d'autant plus important de rester prudent devant ce qui vous apparaît comme des évidences.

- Si j'avais la moindre alternative, sans aucun doute. Mais pour me construire, je n'ai rien d'autre que ces indices, peu nombreux, mais puissants. Alors, autant les suivre ! Et puis, cela me stimule, me donne de l'énergie ! C'est déraisonnable de se laisser aller ainsi à ses intuitions ?

- Déraisonnable ? Je ne sais pas. Généralisable, je ne sais pas non plus. Mais cela semble vous convenir, et surtout vous aider à dépasser votre traumatisme. D'une certaine manière, vous trouvez une manière de faire qui vous est propre pour reprendre votre place dans la société, dans le monde, parmi vos proches, et avec vous-même. Cette manière est-elle raisonnable ? C'est un critère pour les autres. Dans la mesure où vous faites visiblement des progrès considérables dans votre réinsertion, et cela très rapidement, il faut prendre acte que, pour le moment, votre manière de faire marche. Aussi originale soit-elle, aussi métaphorique s'exprime-t-elle.

- Je n'ai pas l'impression d'aller vite.

- Rappelez-vous que vous êtes sorti du coma le 23 Février… Si je vous suis bien, acquérir un nouveau nom participe à votre vie psychique, pas à votre mort.

- Je le ressens comme le contour nécessaire à la densité que je cherche à avoir… Ce n'est pas très concret, ce que je vous dis, mais c'est ce dont j'ai l'impression. Une impression forte, prégnante, qui m'engage…

- Une impression qui vous dit que c'est la voie que vous devez suivre… Une forme d'intuition qui vous guide vers votre nouvelle vie. Finalement, n'est-ce pas ce que nous faisons tous, quand nous sommes, suite à telle ou telle situation, momentanément débarrassés de toutes nos entraves sociales ou personnelles ?

- *Je ne sais pas...*

Et je me demande si elle n'est pas en train de me montrer qu'elle m'envie !

- *Monsieur Mantret, je voudrais vous demander de réfléchir à une question, pour préparer notre prochain entretien...*

- *Oui ?*

- *Peut-on vivre heureux sans racines ?*

- *Ouh là !... Bon, d'accord. Je vais essayer...*

J'ai retrouvé dans mes archives personnelles, sur une clef USB, le dossier d'une autre boite d'assurance pour laquelle j'ai été consultant, ce qui va me faciliter le travail de définition de la circulation des données selon les postes de travail et les responsabilités. Les deux entreprises ne se ressemblent pas, mais ce travail qui date de deux ans m'évite d'oublier des flux, des retro-informations...

Je travaille d'une manière très agréable : je butine des informations tantôt dans un bureau, tantôt dans un autre, en demandant des précisions sur tel ou tel dossier, afin d'en suivre tous les méandres. Comme je reste rarement plus de 45 minutes dans un même bureau, et que le rythme de travail n'est pas celui des Temps modernes (tiens, encore un souvenir cinématographique !), je n'ai pas à prendre rendez-vous, je débarque, et le plus souvent la personne accepte de prendre de son temps de suite pour me répondre. Puis je reviens dans mon bureau pour intégrer l'information, puis je vais sur les fichiers internes des Mutuelles, je cherche à comprendre, puis vient un point obscur et je repars vers un autre bureau chercher l'info qui me manque. Je suis d'autant plus accepté que je ne fais que ce que chacun fait ici, aller dans un bureau ou un autre pour demander de l'aide pour régler un problème. Je le fais juste de manière plus intense que les autres !

Claire n'était pas là hier. Je passe lui dire bonjour aujourd'hui, et elle me propose de déjeuner ensemble. Dans ma poche de veste, même si cela la déforme un peu, j'ai mon outil à avoyer, dont je caresse de temps en temps le manche, comme si c'était un grigri. D'ailleurs, c'en est un !

Nous partons déjeuner au Petit Chez Soi, pratique parce qu'on peut y aller à pied, et aussi parce que peu de personnes des Mutuelles semblent le fréquenter régulièrement. Arrivés tôt, nous choisissons une petite table au fond dans un coin, pour être tranquille. Bernard, le patron, nous accueille avec le sourire, tout heureux de nous annoncer que le plat du jour est une carbonnade flamande, un plat du Nord. C'est une première, mais comme il l'a faite hier, et déjà goûtée, il est assez sûr de lui...

- Claire, je dois te dire que les personnes au standard ont remarqué que nous partions ensemble...

- Nous allons alimenter les chroniques secrètes des Mutuelles du Marais, dont Delphine est la grande pourvoyeuse d'informations !

- C'est embêtant pour toi ?

- Non. Je m'en fous... Et puis, cela peut sembler étonnant, mais ces petites infos sur les unes et les uns, sur qui plaît à qui, sur qui peut-être drague qui, et les résultats des tentatives, sont plutôt sympas. Je n'ai pas entendu de choses méchantes sur les gens depuis que je suis informée de ce journal interne des sensibilités amoureuses à l'œuvre aux Mutuelles... Et puis, tu es bien accepté, pour un consultant, tu as une bonne image... Et en plus, si l'on s'imagine des choses entre toi et moi, je suis flattée, vus nos âges respectifs !

- Il n'y a que cela qui circule, les diverses tentatives de séduction et histoires de fesses ?

- Non, il y a aussi les problèmes familiaux, plutôt pour inciter chacun à soutenir celui ou celle qui en est victime... Il y a un an, une secrétaire a perdu brutalement son mari. Il y a eu plein de petites gestes de soutien, soit individuels, soit collectifs... Mais malgré tout, les histoires de cul, c'est ce qu'il y a de mieux ! Succès garanti auprès des dames ! Mais c'est toujours raconté de manière sympa. Rien de malveillant, plutôt une complicité rieuse. Mais rien qui soit à mentionner dans ton expertise ! ... Il y a un bon climat, dans cette vieille boîte, je pense que tu l'as constaté, toi le super consultant Bisounours !

- Oui. Je trouve cela particulièrement important, même si mes cadres d'analyse ne semblent pas capables de le prendre en compte... Je vais improviser !

- Bon, assez parlé des Mutuelles et revenons à ce que tu m'as demandé...

- Tu m'as trouvé des prénoms ?

- Non, c'est trop facile ! Tu vas d'abord devoir entendre tout ce que j'ai à dire sur cette demande, sur les questions qu'elle m'a fait me poser, mes scrupules, bref, tout ce que cela m'a coûté d'efforts !

- Tes scrupules ? Quels scrupules ????

- Ceux d'avoir à jouer un rôle démiurgique !
- Tu veux dire quoi ?

- De prendre un pouvoir trop important sur ta vie future...

- Mais c'est moi qui t'ai fait cette demande... Et je me suis engagé à ne pas accepter de porter un prénom s'il ne me parle pas... Quel garde-fou veux-tu de plus...

- Aucun ! J'ai décidé de te faire confiance. Après tout, tu es une grande personne de deux mois et demi, tu sais donc ce que tu fais, et tu sauras quoi faire, dans ton intérêt, du prénom que tu m'as demandé... J'ai accepté le challenge, à toi de porter ta part du défi, de gérer au mieux le prénom que j'ai trouvé...

- Parfait ! Cette confiance me semble idéale ! ... Je t'écoute ! Alors !

- Pas si vite ! En bonne commerciale, il me faut quelque chose en échange. Et je vais être généreuse, quelque chose en échange uniquement si tu acceptes le prénom que j'ai trouvé...

- Tu n'en as trouvé qu'un seul ?

- Je t'expliquerai...

- Bon, tu veux quoi ?

- Une cérémonie de baptême.

Voyant mon regard interloqué, elle éclate de rire.

- De baptême comme les bateaux tout neufs qui quittent le chantier naval ! Du champagne ! Enfin un peu plus, un repas digne de ce nom, à Lyon, avec du champagne... À toi de faire les choses comme il le faut, c'est de ta responsabilité !

- Tope-là, c'est d'accord. Dussé-je me ruiner, je ferai ce baptême !

- Si tu acceptes ma proposition. Bon, c'est une chose... Maintenant, je vais te dire comment j'ai procédé. Mais d'abord, buffet de hors d'œuvre !

....

Elle choisit plutôt des crudités, et moi je mixte féculents et salade de tête, dont je sais depuis peu que j'adore cela.

- J'ai cherché par étymologie… J'ai fait comme cela avec mes enfants, j'ai choisi des noms qui disaient quelque chose qui me semblait convenir à ce qu'ils seraient. Par exemple, n'ayant pas de religion, j'ai évité pour eux les prénoms qui signifient béni par Dieu, choisi par Dieu, amour de Dieu, etc. Donc, il fallait que je trouve un concept qui s'adapte à toi, qui t'aille bien selon moi… Mais je ne te connais pas plus que cela. Et toi-même, tu ne te connais pas depuis plus de deux mois et des broquilles. Je me suis demandé alors quel concept correspondait à ta demande elle-même, celle de me demander de te trouver un prénom, celle de changer de toi-même ton prénom. J'ai hésité sur le concept de Joie, de Rire, de Surprise, de Naissance, mais cela m'a semblé assez superficiel, finalement… Puis j'ai cherché par prénom, faisant défiler des centaines de prénoms, mais avec trop ou pas assez de choix, cela ne m'allait pas…

- Je t'ai coûté du temps !

- Plutôt des scrupules ! Pourquoi crois-tu que je tiens à avoir une rétribution ! N'oublie pas mes efforts en choisissant le champagne ! Pas de Champomy malgré ton âge, et pas de mousseux vu le travail effectué !

- C'est quoi, Champomy ?

- Un succédané de champagne, un espèce de jus de pomme pétillant et sans alcool, pour les petits enfants, qui jouent ainsi à boire du faux champagne, avant, cinq ans plus tard, de se torcher aux shooters de mauvaise vodka !

- *Cela sent le vécu !*

- *Que le parent qui n'a pas été appelé tard le soir pour venir récupérer son gamin à la limite du coma éthylique me jette le premier verre !*

- *Bon, d'accord, j'ai compris : un champagne d'exception !*

- *Voilà, on progresse… Donc, je n'arrivais à rien à partir des listes de prénoms par ordre alphabétique, ou par origine géographique ou culturelle… Je suis revenue au concept. Dans ton histoire d'avoyeur, donner de la voie à la lame, pour qu'elle ne se coince pas, je me suis dit que c'était une aspiration à la liberté. J'ai donc cherché les prénoms dont l'étymologie vient de liberté…*

- *Et ?????*

- *Je te propose François.*

- *François ?*

- *Tu es déçu ?*

- *Non… Je crois que j'attendais, stupidement, d'être surpris, étonné, abasourdi par un prénom inconnu, extravagant. Mais c'est idiot, je suis incapable de porter tous les jours un prénom extraordinaire. D'ailleurs, je ne veux pas être extraordinaire ! François. François. C'est un prénom familier, on doit s'y sentir vite bien dedans…*

- *Pour finir, je me suis attachée à vérifier la sonorité de ce prénom avec ton nom : François MANTRET, cela sonne pas mal, je trouve.*

- C'est relié à liberté, François ?

- Oui, Franc. La vieille signification de Franc, c'est libre. Franc-bourgeois, Franchise, cela veut dire libre…

- François… François… Bon, il me faut un peu de temps, pas de précipitation ! François… Je vais aussi demander son impression à mon ami Claude…

- Il va trouver cela complémentaire !

- ?????

- Claude François !

Voyant ma tête, elle ajoute : *un chanteur des années 80, avec des danseuses peu habillées autour de lui, les Claudettes, qui se trémoussent autour de lui…*

- Cela ne me dit rien…

- Bon, de toute façon, ce n'était qu'une blague !

- Ce n'est donc pas une légende ?

- Quoi ?

- Que tous les commerciaux ont un immense répertoire de blagues !

- Imbécile ! À Sup de Co, je n'ai jamais eu le moindre cours de blagues ! De boisson, oui, plusieurs travaux pratiques, lors de soirées où nous étions tous très assidus, mais de blagues, non…

- Cela devait être optionnel…

……………………………………………………………………………

François… François… Oui, pourquoi pas. Je pourrais m'appeler François, ce n'est ni prétentieux, ni voyant, c'est un prénom qui donne confiance, y compris confiance en soi…

- Allo Claude… Je te dérange ?

- Non, je travaille sur un dossier, mais je peux m'interrompre.

- J'ai réfléchi à ce que tu m'as suggéré, de changer de prénom…

- Hum….

- Que penses-tu de François ?

- François ? … Il faut que je réfléchisse. Tu as fait vite ! Pourquoi François ?

- Je ne te dis rien pour le moment, j'attends que tu me donnes ton impression.

- D'accord… Je vais réfléchir…

……………………………………………………………………………

Plus tard, sur la route du retour, je repense à Claire. Et pour la première fois, je l'imagine…

Elle est plutôt grande. Moi, je mesure un mètre 80, elle doit donc faire un mètre 75, avec ses talons, mais quand même. Elle a des cheveux mi-longs, auburn, avec une raie au milieu. Des yeux noisette. Une bouche ni mince ni voluptueuse, juste présente, sans dureté ni volupté débordante : discrète. Une poitrine modeste, des hanches un peu rondes... Elle a de petites rides autour des yeux, qui lui donnent du charme. Des mains fines. La peau mate. C'est la première personne que j'ai envie de détailler pour mieux me la représenter... Je n'en ai pas besoin avec Claude, et je n'y ai jamais pensé avec Gaëlle... Pour évoquer quelqu'un, se l'imaginer physiquement, c'est une façon de faire... Mais c'est imparfait, plutôt comme un pense-bête, car une personne, c'est une manière de se mouvoir, c'est un timbre de voix, une vivacité de réplique, un sens de la curiosité, une couleur de bienveillance, un style de rire, c'est une odeur, même si on ne le sait pas, c'est une qualité de présence,... Rien ne peut résumer une personne ! Mais j'ai plaisir à la reconstituer physiquement !

Et moi, comment suis-je ? Sans trop me regarder dans le rétroviseur, car cette autoroute est très fréquentée par des habitués toujours pressés, je mesure un mètre 80, j'ai les cheveux bruns, presque noirs, les yeux bruns, la bouche ordinaire, un nez un peu long. Je suis mince, sans épaules flatteuses ni ventre intempestif, des mains fines qui ne m'auraient pas permis d'être maçon, je chausse un petit 42, j'ai une barbe noire vigoureuse, qu'il faut raser chaque matin et le soir j'ai le menton bleu Et je vais bientôt devoir porter des lunettes, car je me rends compte que je suis un peu myope... Ethan ne s'en était pas aperçu ? Coquetterie ?

De me détailler comme cela m'éloigne de mon corps, c'est un peu comme si je faisais un état des lieux, pour venir occuper un logement nouveau, dont je ne serai que locataire... Quel va en être le loyer ? Les charges, l'entretien, je vois, me soigner, surveiller ma forme, mais le loyer ? Que dois-je à

Ethan qui peut réapparaître un de ces jours, reprendre possession du mètre 80 et des yeux bruns ?

À Feyzin, j'arrête de me tracasser avec ces questions bizarres… Et je repense à François l'avoyeur… Est-ce la plaque que je vais installer sur ma porte ?

Chapitre 42   Samedi 20 Avril

Le matin, promenade dans le Parc de la Tête d'Or avec Claude.

- Bon, pour ton prénom, je trouve que tu t'es décidé très vite… Je ne t'ai fait qu'une suggestion, et hop, tu m'annonces François…

- En fait, dimanche dernier, j'ai demandé à Claire, la cadre de l'entreprise où je suis en mission, et avec qui j'ai sympathisé, et qui me sait amnésique, de me proposer des prénoms, et elle m'a proposé François…

- Mais elle te connaît à peine !

- Oui, justement, elle ne me connaît pas d'avant, elle peut d'autant mieux voir qui je suis aujourd'hui…

- Il faut que le prénom te corresponde ?

- Non, il serait trop encombrant à porter, comme le rappel d'une tâche à accomplir, ou un modèle à respecter… Non, il doit juste m'aller, comme on le dit d'un vêtement…

- Elle a choisi François de quelle manière ?

- Je ne te dis rien, je veux ta réaction simple, sans attendus, spontanée, amicale…

- Il faut que je réponde tout de suite, alors ?

- Ce serait bien…

- Je trouve que François te va bien. J'y associe François d'Assise, que je rattache à un grand respect de la vie, à de l'humilité féconde, et à du bonheur simple... Bon, le lien est un peu encombrant, voire lourdingue, mais en même temps, ce n'est pas en totale opposition avec ce que tu es aujourd'hui, du moins ce que je devine que tu es et seras...

- Claire l'a choisi parce que son étymologie est « libre ». Mais je ne sais pas exactement si elle me voit comme quelqu'un de libre, ou quelqu'un dans la situation d'être libre...

- Tu lui as parlé de ton amnésie sans t'inquiéter des risques que cela te faisait courir, pour rester toi, si je me souviens bien.

- Oui.

- Alors, c'est la preuve que tu te comportes en homme libre. Et courageux...

- Courageux, je ne crois pas... J'essaie de suivre ce que mon instinct me dit... Ce n'est pas le plus dur, au fond. De plus, je suis en train de constater que moins on considère les autres comme des ennemis potentiels, et moins on a d'ennemis tout court...

- Tu me l'as déjà dit ! Reste prudent a minima quand même ! Les salauds qui profitent sans vergogne de la confiance qu'on leur fait, cela existe, et j'en croise régulièrement dans mes affaires de divorce ou de garde d'enfants !

- Au pire, j'y perdrais quelques illusions, mais guère plus, si par hasard je me trompe...

- François Mantret, cela sonne plutôt bien… Tu as les cheveux presque trop noirs, un peu trop durs, pour ce prénom…

- Ne compte pas me faire teindre en blond ! Je reste comme je suis…

- C'est mieux en effet ! Et puis, qu'il y ait un léger décalage entre l'image d'un prénom et la personne, cela fait qu'on la regarde avec plus d'attention. Cela intrigue, ça rend curieux.

- J'ai même trouvé un surnom !

- Un surnom !

- François l'avoyeur.

- L'aboyeur ?

- L'aVoyeur. Avec un V. Avoyer, c'est écarter alternativement à gauche et à droite les dents d'une lame de scie, afin que sa coupe soit plus large que son épaisseur, et ainsi qu'elle ne se bloque pas entre les deux côtés de la pièce qu'elle scie.

- Oui, je vois, un peu… Mais quel rapport avec toi ?

- Je crois que c'est ce que je suis en train de faire : donner de l'espace à ma vie, pour que je ne reste pas coincé dans mon passé, pour que je ne me bloque pas dans mon présent par souci de faire ce que l'on attend de moi… Quelque chose comme cela.

- Avoyeur…

- *Tiens, regarde, c'est un vieil outil à avoyer, par ces encoches, on donne de la voie aux lames...*

- *Donner de la voie... Ton surnom, cela pourrait être Didi !*

- *Didi ???*

- *« Lao-Tzeu a dit : il faut trouver la voie. Moi, j'ai trouvé la voie. Et pour que vous la trouviez, je vais d'abord vous couper la tête ! »..*

- *De quoi parles-tu ?*

- *Tintin. Le Lotus Bleu. Didi a été rendu fou, empoisonné par le poison, le radjaja, quelque chose comme cela, et il veut continuellement mettre dans la voie tout le monde, en leur coupant la tête...*

- *C'est quoi, Tintin ?*

- *Tu ne sais pas ce qu'est Tintin ? ... Mais c'est merveilleux ! Tu n'as aucun souvenir de livres, de films ????*

- *... De films, si... De livres, non, je ne crois pas. Sauf peut-être un ou deux livres de CRM....*

- *Tu vas donc pouvoir tout découvrir, trouver un plaisir neuf dans des milliers de choses que tout le monde a vu ou lu, et même un peu oublié, et dont le plaisir s'est usé ! Une chose est maintenant certaine, cela va être très simple de te trouver un cadeau pour ton anniversaire et pour Noël !*

- *Cela veut aussi dire que je suis sans culture...*

- Oui et non… Enfin, pas complètement… Tu t'exprimes plutôt bien, avec une richesse dans l'expression que n'avait pas Ethan, pour autant que je me souvienne…

- Tu as oublié Ethan ?

- Non, c'est juste que petit à petit tu prends sa place…

- C'est embêtant ?

- Je ne crois pas, … c'est la vie, tout simplement. Quoi qu'on en dise, notre mémoire est continuellement rabotée par le présent. Elle s'amenuise… Et heureusement, car sinon nous serions submergés de souvenirs, à ne plus savoir qu'en faire…

- Je suis obligé de te croire sur parole, faute de tout copeau ! … Claire dit que je m'exprime comme quelqu'un de plus âgé que je ne suis…

- Ça aussi, tu me l'as déjà dit ! Non seulement tu n'as pas de mémoire, mais en plus tu radotes ! Pour l'âge, je ne sais pas. Ce qui est certain, c'est que tu utilises moins d'anglicismes qu'Ethan, moins de termes de boulot… Mais c'est peut-être parce que tu viens juste de reprendre ton job, et que le vocabulaire va te revenir…

- Je ne crois pas… Je n'aime pas tout dans mon boulot, et si je comprends bien ce que tu me dis, c'est la partie la plus encline aux anglicismes qui me plaît le moins…

Je pense à la dissertation que m'a demandé de préparer Nadine Ronsod : peut-on être heureux sans racines ?

Bon, d'abord, qu'est-ce que c'est, racines ? Est-ce ce qui me nourrit, ce qui me fait tenir debout, ou bien est-ce là d'où je viens ?

Bon, le sens commun, c'est là d'où je viens…

Mais d'où viens-je ??? Est-ce uniquement de l'union d'un ovule et d'un spermatozoïde ? D'un homme et d'une femme ? Mais eux-mêmes sont dans une filiation, il faudrait alors faire une enquête généalogique… J'imagine que cela influe sur moi… Je ne serai pas le même né dans un autre milieu, une autre histoire familiale, un autre pays, une autre époque… Mais est-ce que cela empêche d'être heureux ? A priori non. Une personne peut parvenir à être heureuse quelles que soient ses origines… Sauf peut-être à se situer dans une filiation tellement intense qu'elle lui intime de réaliser la suite du projet familial… Par exemple, une famille noble au moyen âge. Il faut préserver le nom, les titres, les terres. Le fils aîné doit assumer sa part et voit ainsi sa vie en partie prédéfinie, comme le cadet, et ainsi de suite… Mais même cela n'empêche pas d'être heureux, dans les contraintes amenées par sa situation…

Que se passe-t-il si une personne ignore ses origines ? Cette ignorance peut-elle l'empêcher d'être heureuse ? Je ne vois pas en quoi… Sauf à s'en donner l'obligation… Si je m'impose de connaître mes origines pour être moi, pour me reconnaître, alors cette ignorance doit être source de malheurs, d'angoisse. Mais personne n'est contraint de s'imposer cela...

Et sans trace de sa filiation ? Alors, peut-être que là se joue quelque chose... Si l'on a, comme dans les familles nobles du Moyen âge, la certitude que l'on se doit de poursuivre un projet familial, alors, n'avoir aucune racine devient problématique, et peut aboutir à une sorte d'obsession : trouver d'où je viens pour savoir ce que je dois faire de ma vie. Et sans racines, alors, je ne puis m'engager en rien, car rien ne peut m'apparaître convenir à ce que je suis... Voire même, en ignorant d'où je viens, je me mets en situation de ne pas faire ce que je me dois de faire, ce que la lignée exige de moi, et d'en être ignorant ne me dédouane pas de cet échec, de cette désertion, car j'étais le seul dans la lignée à pouvoir le faire...Pas commode d'être heureux dans ces conditions... Mais bon, nous ne sommes plus au Moyen âge. Et au Moyen âge, tous n'étaient pas nobles ! Pour le savetier de Saint Symphorien sur Ristourne, les impératifs de lignée devaient être déjà beaucoup plus légers !

Les racines, ce qui me nourrit. Une approche végétale, biologique des choses... Qu'est-ce qui me nourrit ??? Question difficile...

De quoi ai-je besoin pour vivre ? Quels sont les éléments qui me sont indispensables ?

La santé, de quoi manger... Bon, d'accord, mais ce n'est pas le sujet... L'ancrage dans une culture, une langue... Mais c'est arbitraire, lié au hasard de la naissance... Celles-ci, ou d'autres. Chacun les siennes. Si on les perd, la vie devient difficile, il faut sans doute s'en recréer d'autres... C'est ce que doivent faire les migrants, ceux qui changent de pays, donc qui intègrent une culture et une langue différentes... Mais je ne suis pas dans ce cas-là...

On est nourrit aussi par ce que nos relations sociales nous apportent, comme satisfactions, comme chaleur humaine... Comme reconnaissance ! Comme amour ! Là, d'accord, ces racines-là sont indispensables pour être heureux. C'est même sans doute une manière de parler du bonheur, ce que nous apportent nos relations humaines... Mais peut-on les perdre ? Oui. Je me rappelle une enquête parlant de ce qui amenait des gens bien insérés socialement à devenir SDF (pourquoi ai-je gardé mémoire de cela ???). Face à un drame, deuil insurmontable ou déchéance professionnelle, les relations sociales peuvent se déliter très rapidement, et une personne se trouver isolée de sa famille, de ses collègues, de ses amis et conjoint, et perdre pied... Mais il est possible de garder une partie de ses liens, et aussi de s'en faire pousser de nouveaux, nouvelles racines ! C'est bien là où j'en suis : j'ai gardé l'amitié de Claude, j'ai adapté le lien filial avec Anne, et je crée un lien d'amitié avec Claire ! Une plante dont on coupe une partie des racines s'efforce d'en faire pousser d'autres...

Bon, si je résume : rien ne me concerne... Je ne suis pas prisonnier d'un destin à réaliser pour satisfaire les valeurs d'une lignée. Je n'ai donc pas à me préoccuper plus que cela de ce que j'ai oublié... Et d'ailleurs, que je peux retrouver à tout moment en interrogeant les autres. Et dans ce que j'ai perdu, il n'y a ni la santé, ni la nourriture, ni les relations sociales... Donc, avec ce dont mon amnésie m'a privé, malgré ce manque, je reste en pleine capacité à être heureux !

Les racines, c'est aussi ce qui vous attache, vous accroche, vous empêche de dériver… Un ancrage… Quelque chose d'une continuité. Là, ce sont les souvenirs que l'on a, les expériences de vie, ce que l'on a appris en vivant, qui nous donnent à la fois des repères, et des indications de qui l'on est, ou à tout le moins de ce qui nous est nécessaire pour vivre et être heureux. L'identité, c'est un peu quelque chose que l'on distille continûment en soi, à partir de tous les évènements que la vie nous procure ou nous impose. Et j'ai passé du temps, depuis ma récente naissance, à chercher cet ancrage.

Ceci dit, il ne peut y avoir greffe de racines. Et les souvenirs d'Ethan que j'aurais pu récupérer sont restés morts, inappropriables. Mes racines, celles qui me sont nécessaires, je suis en train de me les constituer, au fil des jours, comme avec Anne, et aussi avec Claude, en fait.

Et si je réfléchis autant à tout ce qui m'arrive, c'est bien parce que j'ai le besoin de me construire une continuité… Mais étant parti de rien, et sans que cela soit de mon fait, j'y consacre peut-être trop d'énergie…

On peut donc être heureux sans racines, sous réserve que l'on s'attache à s'en confectionner !

Mais pourquoi m'a-t-elle demandé de réfléchir à cela ????

Chapitre 44   Mardi 23 avril

Bureau de Nadine Ronsod.

- *Votre question était : peut-on vivre heureux sans racines ?, n'est-ce pas ?*

- Oui.

- Et comme je ne suis pas en train de passer le bac de philo, je pense que cela s'applique à ma situation...

- Hum...

- Alors je dirai d'abord que pour moi cette question a un sens plus profond lorsqu'elle s'adresse à quelqu'un qui renie son passé. Qui veut s'en détacher. On peut alors se demander si, en voulant dénier tel ou tel aspect de sa vie, il ne va pas déclencher tel ou tel mécanisme mental de compensation qui vont lui interdire de vivre en paix... Style retour du refoulé, si vous voyez ce que je veux dire !

- Hum...

- Mais dans mon cas, la disparition de la part de racines qui m'advient n'est pas de ma volonté, mais accidentelle. Ce n'est pas une stratégie pour être plus heureux, ou moins malheureux, c'est une privation. Et contrairement à un mécanisme psychologique plus ou moins conscient capable de créer un oubli, rien n'émerge après ce coup d'éponge de la foudre. Rien ne vient me tourmenter sous une forme déguisée, pour échapper à une censure. Mon passé n'est pas censuré, opprimé, il a disparu.

Je me retrouve dans une situation que je n'ai pas choisie. Je suis donc dans l'obligation de vivre avec, et par là même dans la nécessité d'essayer d'être heureux tel que je suis, rescapé de la foudre...

- Mais face à cette privation, vous avez le choix entre essayer de réintégrer cette part de votre passé qui a été effacée, ou l'abandonner. Et abandonner là une part de vos racines...

- En fait non, je n'ai pas le choix. Je ne peux pas réintégrer cette part de passé évaporée. Je peux, au mieux, combler ce vide par ce que m'en disent les autres. Mais ce que m'en disent les autres, ce n'est pas mon passé, ce sont des faits que j'accumule sans que je les ressente comme miens. Si ma mémoire se réveille, émerge des limbes, alors, pas de problème, je réintègrerai mon passé. Même, mieux, il sera de nouveau, comme depuis toujours, mon passé, mes racines. Je n'ai jamais eu l'intention, dans ma vie d'avant la foudre, d'après ce qu'on m'a dit, de jeter telle part ou telle autre de mon passé. Mais en attendant, et l'attente peut être longue, si j'ai bien compris, je n'intègre de ce passé que les éléments qui me permettent de n'être pas complètement perdu dans le monde, comme mon nom, ma famille, mon emploi, etc.

- Et vous n'avez pas la sensation d'être incomplet ?

- J'ai plutôt la sensation d'être en construction...

Elle est moins à mon écoute, aujourd'hui... Quelque part, je la trouble de n'être pas perturbé plus que cela par mon amnésie. J'ai l'impression que pour elle, se débarrasser de son passé est une impasse. Elle a d'ailleurs peut-être raison. Mais je ne me suis pas débarrassé de mon passé : je n'ai pas de passé !

Puis je lui parle un peu de mes réflexions sur ce qui peut constituer des racines, et visiblement cela ne l'intéresse pas. Le courant ne passe pas aujourd'hui… Est-ce par ce qu'elle a montré d'envie devant mon amnésie, si je l'ai bien devinée la semaine dernière ?

À la fin de l'entretien elle m'informe que nos rendez-vous hebdomadaires, sauf volonté contraire de ma part, peuvent s'interrompre aujourd'hui. Mais que si j'en ressens le besoin à un moment, elle est à ma disposition, il suffira que je prenne rendez-vous par avance…

- C'est un peu inattendu, cette proposition d'interruption !

- Oui, je comprends votre surprise.

- Et ???

- Si je vous propose d'arrêter nos séances, c'est tout simplement que je pense que vous n'en avez plus besoin.

- Pourtant, cela me fait du bien.

- Oui, mais ce n'est plus indispensable. Vous vous débrouillez très bien dans votre vie quotidienne. Et l'originalité même de votre façon d'organiser votre vie est l'indice que vous êtes parfaitement autonome. De mon côté, en accord avec le professeur Champoye, je pense que nos séances ne vous sont plus nécessaires. Ajoutons, par transparence, que vos séances sont prises en charge par l'hôpital et la Sécurité Sociale, que

d'autres patients ont besoin d'être accompagnés, et qui sont bien plus dépendants que vous. Vous avez la réponse.

Elle est en train de me dire que mes bizarreries sont l'indice que je suis autonome ! Pour le moins que certaines de mes bizarreries le sont !

- Bon, je comprends… Une dernière chose, dont je voulais vous informer : j'ai trouvé un prénom pour cette vie de foudroyé.

- Oh ! Lequel ?

- François.

- François… Qu'est-ce qui vous a fait choisir François ?

- L'étymologie. C'est Franc, libre.

- Vous vous sentez plus libre qu'avant ?

- Cela, n'ayant pas de souvenir d'avant, je ne sais pas. Mais j'ai envie d'être libre…

- Un prénom qui soit une aspiration, cela me parait positif… Et un nouveau prénom, pour une vie nouvelle, c'est comme le signe d'un départ, un bon signe.

Et nous nous sommes quittés là.

C'est curieux ces relations avec un psychologue… Il s'établit une vraie relation humaine, même si elle ne fonctionne que dans un sens (et encore !). Mais elle se gère comme un soin, qu'on clôt quand il n'est plus nécessaire. Mélange d'affectivité et de technique, d'engagement et de distance…

Réellement, je suis un peu dépité de cette interruption finalement assez brutale ! J'ai l'impression que j'ai été décevant. Un peu comme quand une fille ne souhaite pas vous revoir après une première nuit que vous perceviez particulièrement torride !

Bon, j'exagère un peu…

Je m'appelle François.

Pendant que Baya fait le ménage, j'ai un point téléphonique avec Adrien, le responsable mission pour les Mutuelles du Marais. J'ai commencé il y a juste 3 semaines, et j'ai complètement oublié de lui faire un rapport d'avancement de mission vendredi dernier. Je devine assez vite qu'il marche un peu sur des œufs, vu mon état : il craint que je ne déraille, ou pire, que je me mette en maladie, et GRG a besoin de moi…

Je le rassure sur l'avancée de ma mission, je lui promets un compte-rendu détaillé vendredi qui vient… Je lui cache, en échange, que j'ai presque terminé, au niveau des principes, le projet CRM. Et, tout autant, que la façon particulière dont fonctionne cette boîte me fascine un peu… Je cherche à le rassurer, comme le font tous les consultants de terrain envers les responsables de mission, et j'y arrive, malgré la méfiance qu'il se doit de développer ! Au moins un peu. Dans sa façon d'appréhender la mission, je finis par me rendre compte que pour GRG, les Mutuelles du Marais n'ont pas vraiment d'importance : petite mission sans envergure, à faible rentabilité, qu'on peut bâcler ou perdre sans dommage réel, sauf peut-être en termes d'image… Je comprends mieux pourquoi on me l'a confiée, cette mission, et aussi autorisé à y aller à mi-temps, au gré de mes possibilités, car de toute façon la mission est facturée à un prix forfaitaire… Je finis même par apprendre à demi-mots que GRG a accepté ce client uniquement parce que Revoil consulting l'avait refusé. Revoil, c'est notre concurrent le plus direct…

Sur le canapé, je rumine, avec comme accompagnement musical les bruits faits par Baya dans la salle de bains, puis dans la cuisine. J'ouvre Libération sur mon téléphone, et je tombe sur un article d'Olivier Hamant, intitulé *Pour s'adapter, il faut s'inspirer du vivant et cesser d'optimiser à tout prix*, qui expose que dans la nature, rien n'est optimal, que pour les êtres vivants, la norme est plutôt sous-optimale, pas très performante... Et que c'est justement cette sous-performance qui est une des clefs de la survie...

C'est un peu comme s'il y avait trois ordres de nature différente. D'abord, l'ordre mécanique, celui des machines, et dans cet ordre-là la performance maximale est toujours recherchée, pour un rendement optimal, une moindre dépense d'énergie et de matières premières. Ensuite, l'ordre biologique, celui dont parle Olivier Hamant, caractérisé par une relative inefficacité. Celle-ci, héritée de l'évolution, est faite de redondances, et d'effets aléatoires, deux faiblesses de performance qui s'allient pour permettre en fait une grande faculté d'adaptation face à toutes les fluctuations environnementales, jamais complètement prévisibles, ni identiques dans le temps. Et un troisième ordre, psychologique et social, qui a des principes déterminants, comme le respect, la sécurité, la reconnaissance, le sens du travail...

Mais le travail du consultant, c'est de viser à l'optimisation de tout le process du travail, considérant que toute production est d'ordre mécanique, alors que dans les organisations humaines, comme une entreprise, il allie plutôt une part de mécanique, une part de biologique, et une part de psychologique...

Autrement dit, l'aléatoire et la redondance, toutes choses que l'ordre mécanique exclut absolument, sont en fait ce qui permet de travailler en commun pour une tâche, en ayant une chance d'être heureux dans son job... Sous réserve que les principes déterminants de l'ordre psychologique soient satisfaits.

Si je n'avais pas ma vie à élaborer, il faudrait que j'écrive un livre là-dessus. En tous les cas, c'est assez clair aux Mutuelles du Marais... Les erreurs qui surgissent des vieux logiciels mal coordonnés sont de l'ordre du hasard, de l'aléatoire. La solidarité qui se manifeste pour les résoudre oblige plusieurs services à s'intéresser à une tâche ; c'est la redondance. Et elle facilite la vitalité de l'entreprise. Plus, cette solidarité qui permet de résoudre les problèmes déclenche aussi toute une série de comportements qui enrichit le travail de chacun d'un côté, et la relation aux mutualistes de l'autre, cela dans l'ordre psychologique.

Si je veux simplifier, je dirai que c'est grâce au bordel relatif qui règne aux Mutuelles que la boîte tourne bien et que les gens sont heureux d'y travailler, ce qui se constate par le très faible turn-over des collaborateurs...

Mais ceci une fois dit, mon rôle de consultant consiste, pour que l'entreprise fonctionne encore mieux, à détruire tout aléatoire et redondance, et à rendre inutile toute solidarité en évitant tous les problèmes ou presque, et en cloisonnant les problèmes qui subsisteront dans chacun des services... Bref, paradoxalement, mon rôle consiste à détraquer la réelle productivité tranquille actuelle pour la remplacer par une organisation sans faille et d'une rigueur parfaite dont on pourra ensuite vérifier qu'elle ne marche pas, trop métallique pour susciter une quelconque envie de chacun de l'aider à tourner... Il sera alors temps de rejeter la faute de cet échec non sur les principes à son origine, mais sur les personnes, déclarées incapables de s'insérer mécaniquement dans la mécanique !

C'est la lame de scie ! Si les dents sont dans l'alignement parfait de la lame, la coupe est plus fine, la sciure moins abondante, et l'idée parfaite : une lame d'un millimètre fait une coupe d'un millimètre, ni plus ni moins, inutile de se préoccuper de toute autre chose, y compris de la technicité de celui qui manie la scie. Mais voilà, si l'on fait cela, la lame se bloque... Elle se coince entre les deux parois de la pièce sciée, elle chauffe, elle brûle le bois, et il faut ajouter beaucoup de force pour continuer à la déplacer... Elle n'a pas assez de liberté ! Un espace apparemment inutile, mais qui a une fonction indispensable : permettre que cela marche !

Or cet espace ne se théorise pas, ne peut devenir une composante de l'ordre mécanique. Il ne se laisse pas circonscrire, ou contrôler, définir dans un référenciel, dans un mode d'emploi. Il est la souplesse bordélique de la vie. Il faut donc accepter de ne pas tout contrôler, de ne pas tout rationaliser, d'autant que de ce bordel vivant naissent beaucoup d'apports psychologiques précieux pour la qualité du travail effectué... Voire d'inventions susceptibles de tout améliorer.

Baya ne fait jamais les pièces selon le même plan. Ni les choses dans le même ordre... Parfois elle fait la poussière partout, puis le repassage, puis... D'autres fois elle fait d'abord une pièce, puis une autre, puis tout le reste... Parfois elle commence le repassage, nettoie la salle de bains, puis revient finir le repassage… Pourquoi ? « *Je le sens comme cela* » Et elle ajoute : *cela suit mon envie…* Et puis : *c'est plus amusant !*

Voilà le bordel de la vie !

J'ai l'impression d'avoir trouvé quelque chose d'important pour moi… Alors, pour fêter cela, j'offre le champagne à Baya, et c'est aussi une manière de la remercier de me montrer d'une façon simple ce que je cherche à appréhender depuis plusieurs jours… On devrait toujours avoir une bouteille de champagne à ouvrir lorsqu'on a trouvé une chose importante pour soi… C'est une façon évidente et efficace de partager cette petite avancée que l'on vient de faire !

Et force est de constater que l'on ne boit pas assez de champagne dans nos vies !

....

Finalement c'est bien Didi qui a raison : pour trouver la voie, il faut d'abord couper la tête !

J'envoie mon rapport d'étape à Adrien Récamier. Une longue partie sur les paramétrages à prévoir pour le CRM, bien sûr. Et une partie sur l'organisation interne des Mutuelles, leurs avantages et comment les préserver… J'aurais des réactions, mais de quelle nature ?

Je repense à Nadine Ronsod, et au fait qu'elle m'a aidé, dans mon départ dans la vie. Pour lui dire merci, je lui fais livrer des fleurs, une composition de belle allure, avec un petit mot : « *merci pour votre accompagnement dans mes premiers jours* ». J'ai bien pensé un moment à lui téléphoner pour la remercier en direct, mais avec une psychologue, aucun échange oral n'est vraiment évident, et je ne veux que la remercier. Je pense à une boîte de chocolats, mais trop tard. Avec retard, je ressens avec force que pour remercier une psychologue, une boîte de chocolats, c'est mieux. Sans me l'expliquer. Alors je lui envoie aussi un ballotin de chocolats Bernachon, au risque qu'elle s'inquiète des effets du deuil de nos rendez-vous. Et sur la carte j'écris : *je vis ! François*.

J'ai invité Claire et Claude à mon repas de baptême, demain soir. J'ai réservé au Gourmet de Sèze, un restaurant gastronomique pas très loin de chez moi… Sa carte des champagnes est suffisamment complète pour satisfaire tout le monde…

Bref, je n'ai pas vraiment la tête à travailler, et dans les couloirs des Mutuelles, je me promène, je butine avec délectation ce que je respire de désordre, ou plutôt de mal ordre, de cliquetis, de raclements, de parenthèses, d'échappées, je vois les gens qui vont d'un bureau à l'autre, pour un tuyau, pour dire une blague, c'est le biologique, les bruits de l'aléatoire et de la redondance en marche ! ... Et les odeurs de café ! Le café, c'est l'ordre psychologique !

La salle est en noir et blanc, d'esthétique contemporaine, mais la table est dressée à l'ancienne, couverts multiples et serviettes en tissu…

Le restaurant est encore presque vide, je ne sais pourquoi, et nous sommes dans un calme parfait. Mais un peu intimidant… Il n'y a pas de musique d'ambiance, je préfère cela, mais je le regrette presque. Comme nous ne nous connaissons pas ensemble, tout est un peu figé, prudent, contraint… Je me demande si je n'ai pas fait une bêtise…

- Bon voilà, je suis embarrassé… Je voudrais des choses contradictoires pour cette soirée. Alors, je vous les dis en vrac. D'abord, j'avais envie que vous fassiez connaissance. Vous êtes mes deux seuls amis, et cela me fait plaisir que vous vous rencontriez… Ensuite, je veux que l'on fête mon nouveau prénom. Avec toi, Claude, qui m'a suggéré cette idée, et toi, Claire, qui m'a aidé à en trouver un… Et puis, j'ai aussi l'impression que ce nouveau prénom m'installe dans ma nouvelle vie, non plus la part amputée de la vie d'Ethan, mais la mienne. D'une certaine façon, je prends mon envol ce soir… Ou, du moins, j'aimerais commencer à le faire, et à vivre ma vie… Bon, tout cela est très sérieux. Et pourtant j'aimerais aussi que ce repas soit gai, que nous arrivions, tous les trois, à avoir une humeur champagnesque, avec de l'alcool et des bulles… Dans le plaisir simple d'être ensemble… Un moment placé sous l'étendard de la liberté, donc à la fois quelque chose de sérieux, et en même temps de joyeux, de léger… Pas de liberté sans légèreté ! C'est dire l'importance des bulles !

Bon, je sais, vous ne vous connaissez pas… Et finalement vous ne me connaissez pas beaucoup non plus… Mais voilà comment je rêve ce repas…

- Et en plus tu ne te connais pas beaucoup toi-même !

- Et en plus personne ne se connaît vraiment beaucoup, en fait !

- Fêtons alors joyeusement une soirée d'amitié entre trois inconnus !

J'avais commandé par avance un champagne en guise d'apéritif, un Dom Pérignon Plénitude de l'an 2000, une excellence au-dessus de mes moyens, mais à la hauteur des circonstances… Le bruit du bouchon est à la fois chaleureux et solennel. Le serveur annonce le nom de la bouteille, puis, avec sérieux, il remplit nos coupes avec à la fois aisance et affectation… Un voile de silence se pose sur notre table… Le prestige amène de la solennité…

- Bon. Je lève ma coupe à mon baptême.

- À François !

- À François !

Claude, avec sérieux, trempe son doigt dans sa coupe, et me touche le front, la bouche et le cœur. Me voilà baptisé comme je voulais l'être…

Et nous trinquons…

- Maintenant, nous pouvons attendre l'effet de l'alcool et des bulles, pour qu'arrive cette légèreté que je souhaite, mais je voudrais vous proposer quelque chose d'autre…

- ????

- *Je vous ressens, chacun, comme des êtres libres... Alors, j'aimerais que chacun de nous partage, à sa convenance, une des composantes de sa liberté... Bon, cela semble un truc un peu intello, voire idiot, mais j'y vois comme si nous passions une espèce de pacte, de pacte d'amitié, de libre amitié. Un partage de confiance, fondateur de je ne sais quoi, mais de quelque chose de précieux... Vous êtes d'accord ?*

Ils restent tous deux silencieux, la coupe en main...

- *Ce champagne est excellent... Oui, je comprends ta proposition... Un homme dont la vie s'est construite en deux mois va plus vite que les autres dans les relations humaines... Tu nous demandes d'accélérer, Claire et moi...*

- *Non, ce n'est pas de la vitesse...*

- *Tu nous demandes de devenir amis aussi vite que nous le sommes devenus avec toi...*

- *Au fond, je ne sais pas vraiment ce que je veux... Peut-être juste que nous soyons bien ensemble... Mais c'est moi qui vais commencer à vous parler... C'est une chose importante que j'ai comprise récemment... Pour être libre, il ne faut pas s'imposer des enjeux. Il faut vivre sans enjeux. Pas sans exigence, mais sans enjeux...*

- *Un enjeu, c'est quoi exactement pour toi ?*

- *C'est quand tu te mets dans la situation de gagner ou de perdre avant de faire quelque chose. Au lieu de simplement faire ce que tu veux faire, tu y ajoutes une dimension* supplémentaire, un jeu avec toi-même mais aussi les autres, et tu peux gagner ou perdre. Et cela gâte tout ! Ce n'est plus de faire la chose qui importe, c'est de gagner ou de perdre. Et je trouve que cela prive de liberté. ... Par exemple, j'avais envie que vous vous rencontriez ce soir. Mais si le courant ne passe pas entre vous, c'est comme cela, tant pis. Je n'aurais pas perdu. Et si le courant passe, je n'aurais pas gagné... Et vous n'avez donc pas à forcer votre sensation spontanée face à l'autre pour me faire plaisir, ou pour me ramener à une plus grande modestie, ou discrétion, il n'y a pas d'enjeu... Je ne sais pas si c'est un bon exemple...

- Si je te comprends bien, au fond, l'enjeu, c'est, à l'avance, définir une forme de jugement que l'on s'attribuera à soi-même. Et moins on se juge, moins on s'évalue, plus on est libre.

- Oui, c'est cela...

- Bon. Je poursuis, à moi ! ... Une des choses qui me rend libre, c'est de n'avoir jamais fait de projet... J'ai, tout le temps, suivi ce qui se présentait. Parfois cela a marché, parfois non, et alors j'ai changé, mais sans rien provoquer par moi-même...

- La liberté du bouchon sur l'eau de la mer démontée ?

- Elle ne l'est pas tant que cela, démontée, pour un bouchon insubmersible...

- Tu es insubmersible, Claude ?

- D'une certaine manière oui, parce que je ne me suis jamais imaginé pouvant être submergé...

- Une forme de confiance en toi ?

- Non, plutôt une forme de confiance dans les circonstances… Ou d'inconscience dans les circonstances !

- Tu es donc un adorateur de la sérendipité !

- De la quoi ?

- Sérendipité. Une capacité à être ouvert au présent, et à y découvrir des choses nouvelles… Un bouchon attentif et perspicace…

- Je ne sais si c'est vrai, mais je trouve cela flatteur…

- Cela nous rapproche, je me suis senti bouchon, au début de ma vie…

- Et toi, Claire, tu te risques ?

- Bon, vous vous connaissez depuis longtemps, c'est plus facile pour vous…

- Depuis un peu plus de deux mois, en effet…

- D'abord, je ne suis pas certaine d'être libre… D'en avoir envie, oui, mais d'y être parvenue…

- La liberté, ce n'est pas un état, c'est une exigence que l'on a envers soi-même…

- Comme dans la chanson de Moustaki… (Tiens, encore un souvenir culturel…).

- Mais il y mêle la solitude…

- Bon, arrêtez de philosopher, tous les deux, ce n'est pas un domaine où je me sens très à l'aise… Ce que je sais faire de libre, dans ma vie, c'est de suivre mon instinct.

- Et quel est le lien avec la liberté ?

- Je suis mon instinct quoi qu'il arrive, quoi qu'on m'en prédise, avec une confiance absolue dans sa véracité…

- Cela ressemble un peu au bouchon de Claude ?

- Non, toi, Claude, tu n'as pas de direction, moi j'en ai une, tu crois aux circonstances, je crois à mes impressions… Et cela me rend libre parce que rien ne m'y fait renoncer, quelques soient les risques, ou les incohérences que cela occasionne…

- Et tu es satisfaite de ce que te dit ton instinct ? Je veux dire : tu as souvent raison ?

- Ni raison, ni tort. C'est quelque chose d'impératif. Comme je m'y engage à fond, ma vie toute entière se transforme et je ne sais plus ce que j'aurais pu vivre ou être si j'avais renoncé à la suivre… Je me suis mariée comme cela, j'ai eu deux enfants comme cela, j'ai divorcé comme cela…

- On dirait de petites amnésies, si vous voyez ce que je veux dire ! Chaque décision te fait oublier les autres choix possibles.

- C'est vrai !

- Tu t'abandonnes à ton instinct…

- On peut le dire comme cela. … Non, ce n'est pas un abandon… Je fonce vers ce que me dit mon instinct !

- C'est… impressionnant !

- Moque-toi de moi !

- Si l'on prend du recul, nos trois formes de liberté ont toutes à voir avec le lâcher prise… Pas de projet, pas d'enjeu, pas d'atermoiement… Ou mieux, pour Claire, pas de sécurité…

- Je trouve quand même que Claire est plus volontaire que toi et moi, François…

François !

- Mais c'est une volonté qui s'appuie sur une impression globale, pas analysée. Elle ne pèse pas le pour et le contre, elle fonce, quoi qu'il en coûte, quoi qu'il se fasse…

- Nous pourrions former une société secrète de libertaires, ou je ne sais comment nous appeler !

Là, je pense que le Dom Pérignon commence à faire de l'effet…

- Toute société a ses codes, ses règles, et cela doit être très difficile d'en définir une qui ne s'oppose pas à son objet, quand celui-là est : rassembler des personnes libres…

- On pourrait dire que dans notre pacte d'amitié, nous nous engageons à ne jamais sacrifier notre liberté à quoi que ce soit, sauf volontairement…

- À ne jamais être moins libre, sauf à le choisir librement, c'est ça ?

- Et j'ajouterais : et à condition de le partager aux deux autres…

- Et sinon, que seule l'amitié vivante nous lie !

- Un bouchon sérendipitaire, une instinctive forcenée, et un amnésique foudroyé !

Cette fois, c'est sûr, c'est le champagne...

- Un trio de libres excentriques.

- Les Librexcentriques !

- Cela ne devient bizarre que lorsqu'on veut en donner une définition...

- Oui, c'est vrai ! Si l'on ne dit rien, nous avons sans doute chacun, aux yeux des autres, un petit brin de folie, mais rien de grave... Mais si l'on s'efforce de décrire qui nous sommes, on devient des êtres étranges...

- Faut pas exagérer non plus !

- Tu ne trouves pas que François, qui vient de changer de prénom après un foudroiement, sort de la moyenne ?

- Bon, d'accord, un peu. Mais nous deux...

- Vous deux, vous acceptez un foudroyé amnésique nouveau-né comme ami. C'est forcément suspect !

Nous rions tous les trois. Puis nous commençons à manger...

Claude nous raconte comment il s'était spécialisé dans les affaires familiales, quand il était encore stagiaire, en remplaçant une amie et consœur tombée malade deux jours avant le passage devant le juge. Il avait passé deux jours et deux nuits à assimiler ce qu'elle avait préparé, puis, face au juge, avait improvisé… Et fait gagner son client… Son amie est devenue pénaliste, et lui est resté dans les affaires familiales.

Claire nous livre quelques-unes des injonctions de son instinct, certaines fécondes, d'autres plus ambiguës quant à leurs résultats… Celle que j'ai gardée en mémoire a consisté à suivre un homme croisé dans la rue, qui justement partait en Italie ce jour-là… Elle a pris le train, et a continué à le suivre… Elle l'a abordé à Venise, ils ont discuté durant un long repas, ce n'était pas une attirance amoureuse, mais elle avait senti que cet homme serait important pour elle… Il venait à Venise pour revoir la ville qu'il avait visitée avec son épouse, disparue depuis six ans. Et il venait d'apprendre qu'il avait un cancer du pancréas… Claire avait quarante-deux ans, et il lui a appris, juste en lui parlant durant ce repas, que notre temps à tous est compté, que son temps à elle… En rentrant à Saint-Etienne, elle a divorcé…

Moi, je parle du peu que j'ai vécu, et en particulier de comment je suis sorti, avec précaution, de l'hôpital, et du temps qu'il m'a fallu pour échapper à ce que je ressentais comme une menace… J'ai un peu parlé de Nadine Ronsod, et de son aide… Et du Professeur Champoye, et de ses multiples tests… Là, je les fais rire !

D'abord, du Saint-Pierre en bouillon au galanga, recette japonaise. Puis des Saint-Jacques Rossini, original mélange de foie gras et de Saint-Jacques. Le tout d'abord avec un blanc sec, mais vigoureux, un Château Neuf du Pape, puis un moelleux de Loire, un coteau du Layon, alliant puissance de l'alcool et arrière-gout sirupeux… Puis assortiment de desserts… Et une nouvelle bouteille de Dom Pérignon, mais plus jeune cette fois, 2008.

Arrivés parmi les premiers, nous partons presque les derniers, minuit bien passé… Claude rejoint sa voiture, il habite dans les Monts d'Or. Claire m'accompagne un moment, sa voiture est garée dans la direction de mon appartement. Je suis pompette, et j'imagine qu'elle l'est autant que moi. Comme je trouve imprudent de la laisser conduire jusqu'à Saint-Etienne, je lui propose de dormir chez moi, et de rentrer demain… Je vois qu'elle interroge son instinct, et elle accepte. Et j'ai dû suivre le mien, car je m'aperçois que je n'ai pas eu la moindre inquiétude pour Claude et son trajet à faire, Claude aussi imbibé que Claire et moi…

Je n'ai pas fermé mes volets, et le soleil qui traverse les voilages m'a réveillé tôt… Mon lit a une température, une chaleur différente, enveloppante, protectrice… C'est sans doute la chaleur de Claire, qui dort sur le ventre à côté de moi… Je caresse ses reins et ses fesses, sa peau est encore plus chaude que le lit, sans que cela la réveille…

Je ne sais pas trop à la suite de quoi nous nous retrouvons là, elle et moi… Hier soir, j'étais préoccupé à trouver où étaient rangés les draps pour installer le canapé, car je n'arrive pas à vraiment mémoriser où sont les choses dans cet appartement, je dois à chaque fois tâtonner… Et ensuite, dans mon souvenir, nous sommes en train de nous embrasser à la fois doucement et très fortement, ce qui est une impression contradictoire… Puis mon souvenir fait un nouveau saut, nous sommes dans ma chambre, et nous sommes nus, encore debout, nos mains aussi avides que nos bouches, pour parler comme dans un roman érotique ! Puis allongés, et là les souvenirs abondent, mais sans ordre précis, un ballet harmonieux mais improvisé, passant du coq à l'âne (ce n'est pas une expression bien choisie !), d'une position à l'autre, plutôt, avec de petits rires… Nous avons fait l'amour en prenant notre temps, longtemps, sans hâte, sans sortir de l'ivresse, sans fin…

Claire dort sur le ventre à côté de moi… Et moi je rêvasse… Elle ne correspond pas du tout à ce que j'avais pu identifier comme sensibilités érotiques personnelles : elle a la peau mate, pas du tout de ce blanc qui m'émeut. Et elle s'accroche à ses orgasmes comme si elle montait à la corde, avec une énergie serrante, presque crispée, comme si le plaisir allait s'échapper, mais il ne lui échappe pas, rien à voir avec cet abandon dont j'ai cru qu'il était le summum de ce qui m'excitait... Ceci dit, je m'en fous, de mes préférences, de mes fantasmes, ce qui m'importe, c'est la réalité, c'est elle, Claire...

Je me souviens aussi qu'elle s'est moqué de nous deux, qu'elle a trouvé qu'en tant que cougar, elle se débrouillait plutôt bien, et que de faire l'amour avec un quasi puceau était une expérience intéressante et stimulante... La tendresse de ses gestes rendait drôle ce qui aurait pu paraître une prise de distance, et qui n'en était pas une... Juste une manière de conforter notre amitié, amitié amoureuse, amitié sensuelle, mais amitié, enfin, quelque chose comme cela.

J'ai appris que l'on pouvait rire tout en faisant l'amour de manière passionnée et malgré tout tranquille... Et se risquer à découvrir le corps d'une femme sans se mettre d'enjeu. Se faire confiance, lui faire confiance, sans même y penser... La différence avec Gaëlle ? Pas facile à définir... Avec Gaëlle, je donnais, je recevais, chaque geste avait une valeur dans un échange... Une recherche d'équilibre, qui oblige presque à compter, un don alterné où à tour de rôle on se préoccupe de l'autre, ou de son propre corps... Une harmonie quantifiée, si j'ose dire... Et c'est déjà beau ! Avec Claire, je ne me suis préoccupé ni d'elle, ni de moi, les gestes et positions sont venus d'eux-mêmes, pour l'un comme l'autre, ensemble. Un mouvement fait à deux, sans le souci de quoi que ce soit, même pas de l'autre, juste être dans le présent... C'est bizarre, on peut être dans une plénitude de présence à l'autre sans se soucier de lui, parce que l'on est absolument assuré, physiquement assuré, qu'il est autant dans le plaisir que soi, et donc, il suffit de ne penser à rien et de continuer… Continuer…

J'espère qu'elle le voudra.

....

Plus tard, dans la matinée, nous déjeunons ensemble. Elle porte un de mes tee-shirt, un peu ample, qui lui descend à la moitié des fesses, nues. Et je la désire de nouveau…

....

Nous avons un peu de difficultés à nous parler, tellement notre relation a évolué vite… Mais cela ne dure pas, je tiens à elle, elle tient à moi.

....

Il est plus de midi quand elle rentre à Saint-Etienne…
Le soir, elle me téléphone, juste pour m'entendre un peu. Et m'inviter à dîner demain soir, chez elle…
SMS de Claude, il est bien rentré, et se dit heureux de connaître Claire… Tout va très vite…

Quelque chose a changé. Depuis mon nouveau nom, ou bien depuis ce repas de baptême, à moins que ce ne soit depuis ma rencontre amoureuse avec Claire… Je suis beaucoup moins préoccupé par ce qui m'arrive. Bon, ce n'est pas très clair…

Depuis ma naissance, il me semble que je suis continuellement ou presque en train de m'interroger sur le sens de chaque évènement que je vis… Et depuis lundi, ou est-ce dimanche ?, je laisse filer les choses, sans plus me poser de question que cela…

D'un côté, ma vie m'échappe de plus en plus, puisque je la vis sans y réfléchir… Et d'un autre côté, je l'habite de plus en plus. Et en prime, et c'est un réel soulagement, je ne me pose plus sans arrêt la même question : qui suis-je ?

Ce n'est pas que cela ne m'intéresse plus de savoir qui je suis, mais c'est devenu, du moins pour le moment, une question sans urgence, sans importance vitale… Une tâche de fond, qui se fait à bas bruit, sans nécessité impérative… Ce n'est plus un enjeu ! Comment est-ce possible ?

Sans en avoir la moindre preuve, arbitrairement, je décide de considérer que c'est mon nouveau prénom qui initie cette transformation… D'être François me sort, peut-être définitivement, de cet espèce de sas que j'ai dû traverser, de cette période mouvante où il fallait que je me trouve, à partir de bases effritées. Il fallait que je sache ce qu'étaient mes fondations... Maintenant, je m'en fous... Voilà, ce temps d'introduction à la vie est fini pour moi.

Mais s'il est fini, encore faut-il que j'admette que je ne sais pas quelles sont réellement mes fondations... Mais, au vrai, qui le sait ? Si l'on est sincère, n'est-ce pas les biographes qui nous en construisent, des fondations, dans les livres qu'ils écrivent une fois nos vies achevées ? Ce n'est que quand le mouvement de la vie s'est arrêté que l'on peut déterminer, peut-être, ce qui soutenait le tout... La vie, c'est une construction dont les fondations se déterminent à la fin...

Pour moi, ce qui s'est transformé, c'est que je ne ressens plus de besoin impérieux de les identifier, mes fondations. Mais pourquoi ai-je changé ?

Je ne trouve qu'une seule réponse : parce que j'ai autre chose à faire !

Ou alors, c'est de nouveau l'essence du biologique... Au fond, chercher à définir ses fondations, c'est raisonner de manière architecturale, c'est de l'ordre du minéral, pas du biologique... Lorsqu'on pense à ses fondations, on les imagine comme une base en pierre, enterrée, faite pour soutenir, pas pour alimenter. Donc pas comme des racines, des organes vivants, qui se développent, nourrissent, et même, si j'ai bien compris, communiquent comme le font celles d'arbres voisins. Une racine permet de vivre, mais ne fixe pas le destin de la plante. Et la plante ne s'appuie pas dessus, c'est une partie de la plante, aussi vivante que la plante, aussi susceptible d'évoluer, de se développer et de s'adapter que la plante... Et cela avec les mêmes composantes de hasard et de redondance dans son développement... Une racine, cela se développe, cela se transforme, se ramifie, cela explore... Voici comment il faut penser ses racines, non pas comme un socle, mais comme une autre dimension de la vie, intime, souterraine, prolifique.

Des racines, cela ne vous définit pas, cela vous aide, au fil du temps, à vous densifier.

C'était peut-être l'intention de madame Ronsod avec sa question...

Si j'y réfléchis bien, se préoccuper de ses racines, ce n'est pas chercher à comprendre les influences que le passé peut avoir sur notre vie, mais plutôt se préoccuper de ce qui nous nourrit, dans la vie...

Bon, quand je dis que j'ai fini de m'interroger, c'est encore partiel !

....

Le temps me semble être devenu différent... Un peu comme avec Claire, je ne me préoccupe plus de déchiffrer le présent en continu, presque en temps réel, je me contente de le vivre...

J'ai passé une bonne partie de la semaine à Saint-Etienne, logeant dans le grand appartement de Claire, un appartement ancien, d'au moins 150 mètres carrés, qui recèle un désordre d'une incroyable vie... Rien n'est encombré, rien n'obstrue, tout cohabite par une grâce que je ne sais pas définir... Des objets apparemment hétéroclites, qui pourtant forment un ensemble à la fois familier et mystérieux, chaque objet vous fait un clin d'œil, et titille votre curiosité... Une malle aux trésors, avec une harmonie souterraine, qui finit par se laisser voir, et vous ensorcelle...

Assez curieusement, son appartement est un peu sombre... Je l'imaginais vivre dans un lieu très lumineux, un peu en blanc et noir de design, et je me trompais... Du bois, des moulures, des meubles anciens disparates en style comme en époque, mais homogènes dans l'impression qu'ils font, jamais classique, jamais banals, éveillant une chaleureuse curiosité... Mais sans doute que sous ses allures de femme battante, de commerciale dynamique, elle recèle autre choses, d'autres racines, au sens biologique du terme...

....

Au téléphone, j'ai annoncé à Claude que Claire et moi étions amants... Et il a bien rigolé ! D'après lui, c'était prévisible depuis longtemps ! Je pense qu'il se trompe. Mais peut-être que, pour certains évènements, le hasard n'a sa place que pour ceux qui vivent la situation, les autres, plus facilement, en devinent l'issue... Ceci dit, prévoir le passé est un sport qui ne nécessite pas de grandes qualités !

J'avais un peu peur que cela déstabilise cette relation d'amitié entre nous trois, qui me semble d'une très grande importance, sans que je puisse préciser pourquoi... Une terre nourricière, sans doute, au moins dans mes rêves... Claude a réagi en riant, et j'imagine qu'en fait, par ce que je lui amène comme évènements, je nourris quelque chose en lui, de fantaisie mal assumée, mais qui lui est indispensable... Ethan lui apportait, si je devine bien, une forme d'étrangeté qui l'interrogeait... Moi, François, je lui amène du romanesque, et même plus, de la démesure, de l'imprévu. Non, de l'imprévisible... Et c'est bénéfique pour lui, bouchon observateur ! Enfin, j'imagine… Et là encore, qu'importe ! Ce qui compte, c'est le plaisir et la force qu'il y a à être ensemble…

Chapitre 50   Lundi 6 Mai

Une réflexion de Claire :

- C'est drôle d'être l'amante d'un mec qui peut disparaître d'un moment à l'autre, remplacé par le type d'avant qui reprend sa place ! C'est une drôle d'insécurité ! Imagine que cela arrive lorsqu'on est en train de baiser, tu imagines sa tête !

- Non. Mais j'imagine la tienne !

Cela m'a fait drôle, car depuis plus d'une semaine, je n'avais pas pensé à Ethan... Oui, s'il revenait ? Mais après tout, si mon cœur s'arrêtait, brutalement, sans défibrillateur à proximité, cela aurait, pour moi, et pour elle, le même résultat... Nous avons tous cette absolue fragilité, celle de pouvoir mourir brutalement, et de laisser le monde se débrouiller sans nous, ce qu'il fait d'ailleurs très bien en général ! Après avoir été un mystère, un recours, une référence, puis une forme de nid, puis une menace constante, Ethan n'est plus rien, sauf peut-être lorsque je discute avec Anne et Sophie, car à travers elles, il ressurgit parfois insidieusement dans ce qu'elles me disent...

- Quel beau fantasme ! Là, tu t'es trahie ! N'espère pas néanmoins que je m'efforce de disparaître pour satisfaire ton imagination libidineuse ! ... Ce qui serait parfait, dans cette imaginaire dépravé, c'est que les jours pairs, Ethan soit là, et que les jours impairs, ce soit moi... Deux amants en alternance, dans le même corps...

- Idiot ! Tant qu'à avoir deux amants, mieux vaut qu'ils ne se ressemblent pas, pour varier les plaisirs ! Non, ce qui serait bizarre, c'est que cela change d'un coup, que je me retrouve avec un inconnu, qui serait lui aussi avec une inconnue… Dix secondes de sidération, puis un énorme cri, de lui comme de moi ! Bon, malgré le côté extraordinaire d'une telle situation, je préfère que tu restes avec moi, durablement.

Je n'ai pas de mémoire de vie de couple, pas d'expérience. Le lien avec Gaëlle était vrillé dès le départ, par sa culpabilité de m'avoir mal accompagné dans mon épreuve, et la mienne, de la baiser sans lui dire que j'étais quelqu'un d'autre, de profiter d'elle… Alors, sans point de repère, je savoure ma relation avec Claire. Nous sommes heureux d'être ensemble, nous avons du désir l'un pour l'autre, pleinement, et nous vivons notre vie aussi en indépendance, arrivant même à être discrets aux Mutuelles du Marais. Ce qui n'empêche évidemment pas les Chroniques secrètes des Mutuelles de suivre l'affaire, grâce au talent d'investigatrice de Delphine ! Nous ne nous préoccupons de rien, dans une forme de naturel qui ne vient de nulle part, sauf peut-être de nos libertés. Et de la bienveillance qui nous entoure. Ni Brice, ni Pierre ne font allusion à quoi que ce soit, avec une discrétion chaleureuse… Bienveillante !

J'ai fini mon rapport de mise en œuvre du CRM aux Mutuelles du Marais. Je l'ai fait en trois parties. La première, où je donne mon analyse des flux de données, et des indications pour le paramétrage du CRM, et une indication de coût pour l'entreprise. Là, c'est du classique, j'ai pu le vérifier en regardant d'autres rapports du même type établis par Ethan, dans ses archives.

La deuxième partie est une analyse de la relation client, elle en deux sous-parties. Dans la première, je décris la gestion des demandes des assurés de la Mutuelle, qui ne correspondent en rien au champ d'action strict de celle-ci. Cela va des informations sur les études supérieures, sur des questions de droit du travail, ou de dispositifs de la sécurité sociale, à des conseils techniques pour réaliser une isolation sur une villa, une alarme antivol, etc. Dans la plupart des cas, l'action du collaborateur de la Mutuelle consiste à chercher un interlocuteur capable de répondre à la demande, et d'en communiquer les coordonnées à l'assuré. Mais cela demande parfois des recherches longues... Dans la seconde, je décris la gestion des constats, et le temps de réponse des gestionnaires sinistre aux innombrables questions qui suivent un accident de voiture ou un dégât des eaux, ou l'endommagement d'une toiture par une tempête.

Enfin, dans une troisième partie, j'essaie de quantifier le temps qui va être gagné par les Mutuelles du Marais avec la mise en place d'un logiciel performant, et n'ayant a priori pas de sources d'erreurs ou d'oublis dans son fonctionnement ordinaire. Et je préconise que ce temps gagné soit investi dans ce qui fait la force des Mutuelles du Marais face à des compagnies d'assurance bien plus puissantes qu'elles, la relation client. Ce temps pourrait être utilisé pour avoir une démarche d'assistance plus active. Car au fond, les collaborateurs des Mutuelles répondent à toutes les demandes, même hors champ, mais ils appellent peu les assurés victimes d'un sinistre, pour éventuellement les aider, ou lors du renouvellement annuel de leur contrat, pour les mettre à jour.

Enfin, dans une annexe, je décris le fonctionnement par entraide des collaborateurs et des services des Mutuelles du Marais aujourd'hui, j'en montre tout l'intérêt, et je recommande de ne pas y toucher, et de laisser ainsi une forme de flou dans la définition des attributions de chaque service, et de souplesse dans les interactions entre les services et les personnes. Bref, a priori le contraire de ce qu'on attend d'un consultant de type mécanicien, traqueur de coûts, maniaque de la seconde gagnée et du process accéléré, purifié, transformé en chiffres au détriment de la réalité d'une part, et de l'humain de l'autre. Une annexe d'avoyeur, de bio-psychologue.

Et j'envoie le tout à Adrien, avec une semaine de retard sur le rapport hebdomadaire auquel je me suis engagé, et un bon mois d'avance par rapport au cadre de la mission.

J'en profite pour demander un rendez-vous avec Karim, et si possible Jean-Pierre, pour leur présenter mon travail, et aussi pour leur faire une proposition...

Et j'obtiens un rendez-vous pour le mardi suivant...

Je suis rentré sur Lyon, et je marche avec Claude une partie de l'après-midi. Cette fois, je l'ai rejoint dans sa campagne, vers Rochetaillée. Nous marchons presque deux heures, en parlant de tout et de rien, car, pour la première fois, je ne me sens ni dans une urgence, ni dans un dilemme… Je lui présente mon projet professionnel que je mûris depuis quelques jours, et j'arrive une fois de plus à le faire rire !

Il en conclut que c'est tellement hors des normes actuelles que cela a toutes les chances de marcher, comme un marché de niche, où il y a peu de demandes, mais encore moins de propositions de réponses… Bon, cela me donne confiance pour mon entrevue de mardi…

Claude me dit aussi que je l'impressionne par la vitesse de mes changements. Moi, j'ai juste l'impression d'avoir trouvé mon rythme, en partant d'un instant figé, le foudroiement…

Demain matin, brocante à Aubenas, en Ardèche, avec Claire, il va falloir que je me lève tôt…

Chapitre 53   Mardi 14 Mai

J'ai rendez-vous à 11 heures 15, ce qui n'était pas un horaire très favorable : c'est la plage horaire qui permet de clore une discussion par la contrainte du repas, ce qui évite, quand nécessaire, d'aller vers une conclusion, remise à plus tard. Mais Jean-Pierre et Karim sont présents.

La discussion a commencé en retard, 11 heures 25, ce qui confirme mes soupçons : ils n'ont pas envie de m'entendre longtemps.

L'entretien débute par des retours sur mon rapport de consultant. Comme prévu, la 1ère partie leur paraît parfaite, les deux suivantes superflues, hors du champ de ma mission, et l'annexe surréaliste.

- Vous avez tout à fait raison.

- ?????

- Cette dernière partie est en dehors de la mission. Mais, à votre avis, est-elle pertinente ?

Prudemment Karim ne dit rien… Jean-Pierre prend le risque…

- J'ai tendance à penser que oui, dans le cadre suranné de cette Mutuelle. Mais c'est un cas particulier, et pour une petite entreprise.

- Oui, je le pense aussi. Les Mutuelles du Marais ont construit, avec les années, une manière de fonctionner qui

marche bien, même si elle est en dehors de la plupart des principes d'organisation interne des entreprises actuelles de quelque école que ce soit.

- Admettons. Mais en quoi cela nous concerne, Ethan ?

Oui, ils m'appellent Ethan, j'ai préféré ne pas dire que j'ai changé de prénom, je vais être déjà assez perturbant comme cela avec mon projet.

- Je pense qu'il y a un marché du conseil à investir, c'est celui des petites boîtes, justement, celles qui, à cause de leur petite taille et de leur histoire, se sont construit empiriquement des manières de faire qui fonctionnent, sans grands moyens. Or, ces petites boîtes ont deux défauts pour un groupe comme GRG. D'abord, les missions qu'elles peuvent accepter de payer sont peu rémunératrices pour le groupe : petits clients, petits contrats, et pas ou peu de profit. Ensuite, nos recommandations sont pour ces petites entreprises à la fois trop standardisées pour être efficaces, et trop brutales pour être acceptées sans casse interne. Une casse anticipée, qui les dissuade, en plus du coût, de faire appel à des entreprises de consulting.

- Vous voulez en venir où, Ethan ?

- Je voudrais proposer un partenariat à GRG.

- Un partenariat ?

C'est difficile de décrire l'expression des regards de deux supérieurs qui s'aperçoivent en une seconde qu'on leur parle d'égal à égal... Ni Karim ni Jean-Pierre ne sont des autocrates, ce sont des chefs accessibles, courtois, attentifs aux autres.

Mais ce sont des chefs. Et lorsque soudain un subordonné se met à leur parler sur un pied d'égalité, quelque chose change dans leur présence au monde. Donner de la voie...

- J'ai envie de travailler avec ces petites structures, et de les aider à améliorer leur mode de fonctionnement sans les obliger à se soumettre à des méthodes sans doute efficaces pour de grandes entreprises, mais inadaptées pour elles. Voilà mon idée. Je vais me mettre à mon compte. Avec GRG nous pouvons avoir une convention qui organiserait les choses de la manière suivante : Pour les entreprises que je démarche, et que j'amène, je m'occupe de leur analyser leur mode de fonctionnement, et je laisse l'équipe technique de GRG construire l'adaptation du CRM qui leur convient, suite à mes recommandations. Dans ce cas, partage moitié-moitié du contrat. Pour les petites entreprises qui s'adressent à GRG et que, pour le moment, GRG refuse, ou décourage, vous me les confiez, GRG fera l'adaptation du CRM suivant mes recommandations, et là, comme le client vient de vous, 60 pour cent du contrat vous reviennent. Mais je veux être maître à bord.

- C'est-à-dire ?

- Je veux que personne de GRG ne s'oppose à mes préconisations. Je ne veux même aucun contrôle autre que la satisfaction du client à la fin.

- Vous y allez fort, Ethan !

- En même temps, si vous réfléchissez, c'est un apport de petits clients supplémentaires, qui peuvent constituer une niche de clients petite mais rentable. Car dans tous les cas, le

travail de paramétrage du CRM ne sera pas d'une grande complexité, et les informaticiens de GRG peuvent presque faire cela à temps perdu, entre deux gros contrats, ou pour se détendre... D'autre part, pour l'image de marque de GRG, c'est excellent : une boîte de consultants qui est capable de s'adapter aux besoins de toutes petites structures, qui sait améliorer leur fonctionnement sans les casser, sans les formater, et à petit prix, cela met en valeur la capacité d'empathie fonctionnelle de GRG.

- Empathie fonctionnelle ?

- Oui, la capacité à ressentir et prendre en compte le fonctionnement et l'histoire de l'entreprise...

- Ouais... Karim, vous en pensez quoi ?

Prudence du chef...

- Je suis surpris, mais en même temps, si je pense aux trois derniers mois, nous avons refusé deux contrats qui auraient pu entrer dans ce type de prestations de conseils, dont la quincaillerie Dunost, très connue sur Lyon, et qui aurait pu valoir à GRG une notoriété locale. D'autre part, si je comprends bien le souci d'Ethan, c'est que GRG ne vienne pas s'immiscer dans son analyse. Or, pour le faire, en suivant notre organisation, il faudrait nommer un consultant junior sur la mission pour assister Ethan, et un responsable de mission qui contrôle, et des réunions entre ces deux collaborateurs et Ethan, et alors, cela devient à la fois trop compliqué, et trop coûteux. Si on laisse Ethan faire, c'est plus simple... Sous réserve qu'en cas d'échec, GRG ne se trouve responsable de rien ou presque...

- Merci, Karim. Exactement. Pour ce type de mission, vous pouvez à votre choix me laisser signer le contrat à mon nom ou à celui de GRG. Si vous craignez que cela ne marche pas, que cela risque de donner une mauvaise image de marque à GRG, je peux assumer ce risque avec ma microstructure.

- Si je résume : pas de gros profits, mais une activité supplémentaire qui ne coûte quasiment rien. Pas de risque en termes d'image, voire, si cela marche, une image de marque améliorée, ou plutôt élargie. Reste à évaluer les coûts indirects...

- Si je suis toujours chargé de la mission, il n'y en aura pas, seul le travail de vos informaticiens sera utilisé. Et si vous me faites confiance, donc sans multiplier les points de contrôle, les vérifications, etc., pas de coût supplémentaire.

- Et pourquoi devrait-on vous faire confiance ?

- Parce que vous connaissez mes compétences. Parce que vous ne risquerez rien. Le nom de GRG peut même, si vous le décidez, ne pas apparaître du tout dans les dossiers qui vous paraîtraient trop risqués. Ou pour les premières missions, si mon projet vous semble peu fiable...

- Bon, je crois que j'ai compris. Pas de décision aujourd'hui, évidemment. Nous en parlerons lors du prochain conseil de direction de GRG... Vous pouvez nous faire parvenir un document expliquant votre projet, et une proposition de cadre juridique et économique, des contrats type, des prévisions budgétaires pour une affaire type, et un business plan aussi complet que possible ?

- Oui, bien sûr. Laissez-moi trois semaines.

- J'imagine que vous allez démissionner ?

- Oui, c'est mon intention. Dès la signature de notre convention, ou son refus. J'ai envie de changer ma manière de travailler...

- Sans vouloir être indiscret, et me mêler de ce qui ne me regarde pas, ne serait-il pas prudent d'attendre quelque mois de plus, pour que votre convalescence soit.... stabilisée, je ne sais comment il faut dire.

- Justement, je crois qu'elle l'est. C'est pour cela que je vous soumets cette proposition de partenariat.

- C'est un partenariat très déséquilibré, entre GRG et votre toute petite structure...

- C'est bien pour cela que je veux garder le contrôle de chaque mission !

- OK, je comprends ! ... Vous aurez la réponse une quinzaine de jours après le dépôt de votre dossier... Karim, il serait peut-être intéressant de relancer une démarche vers Dunost, s'ils ne sont pas en situation d'urgence, et s'ils n'ont pas trouvé une autre boîte de conseil. Cela pourrait être un coup d'essai pour ce projet, peut-être même avant de l'intégrer de manière pérenne dans la surface de GRG.

- Dunost, c'est une entreprise de fabrication de petits outils spécialisés, qui voudrait se lancer, avec pas mal de retard, sur le Net, et qui doit revoir toute son organisation... Une PME de 14 salariés, fondée en 1905...

- Ethan, vous en pensez quoi ???

- Cela semble bien correspondre à ce que je veux faire.

- Karim, on peut voir avec le service juridique comment établir un contrat avec monsieur Mantret, juste pour cette mission ? Si le conseil de direction valide l'idée, on verra alors à définir un partenariat qui agrée aux deux parties. Et si pour statuer, le conseil a un exemple précis réalisé ou en cours de réalisation, c'est plus simple.

- Jean-Pierre, on peut aussi utiliser la mission des Mutuelles du Marais… Même si elle s'est déroulée dans des conditions différentes…

- Oui, en effet… Si cela doit démarrer, vous pouvez commencer quand, Ethan ?

- De suite. Dès que votre décision de me confier la mission de la Quincaillerie Dunost me sera confirmée. Et que Dunost aura accepté. Monter ma structure ira vite.

- Bon, pour votre démission, avec votre statut de mi-temps thérapeutique, je vois cela avec les RH.

Et voilà ! Comment changer de métier et d'employeur en 20 minutes. Je suis à peu près certain de leur réponse positive, car dans la circonstance, je les débarrasse de dossiers inintéressants, mais qu'ils ne peuvent refuser sans préjudice d'image. Et même si cela sera une activité avec des rentrées modestes, comme elle ne leur coûte quasiment rien…

Pour le statut nouveau, pas de problème, micro-entrepreneur d'abord, EURL ensuite, si tout marche bien. Une seule difficulté : quel nom choisir ? J'aurais bien aimé intégrer

Avoyeur dans mon nom commercial, mais cela semble difficile.

François MANTRET
Consultant en organisations managériales
particulières ou atypiques
Spécialiste des PME et TPE.

Cela devrait aller.

J'ai fini par prendre une décision pour l'appartement. Comme il n'est pas vraiment à moi, je me dois de le préserver. Si jamais Ethan revient sans prévenir, il va se sentir perdu, comme je l'ai été en débarquant dans sa vie, et il aura besoin de retrouver un lieu bien à lui. J'ai rompu avec sa copine, changé de travail, bouleversé une partie de ses relations familiales, il faut qu'il puisse retrouver un peu de ses marques. Mais comme il faut que je construise les miennes, j'ai tout déposé dans un garde-meubles, et sur un des murs de l'appartement, j'ai scotché une enveloppe avec le contrat de location du box où tout a été déposé. J'ai tout mis, livres, habits, conserves, tout. Même les rouleaux de papier toilette (moins ceux que j'ai utilisés), là, j'ai hésité, mais comme c'est une chose qui m'échappe, autant la respecter. En même temps, comme je n'ai pas compris la logique de cette accumulation, je n'ai pas cherché à compléter l'ensemble par des rouleaux neufs… Je n'ai gardé que la grande toile abstraite peinte par Anne-Marie GARIN au mur du salon. Je la regarde souvent, à chaque fois impressionné par cette confrontation de couleurs qui me dévoile un monde qui m'échappe, celui d'une harmonie que je serais bien incapable de trouver par moi-même. Ce tableau n'est pas seulement beau, il est la porte d'un monde que, sans lui, je n'aurais cru exister avec une telle intensité : celui des couleurs…

L'appartement me servira de pied à terre à Lyon, et aussi de bureau… Comme j'aime bien le canapé, j'ai acheté le même, avec les deux fauteuils. J'aime bien l'odeur de neuf qu'ils dégagent, qui me rappelle que c'est moi qui les ai choisis.

Petit à petit, je remeuble l'appartement, au hasard des brocantes faites avec Claire, de quelques ventes aux enchères… J'aime bien aussi les choses qui ont déjà servi… Après tout, c'est un peu ce qui m'arrive : j'ai hérité d'un corps et d'une vie déjà utilisés…

Dans l'enveloppe, sur le mur, avec le contrat de location du box, j'ai laissé un courrier…

« Bonjour Ethan

Si tu lis cette lettre avec surprise, c'est que j'ai disparu. Je m'appelle François, et la foudre m'a éveillé dans ton corps et dans ta vie. C'est pour cela qu'il me semble que j'ai le droit de te tutoyer : jamais inconnus n'ont été aussi proches !

J'ai essayé de comprendre ta vie, mais avant tout j'ai vécu la mienne. Et comme toutes deux s'étendaient sur le même espace, tu te rendras vite compte que j'ai du aménager ta vie pour que la mienne s'épanouisse. J'espère que tu ne m'en voudras pas trop pour ces aménagements.

L'ensemble des objets de ton appartement est intégralement déposé chez le garde-meubles dont tu trouveras l'adresse ci-jointe. C'est ce que j'ai su le mieux préserver.

Pour le reste, je te laisse le découvrir tout seul…

Sache que j'ai vécu la part de ton temps que la foudre m'a octroyée avec un vrai bonheur. Ma naissance impromptue m'a intimé de prendre du plaisir à vivre, plutôt que de rechercher un passé au fond inaccessible, et surtout inutile. Et de te savoir inconsciemment prêt à revenir prendre ta place à tout moment m'a aidé à donner au présent toute sa valeur. Je te souhaite de savoir faire de même, maintenant que te voilà revenu.

Bon courage pour les semaines à venir, je sais par expérience qu'elles ne seront pas très simples à vivre. Pour t'y aider, adresse-toi à Claude, il saura te donner les informations nécessaires.

François »

Évidemment j'ai eu envie de lui dire beaucoup plus de choses. Lui expliquer les changements que j'ai apportés à sa vie, par exemple. Mais quel sens cela aurait-il ? Même si personne ne peut me le reprocher, il peut me voir comme un intrus, un usurpateur. Bien mal placé pour lui donner des leçons de vie… Et d'ailleurs, Ethan, au fond, je le connais très peu. Je n'ai même pas compris pourquoi il stockait autant de rouleaux de papier toilette…

De mon côté, j'ai pris conscience que lorsque j'étais tendu, je n'avais plus besoin de m'apaiser en allant constater que de nombreux objets différents sont présents, comme lorsque j'étais en neurologie. Je suis même à peine capable de me souvenir de la sensation de réassurance que cela m'apportait… Ce comportement, je me le rappelle, mais il a perdu son efficience…

Peut-être grâce aux brocantes… Sans doute par l'abondance des objets exposés, à la fois impossibles à lister, dans une profusion rassurante. Et même si, au début, j'étais capable de me rappeler les objets d'un exposant, presque parfaitement, aidé en cela par le fait que souvent les exposants organisent leurs objets de la même façon d'un dimanche à l'autre, la multiplication de ces champs de constatation de la diversité des choses en a lentement érodé les effets. Au fond, tout dans l'univers est d'une infinie variété… Donc, tout l'univers me dit de m'apaiser… Ce qui se traduit, une fois sorti d'un délire égocentrique, par : inutile de t'inquiéter, tout va bien. Il suffit d'accepter d'être là où l'on est…

Cela fait un an qu'Ethan a été foudroyé, et bientôt un an que je suis né… J'ai un an de souvenirs, une seule année, et encore, pas complète, et déjà certains souvenirs s'atténuent, se dissolvent… Et malgré ce maigre bagage, je me sens dense de mes 33 années, solide. Établi. Pas installé, mais fondé… Enraciné ?

Ma petite entreprise de consultant pour entreprises atypiques démarre plutôt bien. Je vois arriver à moi tous les dossiers dont aucune boîte de consultants ne veut, sources complexes de difficultés rétives à se solutionner dans les réponses ordinaires continuellement renouvelées au gré des modes gestionnaires, et finalement toujours identiques. Et j'adore cela ! Je crois que je suis un peu prétentieux, et qu'arriver à donner de la voie, de la liberté à des boîtes, c'est très valorisant. Et constater en plus que cette liberté les aide à travailler, à produire, à chaque fois d'une manière qui s'inspire de ce qu'elles ont déjà inventé pour vivre au long de leur histoire, c'est quasiment magique ! C'est incroyable comme l'ajout d'un peu de liberté à gauche, un peu de liberté à droite, peut apporter comme résultats ! Si j'avais des ambitions nationales, j'essayerais d'en convaincre tous ceux qui s'efforcent, s'épuisent à chercher le modèle parfait aisément et absolument contrôlable. Et qui stérilisent cela même qu'ils voudraient juste encadrer : la vie. La vie ne se contrôle pas. Ni celle des autres, ni la sienne propre… Et puis, je n'ai pas d'ambition. Parfois, Claire me le reproche, mais plutôt en riant. Car elle en a suffisamment pour deux… Et puis, pour faire mon métier d'avoyeur, plutôt que de parler, il faut surtout savoir laisser leur voix aux autres. Car c'est de là, d'eux-mêmes, qu'ils peuvent ensuite se redonner de la voie. De la liberté. Participer à cela me contente pleinement.

Pas la moindre nouvelle d'Ethan. Il ne se manifeste d'aucune manière. Sauf parfois par le souvenir d'un film. Le dernier, c'était *Un jour sans fin*… C'est généreux de sa part, du moins c'est ce que je me dis lorsque je pense à lui, ce qui m'arrive parfois. J'imagine aussi que, comparant ma vie à la sienne, il la juge plus épanouie, plus joyeuse, et qu'il renonce volontairement à revenir, reconnaissant ma meilleure compétence à être heureux… Parfois, dans mon for intérieur, je lui parle, je lui explique une décision. Il ne répond jamais, mais je ressens son silence comme bienveillant. Oui, c'est évident, je délire, et je suis un peu prétentieux.

Je vis avec Claire dans la campagne de Saint-Etienne, dans une maison qu'elle a achetée. Je m'y suis fait un bureau personnel, en aménageant un appentis… Car c'est sa maison, avec ses objets. J'ai ce coin à moi, pour quand la nécessité d'un moment de solitude se fait sentir. J'ai gardé l'appartement d'Ethan, et il m'arrive parfois d'y passer deux ou trois jours. Je crois que Claire ne supporterait pas ma présence continuellement. Elle aussi a besoin de voie pour continuer à tracer sa vie, avec son bel entrain. Et moi de même… J'ai aussi parfois besoin de temps pour combler un de mes trous de mémoire, de lecture ou de films, … J'ai rencontré ses deux enfants, Fabien et Elodie. Je ne ressemble en rien à leur père, ils m'ont donc facilement accepté…

Mes relations avec Anne et avec Sophie m'apportent beaucoup, même si parfois il me semble que la source de leur affection m'échappe... Il paraît que c'est un fantasme courant d'imaginer, enfant, que l'on n'est pas le fils de ses parents, mais que l'on a été adopté... J'ai un peu cette sensation, d'avoir été adopté par cette famille, en remplacement d'un enfant disparu... Mais maintenant, je ne sens plus d'injonction à occuper sa place, ni même une forme de comparaison, toujours encombrante... Elles m'ont adopté ! Et moi, de même, je les ai adoptées, elles et aussi ceux qui les entourent, une communauté où j'ai ma place sans y trouver ma geôle... Je joue parfois de mes excentricités pour leur rappeler que je suis né de l'électricité, et qu'il est inutile de m'imposer des projets... Au fond, il semble plus facile d'être heureux au sein d'une famille quand ce n'est pas tout à fait la sienne, que l'on peut à tout moment prendre un peu de recul, et, là encore, quand on a la possibilité de donner de la voie.

Un an...

Impossible de faire un bilan de mon amitié à Claude, qui a été instantanée, et qui est merveilleusement vivante. Là, c'est un peu le contraire d'avec ma famille, pas le moindre recul, une évidence totale, et toujours maintenue, d'une balade à l'autre, d'un verre à l'autre, d'une confidence à l'autre... Parfois j'en fais un peu trop, et cela le fait rire. Parfois il se retient un peu trop, et cela me fait rire. Guère de risque que notre relation ne se madérise, que l'alcool ne s'en évapore, que les arômes s'épaississent trop. Nos rires, différents, savent à merveille se conjuguer, se stimuler... Je lui parle de mes missions atypiques, il me parle avec retenue de ses procès en cours, et parfois il me semble qu'il s'est mis lui aussi à avoyer… Mais peut-être le faisait-il déjà avant notre rencontre… Nous ne parlons pas de ce qui a précédé ma naissance, cela doit être une forme délicate de pudeur…

Un an… Dans deux heures, dîner à trois, Claire, Claude, et moi. Les Librexcentriques !

Le choix de la date nous a fait hésiter : 11 février, ou 23 Février, ma sortie du coma ? Faut-il que mon histoire parte du foudroiement, de ce moment où Ethan est parti ? Ou de mon réveil du coma, le 23 Février ? De ma « conception » ou de l'éveil de ma conscience ?

Si je suis né le 23 Février, alors, qui a vécu entre le 11 et le 23 dans ce corps, certes comateux, mais vivant ? Une vacance, un vide m'a semblé trop difficile à supporter, alors, j'ai proposé le 11. Mais Claude, lui, en avocat des affaires familiales, a plaidé pour le 23, comparant, comme je l'ai dit, le 11 à l'acte de conception, et la naissance au moment où l'on advient à la vie hors utérine, à la vie ouverte, autonome… Claire n'était pas chaude pour cette interprétation, qui faisait du temps de grossesse un équivalent pour l'embryon d'un moment de coma. Et que s'est-il passé pour moi durant ces douze jours ? Alors, nous avons gardé les deux dates !

Ce soir, nous fêtons la foudre. J'ai déniché sur Internet des maquettes de paratonnerre, une pour chacun de nous, destinées non à nous protéger de la foudre, mais au contraire à la vénérer, à l'implorer, à l'attirer. Des paratonnerres, offrandes révérencieuses à ce Dieu puissant et mystérieux qu'est la foudre, qui m'a caressé pour me faire naître, et qui a ainsi transformé, un peu, ce bout de territoire humain que j'habite.

Claude m'offre les œuvres d'Arthur Rimbaud en Pléiade, avec une dédicace : Pour François, « Je est un autre ». Claire a choisi un fusil, un outil pour affuter les lames de couteaux, un fusil ancien, avec une poignée en os sculpté en forme de main. Un symbole ? Ou simplement un bel objet ?

Le 23 Février, nous fêterons mon anniversaire. Ce sera un repas à quatre cette fois, avec Brigitte, l'épouse de Claude, que j'apprends à connaître, femme discrète mais à l'intelligence acérée, souvent silencieuse, mais vite ironique… Celle qu'il fallait à Claude, à l'évidence. Lors de mes balades en brocante, j'achète d'autres outils à avoyer, par reconnaissance, tant le premier m'a été utile. J'en offrirai un à Claire, et un à Claude. Clin d'œil… Et un bouquet pour Brigitte, de fleurs que j'ai mis pas mal de temps à me procurer, un bouquet de renoncules. Car en langage des fleurs, une variété de renoncule, la Sardonie, ou renoncule de Sardaigne, est le symbole de l'ironie ! Mais c'est une fleur de printemps, et pour en trouver en février…

Et en octobre, je fêterai en famille l'anniversaire d'Ethan… Avec des Zinnias, sans doute, si j'en trouve, pour symbole des amis absents, et aussi de l'inconstance ! Anne et Sophie n'ont pas accepté mon choix de changer de prénom. Alors, pour elles, je garde cet anniversaire du 15 octobre, celui de ma naissance physique, biologique, de ma naissance de MANTRET. Dans nos dialogues, elles continuent de m'appeler Ethan. Au fond, c'est comme un diminutif venu de l'enfance, une façon d'appeler quelqu'un dont seule la proche famille use. Une marque de complicité, et, tout autant, un vestige, une façon de ne pas oublier un disparu… Pour ma mère, pour ma sœur, je reste Ethan. Certes, elles perçoivent bien que j'ai changé, et que grâce à cela nos relations ont évolué. Mais je reste Ethan, quoi qu'il en soit...

Mes rapports apaisés avec Ethan, apaisés et lointains, me font facilement accepter une survivance qui a, sans doute différemment pour chacune d'elles, une grande importance. Je sais qui je suis.

De Claire, encore moins à dire que de Claude... Peut-être par peur de briser un charme à essayer de le décrire, d'amenuiser une beauté en l'expliquant à coups de mesures et de ratios d'équilibres divers... Nous sommes heureux ensemble, et dire cela suffit.

Voilà ma vie. Je suis François l'avoyeur.

FIN

Remerciements

J'ai toujours voulu écrire seul, pour disposer de ma pleine liberté d'écriture. Mais cette solitude est peuplée d'aides multiples, qui me sont indispensables. Surtout pour cette histoire que je voulais absolument écrire, sans jamais avoir la certitude qu'elle intéresserait des lecteurs.

Merci, donc, à Martine pour ses relectures et son soutien discret mais constant ; à Nicolas et Cédric, mes premiers lecteurs pour ce texte comme pour d'autres, pour leur lecture patiente et précise, à Jean-Claude aussi ; merci encore à Marc, relecteur exigeant capable d'inventer toutes sortes de règles pour me forcer à améliorer mon style ; merci à Pascal, pour son tableau fait pour la couverture de ce livre. Je trouve précieux de confier la couverture de mes livres à des amis peintres. Merci à Estève pour son talentueux travail de graphiste.

Merci aussi aux lecteurs qui m'ont témoigné leur intérêt et leur plaisir à la lecture de mes deux premiers romans. Le travail d'écriture ne trouve son vrai sens que dans les réactions des lecteurs.

Merci, enfin, à la COVID et au confinement, ces deux mois isolés à la campagne m'ont donné le temps et aussi l'énergie nécessaires à l'écriture de ce livre…

Lionel Brabant

Du même auteur, aux **Éditions Le Temps des Pierres**

Le Paradis du lierre. Recueil de poèmes, avec les dessins de Jean-Marc SCANREIGH. 2009.

Quelques instants nés de la volupté. Recueil d'Haïkus érotiques, illustré par Jean-Marc SCANREIGH. 2009.

Divergences. Recueil d'essais, illustré par Alain LEU. 2012. Réédition revue et augmentée en 2022.

Un Monde meilleur. Roman noir. 2013.

L'autre Vie. Pièce de théâtre. 2018.

La Peine d'être vécue. Roman psychologique. 2019.

Naissance. Roman psychologique. 2020.

Une mort d'exception. Suite de tableaux. 2021.

L'Obstiné. Roman court historique. 2021.

L'Émerveillement. Roman court. 2022.

L'Indiscret et autres nouvelles. 2023.

www.ingramcontent.com/pod-product-compliance
Lightning Source LLC
LaVergne TN
LVHW050852200726

843508LV00011B/1990